ZHONGGUO
SANWEN
NIANDUJIAZUO

耿 立
主编
GENGLI
ZHUBIAN

中国散文
年度佳作
2017

山西出版传媒集团
山西人民出版社

图书在版编目（CIP）数据

中国散文年度佳作2017 / 耿立主编．-- 太原：山西人民出版社，2018.4

ISBN 978-7-203-10342-4

Ⅰ.①中… Ⅱ.①耿… Ⅲ.①散文集－中国－当代 Ⅳ.① I267

中国版本图书馆CIP数据核字（2018）第032139号

中国散文年度佳作2017

主　　编：耿　立
责任编辑：张书剑
复　　审：贾　娟
终　　审：秦继华
装帧设计：八牛・设计

出 版 者：山西出版传媒集团・山西人民出版社
地　　址：太原市建设南路21号
邮　　编：030012
发行营销：0351-4922220　4955996　4956039　4922127（传真）
天猫官网：http://sxrmcbs.tmall.com　电话：0351-4922159
E-mail：sxskcb@163.com　　发行部
　　　　　sxskcb@126.com　　总编室
网　　址：www.sxskcb.com

经 销 者：山西出版传媒集团・山西人民出版社
承 印 厂：山东新华印务有限责任公司

开　　本：710mm×1000mm　1/16
印　　张：17.75
字　　数：328千字
印　　数：1—5000册
版　　次：2018年4月　第1版
印　　次：2018年4月　第1次印刷
书　　号：ISBN 978-7-203-10342-4
定　　价：46.00元

如有印装质量问题请与本社联系调换

序言

散文的驯服与冒犯

耿 立

一个文体模式存在久了，好像慢慢就有了经典意义，以至于把对它的反抗和冒犯都看成了大逆不道，而反抗和冒犯也是有成本的，于是很多人就因循守旧，这样相对安全。

一切的文体规范都是暂时的和有范围的，这些规范的道德优越感是可怕的。对散文创作来说，更是如此。

比如周作人首倡的"美文"概念，近百年来人们的散文写作，一直是在"美文"的"记述性"和"艺术性"的轨道上行进，人们对"艺术性"的认识，就是散文的抒情性。其实这是比较偏狭的，也埋下了对散文文体伤害的最大祸根。但历史多有特出之士，对美文有所冒犯，比如鲁迅，比如周涛、余秋雨。

在20世纪30年代，周作人、林语堂们提倡性灵小品式的美文，以宽容的态度对待人世，去除自我的偏狭愤激，稀释自我的感情浓度，获得平和，以"雅、拙、朴、温、重厚、通达、中庸"为趣味。鲁迅却说现在是"泰山崩，黄河溢"，这种选择是"抱在黄河决口之后，淹得仅仅露出水面的树梢头"。世界的残酷依然在身边上演，这种选择的闲适也是充满危殆的。鲁迅说选择者恰恰是忘记了自己抱住的仅是一枝树梢头，但对于"泰山崩，黄河溢""目不见，耳不闻"，这使得自救者连这种危险性都没有省察，转而认为是获得洒脱。这无疑是一种自欺和盲视，但身边的洪水哪天也会把树梢淹没。从这里我们也可看出在小平原读书写作的张炜也非抱住树梢头的闲适派的缘由，鲁迅先生曾这样说过："象牙塔里的文艺，将来决不会出现于中国。因为环境不相同，这里连摆'象牙之塔'的处所也已经没有了；不久可以出现的，恐怕至多只有几个'蜗牛庐'。"也正因此，当周作人提倡晚明小品时，鲁迅说枕上厕上，车里舟中，也真是一种极好的消遣，但鲁迅认为现代知识分子必须正视的，不要忘记了历史的整体性，晚明的性灵只是一个小小的历史插曲，对人的残酷虐待是历史的整体的特征。

在20世纪80年代，我们所见到的那些散文，都是杨朔模式的夹叙夹议，篇幅短小、精于剪裁、擅于造境的那种，让人觉得散文是一种超常稳定的"文化夜壶""文化便器"，任何一个人都可以去方便，去放水，然而周涛却偏偏说：我不尿。你看他的散文，确实触犯了"形散神不散"的大忌，周涛要求的是一种自由，这种自由就是章法，周涛说："黄河没有章法，九曲连环十八拐弯，哪一弯拐错了呢？哪一次黄河泛滥是遵守章法呢？它想怎么改道，想怎么泛滥就怎么泛滥，因为它是大河，它淹没你也养育你，它功过两辉煌，谁也不能因为它溢了河道而否认它的伟大，它不是人工运河，更不是卵石渠灌，它本身就是一条有生命的河。"

关键是章法本身很少能产生美感，在章法之下，作者所贯注的思情份量与精神发现的深刻性，"形散神也散"或"神散形不散"均可写出出色的散文。中国传统文论要求无法之法是为至法，散文就是一种自由的文体，要求章法无疑是阉割、固化散文。周涛散文最不符章法，但支撑他作品的内在东西是什么呢？是一种什么质的规定使他的散文独富魅力、独具神采？我们不如说，是一种作者之于生活的洞察，一种智慧，一种生长于现世的敏锐，以及那种对人的生存世界、对过往与未来、对大自然声息的悟，那种卓著的判断所引发的读者的共鸣。

余秋雨的《文化苦旅》给散文注入了智性的因子。在他的作品里，总是贯穿着一种严肃的理性精神与深刻的文化批判意念，他是以《文化苦旅》进入散文史的散文大家。他是改变散文写作范式的人，是他的散文，改变了散文、提升了散文，无论怎样争议他的别的方面，这是应该记下的。

现当代散文到现在将近百年，给我们的启示，散文的"病"在规范，在超稳定，而散文的出路在新与变，在对旧范式的冒犯，在思想的冒犯。

人们说，吃饭穿衣是常轨，裸奔醉酒是变轨！

但没有醉酒和裸奔，生活像少了惊异与惊喜，人生的滋味少了颜色。

散文要写出日常的正常，也要写出日常的反常。散文要有常轨，更要有变轨，甚至出轨。

2017年11月初　珠海

目录

纸上的李白	祝　勇 / 001
朝家的方向走	吴佳骏 / 018
小草远志	刘学刚 / 026
生灵簿	苍　耳 / 029
少年眼	沈　念 / 038
少年戏	宋长征 / 043
散文二题	乔　叶 / 051
小　路	朱　鸿 / 056
冬　季	冯秋子 / 061
一束阳光泻下来	苇青青 / 065
离：一种出发的姿态	江南雪儿 / 071

| 三过榆林 | 李修文 / 077 |

| 辣椒记 | 李清明 / 089 |

| 乳源手记 | 塞 壬 / 098 |

| 外乡人 | 安 宁 / 105 |

| 夜晚的忧郁 | 王 俊 / 111 |

| 母亲的笔记本 | 杨晓升 / 115 |

| 长调如河 | 鲍尔吉·原野 / 118 |

| 在虚拟中到达 | 范晓波 / 125 |

| 喜鹊佳佳 | 航 鹰 / 135 |

| 风中有声 | 秦羽墨 / 144 |

| 继 父 | 逄春阶 / 153 |

| 老人与海及其他 | 王月鹏 / 163 |

| 离职者 | 程耀东 / 172 |

| 空碗朝天 | 张金凤 / 182 |

| 脸上的箔竹 | 詹谷丰 / 187 |

是圣灵　是撒旦　　　　　　　　　　　　赵荔红 / 193

柴木家具的事　　　　　　　　　　　　　冯　杰 / 202

我身所处的俗世　　　　　　　　　　　　茨　平 / 204

那些鸟儿　　　　　　　　　　　　　　　十八须 / 209

我数数你长了多少只耳朵
　　——黄河口庄稼部落之豆子　　　　　郭立泉 / 218

楼中记　　　　　　　　　　　　　　　　白　琳 / 225

南方云集　　　　　　　　　　　　　　　汗　漫 / 238

石　记　　　　　　　　　　　　　　　　宋先周 / 247

乡村物事　　　　　　　　　　　　　　　安　庆 / 254

森林里的老孩子　　　　　　　　　　　　周晓枫 / 259

如此肥胖又如此漫长　　　　　　　　　　庞余亮 / 267

纸上的李白

祝 勇

> 写诗的理由完全消失，
> 这时我写诗。
> ——顾城

一

很多年中，我都想写李白，写他唯一存世的书法真迹《上阳台帖》。

我去了西安，没有遇见李白，也没有看见长安。

长安与我，隔着岁月的荒凉。

岁月篡改了大地上的事物。

我无法确认，他曾经存在。

二

在中国，没有一个诗人的诗句能像李白的那样，成为每个人生命记忆的一部分。"举头望明月，低头思故乡。""长安一片月，万户捣衣声。""黄河之水天上来，奔流到海不复回。""两岸猿声啼不住，轻舟已过万重山。"中国人只要会说话，就会念他的诗，尽管念诗者，未必懂得他埋藏在诗句里的深意。

李白是"全民诗人"，是真正意义上的"人民艺术家"，忧国忧民的杜甫反而得不到这个待遇，善走群众路线的白居易也不是，他们是属于文学界，属于知识分子的，唯有李白，他的粉丝分布广泛。

李白是唯一，其他都是之一。

没有报纸杂志，没有电视网络，他的诗，却在每个中国人的耳边心头长驱直入，全凭声音和血肉之躯传递，像传递我们民族的精神密码。中国人与其他东亚人外观很像，精神世界却有天壤之别，一个重要的边界，是他们的心里有没有住着李白。当我们念出李白的诗句时，他们没有反应；他们搞不明白，为什么中国人抬头看见月亮，低头就会想到自己的家乡。所以我同意历史学家许倬云先生的话："（古代的）中国并不是没有边界，只是边界不在地理，而在文化。"李白的诗，是中国人的精神护照，是中国人心里自带的身份证明。

李白，是我们的遗传基因，血液细胞。

李白的诗，是明月，也是故乡。

没有李白的中国，还能叫中国吗？

三

然而李白，毕竟已经走远，他是作为诗句，而不是作为肉体存在的。他的诗句越是真切，他的肉体就越是模糊。他的存在，表面具象，实际上抽象。即使我站在他的脚印之上，对他，我仍然看不见，摸不着。

谁能证实这个人真的存在过？

不错，新旧唐书，都有李白的传记；南宋梁楷，画过《李白行吟图》——或许因为画家自己天性狂放，常饮酒自乐，人送外号"梁风子"，所以他勾画出的是一个洒脱放达的诗仙形象，把李白疏放不羁的个性、边吟边行的姿态描绘得入木三分。《旧唐书》是五代后晋刘昫等撰，《新唐书》是北宋欧阳修等撰，梁楷，更比李白晚了近五个世纪，相比于今人，他们距李白更近。但与我一样，他们都没见过李白，仅凭这一点，就把他们的时间优势化为无形。

只有那幅字是例外。那幅纸本草书的书法作品《上阳台帖》，上面的每一个字，都是李白写上去的。它的笔画回转，通过一管毛笔，与李白的身体相连。透过笔势的流转、墨迹的浓淡，我们几乎看得见他的手腕的抖动，听得见他呼吸的节奏。

四

这张纸，只因李白在上面写过字，就不再是一张普通的纸。尽管没有这张纸，就没有李白的字，但没有李白的字，它也许就是一片垃圾，像大地上的一片枯叶，结局只能是腐烂和消失。那些字，让它的每一寸、每一厘，都变得异常珍贵，先后被宋徽宗、贾似道、乾隆、张伯驹等收留、抚摸、注视，最后被北京故宫博物院永久收藏。

从这个意义上说，李白的书法，是法术，可以点纸成金。

李白的字，到宋代还能找出几张。北宋《墨庄漫录》载，润州苏氏，就藏有李白《天马歌》真迹。宋徽宗也收藏有李白的两幅行书作品《太华峰》和《乘兴帖》，还有三幅草书作品《岁时文》《咏酒诗》《醉中帖》，对此，《宣和书谱》里有载。到南宋，《乘兴帖》也漂流到贾似道手里。

只是到了如今，李白存世的墨稿，除了《上阳台帖》，全世界找不出第二张。问它值多少钱，那是对它的羞辱，再多的钱，在它面前也是一堆废纸，不值一提。李白墨迹之少，与他诗歌的传播之广，反差到了极致。但幸亏有这幅字，让我们穿过那些灿烂的诗句，找到了作家本人。好像有了这张纸，李白的存在就有了依据，我们不仅可以与他对视，甚至可以与他交谈。

一张纸，承担起我们对于李白的所有向往。

我不知该谴责时光吝啬，还是该感谢它的慷慨。

终有一张纸，带我们跨过时间的深渊，看见李白。

所以，站在它面前的那一瞬间，我外表镇定，内心狂舞，顷刻间与它坠入爱河。我想，九百年前，当宋徽宗赵佶成为它的拥有者时，他心里的感受应该就是我此刻的感受，他附在帖后的跋文可以证明。《上阳台帖》卷后，宋徽宗用他著名的瘦金体写下这样的文字：

> 太白尝作行书，乘兴踏月，西入酒家，不觉人物两忘，身在世外，一帖，字画飘逸，豪气雄健，乃知白不特以诗鸣也。

根据宋徽宗的说法，李白的字"字画飘逸，豪气雄健"，与他的诗歌一样，"身在世外"，随意中出天趣，笔意不输任何一位书法大家。黄庭坚也说："今其行草殊不减古人。"只不过他诗名太盛，掩盖了他的书法知名度，所以宋徽宗见了这张帖，才发现了自己的无知，原来李白的名声，并不仅仅从诗歌中产生。

五

那字迹，一看就属于大唐李白。

它有法度，那法度是属于大唐的，庄严、敦厚、饱满、圆健，让我想起唐代佛教造像的浑厚与雍容，唐代碑刻的力度与从容。这当然来源于秦碑、汉简积淀下来的中原美学。唐代的律诗、楷书，都有它的法度在，不能乱来，它是大唐艺术的基座,是不能背弃的原则。

然而,在这样的法度中,大唐的艺术却不失自由与浩荡,不像隋代艺术,那么拘谨收压,唐代是在规矩中见活泼,收束中见辽阔。

这与北魏这些朝代所做的铺垫关系极大。年少时学历史,最不愿关注的就是那些小朝代,比如隋唐之前的魏晋南北朝,两宋之前的五代十国,像一团麻,迷乱纷呈,永远也理不清。自西晋至隋唐的近三百年空隙里,中国就没有统一过,一直存在着两个以上的政权,多的时候,甚至有十来个。但是在中华文明的链条上,这些小朝代却完成了关键性的过渡,就像两种不同的色块之间有着过渡色衔接,色调的变化就有了逻辑性。在粗朴凝重的汉朝之后,之所以形成缛丽灿烂、开朗放达的大唐美学,正是因为它在三百年的离乱中融入了草原文明的活泼和力量。

我们喜欢的花木兰其实是北魏人。她的故事,出自北魏的民谣《木兰诗》。这首民谣,是以公元391年北魏征调大军出征柔然的史实为背景而作的。其中提到的"可汗",指的是北魏道武帝拓跋珪。"万里赴戎机,关山度若飞。朔气传金柝,寒光照铁衣。"这首诗里硬朗的线条感、明亮的视觉感、悦耳的音律感,都是属于北方的。

这支有花木兰参加的军队,通过连绵的战争,先后消灭了北方的割据政权,统一了黄河流域,占据了中原,与南朝的宋、齐、梁政权南北对峙,成为代表北方政权的"北朝"。

从艺术史的角度上看,从西晋灭亡到鲜卑建立北魏之前的这段乱世,促成了文明史上一次罕见的大合唱,在黄河、长江文明中的精致绮丽、细润绵密中,吹进了"天苍苍,野茫茫,风吹草低见牛羊"的旷野之风。李白的诗里,也有无数的乐府、民歌。蒋勋说:"这一长达三百多年的'五胡乱华',意外地,却为中国美术带来了新的震撼与兴奋。"

到了唐代,曾经的悲惨和痛苦,都由负面价值神奇地转化成了正面价值,成为锻造大唐文化性格的大熔炉。就像每个人一样,在成长历程中都会经历痛苦,而痛苦不仅不会将人摧毁,反而最终促使人走向生命的成熟与开阔。

北魏不仅在音韵歌谣上为唐诗的浩大明亮预留了空间,在书法上也做足了准备。北魏书法刚硬明朗、灿烂昂扬的气质,至今留在当年的碑刻上,形成了自秦代以后中国书法史上刻石书法的第二次高峰。我们今天所说的"魏碑",就是指北魏碑刻。

在故宫,收藏着许多魏碑拓片,其中大部分是明拓,著名的有《张猛龙碑》。此碑是魏碑中的上乘,整体方劲,章法天成。康有为也喜欢它,说它"结构精绝,变化无端""为正体变态之宗"。也就是说，正体字（楷书）的端庄，已拘不住它奔跑的脚步。从这些连筋带肉、筋骨强健、血肉饱满的字迹中，唐代书法已经呼之欲出了。难怪康有为说："南北朝之碑，无体不备，唐人名家，皆从此出……"

假若没有北方草原文明的融入，中华文明就不会完成如此重要的升华，大唐文明就不会迸射出如此亮丽的光焰，中华文明也不会按照后来的样子发展，到后来一点点地发酵成李白的《上阳台帖》。

唐朝没有像秦汉那样用一条长城与"北方蛮族"划清界限，而是包容四海、共存共荣，于是，唐朝人的心理空间，一下子开放了，也淡定了，曾经的黑色记忆，变成簪花仕女的香浓美艳，变成佛陀的慈悲笑容。于是，唐诗里有了"前不见古人，后不见来者"的苍茫视野，有了《春江花月夜》的浩大宁静。

唐诗给我们带来的最大震撼就是，它的时空超越感。

这样的时空超越感，在此前的艺术中也不是没有出现过，比如面对大海时心理独白的曹操，比如在兰亭畅饮、融天地于一体的王羲之。但在魏晋之际，他们只是个别的存在，不像大唐，潮流汹涌，一下子把一个朝代的诗人全部裹挟进去。魏晋固然出了很多英雄豪杰，很多名士怪才，但总的来讲，这些人的内心是幽暗曲折的，唯有唐朝，呈现出空前浩大的时代气象，似乎每一个人都有勇气独自面对无穷的时空。

对艺术来说，有的时候，是人大于时代，魏晋就是这样。到了大唐，人和时代，彼此成就。

六

李白的出生地，我没有去过，却很想去。吉尔吉斯斯坦北部城市托克马克，我想，这座雪水滋养、风景宜人的优美小城里，大唐帝国的绝代风华想必早已风流云散，如今一定变成一座中亚与俄罗斯风格混搭的城市。但是，早在汉武帝时期，这里就已纳入汉朝的版图，公元7世纪，它的名字变成了碎叶，与龟兹、疏勒、于阗并称大唐王朝的安西四镇，在西部流沙中彼此勾连呼应。那块神异之地不仅有吴钩霜雪、银鞍照马，还有星辰入梦。那星，是长庚星，也叫太白金星，今天叫启明星，是天空中最亮的星星，亮度足以抵得上十五颗天狼星。这颗星，古希腊人和古罗马人分别用爱与美的女神阿弗洛狄忒和维纳斯的名字来命名。梦，是李白母亲的梦，《新唐书》说："白之生，母梦长庚星，因以命之。"就是说，李白的名字得之于他的母亲在生他时梦见太白星。因此，当李白一入长安，贺知章在长安紫极宫一见到这位文学青年，立刻惊为天人，叫道："子，谪仙人也！"他认为李白正是太白星下凡。

李白在武则天统治的大唐帝国里长到五岁。五岁那一年，武则天去世，唐中宗复位，李白随父从碎叶到蜀中，二十年后离家，独自仗剑远行，一步步走成我们熟悉的那个李白，那时的唐朝，已经进入了唐玄宗时代。在那个交通不发达的年代，仅李白的行程，就是值得惊叹的。由此我们可以理解李白诗歌里的纵深感。他会写"明月出天山，苍茫云海间"，也会写"兰陵美酒郁金香，玉碗盛来琥珀光"。假如他是导演，很难有一个摄影师能跟上他焦距的变化。那种渗透在视觉与知觉里的辽阔，我曾经从俄罗斯文学中——从托尔斯泰、屠格涅夫、陀思妥耶夫斯基的作品里领略过，所以别尔嘉耶夫声称："俄罗斯是神选的。"但他们都扎堆于19世纪，然而在一千多年前，这种浩大的心理空间就在中国的文学中存在了。

我记得那一次去楼兰，从巴音布鲁克向南，一路穿越塔克拉玛干沙漠时，我发现自己变得那么微小，在天地间微不足道，我的视线也从来不曾像这样辽远。想起一位朋友说过："你就感到世界多么广大深微，风中有无数秘密的、神奇的消息在暗自流传，在人与物与天之间，什么事是曾经发生的？什么事是我们知道的或不知道的？"

虽然杜甫也是一生漂泊，但李白就是从千里霜雪、万里长风中走出来的，所以他的生命里，有龟兹舞、西凉乐的奔放，也有关山月、阳关雪的苍茫。他不会因"茅屋为秋风所破"而感到忧伤，不是他的生命中没有困顿，而是对他来说，这事不值一提了。

他不像杜甫那样，执着于一时一事，李白有浪漫，有顽皮，时代捉弄他，他却可以对时代使个鬼脸。毕竟，那些时、那些事在他来说都太小，不足以挂在心上，写进诗里。

所以，明代江盈科《雪涛诗评》里说："李青莲是快活人，当其得意，无一语一字不是高华气象。……杜少陵是固穷之士，平生无大得意事，中间兵戈乱离，饥寒老病，皆其实历，而所阅苦楚，都于诗中写出，故读少陵诗，即当得少陵年谱看。"

李白也有倒霉的时候，饭都吃不上了，于是写下"余亦不火食，游梁同在陈"。骆驼死了架子不倒，都沦落到这步田地了，他还依然嘴硬，把自己当成在陈蔡绝粮、七天吃不上饭的孔子，与圣人平起平坐。

他人生的最低谷应该是流放夜郎了，但他的诗里仍找不见类似"茅屋为秋风所破"这样的郁闷，他的《早发白帝城》我们从小就会背，却很少有人知道，这首诗就是他在流放夜郎的途中写的，那一年，李白已经五十八岁。

白帝彩云、江陵千里,给他带来的仿佛不是流放边疆的困厄,而是顺风扬帆、瞬息千里的畅快。当然,这与他遇赦有关,但同时,三峡七百里,路程惊心动魄,让人放松不下来。不信,我们可以看看郦道元在《水经注》里的描述:

> 自三峡七百里中,两岸连山,略无阙处。……有时朝发白帝,暮到江陵,其间千二百里,虽乘奔御风,不以疾也。……每至晴初霜旦,林寒涧肃,常有高猿长啸,属引凄异,空谷传响,哀转久绝。故渔者歌曰:"巴东三峡巫峡长,猿鸣三声泪沾裳!"

郦道元笔下的三峡,阴森险怪,而一旦它遭遇李白,就立刻像舞台上的布景被所有的灯光照亮,连恐怖的猿鸣声都是如音乐般悦耳清澈。

这首诗,也被学界视为唐诗七绝的压卷之作。

七

李白并不是没心没肺,那个繁花似锦的朝代背后的困顿、饥饿、愤怒、寒冷,在李白的诗里都找得到,比如《蜀道难》和《行路难》,他写怨妇,首首都写他自己:

> 箫声咽,秦娥梦断秦楼月,秦楼月,年年柳色,灞陵伤别。
> 乐游原上清秋节,咸阳古道音尘绝。音尘绝,西风残照,汉家陵阙。

李白的诗,我最偏爱这一首《忆秦娥》。那么凄清悲怆,那么深沉幽远。全诗的魂,在一个"咽"字。诗人毛泽东是爱李白的,而毛泽东的词中,我最喜欢的是《忆秦娥·娄山关》:

> 西风烈,长空雁叫霜晨月。
> 霜晨月,马蹄声碎,喇叭声咽。
> 雄关漫道真如铁,而今迈步从头越。
> 从头越,苍山如海,残阳如血。

毛泽东的《忆秦娥》,看得见李白《忆秦娥》的影子。词中同样出现一个"咽"字,也是该词最传神的一个字,不知是巧合,还是毛泽东在向他欣赏的诗人李白致敬。

　　只是李白不会被这样的伤感吞没，他目光沉静，道路远长，像《上阳台帖》里所写："山高水长，物象千万。"一时一事，困不住他。

　　他内心的尺度，是以千里、万年为单位的。

　　他写风，不是"八月秋高风怒号，卷我屋上三重茅"。小小的"三重茅"不入他的眼。他写风，也是"长风万里送秋雁，对此可以酣高楼"，是"黄河捧土尚可塞，北风雨雪恨难裁"。

　　杜甫的精神只有一个层次，那就是忧国忧民，他是意志坚定的儒家信徒。李白的精神是混杂的、不纯的，里面有儒家、道家、墨家、纵横家等等，什么都有，像《上阳台帖》所写，"物象千万"。

　　我曾在《永和九年的那场醉》里写过，儒家学说有一个最薄弱、最柔软的地方，就是它过于关注处理现实社会问题，发展成为一整套严谨的社会政治学，却缺少提供对于存在问题的深刻解答。然而，道家学说早已填补了儒学的这一缺失，把精神引向自然宇宙，形成一套当时儒家还没有充分发展的人格——心灵哲学，让人"从种种具体的、繁杂的、现实的从而是有限的、局部的'末'事中超脱出来，以达到和把握那整体的、无限的、抽象的本体"。

　　儒与道，一现实一高远，彼此映衬、补充，让我们的文明生生不息、左右逢源。但儒道互补出现在一个人身上，就不多见了。李白就是这样的浓缩精品。

　　所以，当官场试图封堵他的生存空间时，他一转身，就进入了一个更大的思想空间。

八

　　河南人杜甫，思维注定属于中原，终究脱不开农耕伦理。《三吏》《三别》，他关注家、田园、社稷、苍生，也深沉，也伟大。但李白是从欧亚大陆的腹地走过来的，他的视野里永远是"明月出天山，苍茫云海间"，是"山随平野尽，江入大荒流"，明净、高远。他有家——诗、酒、马背，就是他的家。所以他的诗句，充满了意外。他就像一个浪迹天涯的牧民，生命中总有无数的意外等待着与他相逢。

　　他的个性里掺杂着游牧民族歌舞的华丽、酣畅、任性。

　　找得见五胡、北魏。

　　而卓越的艺术，无不产生于这种任性。

　　李白精神世界里的纷杂，更接近唐朝的本质，把许多元素、许多色彩搅拌在一起，绽放成明媚而灿烂的唐三彩。

这个朝代，有玄奘万里独行，口述见闻，门人编著而成《大唐西域记》；有段成式，生当残阳如血的晚唐，行万里路，将所有的仙佛人鬼、怪闻异事汇集成一册奇书——《酉阳杂俎》。

在李白身边，活跃着大画家吴道子、大书法家颜真卿、大雕塑家杨惠之。

而李白，又是大唐世界里最不安分的一个。

也只有唐代，能够成全李白。

假若身处明代，李白会疯。

张炜说："李白和唐朝可以互为标签——唐朝的李白，李白的唐朝；而杜甫似乎可以属于任何时代。"

我说，把杜甫放进理学兴盛的宋明，更加合适。

他会成为官场的"清流"，或者干脆成为东林党。

杜甫的忧伤是具体的，也是可以被解决的——假如遇上一个重视文化的"领导"前往草堂送温暖，带上慰问金，杜甫的生活困境就会迎刃而解。

李白的忧伤却是形而上的，是哲学性的，是关乎人的本体存在的，是"人如何才能不被外在环境、条件、制度、观念等等所决定、所控制、所支配、所影响，即人的'自由问题'"，这是无法被具体的政策、措施解决的。

他努力舍弃人的社会性，来保持人的自然性，"与宇宙同构才能是真正的人"。

这个过程，也必有煎熬和痛苦，还有孤独如影随形。在一个比曹操《观沧海》、比王羲之《兰亭序》更加深远宏大的时空体系内，一个人空对日月、醉月迷花，内心怎能不升起一种无着无落的孤独感？

李白的忧伤，来自于"花间一壶酒，独酌无相亲。举杯邀明月，对影成三人"。

李白的孤独，是大孤独；他的悲伤，也是大悲伤，是"大道如青天，我独不得出"，是"白发三千丈，缘愁似个长"，是"高堂明镜悲白发，朝如青丝暮成雪"。

那悲，是没有眼泪的。

九

李白的名声，许多来自他第二次去长安时，皇帝降辇步迎，以七宝床赐食，御手调羹，此后"置于金銮殿，出入翰林中"这段非凡的履历。这记载来自唐代李阳冰的《草堂集序》。李阳冰是李白的族叔，也是唐朝著名的文学家和书法家，有同时代见证者在，我想李阳冰也不敢太忽悠吧。

李白的天性是喜欢吹牛的，或者说那不叫吹牛，而叫狂。吹牛是夸大，而至少在李白自己看来，不是他虚张声势，而是他确实身手了得。比如在那篇写给韩朝宗的"求职信"《与韩荆州书》里，他就声言自己："十五好剑术，遍干诸侯。三十成文章，历抵卿相。虽长不满七尺，而心雄万夫。"假如韩朝宗不信，他欢迎考查，口气依旧是大的："请日试万言，倚马可待。"

李白的朋友也曾帮助李白吹嘘，人们熟悉的"天子呼来不上船，自称臣是酒中仙"就是杜甫《饮中八仙歌》中的句子，至于"天子呼来不上船"这事是否真的发生过，已经没有人追问了。

其实，当皇帝的旨意到来时，李白有点找不着北，他写"仰天大笑出门去，我辈岂是蓬蒿人"等于告诫人们，不要狗眼看人低，拿窝头不当干粮。

李白的到来，确是给唐玄宗带来过兴奋。这两位艺术造诣深厚的唐代美男子的确一拍即合，彼此激赏。唐玄宗看见李白"神气高朗，轩轩若霞举"，一时间看傻了眼。李白写《出师诏》，醉得不成样子，却一挥而就，思逸神飞，浑然天成，无须修改，唐玄宗都想必在内心里叫好。所以，当兴庆宫里、沉香亭畔，牡丹花盛开，唐玄宗与杨贵妃在深夜里赏花，这良辰美景，独少了几曲新歌，唐玄宗幽幽叹道："赏名花，对妃子，焉用旧乐辞焉！"于是让李龟年拿着金花笺急召李白进园，即兴填写新辞。那时的李白，照例是宿醉未解，却挥洒笔墨，文不加点，一蹴而就，文学史上于是有了那首著名的《清平调》：

  云想衣裳花想容，春风拂槛露华浓。
  若非群玉山头见，会向瑶台月下逢。
  一枝红艳露凝香，云雨巫山枉断肠。
  借问汉宫谁得似，可怜飞燕倚新妆。
  名花倾国两相欢，长得君王带笑看。
  解释春风无限恨，沉香亭北倚槛杆。
  ……

园林的最深处，贵妃微醉，翩然起舞，玄宗吹笛伴奏，那新歌，又是出自李白的手笔。这样的豪华阵容，中国历史上再也排不出来了吧。

这三人或许都不会想到，后来安史之乱起，生灵涂炭，此情此景，终将成为"绝唱"。

曲终人散，李白被赶走了，唐玄宗逃跑了，杨贵妃死了。

说到底，唐玄宗无论多么欣赏李白，也只是将他当作文艺人才看待。假如唐朝有文联，有作协，唐玄宗一定会让李白做主席，但他丝毫没有让李白做宰相的打算。李白那副醉生梦死的架势，在唐玄宗李隆基眼里也是烂泥扶不上墙，给他一个供奉翰林的虚衔已经算是照顾他了。对于这样的照顾，李白却一点也不买账。李白不想当作协主席，不想获诺贝尔文学奖，连出版文集的打算也没有。他的诗都是任性而为，写了就扔，连保留都不想保留，所以在安徽当涂，李白咽气前，李阳冰从李白的手里接过他交付的手稿时，大发感慨道："当时著述，十丧其九，今所存者，皆得之他人焉。"也就是说，我们今天读到的李白诗篇，只是他一生创作的十分之一。

李白的理想，是学范蠡、张良，去匡扶天下，完成他"安社稷、济苍生"的功业，然后功成身退，如他诗中所写："事了拂衣去，深藏身与名。"但这充其量只是唐传奇里虬髯客式的江湖侠客，而不是真正的儒家士人。

更重要的，是他自视太高，不肯放下身段在官场逶迤周旋，不甘心"摧眉折腰事权贵，使我不得开心颜"，对官场的险恶也没有丝毫的认识和准备。他从来不按规则出牌，所谓"贵妃研墨，力士脱靴"，固然体现出李白放纵不羁的个性，但在官场眼里，却正是他的缺点。所以，唐玄宗对他的评价是："此人固穷相。"

以这样的心性投奔政治，纵然怀有"天生我材必有用"的自信，有"乘风破浪会有时"的豪情，下场也只能是惨不忍睹。

"慷慨自负、不拘常调"的李白，怎会想到有人在背后捅刀子？而且下黑手的都不是一般人。一个是当朝驸马张垍，此人嫉贤妒能，李白风流俊雅，才不可挡，让他看着别扭，于是不断给李白下绊；还有一位，就是著名的高力士了，李白让高力士为他脱靴，高力士可没有那么幽默，他一点也不觉得这事好玩，于是记在心里，找机会报复。李白《清平调》一写，他就觉得机会来了，对杨贵妃说，李白这小子，把你当成赵飞燕，这不是骂你吗？杨贵妃本来很喜欢李白，一听高力士这么说，恍然大悟，觉得还是高士力向着自己。唐玄宗三次想为李白加官晋爵，都被杨贵妃阻止了。

李林甫、杨国忠、高力士这班当朝人马的"政治智商"，李白一个也对付不了。这样的官场，他一天也待不下去。他没有现实运作能力，这一点，他是不自知的。他生命中的困局早已打成死结。这一点，后人看得清楚，可惜无法提醒他。

李白的政治智商是零，甚至是负数。一有机会，他还想从政，但他做得越多，就败得越惨。安史之乱中，他投奔唐玄宗的第十六个儿子——永王李璘，目的是抗击安禄山，没想到唐玄宗的第三子——已经在灵武登基的唐肃宗李亨担心弟弟李璘坐大，一举歼灭了李璘的部队，杀掉了李璘，李白因卷入皇族之间的权力斗争，再度成了倒霉蛋，落得流放夜郎的下场。

政治是残酷的，政治思维与艺术思维，别如天壤。

好在除了政治化的天下，他还有一个更加自然俊秀、广大深微的天下在等待着他。所幸，在唐代，艺术和政治还基本上是两条战线，宋以后，这两条战线才合二为一，士人们既要在精密规矩的官僚体系内找到铁饭碗，又要有本事在艺术的疆域上纵横驰骋，涌现出范仲淹、晏殊、晏几道、欧阳修、苏洵、苏轼、苏辙、司马光、张载、王安石、沈括、程颢、程颐、黄庭坚等一大批"公务员"身份的文学艺术大家。

所以，当李白不想面对皇帝李隆基，他可以不面对，他只要面对自己就可以了。

终究，李白是一个活在自我里的人。

他的自我，不是自私。他的自我里，有大宇宙。

李白是从天上来的，所以，他的对话者是太阳、月亮、大漠、江河。级别低了，对不上话。他有时也写生活中的困顿，特别是在凄凉的暮年，他以宝剑换酒，写下"欲邀击筑悲歌饮，正值倾家无酒钱"，依然不失潇洒，而毫无世俗烟火气。

他的世界，永远是广大无边的。

只不过，在这世界里，他飞得太高、太远，必然是形单影只。

十

这样写下去，有点像《回忆我的朋友李白》了，所以还是要收敛目光，让它回到这张纸上。然而，《上阳台帖》所说"阳台"在哪里，我始终不得而知。如今的商品房，阳台到处都是，我却找不到李白上过的阳台。至于李白是在什么时候、什么状态下上的阳台，更是一无所知。所有与这幅字相关的环境都消失了，像一部电影，失去了所有的镜头，只留下一排字幕，孤独却清晰地闪亮。

查《李白全集编年注释》，却发现《上阳台帖》（书中叫《题上阳台》）没有编年，只能打入另册，放入"未编年文"。《李白年谱简编》里也查不到，似乎它不属于任何一个年份，没有户口，来路不明，像一只永远无法降落的鸟，孤悬在历史的天际，飘忽不定。

没有空间坐标，我就无法确定时间坐标，无法推断李白书写这份手稿的处境与心境。我体会到艺术史研究之难，获得任何一个线索都不是件简单的事，在历经了长久的迁徙流转之后，有那么多的作品隐匿了它的创作地点、年代、背景，甚至对它的作者都守口如瓶。它们的载体或许扛得过岁月的磨损，它们的来路却早已漫漶不清。

很久以后一个雨天，我坐在书房里读唐代张彦远《历代名画记》，书中突然惊现一个词语：阳台观。让我眼前一亮，豁然开朗。

就在那一瞬间，我内心的迷雾似乎被大唐的阳光骤然驱散。

根据张彦远的记载，开元十五年（公元727年），奉唐玄宗的谕旨，一个名叫司马承祯的著名道士上王屋山建造阳台观。司马承祯是李白的朋友，李白在司马承祯上山的三年前（公元724年）与他相遇，两人成为忘年之交，为此，李白写了《大鹏遇希有鸟赋》（中年时改名《大鹏赋》），开篇即写："余昔于江陵见天台司马子微，谓余有仙风道骨，可与神游八极之表。"司马子微就是李白的哥们司马承祯。

《海录碎事》里记载，司马承祯与李白、陈子昂、宋之问、孟浩然、王维、贺知章、卢藏用、王适、毕构并称"仙宗十友"。

《上阳台帖》里的阳台肯定就是司马承祯在王屋山上建造的阳台观。

唐代是王屋山道教的兴盛时期，有一大批道士居此修道，笃爱道教的李白一定与王屋山有着千丝万缕的联系。李白曾在《寄王屋山人孟大融》里写："愿随夫子天坛上，闲与仙人扫落花。"

可能是应司马承祯的邀请，天宝三年（公元744年）冬天，李白同杜甫一起渡过黄河去王屋山。他们本想寻访道士华盖君，但没有遇到，这时他们见到了一个叫孟大融的人，志趣相投，所以李白挥笔给他写下了这首诗。

那时，他刚刚鼻青脸肿地逃出长安。但《上阳台帖》的文字里，却不见一丝一毫的狼狈，仿佛一出长安，镜头就迅速拉开，空间形态迅猛变化，天高地广，所有的痛苦和忧伤都在炫目的阳光下烟消云散。

因此，在历史中的某一天，在白云缭绕的王屋山上，李白抖笔写下这样的文字：

山高水长，物象千万。非有老笔，清壮可穷。
十八日，上阳台书。太白。

那份旷达，那份无忧，与后来的《早发白帝城》如出一辙。
长安不远，但此刻，它已在九霄云外。

十一

只是，在当时，很少有人真懂李白。
尽管李白一生并不缺少朋友。

最典型的是那个名叫魏万（后改名魏颢）的铁粉。为了能见到李白，他从汴州到鲁南再到江浙，一路狂奔三千多里找到永嘉的深山古村，没想到李白又回天台山了，后来追到广陵才终于见到了李白。

那时没有飞机，没有高铁，三千里地想必是一段艰难的奔波。

两人从此成为莫逆，李白的第一部诗集就是魏万编的，可惜这部诗集没有留存到今天。

魏万尝居王屋山，号王屋山人，李白到王屋山上阳台观，不知是否与魏万有关系。

还有汪伦，他与李白的友谊因那首《赠汪伦》而为天下所闻。其实，李白写《赠汪伦》之前二人并不认识，只因汪伦从安徽泾县县令职位上卸任后，听说李白寄居在李阳冰家里，相距不远，因慕李白诗名，贸然给李白写了封信邀请他来一聚。信上写："此处有十里桃花""此处有万家酒店"。他知道李白见信，必来无疑。

李白果然中招，去了泾县，发现那里既没有十里桃花，也没有那么多的酒店，他是被汪伦忽悠了。汪伦却很淡定，告诉李白，所谓十里桃花，是指这里有十里桃花潭，所谓万家酒店，是指有一家酒店，店主姓万。李白听后开怀大笑，被汪伦的盛情所感动。几天后，李白要乘舟前往万村，从那里走旱路去庐山，在东园古渡登舟时，汪伦在岸边设宴为李白饯行，并拍手踏脚唱歌相送。此时恰逢春风桃李花开日，满目绯红，远山青黛，潭水深碧，美酒香醇，一首《赠汪伦》在李白心里应运而生：

　　李白乘舟将欲行，忽闻岸上踏歌声。
　　桃花潭水深千尺，不及汪伦送我情。

这段故事，记录在清人袁枚《随园诗话》里。文字里，我们看见了他们性情的丰盈与润泽，也看见了彼此间的期许与珍惜。

那份情谊，千古动心。

最值一提的还是李白与杜甫的友谊。杜甫对李白一日不见，如隔三秋，一段日子不见，他就写诗："不见李生久，佯狂真可哀。世人皆欲杀，吾意独怜才。"

他还不止一次梦见李白："故人入我梦，明我常相忆。恐非平生魂，路远不可测。"

最感人的还是那首《天末怀李白》："凉风起天末，君子意如何？鸿雁几时到，江湖秋水多。文章憎命达，魑魅喜人过。应共冤魂语，投诗吊汨罗。"

杜甫一生中为李白写过许多诗，而李白为杜甫写的诗却少之又少，只有《鲁郡东石门送杜二甫》《沙丘城下寄杜甫》，在他为数众多的赠友诗里实在不算起眼。

不是李白薄情，相反，他十分重视友情。

年轻时，李白与友人吴指南一起仗剑游走，吴指南死在洞庭，李白扶尸痛哭，让过路的人都深为感动。他守着尸体不肯离去，甚至老虎来了他都不躲一下。很久以后，他还借了钱，回到埋葬吴指南的地方把他重新安葬。

李长之先生在《李白传》中说："我们不能因此就断言李白比杜甫薄情，这因为他们的精神形式实在不同故，在杜甫，深而广，所以能包容一切；在李白，浓而烈，所以能超越所有。"

李白的精神世界是在另外一个维度里的。

李白是生在宇宙里的，浓浓的友情抹不去李白巨大的孤独感。

这种孤独感与生俱来，在他诗中时隐时现，比如那首《独坐敬亭山》："众鸟高飞尽，孤云独去闲。相看两不厌，只有敬亭山。"

一片青山中坐着一个渺小的人影。

那人就是李白。

李白的内心世界越广大，孤独就越深入骨髓。

他的路上没有同行者。

十二

反过来说，一个真正的诗人并不惧怕痛苦和孤独，而是会依存于甚至陶醉于这份孤独。就像一个流浪歌手，越是孤独，他走得越远，他的世界也越发浩大。

年少时迷恋齐秦，自己也在他的歌里一路走向目光都无法企及的天边。齐秦的歌词，我至今不忘：

> 想问天问大地，或者是迷信问问宿命。放弃所有，抛下所有，让我漂流在安静的夜夜空里……

那时我不懂李白，只会背诵他几句朗朗上口的诗句。那时我心里只装着齐秦那忧郁孤独的歌声。这不同时代的歌者固然没有可比性，但是他们在各自的音符里藏着某种相通的路径。

只有在绝对的孤独里才找得见绝对的自我。

就像佛教徒的闭关面壁，孤独也是一种修行。

最伟大的艺术无不在最大的孤独里实现了自我完成。

李白喜醉不过是在喧嚣中逃向孤独的一种方式而已。

他要在那一缕香醇里寻找到内心的慰藉。

所以,李白的诗、李白的字与王羲之有不同。王羲之《兰亭序》是喜极而泣、悲从中来,在风花雪月的背后看到了生命的虚无与荒凉,那是因为美到了极致就是绝望。李白则恰好相反,他是悲着悲着就大笑起来,放纵起来,像《行路难》,在"欲渡黄河冰塞川,将登太行雪满山"的茫然和惆怅后面,竟然是"长风破浪会有时,直挂云帆济沧海"的万丈豪情。王羲之是从宇宙的无限看到了人生的有限,李白却从人生的有限看到宇宙的无限。李白不是无知者无畏,他是知道了所以不在乎。

从某种意义上说,李白的孤独里透着某种自负。

这样的自负从他的字里看得出来。

元代张晏形容《上阳台帖》:"观其飘飘然有凌云之态,高出尘寰,得物外之妙。"

他把这段话写进他的跋文,庄重地裱在《上阳台帖》的后面。

十三

有人说李白是醉游采石江入水捉月而死的。

这死法有美感。

不像杜甫,可怜到没有饭吃,被一顿饱饭撑死。

死都死得很现实主义。

五代王定保《唐摭言》、宋代洪迈《容斋五笔》、元代辛文房《唐才子传》里,都写成李白为捉月而死。

金陵采石矶至今有捉月亭,纪念李白因捉月而死。

但洪迈在讲述这段传奇时,加上"世俗言"三个字,意思是坊间传说的,不当真。

《演繁露》说:"谓(李)白以捉月自投于江,则传者误也。"

其实,李白的晚境比杜甫好不了多少。

李白走投无路之际,在当涂当县令的族叔李阳冰收留了他。

或许李白死于最普通的死法——死在病床上。

时间为宝应元年(公元762年),那一年,他六十二岁。

虽才华锦绣,却终是血肉之躯。

但李白的传奇到此并没有结束。

它的尾声比正文还长。

一代代的后人都声称他们曾经与李白相遇。

唐宪宗元和年间，有人自北海来，见到李白与一位道士在高山上谈笑。良久，那道士在碧雾中跨上赤虬而去，李白耸身，健步追上去，与道士骑在同一只赤虬上向东而去。这段记载出自唐传奇《龙城录》。

还有一种说法，白居易的后人白龟年有一天来到嵩山，遥望东岩古木郁郁葱葱，正要前行，突然有一个人挡在面前，说："李翰林想见你。"白龟年跟在他身后缓缓行走，不久就看见一个人，褒衣博带，秀发风姿，那人说："我就是李白，死在水里，如今已羽化成仙了，上帝让我掌管笺奏，在这里已经一百年了……"这段记载出自《广列仙传》。

苏东坡也讲过一个故事，说他曾在汴京遇见一人手里拿着一张纸，上面是颜真卿的字，居然墨迹未干，像是刚刚写上去的，上面写着一首诗，有"朝披梦泽云，笠钓青茫茫"之句，说是李白亲自写的。苏东坡把诗读了一遍，说："此诗非太白不能道也。"

在后世的文字里，李白从未停止玩"穿越"，从唐宋传奇到明清话本，李白的身影到处可见。

仿佛每个人都会在自己的路上遇到李白。这是他们的"白日梦"，也是一种心理补偿——没有李白的时代是多么乏味。

李白则在这样的"穿越"里，得到了他一生渴望的放纵和自由。

"人生在世不称意，明朝散发弄扁舟。"李白的意思是说："你们等着，我来了。"

他会散开自己的长发，放出一叶扁舟，无拘无束地奔向物象千万，山高水长。

此际，那一卷《上阳台帖》正夹带着所有往事风声，在我面前徐徐展开。

静默中，我在等候写下它的那个人。

《当代》2017年第1期

朝家的方向走

吴佳骏

河 船

  雨下着，天气骤然变凉，秋天悄悄地去了。像河里的水，一年四季地流淌，看不出什么动静。大概唯有水底下的鱼儿，方能感知水的深浅和冷暖吧。

  每到这个季节，我便知道，又该是回家的时候了。

  来不及收拾行李就出发。故乡在那里等着我呢，正如我在远方眺望着它那般。在码头下了车，举目四望，过去熟悉的场景早已烟消云散。简陋的小面馆拆了，落满岁月痕迹的青石台阶也不见了；那家我曾经常去剪发的店子连同店门前几棵高大葳蕤的梧桐树，也已荡然无存。

  我到底成了一个游子，一个陌路人。

  父亲说，如今回家不用再坐船了，车子可以直接开到家门口。可我还是在码头下了车，我回乡本就是来坐船的。只有坐船，我才能找到回家的路。这条路虽不坚硬，也未铺沥青，但它却通往我的心里，是连接我与故乡之间的一条脐带。

  木船是不可能有了。停泊在码头上的，都是些铁船。船夫全是老叟。坐在船头，抽烟或打牌。见有人来，又都齐刷刷站起，殷勤地招揽顾客，嘴巴甜得跟抹了蜂蜜似的。不消说，他们都把我当作来此旅游的客人了。

  我雇了一只小船，朝家的方向走。

  船夫是个老实人，话不多，沉默如树枝上挂着的鸟巢。他或许识破了我并非游客，不过是个在外漂泊归来的浪子，想早点让我回家，索性发动起柴油机马达，船便箭一般射了出去。我赶紧示意他熄火，只用桨划。船夫似有不悦，他送我过河后还要迎接后面的生意呢。我说这样吧，我再加十元钱，由我自己来撑船。船夫点点头，退到舱中，掏出叶子烟点燃。

水面上起了雾，乳白色的雾气模糊了两岸的青山。我撑着船桨慢慢地移动。身后的水波纷披两边，有种恬静的柔美。嗅着迎面扑来的阵阵水腥味，我仿佛刚从迷梦中醒来。

记忆复活了。桨声欸乃中，我好似看到几个光着屁股的孩童，在河里扎猛子逮野鸭；听到涨水季节从山上汇流入河的潺潺天水声；以及感受到多年前，在有月光的夜晚，独自划船撒网捕鱼的情景……

想起这一切，我有一种安宁之感。

雾越来越浓。船在我的划动中有节奏地行进着，像我的心跳。我的家就在河对岸的山腰上。太阳晒着她，风雨吹着她，时间雕刻着她。我不知道她还是不是原来的样子，还能不能认出我来。

河流沉默着，像船舱中沉默的老叟。她大概不会感觉到我此时心情的沉重。毕竟，这么些年来，河流经历了太多。她见惯了潮涨潮落，也见惯了冷月秋风。我一直相信，是这条河流代替我这个游子看到了许多我不曾看到的东西——木船是怎样被铁船取代的，船夫是怎样一天一天老去的，野鸭和白鹤是怎样从河湾里消失的，水底的鱼虾是怎样不知不觉死去的……

我划着船，朝家的方向走。

我的家就在河对岸的山腰上。透过浓雾，我依稀看到了她那沧桑的面孔。翠竹掩映中，她在向我微笑，在向我招手。

离船登岸。泪珠倏忽从我眼眶滑落，像露水，坠落在深秋里。

幽寂山路

路很瘦，似一根骨头遗落在山间。

大概好久都没人走了，石板上长满青苔。路的两边，茅草及膝。草尖上挂满了露珠，一颗一颗，圆润，透明。我怕水珠打湿鞋子，顺手在地上捡了一根干树枝，一边扫去草叶上的水珠，一边小心翼翼地走着。

脚步太重，不但会踩疼路，还会踩疼我自己。

这条山路是我童年时就走惯了的。故我熟悉它的每一个弯道，两侧的树木和藤蔓，野花的香气和果实的颜色，蜜蜂的嬉戏和蝴蝶的舞蹈……那时候，我是多么小啊，小得像路面上的那些黑色斑点。

印象最深的是，冬日早晨打着手电去小镇上学。黎明时分，寒气吹在脸孔的感觉仿佛被窝里钻进了一条蛇。四野一片漆黑，我们从路上走过，也是从恐惧里走过。一起去学校的共有五个孩子，三男两女。女孩子大都胆小，总是走在我们中间。手电筒暗黄的光圈将我们的影子拖得很长,让我们提前看到了长大后的自己。一路上,我们东拉西扯,说些不着边际的话,替自己壮胆。其中一个男生,每次都很绅士,帮女生背书包。两个女生也很乐意让他效劳,只要一碰面,便将肩头的书包扔给他。这可能是发生在这条路上的最温暖的事情了。我们都在这温暖的包裹中成长。后来我们中学毕业,其中一个女生去了另一个县念书。那个曾给她背过书包的男生眼睛都快哭肿了,泪水比冬天的寒露还要凉。我们见他哭,也跟着伤心。只有山路沉默不语,泥泞的路面照旧坑坑洼洼;路的两旁依然百草丰茂,虫嘶鸟鸣。

那个时候,我最大的梦想就是,从这条山路走出去,再也不要回来。我怕将来会像我的村邻们那样,把自己一辈子都拴在这条路上。从小到大,我见到很多在这条路上往返的人,他们走着走着,就从一个青年变成了中年;又走着走着,就从一个中年变成了老年;再走着走着,就消失了。只剩下风,在追赶着消失之人的魂魄。

我每次从这条山路上走过,心里都有一种说不出的难受。

这难受还跟我父亲有关。我父亲是个乡村医生。我十多岁的时候就看见他肩上挎个红十字药箱在这条山路上走着,到邻近各村去给患者治病。父亲身材矮小,走起路来似在飘动。有时他出诊天黑未归,我就会独自跑到路上来接他。尤其是夏夜,头顶满是星光或月光,萤火虫落在路边的草叶上发出银色光芒,使人生出些许幻觉。偶尔,一阵风过,送来不远处稻谷的清香。蛙鸣如鼓,似在为父亲的归来奏乐。他这个游走在乡间的"救命者"经受得起这样的礼遇。

我不知道父亲什么时候能回来,就那样在山路上徘徊,或坐或卧。有时直到我靠在某块石头上睡醒一觉,才听到父亲归来的脚步声。他见到我,一句话不说,只摸摸我的头便牵着我的手回家。那些个夜晚,我体会到一种等待的温情,一种叫作爱的幸福。

一个人选择什么样的路,就得走什么样的路。只有走到底,才不算辜负自己。

我终于沿着山路回到了家。我庆幸自己没有迷路。尽管,我手上拿着的那根干树枝在拍打露水中断成了两截。

到家后,我才了解到,自从公路修通后村子里的人都不再走山路了。也许,新路要比旧路好走吧。

只有我父亲还在走着山路。我认得出他的脚印,也嗅得出他走过后留下的气味。

这条山路,现在成了父亲一个人的路了。

狗　心

　　这个小家伙是母亲捡来的。一身的黄毛，故大家都叫它小黄。它从远处朝我跑来，好似风裹了一蓬飘落的银杏叶子在打旋。每次回村，都是它来迎接我，邀功似的摇着尾巴。舌头伸得老长，在我裤管上舔来舔去，还不断提起两条前腿，试图蹦到我怀里来。这样欢快一阵，又跑开了。嘴上叼一根被风吹落的干树枝，或是菜地里的一片青菜叶，躲进屋檐下的柴草堆继续它的玩耍和守候。迎接我，只是它生活中的一个仪式而已。

　　我不在家的日子，它也这么迎送我父亲。

　　父亲在离家几公里的小镇码头开了家药店，每天早晨，只要父亲挎起药箱，小黄就知道他要走。一直尾随其身后，寸步不离。父亲走一步，它也走一步。有时，它还会跑到父亲前面。见父亲跟不上，它就先撒泡尿，然后站在山路上等。待父亲要赶上它了，它又"嗖"地跑远了。最开始，它将父亲送至山路下的河流边就站住了，望着宽阔的大河，两眼充满迷茫。父亲不知道它在思考什么，它也不知道父亲要到何处去。父亲赶时间，正要撑船掉头离岸。小黄如梦方醒，两腿不停刨船舷。它想跟父亲一起走。父亲停下手中的桨，喊它回去，回家去。越喊它刨得越来劲，像个犟脾气的孩子。无奈，父亲奋力一划桨，船便离开了岸边。父亲一边划船，一边想着身后的小黄。但他没有回头看，他深知，心一旦仁慈了，很多事情就难以做出决断。小黄大概是个急性子，它望着父亲的背影渐行渐远，眼泪都快出来了。那时，它已顾不得许多，也不管河里的水深水浅，后腿一蹬，跳进了河里，尾随父亲的木船追赶。那样子，很有些悲壮。父亲听到身后的狗叫声，一回头，见小黄周身湿透，目露凄楚，心都碎了。他赶紧掉转船头，将小黄捞上船舱。

　　从此，父亲总是对小黄心怀歉意。早上再出发的时候，他都要背着小黄走，不让它看见。可小黄的心又敏感得很，只要没看到父亲的身影，它就会四处寻找，屋前屋后，屋里屋外都要找遍。后来，或许是小黄意识到父亲故意不让它去送行，怕它独自返回时孤独，才懂事地守在家中，只在傍晚时分等候父亲归来。

　　小黄只要听到父亲的脚步声响起，就像一个打了兴奋剂的运动员，激动而亲切地朝父亲跑去，接他回家。就这样，小黄在迎接父亲中走过了春秋和冬夏。父亲也在对小黄的歉疚和期盼中，一天天走向衰老。

　　在小黄之前，我们家还养过一条狗。体型比小黄偏大，也是一身黄色。我习惯性称呼它为大黄。大黄也是我们家的"贵宾"，尤其母亲，很心疼它。每次上坡干活或走亲戚，都要将它带上。有一次，母亲在崖边割草，不慎掉下了崖。原本躺在背篓旁打盹的大黄见此情景，急得团团转。它将头伸向崖下，发出撕心裂肺般的号叫，试图将已经昏迷的母亲唤醒。但母亲没能听见大黄的呼唤。整个丘陵静得只剩下大黄的叫声。母亲越是听不见，大黄就叫得越凶。直到嗓子都叫哑了才引起在另一处干活的村邻的注意，几个人合力将母亲抬回家后，大黄才停止了号叫。

康复后的母亲对大黄更是充满感恩，凡有好吃的食物，都要分一点给它。大黄一得到母亲奖赏的食品，都会高兴异常，像幼儿园的孩子领到老师发放的糖果或糕点。天气好的时候，大黄喜欢躺在院坝里的柿子树下晒太阳。晒暖和了，身上的虱子就会咬它。这时，大黄总会抬起后腿去挠自己的肚子，那憨态可掬的模样很像一个蹩脚的杂耍小丑。

可不幸的是，有一回大黄外出玩耍，误食了别人投放的"爆蛋"（一种专门炸狗的炸药食品），整个腮帮都被炸飞了，鲜血直流。大黄忍着剧痛跑回家。它怕母亲看到它的惨状，只好躲在屋前的岩洞里等死。但大黄生命力顽强，迟迟断不了气。母亲实在不愿看它再受痛苦折磨，便恳请村里的一个石匠用钢钎帮助大黄结束了生命。

母亲流着泪将此事告诉我时，我顿时痛哭失声。

我怀念我们的大黄。

有雾的早晨

在南方，深秋的早晨经常下雾。要是起床早，随意地在晨雾中一走，周身都像被泼了牛奶，黏黏的，一片潮湿。母亲叫我去菜地掐点豌豆尖来煮面条。我披上一件父亲穿过的旧棉袄朝菜地走。菜地是母亲耕种的，里面除了豌豆尖，还有莲白、莴苣和辣椒。它们都长势很好，没有被虫吃。

我低下头，撕破雾的帘子，看见蔬菜叶子上结满了小水珠。用手轻轻触碰，一股凉便通过我的手臂传遍全身。那些菜翠绿、鲜嫩得很，仿佛刚刚吮吸完奶水的婴儿的脸庞。我真舍不得掐它们，但考虑到母亲辛辛苦苦为我做早饭，我不能扫她的兴。她起早摸黑大半辈子，都在为我操心。她太累了。她经历了太多有雾的早晨。那些年，我尚年幼，雾遮蔽住了我的眼睛，也遮挡住了我通往母亲内心的道路。现如今，母亲年岁渐老，本该由我来为她做早饭，回报一下她。可无论我起得再早，都无法赶上母亲起床的时间。就像我成长得再快，也追不上她的衰老。后来，我终于明白了，当我还在学会走路的时候，母亲就已经在奔跑着生活。

这也是为何在那些有雾的早晨,当别人家的孩子看到的都是雾时,我看到的却是雾中母亲的身影。

我喜欢吃豌豆尖,也喜欢吃母亲煮的面条。

记得小时候家里穷,能吃上一顿面条,就已经是难得的福分了。母亲知道我喜欢吃面,便节衣缩食,把粮仓里的小麦背到镇上换成面。隔三岔五,她都会给我煮上一小碗。她和父亲都不吃,只给我吃。他俩看着我吃,心里就高兴。现在想来,这高兴里不知裹着几多的酸楚。

母亲煮的面条,我称为"白水面"。那会儿,家里啥调料都没有,只放点油和盐,再加一勺味精。这样的面吃起来倒也香软可口,滋味绵长。长大后,我依然喜欢吃面。虽然城市里的面调料五花八门,做法花样翻新,但就是不如母亲煮的面那么能满足我的胃口。故只要我一回到家,母亲必定会煮一碗"白水面"给我吃。她明白她儿子需要什么。

吃完面条,雾依旧浓得化不开,整个村子像被一匹大白布裹着。父亲看看手表,忙着去诊所。自从他开药店以来,每天都按时赶去坐诊,风雨无阻。他怕病人久等。父亲说,要是让病人等医生,那是极为不道德的事情。

我提出去送送父亲,他没有拒绝。这么多年来,我还是第一次送父亲。一路上,大雾包裹着我们父子俩。他在前,我在后。尽管我们隔得那么近,却很难看清对方。我只能看到他的一个轮廓。这就是父亲给我的印象,模糊得有些失真。我不知道我给父亲的印象是否也会这般。

到了河边,雾封锁了河面,简直辨不清方向。父亲让我回去,他说自有对付这种大雾天气的办法。我相信父亲说的话。他在这河面上往返了几十年,哪怕闭着眼,也不会迷路。但我偏不回家,我要求亲自送父亲过河。父亲沉默着,没有说话,只是把桨交给我,然后坐在舱中,望着白雾茫茫的河面,像望着一个久远的梦境。

我凭借记忆和直感破雾前行。木桨划裂河面的声音像隔壁家的大婶拿着菜刀在削冬瓜皮。耳朵边不时传来一两声鸟叫,叫声时而低沉,时而高亢。大概在雾中划行了一刻钟,我依稀看到了河岸。我正暗自惊喜总算将父亲送过了河,可船一抵岸,却发觉又回到了起点。

父亲没有生气,说:还是我来吧。我只好又把桨交还给他,怏怏地冒着晨雾回家去了。归途中,我在想,这么些年,我走南闯北,浪迹天涯,为何最终还是依恋着出生地呢?

人啊,不论走多远,终究走不出自己的家。

霜　降

从床上爬起，看到"霜降"。

外面有风，窗台上落着一片黄叶。我拾起来，准备夹在枕边放着的书本里。我有收集植物标本的癖好。严格说，这枚叶片无论形状和质地，都还不太符合我的审美标准。但我看中它所承载的信息——晚秋的信息。这片树叶是秋天最后的影子，是季节换装时褪掉的一片羽毛。我收藏了这片羽毛，也就收藏了整个秋天。

从叶片上判断，生长这枚叶子的必定是棵老树。只有老树的叶子，颜色才那么纯正，黄得跟人的皮肤差不多。那遍布于树叶上的经脉写满了年轮的密码，顺着这些脉络，说不定就能返回到一棵大树。

村子里的晒场上，有人在劈柴。每年霜降日，村民即开始预备过冬的柴火。他们先将碗口粗的树锯成一尺来长的圆木，再用斧子劈成四块，搬回家码放在屋檐下，让风吹，让冬阳晒。这些木柴经霜一打都很耐烧。到了冬天，取几块扔到灶间或火盆里，火光熊熊，呐喊似的。即使燃尽，红光也会依附在木炭上，长久不熄。

小时候，我最期待的就是在灶间里烧红薯。从薯窖里捡出几个，洗都不用洗，直接投进灶间，用热木炭盖住，就可以去玩。半个小时后，用火钳将红薯掏出来，拍去表皮的灰，再揭去薯壳，香软滚烫的薯肉就显露出来。吃到嘴里，那感觉，那滋味，一辈子都忘不掉。

晒场的旁边，有人在点火抗霜。浓烟把眼泪都熏出来了，仿佛在悲悼秋天的逝去。那些成团状的烟雾散散漫漫，在晒场上空徘徊不去。烟是草的魂，草死了，草的魂还想看一眼大地。继而一阵风过，草魂便被彻底卷走了。

我顺着烟雾消散的方向慢走，看见一对年轻夫妇赶着近十只羊朝我走来。其中两只小羊羔跟在母羊后面，咩咩地叫。叫累了，就跑去妈妈的肚子下吮吸奶水。这时，行走的母羊就会停下来，等孩子吸饱喝足再赶路，哪怕赶羊人不断催促，母羊也照样充耳不闻。羊鞭挨着皮肉了，也要强忍住痛让孩子安心吃奶。

这对赶羊夫妇是邻村的。男子瘦高个，浓眉大眼，颧骨凸出。走起路来像在跟羊赛跑似的，左边一下，右边一下。聪明的羊直接从他的胯下钻了过去。妇女紧跟丈夫身后，像个不合格的裁判。她操一口外地话，也许只有其丈夫和羊能听懂。妇女的背上还背着一个小男孩，约莫两岁。两只小手跟鸡爪似的，死死地将母亲抓住。鼻涕一流出来，就朝母亲肩膀上蹭。

我不知道他们是将羊赶出来吃草，还是牵去出卖。看样子，应该是赶出来吃草。我相信是这样，尽管霜降至立冬前后都有羊贩子来村里买羊。羊贩子将羊拖去屠宰场宰杀后，再去暖那些富贵之人的富贵之胃。

路两边的草叶、泥土上，都蒙了一层白霜，我的头发上也好似沾了水汽，手和脚也有些冰凉。我一看手表，已经上午九点多钟了，记得早晨起床后，父亲交代让我把家里那棵柿树上的柿子摘了。我不能误了正事，遂返身往回走。

那是棵老柿子树，是我爷爷生前栽种的。他都过世二十几年了。南方柿树少，我们村就只有我家有一棵每年都挂满了黄澄澄的果子。以前摘柿子，我都是爬树，现在爬不上树了，只好借助梯子。但令我没想到的是，满树的柿子十有八九都被鸟啄了。这些鸟跟某些人一样，嘴尖得很，一啄一个洞。我骑在柿树上，竟无端地想起了那些在尘世间走着的伤痕累累、千疮百孔的人。

最终，我还是把那些被鸟啄过的柿子全部摘了下来，整整几大筐。看着那些小灯笼似的烂果子，心情郁闷了一下午。晚上父亲回来问我怎么啦，我说出了我的悲伤。父亲望望我，笑着说：你啊，真是个没有经历霜降的孩子。

《青年文学》2017年第1期

小草远志

刘学刚

　　小城里的中药店是一座植物的博物馆。生水浸泡，文火慢熬，植物们陷入了往昔的回忆，深邃的山野的气息，徐徐地从时间深处丝丝缕缕地弥散出来。中药店张贴的春联也别有意味，有这么一联：厚朴待人，使君子长存远志；苁蓉处世，郁李仁敢不细辛。此联构思独特，嵌入厚朴、远志等六味中药，既有本草之味道，又有美质之芳香。尤其远志一味，与远志弘毅、高情远志相关联，治病、育人皆为上品。

　　托物言志是古文人的一种通病，他们期待小草拥有大树的天空。远志是一种多年生草本植物，它的名字就是一味药，抚慰着人们的内心。草木远志成为言志的出口，让古人一言远志就心阳振作，精神抖擞，"此去不论生地熟地，远志莫怕路千里"。但是，浪迹江湖大半生，空负少年头，远志不如当归，"独有痴儿渐远志，更无慈母望当归"。嵌入诗词对联的远志，被修齐治平，小的草心怀远的志，它的枝枝叶叶结构着草木的形态，也表明了中国传统价值观的根深蒂固。清人龚自珍空怀远志，报国无门，愤慨自己被朝廷视为小草的不公："九边烂熟等雕虫，远志真看小草同。枉说健儿身在手，青灯夜雪阻山东。"诗人借药抒怀，内里之病痛，个中之愤世，中药远志亦无力救治。

　　远志的小名叫什么？就叫小草。在我的故乡洪沟河南岸，野草长得到处都是。它们有着各自的形态和名字，它们的统称是小草，再诗意一些，唯美一些，是青草、绿草、碧草。远志别称小草，这颇有些小可爱，很像一个泥土里洗澡的小屁孩，长大了，精于文韬武略，屡建战功，被拥为威武大将军。

　　远志茎纤细叶瘦长，一副总也长不大的样子。远志生长在山坡野地里，而且，它多是在干硬得一滴泪珠落下去也能摔成八瓣的土地上。湿润松软的土壤里很难看见它的身影。在生物界，哪怕是植物群落里，最低贱的就是野草了，远志宁愿它生存的环境艰难些，再艰难些，这种坚韧的生活让它的生命时刻处于一种抗争状态，它比我们更清醒，它不像瞎驴那样守着一个烂草垛，目光越过细枝细叶的现世投向了未来，一棵有远志的小草是如此低调和沉韧，它单薄瘦弱，比普通的草更普通，也更坚忍，不标榜自己的志向，也不炫耀个人的奋斗，它情愿被忽略被漠视，做一棵自尊自立的小草。

远志非常耐旱，它有足够的信心和力量，钻出坚硬如铁的地面，竖起一根细细的茎。更多的植物去了公园，去了湿地，也有的植物被沙砾土块挡了手绊了脚，一时憋屈在根部的黑暗里，干旱的土地上站着一棵远志，有些大漠孤烟直的意味，唐诗里土呛呛的戈壁，移植到我的故乡，是干焦焦的路面。在路边，在山坡，远志干干瘦瘦的，它细弱的茎让人心疼，那种纤细，不像是植株，倒很像一些植物的叶柄，吃力而又奋力地举着叶子。它的叶子和茎株一样细瘦，有柳叶的模样，线状披针形，单叶，灰绿色的，互生，比柳叶更为细小，长得长一点的也就小拇指一般长短。柳树鹅黄继而碧绿，它互生的细叶很舒展很洒脱，是绿丝绦；远志的叶子先是深情地相跟着茎株走一段路，然后慢慢地向外斜出，看似刻意远离，却又身心相系。细叶抱着细茎，整个一棵远志依然瘦小，高者也就长到两扎高，这样的瘦弱和低矮，在植物家族里，是其貌不扬的。细看，它的茎往细里憋，叶子的先端向尖里走，它在积蓄力量，它会飙出细而尖的高音吗？

远志夏花秋果。小枝的顶端吐出一团淡淡的蓝紫，那是远志的花，总状花序，很小巧，却有繁复之美，它的两侧瓣卵形，中央花瓣稍稍大些，呈龙骨瓣状。从两侧到中心，不难看出，远志的心思缜密而大胆，两侧的蓝紫有些细弱而模糊，挣脱卵的形状，中央迷人的花瓣激动地舒张，艰难的生长变成了自信的笑容。远志的蒴果扁平，卵圆形，内里是卵形的种子，棕黑色。让人忍俊不禁的是，那些种子活像一群毛茸茸的小鸡，颜色有深有浅，这些小白鸡、小黑鸡在鸡窝里，相互一挤，身子就微微扁了，其上的绒毛却愈加细密白净，落了地，叽叽叫，叫喔喔，叫咯咯，叫醒一个新春，叫响一个金秋。

从茎叶的骆驼阶段到蒴果的婴儿阶段，我将这植物的远大志向讲完了吗？一种植物历经艰难困顿，最终让自己变得可爱天真，这样的奋斗，在很多人看来，是多么幼稚可笑，为成功人士所不齿。植物绝不缺少智慧，它的机智并不比人类逊色。如果我们运用植物的思想来导引我们的行动，那大地不只茂盛植物，更会结满天真、纯朴、温善的果实。所谓的成功人士拼搏得毫无价值，他们拼来一个钢铁怪物，把亿万年积攒的石油逼成鬼魅一般的尾气。天真透明的眼睛才能清晰地看见生命之所向与志向之所在，并远离一切非生活的东西，直奔生活的自在之喜，以及由此带来的内心的荣耀。

关于远志的远见并未到此结束。古往今来，很多人离开故土，把成就事业、衣锦还乡作为人生的终极目标，而远方等待他们的是零丁洋和凌迟台。纵使少小离家老大回，鬓已星星也，壮志化尘埃。小草有远志，它的志向不在高远的天空，而在黑暗的根部，这种与生俱来的根性意识使它追求着生命的最大值。远志的枝叶有菜色，瘦得让人惊心，它的根却像一个生活富足的乡村财主，一袭棕黄色长衫裹着肥胖的身体，侧根如须，表情镇静。远志植株不高，它的根呈管状，有半米多长，可入药，很早就被《神农本草经》奉为养命要药。

远志长到第三年的初春或者深秋，它的根就可以采挖了。茎叶的一次次惊恐，像暗伤一样侵蚀着它的根部，造成一道道纵的横的裂纹。乍看起来，远志如此卑微，如此平静，不与其他生命争高低，而在它的根部，卧薪尝胆，对于生命价值的探寻却异常强烈而又专注。出头露面的长根，仍要经受一番历练，方能小草成远志。持一根木棒，敲打根部，使其松软，然后抽出木心，焙干研细，甘草水煮，落难青蛙变王子，丹心远志济众生。对于中药远志，《本草正义》赞誉有加："其专主心经者，心本血之总汇，辛温以通利之，宜其振作心阳，而益人智慧矣。"

如此看来，亲近植物，颂扬植物，能让我们变得更有智慧，更能看清我们的来路和去处，并永远享受植物带来的喜悦与幸福。

《散文》2017年第2期

生灵簿

苍 耳

当猫从空中跳下来

有个悖论是这样的：当猫从空中跳下来，它必定先用脚着陆；当黄油吐司被抛到半空，涂上黄油的那一面必定先落地。如果把吐司没涂黄油的那一面粘在猫的背部，依据前述，猫将无法用脚着陆，同样，吐司涂上黄油的那一面也不可能落地。如此推理下去，它将一直在逼近地面的某个高度翻转或悬浮，达到一种相对静止的恒稳状态。这固然是个有趣的拼贴试验，但却更接近于我"粘上"记忆重返那发黄了的时光。

不同的是，我的记忆中没有黄油，也没有吐司。粘在那只猫的背部的倒可能是玉米饼或者野蒿子粑。那时偶或听说"黄油"，也局限于纸上，如同"土豆烧熟了，再加牛肉"必定局限于广播里。从前我家在青阳乡下确乎养过猫的，养的第一只猫是虎斑猫。记得1971年的冬天，特别冷，那猫的一只后脚被火严重烫伤，肉垫萎缩了，爪趾也没了。其时我已在县城念初中。它是怎么烫伤的，母亲说不出个所以然来。大致有以下几种可能：其一，它从高处跳下来，恰好下面有个火盆；其二，它夜里怕冷，喜欢钻灶洞，在热灰里取暖；其三，年底"车"塘时偷吃生产队的鱼，被扁头队长扔到开水桶里。扁头家距我家隔壁仅一个牛栏，但扁头自小跟爷爷奶奶另过（爷爷在公社当炊事员），不认得我家的猫。当然猫也不认得他，尤其不知道他当了生产队长。

我以为第一种可能性更大些。火盆盖上灰后，看不出来里面有火。倘追究两只猫从空中往下跳何以结果不一样，我想答案只有一个：此处与彼处，重力是不一样的。也就是说，即便把吐司没涂黄油的那一面粘在虎斑猫的背部，它也会从空中急速坠落并前脚着地，只是它不晓得下面有个火盆。你能说火盆和泥巴的重力是一样的吗?

　　用虎斑猫来套这个悖论,也许有些牵强。因为是家养,偏心乃必然,得出试验的结论未免会跑调。后来全家搬迁到陵阳,猫仍养着,但不是那一只了。后来发现这座老宅里生存着蛇的家族,以捕食老鼠为生。村民深知它们的底细,叫它们菜花蛇,声称它们像长长的菜瓜条,无毒牙。家蛇在当地受到尊重,虽不像原始人崇拜蛇图腾那样,但人蛇共居于一片屋檐下,相安无事以至于冥然默契倒是真实。据我所知,家蛇的不同寻常大致有以下几点:一是老宅之内,家蛇在阴面建立了自己的独立王国,与灵长们统治的阳面世界正好相对。它不会轻易跟你们打照面,顶多隔着板壁听它们爬行在梁柱上发出沙沙声。它严守自己的领地从不越界,绝少干涉灵长们的体面生活。二是它们使猫的存在变得尴尬。家蛇是否视老猫为非法移民,为入侵者,不晓得。反正老猫几乎无事可干了,靠人喂食确是事实。我家老猫有时闯点祸,偷吃左邻右舍的干鱼,老贫农便告状到母亲这儿。母亲无法断定是否为老猫所为,只一个劲地赔不是。三是老宅昼夜保持着安宁与静谧,未见鼠迹,亦未见灾年对家蛇有什么影响。比如大旱之年,河沟干了,鱼塘干了,老猫受不住了,因为猫食成了问题。但家蛇依然在隔板那一边我行我素,处变如常,无声地繁衍子息,冷眼看壁外世界。

　　这座老宅我不止一次写过,越写越不知道它有多老了。村民说它是保长的祖宅,后来充公归了生产队。住得久了,自然冒出一个愿望:想见见原宅主。但这几乎不可能。若干年后,父亲说有一回在镇街上,你堂哥指着一个妇女说,那就是保长的女儿。父亲也觉得好奇,但未主动跟她攀谈。至于保长是不是第一宅主,不得而知。后来我家搬走了,不久搞包产到户,队屋渐渐失去了存在价值,老宅在第一轮拆迁风潮中未能幸免。世代根基被摧毁,家蛇们在凄惶中必定携家带口出逃,那种愤怒、悲凉、无奈,几十年后慢慢渗入我的笔端,其中夹杂着若干疑问,比如:我们的根基在哪儿?还剩下多少?为什么每次轮回都必从一堆废墟开始?我们是否会成为那只猫,背部粘着没有"记忆"的吐司的那一面,在逼近地面的某个高度一直翻转着,悬浮着?

并非寓言

　　江豚的生存像一个铅灰色的寓言。谁不知道寓言里有许多小动物?小动物总是喜欢钩心斗角,尔虞我诈,玩小聪明、小伎俩,于是乎闹出许多笑话,衍生出不少看似荒诞不经的怪事。我不是小动物,也不是大动物,我们是这个蓝色星球的王者,因此这个铅灰色的寓言与我们无关。

但是江豚们注定已成这则寓言的主角——伊索、拉封丹、克雷洛夫忽略了它们，那是因为江豚们深居简出，陶醉在自己的"桃花源"里，安静地过自己的日子。

当一头小江豚濒临死亡时，我可能正在图书馆大厅听环保与生命的知识讲座。其实，它的死亡可以跟日常生活中的任何事件同步发生，比如超市购物、上班途中、与朋友聊天、在床上梦见多年以前的情人。只是，一般情况下我不可能想到江豚。同为哺乳动物，我们在江城，它们在江流，虽然相距不远，但彼此的世界隔绝已久。我们这一拨爬上岸后，侧鳍慢慢进化成了双臂，两叶尾鳍变成了双腿，然后成了恐龙灭绝后这个星球的统治者。这是明摆着的：我们可以随时侵入江豚的世界，挤压它们愈来愈逼仄的空间，就像伊索寓言里那只叼着肉渡河的狗，死死盯着河水里另一只同样叼着肉的狗！

要说渡河，我想起从前坐轮渡去江南，偶或目击江豚胖乎乎的躯体逆江而上，圆滚滚的脑袋不时冒出水面呼吸，宛若我在江滩漫步。那时候我想，江豚们也是哺乳动物，也用肺呼吸，却在浪涛中涵泳得如此自如，江水飘逸而起，如同一袭风衣。还有，早先乘"东方红"客轮，也常在尾舷看到江豚三五一群紧随其后，上跃下蹿，不停地翻滚、点头、侧转，做出有趣的喷水动作，表明江豚们对世界抱有何等天真的想法。那时我不可能想到，下一个时段它们可能被螺旋桨劈中，或者被电拖网击晕，以及被滚钩划得遍体鳞伤。

至于有人说江豚将三分之二的身体露出水面直立而行数秒钟，如同玩杂耍，那必定含有某种猥亵的意淫成分了。他们把它们想象成海豚馆里的那个媚态可掬的玩物。江豚对那些远亲必定是不屑的，厌恶的。尽管它们也温柔，但决无媚骨。

然而过了若干年，我目击了这样一幅凄黯的图景：一只江豚搁浅在深度龟裂的鄱阳湖巨大的湖底上，周围是零星的死鱼、怪草、断桨残片，仿佛东方传奇走到了苍凉的尽头。一股热浪扑来，天上似有九个太阳炙烤，那网状的龟裂纹向四面八方蔓延着。这是现代卜辞，大地谶言，还是巨湖咧开嘴向老天嘶喊？一切均在沦陷。这头孤零零的江豚，因撤退不及而陷入绝境。它的眼睑下面挂着一颗硕大的泪珠，哀戚，痛楚，惶恐，绝望，祈求，尽在其中。

但一些专家矢口否认那是流泪。嗯？这还不懂吗？那是小动物们受刺激后分泌的黏液，说得高级点，是对焦虑的应急反应。你说啥？牛羊被宰杀前也流泪？鬼扯淡哟！这个星球上只有人会流泪。流泪是高级情感反应，那些低等动物有爱恨情仇吗？有背井离乡的家园情感吗？

难道非要江豚在江中哭出声音吗？从前我常常迎风流泪，纯粹是受风或光的"刺激后分泌的黏液"。流泪固然更多地属情感活动，但仅凭现有的生物学知识，谁能破译动物们隐秘的情感活动？

另据尸体解剖报告，这些死掉的"同类"大都有个共点，胃肠里找不到任何食物残留，因此死因有三个选项：A. 传染性疾病；B. 中毒；C. 饿死。这令我想起一件事：枞阳县有个老太太死在独居屋里，形容枯槁如骷髅，经法医尸检，她的胃壁薄得像张纸，是活活饿死的！她有四个儿子可竟无一人赡养。小儿子回忆说，小时候闹饥荒，除夕那天母亲顶风冒雪，四处乞讨，只讨来一瓢豆腐渣，放在锅里炒炒，这才度过年关。这个细节让我特别难过。不久前，近郊一个寺庙举行放生仪式，众看客无不神情端肃，口中喃喃有词。可是当九盆活鱼被放生到河中，众看客立马"变脸"，个个拿出长竿网兜迫不及待地争相捞鱼，你推我搡，现场一片混乱，甚至发生争吵。第二天在菜市场，我问一个卖鱼的，这鱼是不是昨天放生的？他大言不惭地声称："放生鱼是菩萨送的，不捞白不捞！"

这头死掉的江豚令我想起那个老太太。她的四个儿子也许就混迹于"捞客"中间，脸上油光光的，动作麻利。我担心，接下来在川流不息的香客里会不会又撞见过他们？

但是你们——长江生态系统中的顶级物种，生存于斯已经两千五百万年！亚细亚巨河何曾匮乏过你们活下去的食物、空气和水？何曾如此粗暴地隔断过你们求偶的信号？何曾打断过你们通往栖息地的自由通道？可如今，我到哪儿去寻韩愈所谓"江豚时出戏，惊波忽荡漾"的景观？

我意识到我正走在一个铅灰色寓言的底部。在那些抬尸上岸的志愿者中间，也许能看到我。江豚躺在不是裹尸布的蛇皮袋里摇晃着，一对尾鳍露在外面，像我以前目击的一个自杀者露在尸布外的双脚，惨白，乌暗，颤晃。我看见抬尸者的脸像空心萝卜。他们不知道这是最后灭绝中的第几头，我也不知道。

在相当长的时段里，这几张照片影响了我的视感。世界的表象也由浅灰变成深褐色且慢慢膨胀、溃烂。吹过来的季风越来越干燥了，沙尘暴遮天蔽日，冰雹摧折庄稼。在江边，几只扇尾沙锥在草丛里晕头转向，一行苍鹭在急速飞行中突然坠落，仿佛江豚在水中的凄怆倒影。

那么谁曾听到江豚们细弱的呼喊？无论发出高频脉冲信号（类似鸟鸣），还是低频连续信号（类似羊叫），我都不曾听到过。原因之一在于我经常听讲座，参加各种各样的学术会议，发表激情洋溢的演讲，而且爱冥思苦想。我还特别擅长动物摄影——当江豚从五彩缤纷的污染带一跃而起，那一抹铅灰的影子如同扑向夕阳的飞蛾，倏地定格在波平线上。若干年后，它也许将成为我捕捉到的最凄幻的回光返照——亚细亚巨河飞迸的一颗硕大泪珠。

蛙　泳

　　我曾试图探寻人类模仿蛙的游姿的起始时间，以及这种模仿为什么能达到惟妙惟肖、几近乱真的程度。进而言之，"蛙泳"这个包含原初意味的命名究竟是怎样渐渐被遗忘，被刨光，被淤塞了原始源头的。但现在看来，澄清它，似乎既无可能也无必要了。

　　在我的感觉中，原始蛙泳不见水花的自在从容和不动声响的灵动沉静，显然是与国标式迥然有别的。当你进入久违的自然之水，游展自己的躯体，那融身其间、自开自落的忘我之乐是无法言说的。这有点类似于庄周梦蝶的化境。所不同的是，庄子通过梦，而蛙泳则通过水：一种不知己为蛙还是蛙为己的浑然状态。自然，水可能正是一种梦，一种透明却无法以手掬之的梦，就像浩渺的海水升起了人类蓝得发响的梦一样。

　　人在学习蛙泳时变得那么谦逊、可爱，他们将擅长模仿的本能再次发挥得淋漓尽致。我曾向一位朋友请教过蛙泳的技术要领。他在一所地区体校当游泳教练。一讲到蛙泳，他就兴奋异常，两眼放光，甚至他词不达意的用词习惯也一下子得以改观。他非常细致准确地向我一一解剖蛙泳：从头部、上肢，一直到大胯、小腿，任何有碍标准、有伤感觉的累赘部分都被剔出、剪掉，剩下来的都是蛙泳鲜活而优美的精华，比如手指要并拢，要像蛙的四肢一样，这样划水才有力；比如蛙能够靠蛙皮呼吸，而人这个功能早废了，因此换气要特别注意节奏感，否则就会呛水；又比如人与蛙的四肢、比例和结构相似，两臂要平稳地划圈，自然带动下肢的蹬水动作，要尽量放松，不要慌乱。他还特别强调说，你注意过吗？青蛙被蛇追赶时，它在水中游动的姿势一点也不变形，重要的是不变形，否则就完了。

　　我依稀记起这样的切身经验：当我走在草埂上，青蛙倏地奔逃，继而"扑通"一声入水的速度令我吃惊。它蹿入塘心后才从水和水草之间浮现出来。后来，我们不知不觉转移了话题，很自然地聊起一种叫作田鸡的鲜美肉味。他向我吹嘘烹调田鸡的技术要点、佐料以及火候等等，其间还动情地插叙当年在乡下捕捉田鸡的快乐往事，以至于我感到在"田鸡"这个词的背后划过一道锐利且寒的钢丝叉的闪光。至此，我对他又有了新的了解：他在烹调田鸡方面，甚至比蛙泳专业还在行。似乎吃足了田鸡，蛙泳便水到渠成，技术会提高得很快。理解了这一点，其他的就不必惊讶了。

　　其实，最初我是先对我自己起了疑心的。后来我想到，这次关于蛙泳的谈话，也是一次不经意的日常闲谈的沉沦过程，只是我不知道自己在其中也遭到类似田鸡所遭遇的被劫持的命运罢了。如同活剥青蛙的血腥使我浑身起鸡皮疙瘩，语词的诡异性使我不寒而栗。为什么只要稍稍改变或者偷换一个词："田鸡""水鸡"，或者别的什么，就足以使捕杀者变得名正言顺，而看客和食客变得心安理得？我忽然想到鲁迅小说《狂人日记》，想到那个被众人指认为"狂人"的人。我对我自己不得不起了疑心。

我的悲哀和麻木只在水中才凸现出来。因为只有在水中，在相异却一致流动的水中，你才能稍稍看见我们自以为是的生存、思想或者语言，哪些部分由于它们衰退得过快才更为人们所注视，哪些部分又因它们的自明性而使人陷于昏聩之中。

当我以这样的目光注视水中的泳者，我看见"蛙泳"这个词和它所关联的躯体动作，至少"蛙"那一半是坏死的、偏瘫的，或者说原本生长在"蛙泳"上的那一层淡绿色的、湿润的"皮"，早已被剥得干干净净。

我闻到一股令我恶心的焦煳味……我反问自己：究竟是什么魔鬼攫住了我们，使我们的品行这样善而不良呢？

令我震惊的是，并不仅仅是我们在水中徒具蛙形的虚脱游姿，我们置身其间的水也已经变得干燥、僵冷，布满了细小而不易觉察的裂纹。我想到一个难题：我们借助水来滋润生命，延续生命，那么，汤汤的水又借助什么来滋润它自己呢？那些发绿的冒着灰泡的水，寸草不生的散发恶味的水，靠什么来拯救自己呢？换句话说，当水也感到异常干渴时，我们还能用它来解渴吗？那使我们感到万分干渴的原因，是否来源于水自身的焦渴？斯托夫说："从另一侧面看，可以觉得，被踩死的蚂蚁或被救起的瓢虫比伟大的文明国家更重要，重要得多。"

写到这儿时，窗外又照例沉渣般泛起那干哑又焦黄的叫卖声，其间夹杂着从蛇皮袋里渗流出来的、属于被劫持者的、那一滴滴的、冷血的，哀鸣。

我没有感到一点悲哀。我的血也很冷。

记得小时候，一个我熟悉的小女孩，因为喜欢小蝌蚪而掉到郊野的水沟里，淹死了。她肯定不会蛙泳。那时候，我们都住在一所大学的红楼住宿区——那儿靠近市郊，连接田野的那一面是用铁丝网圈着的。但铁丝网被剪了不少缺口，只因那一边有小河沟，还有许多红蜻蜓、白蝴蝶在飞。她可能是想掬一捧小蝌蚪，却不小心滑到水沟里了。她喜欢青蛙是自然的，但完全可能不知道"蛙泳"为何物。1990年我去那儿时，水沟早没了，小蝌蚪也不会再有了。她死了这么多年，而我早就学会了蛙泳。

希尼曾在《自然主义者之死》一诗中追忆了童年对蝌蚪的喜爱："最妙的还是堰荫里，黏糊糊水一样滋生着的，暖暖厚厚的蛙卵。"他不无伤感地认为，蝌蚪是人类的童年，它是不能长大的，长大了就等于死亡。

而我们都长大了，油光光的，大腹便便的，为什么都长得这么蠢？！为什么不对着镜子或者水照一照，然后再给自己几个痛快的耳光？！

斑点，还是斑点

从前这儿是郊野，成片的菜地、农舍，夹杂着水塘、草棚子。后来冒出银行、商贸大厦和各种娱乐会所、洗浴中心，再后来沿湖修路，搞绿化带，忽地现出一片梅林。将春未春之际，那儿光秃秃的墨枝上缀现星星点点的梅胎，好似清莹莹的细雪。近几年梅林吸引本地一些画家赶来观摩，找寻灵感。事实上，如何画梅在史上一直存在争论，有的认为应以历代先师所画墨梅为范本；有的认为应以天为师，以真实的梅林为摹本；有的认为只要画得传神，卖得好价钱，何必为此徒费口舌？

天气乍暖还寒。穿过梅林时，我发现北边有人在宰杀梅花鹿。那男子手挥尖刀，嘴里不时地吆喝着："卖鹿肉喽！鹿血大补喽，正宗的梅花鹿哩！"梅花鹿已被杀死，鹿皮刚剥了一半。宰鹿的男子显得刀法娴熟，小心地剔着皮和肉的筋连处。空气中充斥着一股奇异的血腥味。好奇的路人一层层围了过来，围成一个圈。人越来越多，圈越来越厚。后面的人必须拉长脖子才能看到里面发生了什么。有人因受不了血腥气，掉头而去。一位母亲手捂着女儿的眼睛，像听到防空警报一样快速逃离。

此时，寒梅将开未开，星星点点像什么东西溅上去的。我转到梅林南边，看到几个画家在现场临摹，确有静气和定力，画板上的梅苞很有点提前绽放的意思。这里毕竟不是"驿外断桥边"，也没有"病梅馆"，观梅者也并非某个孤零零的士大夫。

"梅花肉养颜，梅花血养刚，好东西哩！"北边持续传来嚷嚷声和骚动声，似乎梅花鹿的皮被完整地剥下来了。无须遮掩什么，但省略是必需的。种种迹象表明，不像是头一回了。显然，游丝般的冷韵幽馨难敌随风飘来的膻腥气。一个画家骂了一句，但听不清骂什么。另一个画家停下笔，竖起耳朵听了一会儿，然后在画板上涂抹几下。他显得有些焦躁不安。

"这梅花鹿的肉咋卖呵？血咋卖呵？"

"梅花肉一斤15块，血一瓶10块，一口价。"

梅花鹿皮上呈现着旧斑点和新斑点。定睛看时，那大小不一的斑点便旋转起来，在天空下像什么花那样恍兮惚兮。这时，一个瘦弱的画家从林子里走出，手里拿着矿泉水瓶子。他声称要买梅花鹿的血兑酒喝，气血不足是画不好梅的。

一片炭枝上的细小梅苞在寒风中打着战，将前梦裹得紧紧的。我注意到它们俯伏在风中的眼神，是否想探问画板上那些墨梅何以不颤晃？

南边和北边。中间一片梅林恍兮惚兮。梅无肉，亦有肉。只看见肉的人，早没骨头了。在巨大的喧嚣、强光和微弱的幽暗之间，三种梅在不同块面上含苞待放。而我，被置入三者之间——他们、它们和你们之间，形同枯枝败叶的垂垂老者。

它们飞

中箭的海鸥仍在飞，箭也在飞，这绝非童话中描摹的图景。

一只鸟被箭贯穿仍在飞，这样的事恐怕在古代也不多见。最近，英国摄影师格雷厄姆·洛德斯，在海边摄影时发现一只海鸥，脑袋被射穿但仍在奋飞——箭矢的两端都露在外面，仿佛它长出了两个角。摄影师惊呆了。

"你简直无法相信，这只鸟儿头上带着箭矢仍在飞，箭矢的重量竟没有限制它的行动。这只鸟儿看来一点没事。此时正值繁殖季节，我遛狗时常看到这只鸟和它的配偶。真令人难过。"摄影师最担心的是，"如果他们朝空中射击出现偏差，箭矢势必落在他处，伤及别人的眼睛。"

在古代，鸟儿被箭射杀是不稀奇的。人们常常把疾飞的鸟比作一支飞箭，或者把带羽的箭比作飞鸟。从前，我读过柯勒律治的叙事长诗《老水手之歌》：老水手率领一批船员驾船出海，被暴风雨刮到了南极，严寒使船陷在冰封的海面，危在旦夕，幸亏天外飞来神鸟信天翁，顷刻寒消冰释，死里逃生。然而老水手却射死信天翁，于是船又被风暴刮到狂暴的太平洋，船员们发现这是老水手杀鸟之过造成的，就把那只死了的信天翁挂在他的脖子上，以示惩罚。然而由于死亡女妖作祟，船员们纷纷倒毙在船上，只留下老水手一人活着。老水手恐怖而痛苦地度过七昼夜，终于幡然悔悟。当海上出现发光的水蛇时，他为这些动物祈祷。他因此获救了。

在欧洲，海鸥被认为是可以转世的鸟，它们的生命可以无限轮回。"海鸥盘旋在沉船的上空，用嗷嗷的鸣叫赞颂灵魂转世的信念。"（格拉斯《猫与鼠》）在古希腊悲剧中，合唱经常起到烘托和解说悲剧剧情发展的作用，格拉斯在这部小说中将沉船上空盘旋的海鸥比作合唱团，意在暗示主人公马尔克的悲剧命运。

孙犁在文章中也写过一件事：年轻时在海边，一位穿皮大衣戴皮帽的中年人，为了讨女友一笑，开枪射死了一只海鸥。一群海鸥因此受惊远飏。女友请船夫帮助打捞漂远的海鸥，船夫愤怒地掉头而去！

有关海鸥的文化隐喻和文学描写，远不及此刻对一只在绝望中疾飞的海鸥的触摸。它忍住剧痛在飞。这种飞，痛不欲生，生不如死！如同西西弗斯周而复始地扛着石头，永远找不到摆脱厄运的方式。它因头疼欲裂而拼命嘶喊。但嘶喊并不能减弱疼痛。除了飞，除了叫喊，它在最后时刻还能干什么？叫喊至少能将悲愤宣泄一下吧？

　　然而，这悲怆的影像很快引来一片喝彩，有人赞之曰"鸟坚强"。我想，海鸥绝对不需要这顶人类赐予的"桂冠"。它无法甩掉这支利箭，无法撕开这颗被贯穿的头。在天空，同样是飞，此飞与彼飞是不一样的。它这样飞，其实是在与箭矢进行肉搏，因而也是与自己在肉搏！

　　问题是，暗器像悖论一样贯穿头部，远比射中胸腔更阴险、更艺术——让你徒然地飞，胡乱飞，失却原先的恢宏目标，让过程一寸一寸折杀你。

　　事实上，海鸥对箭是熟识的，正像它们熟识任何一种天敌，这个无须老一辈来教导。它凭本能就知道谁是天敌。这个细长且锋利的家伙，它不像天敌先发出警告，只听到"嗖"的一声，便坠如一片飘零的落叶了。

　　这只海鸥左眼看到利簇，右眼看到了箭羽。它因这箭而痛苦，又因这箭而苟活着。它在飞，箭也在飞。顽敌紧贴着它，简直成了它体内长出的异物。

　　我在想，用那箭嵌入对象的脑袋，又不让它立即死掉，像一道黑影始终紧逼着它。这正是射手的诡计。让它带着箭矢飞行，这样别的海鸥看见了，才会双翅颤抖，才会喑哑无声。吓阻自由飞翔的图谋莫过于此。

　　我感到黯然。那么，它被摄影师摄入镜头到底是幸还是不幸？因为它被贯穿，被留影，它的痛苦便传染到我的身上。我感到切肤的虚无痛苦。我想，那个射手一定距摄影师不太远。甚至，他与摄影师很面熟，是朋友也不是没有可能。如果射手看到这幅摄影作品，一定会感到惊讶。他会谴责这种任意杀戮的野蛮行为："这是骇人听闻的，无法接受的，绝对地违法。太可怕了，为什么要袭击一只无辜的海鸟？"

　　世界是这样的，不是那样的。我担忧的是，如果它死不掉，它会慢慢习惯，进而像施了全身麻醉似的。如果它再活得长一些，它会以为那是从它体内长出来的。本来如此。本该如此。它会对别的海鸥说，你们怎么不长出角来？你们一定得了病！你们神经错乱了！你们统统是狂人！

《安徽文学》2017 年第 2 期

少年眼

沈 念

　　黑蓝色覆盖的夜空下，少年感觉风像野孩子似的东奔西跑，冷不丁露出尖尖的牙齿，重重地咬他脸蛋一口，或大摇大摆地与他撞个满怀。他顾不得"咬撞"之痛，急急忙忙伸出双手，却没能扶住这冒失的家伙。风又调皮地呼啸而去，留下火车鸣笛疾驶过后的"呜呜"声，在耳畔飘来荡去。

　　父亲说，岛很大，四面环水，通往岛上要乘船。

　　船，那是一条多大的船，能迎风破浪吗？浪花飞溅到船头，打在甲板上，碎成一颗颗发亮的珠子，滚来滚去。少年如此一想就来劲了。他在山里生，山里长，对父亲描述的这片大水有着天生的好奇。他那点偷偷学会的狗刨式，能在这不着边际的湖水中横冲直撞吗？闭上眼睛，往水里一跳，仿佛他就成了游泳健将，细长的手臂把水波划出一条条漂亮的弧线。

　　夜船开的时间不短了，仍然是在一团墨黑中行进，船尾驾驶舱挂着一盏汽油灯，光亮如豆，随时要被风吹熄的样子。距离的遥远让少年心里摇荡着焦躁，像远处听得到的水声。水声摇曳多姿，引人联想，可看不见。在他和水之间，一块巨大的幕布遮挡得严严实实。

　　一大清早从大山出发，到县城再换大巴，山路转省道，跑了十来个小时，乘客的大包小包，货物架、过道、座椅下堆得满满的，双脚像陷进泥淖中，动弹不得。大家都是从山里出来割芦苇的，有邻村的也有本村的，出来一趟不容易，恨不得把家也搬着走。

　　少年第一次出远门，第一次见识平原上的景物，没有峰峦叠嶂的遮挡，能望见远处高高矮矮的房子、葱葱郁郁的大树、成片的稻田和甲壳虫般爬行的汽车，还有高耸的通信塔和绵延的高压线。这些景致跟着他们一起跑，但一小会儿就甩得远远的了。

　　不知过了多久，汽车"吱呀"停下，有人喊一声："到了！"

那些还在睡梦中颠簸的人纷纷醒来，咿咿喳喳地议论着外面的天色："啥时间啦？比山里还黑得早！"然后伸懒腰，打哈欠，站身起立，搬弄东西。车厢顶灯坏了，嗞嗞闪了几下就彻底"歇菜"了。大家只好借着远处晃来的水光，某个人打开手电筒的光，清理行李，徘徊下车。叽叽喳喳的说话声此起彼伏，车厢像一个大洞，慢慢被掏空。大家作鸟兽散，三三两两，几声招呼，瓮声瓮气或粗野豪放，很快都消失在空旷的夜色里。

少年捐起锅碗瓢盆的行李，磕磕碰碰，哐哐啷啷，循着父亲声音的指引，沿一条不平整的小路往前走。脚下的泥土是软的，风是湿的，冷飕飕地灌进脖子。少年伸出五指，想去捉住那股与山里不同的气息——飘飘荡荡的水的气息。这气息在夜晚被冻成一层薄纱，手指轻碰，哧啦哧啦撕裂，像落满一地的玻璃碎片。父亲很熟悉这里，他当然是来过好些次了，每年到芦苇收割的秋冬时节，父亲都要跟村里人一道，在湖洲驻扎三个月。这三个月，天作被盖地当床，芦苇割完了才回家过年。

湖面一片深沉，船摇摇晃晃，仿佛是行进在一条狭长黑暗没有尽头的甬道。尾舱机器的轰隆声响，打破空气中的凝固滞顿。少年不听父亲的劝阻，站在舱口向夜幕里探望，其实他什么也看不清。

船有时会经过一片光亮，像一个散发光刺的球。这"球"实际上是一条或几条大船聚集在一起，又高大又宽阔，像一座巨型城堡。铁脚架矗立在船上，探照灯光如瀑布般垂落。

"那是挖沙船在作业，湖底的沙子能卖钱，运到城市里盖高楼大厦，铺桥梁马路。"父亲说。

"湖底会挖空吗？"少年想起山里的采石场，一个炮眼炸响，火迸石溅，地动山摇，满车满车灰白色的石料运走了，一年半载下来，大半座山挖没了。

"这湖底，恐怕早已经千疮百孔了。"父亲回答。

闪烁的光跟刺骨的风一起荡动，湖仿佛才真正在少年的眼前打开，脚下的波浪变换表情，起伏荡漾。少年心头一颤，"千疮百孔"的湖床会是一副什么模样？像吊挂在老松树上的大蜂窝？有轻微密集恐惧症的少年稍作想象，立即起了一身鸡皮疙瘩。他又像潜游者看到宽阔水面下的情形，一个个巨洞的上方，急遽的力量卷起漩涡，无数汩动的气泡，碰撞，炸裂，再碰撞，再炸裂。

岛是荒岛。来往的人影比不过天空飞过的雁鸭多，但岛上的芦苇不能不砍。芦苇这种多年生禾本植物，生长在靠近水的潮湿地方，过去在湖区主要是当柴烧，或是编芦席，临时搭个草棚茅屋，涨水时护堤挡浪。等到人们发现它可以作造纸原料，立即一步登天，身价倍增。乌鸦变凤凰。种芦苇，收芦苇，砍芦苇，运芦苇，卖芦苇。芦苇也就不只是芦苇，可以变钱，变许多别的东西。

从车上到船上，在少年的眼前，芦苇的影子仿佛无处不在，睁开眼、闭上眼，密密麻麻、重重叠叠地压过来。他在离家不远的山谷里，看到过水流之处的石头罅隙间，也零星长一些瘦高瘦高的芦苇，三五支簇拥在一起，与苍莽大山间的深绿、浅绿、墨绿、碧绿遥相呼应。可洞庭湖的芦苇一眼望不到尽头，白茫茫的，在风中起起伏伏，那是多么壮观的场面。父亲平时有心无心的讲述，让少年更加向往。

动身前夜，父亲在家里边整理行李边跟少年说话。他说："到了初冬时节，芦苇花絮随风飘扬，种子落地来年春发，算是靠天种靠天收。"

"天种天收？"

"嗯，都不用人打理的，自生自灭，就像山上的草。"父亲说，"后来有了造纸机器，芦苇的纤维含量高，就成了造纸的原料。于是有人承包苇场，雇了壮年劳力，像农民种田一样，开沟滤水、看土施肥、化学除草治虫、人工护青保苗，湖洲滩地上的芦苇也越来越多。"

那些日子，芦苇就跟着少年走走停停。他向小伙伴绘声绘色地说起芦苇荡，是比大山有着更多乐趣和奥秘的地方。

时间在寒风之夜过得很慢，寒意越来越浓，少年不由自主地裹紧身体，船尾马达声时而轰隆，时而歇停，催人昏睡。父亲的喊声，敲醒恍恍惚惚的少年。他抬头张望，到的是个什么模样的地方。汽油灯照亮一片模糊的陆地，少年跳下船，踩在一片松软的苇梗上，苇梗下是更松软的淤泥。伴随着脚步的挪动，发出吱嘎吱嘎的声音。

把"家"安在这个陌生的岛上，父亲要盖个什么样的房子呢？少年困意全无，兴奋起来。他抬抬头，天地空旷邈远，没有灯，却有光汇聚过来，是水波的光，倒映在天幕，又晃照到湖洲之上。风也变得柔软起来，少年的视线慢慢适应，能依稀辨认近处和稍远地方的事物。这个岛是他将居住的"新家"，真是奇妙。

父亲从行李袋中找出刃口发亮的弯刀，走到附近的芦苇丛中，转眼工夫割倒一片。在父亲的指导下，少年帮着用细麻绳把芦苇结实地打成一捆一捆。父亲说，这是"新家"的大梁，这是"新家"的柱子。打好"地基"，他又像变戏法似的从行李袋中翻出折叠整齐的旧尼龙帆布，摊开在地，风贴着地面吹鼓起帆布，父亲顺势一抖，转眼之间帆布就"盖"成了一间芦苇棚屋。支棚、架床、开窗、开门，这种快捷简易的造术，让少年对父亲钦佩不已。他听从父亲的吩咐，搬上几捆芦苇压住"墙角"，这样帆布不会随风刮掀。

父亲几乎一夜没睡，他在卧室里"搭"了两张芦苇床，又新盖了一个屋棚当

"厨房"，然后把带来的家当一件件摆好，还用芦苇编了两把方凳，一张餐桌。这一切都是在少年睡着以后完成的。少年在梦中回到了老家，梦见自己站在一个小山尖上，看着父亲躬身在弯曲的梯田里劳作，身影越来越小，最后变成一个黑点消失在视野尽头。梦中的少年并不欢喜，风把忧伤吹进他的身体，眼泪不知不觉安静地流淌出来，顺着眼角、耳郭，积注成耳沟凹处的一汪清池，水波微漾，泛起粼粼光浪。

少年醒来的时候，"新家"被一团明晃晃的天光包裹着，好像这棚屋原本就是一个发光体，向岛上、湖上、天空绽放无尽的光芒。芦苇制作的几样桌椅，散发着植物刚离开大地的清香。掀开帆布门，白得耀眼的光迎面扑来。眼前岛上的景象把少年震惊了。

铺天盖地、茎秆高挺的芦苇，顶着沉甸甸的穗头，随风摆动枝叶，向远方致意。从未见过这么多的芦苇聚集一起，举手投足，像严格训练的战士。风刮过来，芦苇抱团对峙，站成铜墙铁壁。又终于抵挡不住一波波的猛烈吹袭，芦苇向着同一个方向低头、弯腰，瞬间就要折覆在地。与常见的水稻相比，这些芦苇就是超级巨人，高大、粗壮、招摇，少年感觉自己就像一个小不点，在这荒岛之上无比孤独、渺小。

少年看到远处芦苇垛惊飞几只白色水鸟，打开翅膀，它们线条般的身影，越飞越远。他一个激灵，跟着白色鸟飞去的方向，钻进了芦苇深处。秋冬季节的芦苇荡，湖水退去，南来北往的白鹭喜欢在此嬉戏觅食，野鹿三五一群藏匿其间。修长而饱满的灰白色苇穗，像一支支画笔，日沐金光，夜吸银露，饱蘸天地间的风霜雨雪，在湖洲上涂鸦出一幅绚丽多姿的画卷。茎秆挺拔的苇秆，如长剑飘舞的苇叶，被少年的身体碰出哗哗啦啦的响动。他也被芦苇的坚韧撞得摇摇晃晃，像海洋般的苇浪一下就吞没了少年瘦小的身影。

少年几次试图跳起来，像一只鱼儿般跃出水面吐个气泡，但苇浪又高又大，在风中左摇右摆。他的头有些晕眩。走累了，蹲下来，连根拔起一根芦苇，半湿半干的泥土黏附着它十分发达的匍匐根状地下茎。丰水季节芦苇会浸没在水下，久而久之，在芦苇身上留下一道清晰的界限。白的花，绿的叶，黄的秆，顶部苇穗高挑饱满，挺在水面之上的晚生枝叶泛着绿意，剥掉水中泡了几个月的茎秆上的腐枝败叶，能嗅到大地的芬芳气息。

少年掐头去尾，用一截笔直的苇秆拨弄着地上稀疏的草叶。有灰白色的小螺蛳壳，螺口沾着泥垢；有边缘残缺的河蚌壳，混杂在光滑的碎卵石间；还发现了几个脏兮兮的空蛋壳，有大有小，淡淡的灰绿色，任人踩踏。少年猜这是鸟蛋，不知是成功孵出小鸟，还是生命没开始就已终结。

在山里，少年和小伙伴掏鸟窝是把好手。他们眼睛毒，瞄准了刚孵蛋的窝，趁母鸟外出，几个人你抬我爬，身子灵巧，跃上主枝，噌噌噌，又攀到鸟窝边，手伸进去，暖暖茸茸的感觉，喜上眉梢，眼睛笑弯成一轮上弦月。树窝窝里喜鹊居多，偶尔能碰上一两只稀缺的苍头鹰。有的伙伴心狠，要断了鸟父鸟母的念想，一举捣毁鸟窝，一根根长长短短的树枝缤纷散落。觅食回来的鸟找不见窝，自己的儿女也丢了，就绕着山林、村庄没日没夜地叫，大人听见，知道是孩子们的淘气之举，都摇头叹气，丢下一句："这些鬼崽子。"父亲不许少年掏鸟窝，他只能偷偷去，也不敢带回来，就藏在别人家，挖个泥洞，找个草窝，还要去找食，有些鸟体弱，没养多久就死了，他们草草一埋，愁肠寸断，没过几天又玩性大发，去寻找新的猎物。

　　湖洲上的鸟，多会选偏僻草深之地孵育，这比找树上的鸟窝难多了。要是能在这里寻到一只水鸟，就不会再感到孤独了。少年低头搜寻有没有完整的鸟蛋时，听到隐隐约约传来呼唤自己名字的声音，那是父亲在叫他。他环顾四周，呼喊声像是从四面八方传来的。这差点让他迷失，找不到回家的路。他找到脚印的方向，赶紧往回跑，哗啦哗啦，身体的碰撞在芦苇荡里又腾起一股细小的声浪。

　　少年认真辨认了回去的路，像个侦探一样察看了脚印，还判断了一下东南西北。但走出芦苇荡的路似乎没有尽头，他莫名地紧张起来。来时并没有走多久，他也就打算试探性地往里走一走，但走着走着就似乎走丢了信心，接着就跑起来。他努力告诉自己，镇定镇定。他也想起父亲从小就告诫过的，凡事遇阻先不要慌乱，冷静下来再想对策。他很快又辨清了几只自己来时的脚印。

　　清晰的脚印，斜斜浅浅的。少年把脚放进一个，大小刚好，心里悬空的石头在小脚印里稳稳落下。父亲叫唤的声音又飞来了，近在耳畔。

　　少年如释重负地露出笑容，向"家"跑去。他的心中开始藏着一个秘密，他并不打算把这次短暂的出行告诉父亲。

　　每个人都会有自己的秘密。少年又无端地笑起来，小脸白里透红，像树上自然成熟、绽裂的石榴。

原载《鹿鸣》2017年第2期，《散文海外版》2017年第4期转载

少年戏

宋长征

滚铁环时你在想什么

滚铁环：世有方圆，犹如人有方圆，方者坚，圆者润，各有其性。蜀德阳汉画铁环之戏，恍惚千年，唯其动而史河长流。乡村铁环乃奔跑启蒙，不动则废物一具，动方大汗淋漓，有通透感。

我家院子有两个门，一个朝东，朝向太阳升起的地方；一个朝西，朝向日落的方向。我少年大部分时间都在这座破旧的院子里度过，玩耍，张望，发呆，欢笑或者号啕。靠近南墙是二大娘家的后山墙，一架分队时分来的犁杖，犁铧生锈，时间将坚硬战败，一片片剥落；犁柄腐朽，再坚硬的木头也不能与光阴抗衡，生出耳朵一样的木耳，听风，听雨，听我家如何一日一日度过饥寒与荒凉。

找遍了整座院子，我找不到自己想要的东西——哪怕是一根略微粗些的铁条。杨早的奔跑姿势很是奇葩，一根长长的木柄在手，艰难俯下身，把正铁环。别的孩子都已经跑出了很远，小儿麻痹症患者杨早始终没能将手中的铁环制服。我装作好心的样子——其实是因为无比羡慕杨早的铁环，镀金的钢圈，上面还另外加了一些小的铁环。我示范着，松开矫正铁环的那只手，脚步启动，铃铃的响声顿时生动了黄昏里的村庄。

我的郁闷由来已久，在梦中无数次操练滚铁环的技术，就是未能实现。有时我想，是我自身的笨拙，无法向母亲开口表达想法，还是当年的那座院落太过荒寒，甚至不具备拥有一只铁环的资质？杨早刚走出两步，铁环兀自滚进路边的沟渠，然后费劲地从沟渠里爬出来，再次踉跄倒地。我有些可惜那只铁环，本应该属于我的铁环，可以恣肆地在村庄里奔跑，同时又同情伙伴杨早，他吃力地重新站起，脚下一瘸一拐，竟然可以以最缓慢的速度滚动铁环。

滚铁环是一种童年的隐喻。就像日本作家村上春树曾经在奔跑时说，世上时时有人嘲笑每日坚持跑步的人："难道就那么盼望长命百岁？"我却以为，因为希冀长命百岁而跑步的人，大概不太多。同样是十年，与其稀里糊涂地活过，目的明确、生气勃勃地活当然令人更为满意。跑步无疑大有魅力：在个人的局限性中，可以让自己有效地燃烧——哪怕是一丁点儿，这便是跑步一事的本质，也是活着一事的隐喻。

滚铁环是我童年时一种司空见惯的游戏，远在汉代，"铁环之戏"就是百戏之一。在四川德阳的汉代画像石上，就有滚铁环的具体形象。如此算来，一只滚动的铁环竟然奔跑了两千余年，滚到了我的脚边。

我不能这样坐以待毙，童年以光速游走，眼看只剩下一截短短的尾巴。十岁，陪伴我们家的那只木桶确实是老了，母亲在村口的老井里打水，水桶升起，四面八方都是迸射的水线。我听见母亲叹息的一刻，也听见自己内心的狂喜。崭新的铁皮水桶取代木桶时，我早已把木桶大卸八块，上中下，三道铁箍，意思就是我可以很长一段时间才能将铁环滚动到底，滚到我不再适合扎孩子堆玩耍的年纪。

铁环有了，接下来的事情水到渠成，就像一个人的成长，到了该娶媳妇的年纪，自然有姑娘嫁过来（好赖全凭个人感觉）。手柄，一段木棍，前端插上一段弯成 U 型的铁丝。为了和杨早的铁环一比高下，我又偷偷卖了家里的一团破棉絮，换回几枚小小的铃铛挂在铁环上，铁环滚动，铃铃有声。

人在奔跑时会忘记很多事情，比如曾经的苦难，比如脚下的坎坷，比如身边的处境。我以最快的方式掌握了滚铁环的要领。一要轻，二要稳，三要心无旁骛，意即武林高手中的人刀合一。耳旁是呼啸而过的风，脚下是快速退移的大地，前方是延展的长路，是石板桥，是坑坑洼洼的阡陌，是向着秋天深处奔跑的庄稼。当然，还有不能错过的人生。

我写作起步晚，眼看着到了三十好几，曾经的作家梦将要破灭之时，蓦然心惊。一个三十年，两个三十年，甚至不能确定自己有没有第三个三十年，于是开始认真读书，学习写作。圆圆的铁环可以很快把握，文字组成的铁环却让我备感陌生。母亲说过很多次，庄稼人不用学，人家咋着咱咋着。就从语言开始，咿呀学语，辅以多年的乡村经验，竟然也能组字成章。发表，成书，获奖，几年下来竟然小有成绩。

我一直认为杨早的父亲不一般，鼓动杨早一个人出去玩耍，不怕被人欺侮，不悼自卑，甚至站在门口看着杨早从地上爬起来，再次滚动铁环时也沉默不语。这是时间的隐喻，当杨早过年时从济南归来，一切不言自明。收破烂的杨早父亲并未停下手中的活计，在分拣破烂时甩出一只生锈的铁环。杨早一瘸一拐走上前去，重新捡起。

我还要奔跑，一只铁环的动力来源于不停地奔跑，无论你以何种方式。

猴皮筋的弹性与长度

跳猴皮筋：乡间女孩的专属游戏，步步高升，挑战不可能。古有《升官图》，一幅钩心斗角的场景，少儿不宜。猴皮筋一，女童若干，蹦蹦跳跳间完成年少时节，而命运殊途，光鲜者逛街秀恩爱，贫贱者挣扎于泥涂。

我问猴皮筋为什么叫猴皮筋，老祖母说是用猴子的皮做成。我就开始想象一个悲惨的画面：被剥下的猴子皮晾在地上，吱吱叫的猴子的灵魂尚未远去。猴子不理解人的做法，就像一头牛永远不明白自己给人间贡献了多少，到最后依然逃脱不掉被剥皮的命运。

我要说的猴皮筋其实是乡村游戏的一种，中间有孔，由推木牛车的红胡子摇着拨浪鼓送来，后来有了代销点，就省事了许多，想扯几尺猴皮筋，就到学校对门的代销点。对我来说，猴皮筋唯一的用处就是可做自己兑制的汽水的吸管。买不起，沟里捡了一个汽水瓶子，回家用醋、水和糖精装满汽水瓶，轻轻一摇，就成了一瓶山寨汽水。老师在讲台上讲司马光砸缸，我在下面喝汽水，吱——一声，没看见，再吱——一声，终于被逮个正着，一截粉笔头不偏不倚正砸在脑门上，吓出一身冷汗。酸酸甜甜的味道总还在舌尖上，蔓延到现在。

跳猴皮筋是女孩子的游戏，看起来有些烦琐。"小皮球，驾脚踢，马兰花开二十一，二五六，二五七，二八二九三十一，三五六，三五七，三八三九四十一，四五六，四五七，四八四九五十一。"一边跳，一边唱，往复循环，简直能跳到天荒地老。20世纪80年代，村庄里的土墙上高举毛主席旗帜的标语正在日益斑驳，用大红油漆写的"忠"字光芒逐渐消退，几个和我年纪差不多的女孩子蹦蹦跳跳，在以最为简洁的方式完成自己的童年。

我永远不会满足表面的书写，就像那些斑驳的乡村旧事，一经某种物事的提醒，就会在记忆中复活。包括我们的快乐与悲哀，包括我们的劳顿与挫折，包括每一个生活在村庄里的人，他们的面孔，他们的乡音，一一浮出时间的水面。

因为男尊女卑的思想作祟，所以那时候村子里一般都是男孩子上学，女孩子在家帮助父母劳动，或者照看年幼的弟弟妹妹。比如我家，二姐上了没有几天就中途退学，三姐甚至连学校的门也没进过。我曾经懵懂地以为那是很正常的事情，但是现在想来，无非是贫穷，不足以支撑温饱之外的其他事物。乡村女孩的劳作事项大概有以下几种：

夏日的田间长满野草，香附子、牛筋草、大蓟、小蓟落地生根。必须蹚开重重的露水，人如一片渺小的叶子落进田野的海洋。牛羊在家等候，七月流火正是追肥的时间。往往，二姐和三姐一个中午能割下一板车青草，在小河里淘净泥土，回家佐以麸皮、玉米面喂牛。

给棉花打叉、捉虫。这是当时常见的画面，一人提着一个塑料瓶，身上捆扎以塑料布，以防露水打湿身体。人在比肩深的棉田中行走，害虫们在棉枝上翻跟斗，捉迷藏，健步如飞。一代棉铃虫，二代棉铃虫，好像不到成熟的季节，害虫们就生生不息地繁衍着，一次次对抗一双双结满厚茧的乡村之手。

深秋，农事已毕，母亲会派下另外的活计，人要吃饭，也要穿衣，我们家当年的穿戴大多出自家织土布。所以，乡村女孩很小就学会了纺棉织布，坐在一架老式织布机上，枯燥的投梭时段开始。她们以沉默经纬年少与青春，以隐忍面对无形的时间之河，至于何时才能到达彼岸，没有人去问，仿若结局早已注定。

猴皮筋的弹性来源于事物的内质，就像一个人的一生不能总是绷得很紧。马兰开花的歌谣完结，"台田地，梳明头，梳得麦子绿油油"的歌谣又响起。她们是孩子，劳作之外的游戏激发出潜在的快乐因子，猴皮筋撑开，挑、勾、踩、跨、摆、碰、绕、掏、压、踢，种种动作恰如行云流水，只有在这时你才能看见少女的天真。碎花的布衣、生动的麻花辫子，给死寂的村庄带来一些轻灵与活力。

跳皮筋，可将皮筋举至三个高度：一是两臂自然下垂扯紧皮筋，二是将皮筋举至与肩齐平，三是一臂上举拉紧皮筋。高度不同，所以跳皮筋的难度也不相同。

如今的乡下很难见到猴皮筋的踪影，当年的少女已为人母。不要再问及过去的事情，猴皮筋的弹性与长度足以影响一个人的一生——除此之外还能怎样呢？

带血的木棒

过家家：少年未成，构筑家之场景，画地为家，儿女父母皆有所属，各司其职。童心未泯，不知生之艰辛，以泥偶喻，扮作如花前程。钱锺书云，婚姻是一座城，进去的想出来，出来的想进去。可见人生如戏，遍尝人间百味。

"家"字的组成有两个部分，宝字盖代表低矮的屋檐，下面豢养着一头吭吭唧唧的猪。月光落在屋檐上，院子里的老椿树正在落花，一粒粒细小的花朵代表时间在节气中凋零。我家的那头老母猪，无疑是伟大的，是村庄的功臣。很多人家的猪都是它的儿孙，所以日光晴好时，常有一群猪在低矮的土墙外走动、蹭墙，像是来探视它们劳苦功高的母亲或外祖母。

我不能偏离太远，就像一说村庄的时候眼前就浮现出村子里的鸡鸭牛羊。我要说人，人才是一个村庄的基础，那些长大成人之后的人，无一例外都曾有过单调或者美好的童年，都曾在孩子堆里，以自己的视角学习如何长大，如何在多年以后拥有了一个属于自己的家。

过家家是一种游戏，只属于孩子们的游戏。二皮当爹，黑妮当娘，村西的傻二最喜欢当大家的孩子。当然，有时我们也会觉得无趣，谁也不希望以后有一个傻二那样的傻孩子，鼻涕流过河，浑身脏兮兮，这时木圈就会出来重新推选，让傻二一下升到爷爷辈，坐在一旁的土墙上，不许说话不许动，像一个升天的牌位。二皮和黑妮的婚礼开始，有人嘴里发出嘀嘀嗒嗒的唢呐声，另有两个人双手交叉握紧，黑妮坐在上面。二皮则被一个扮成高头大马的背起，晃晃悠悠。

大家齐声唱：呜哩哇，呜哩哇，娶了个媳妇一脸麻儿，瘸腿的姑爷骑大马。红砖墙，琉璃瓦，嘀嘀嗒嗒就到家。有人问，到家了吗？有人应，到家了。大家便会把新娘和新郎重重摔在地上，或者强摁着黑妮和二皮的头拜天地，碰响头，叽叽喳喳的笑声像一群慌乱飞起的麻雀，蹿进村东的小树林。

我看《红楼梦》常会产生小孩过家家的错觉，黛玉、晴雯、薛蟠、宝玉一干人等在一座夸张的院子里，不事生产，只觅风月。一直到后来读琼瑶阿姨，心中的疑问越来越深——他们难道只靠你侬我侬活着？他们难道不需要在老河滩上开垦出一片庄稼地？他们的归宿莫非都会像《红楼梦》的结局，只落得白茫茫一片大地真干净？其实到了后来才慢慢弄懂，无非是文学家玩的小把戏，以情感作为故事的主线，以悲戚作为行文的格调，吊足少年男女的胃口。

死亡总是来得突兀，没有预设好情节就呈现出悲惨的结局。二皮死的时候惊动了省里的公安局，专门派人协助并限期两个月之内破案。破旧的小院依旧破旧，除了死亡，还散发出一股陈年的气味。二皮有一台联合收割机，昨天下午有人还看见他骑着摩托车去县城，说是去买收割机上的零件，谁知夜里便命丧黄泉。

血色在弥漫，有关二皮与一个外乡女人的故事一经渲染，慢慢浮出水面。

外乡女岁数不大，二十几岁，正是生机蓬勃的年纪。外乡女的男人就是木圈，有一年木圈出门打工，两人在海边的一座城市相遇，领回家，简简单单举办了婚礼。几年后，有了孩子。有一次，打工回来的木圈听孩子说，二皮叔咬妈妈的嘴，一颗仇恨的种子便由此种下。

我在叙述这些原本应该惊心动魄的情节时，常常会被另一种冷静的力量引领，并非置身事外，或者没有丝毫同情。一件事情的源起，往往很早就在某个地方埋下伏笔，你想偏离预设的轨道或者跳出命运的诅咒，已不可能。二皮十八岁和黑妮结婚，黑妮比二皮大五岁，这在当时的乡村算不成稀罕事，二皮也曾闹过、出走，最后还是被父亲强摁着头皮行了合卺之礼。

往事一幕幕浮现，过家家作为一个单纯的游戏，曾经深深刻印在我的记忆里。我们每个人都不知道接下来的命运如何发展，就像那天凌晨时分从县城回家的二皮，把收割机零件丢在地上，沉沉睡去，粗大的木棒却已高高举起。

省公安在县城宾馆调取的录像显示，凌晨三时，二皮从宾馆匆匆走出，身后跟随一个年轻的女子，坐上了二皮的摩托车。说话有些磕巴的木圈在闪烁的荧光屏里显得有些不真实。木圈说，我从水泥厂晚上八点下班，打她（外乡女）的电话关机。凌晨三点我早早起来去车站拉客，看见他们（二皮和外乡女）骑着摩托车离开宾馆，后来我媳妇在一个路口下车，我就跟着二皮一直追到村口，在村外抽了几支烟。他不死不行，木圈在连续重复了三次这句话时眼睛里分明闪着恨意。

凶器，就是那根带血的木棒。

游戏的结束就是另外一个游戏的开始，我在煞费心机的书写中捡拾起曾经的快乐，也很多次陷入痛苦的回忆。有一句话叫人生如戏，我曾那么不相信一个人抱着某种投机的心态在世间走过，有时却又不由自主地将笔触与生活对接。是巧合，还是某种暗示？如同极不明朗的暗物质在我们的认知之外，却主宰着人间悲喜。

静止的瞬间

木头人：有道儒风，口令后人不能言，勿稍动，动辄输于人。有草木态，听风吹过耳畔，水声泠泠，秋虫悲鸣于野。无谓悲喜，矜持过后，方知静中妙趣。

我需要描述一幅画。静物。空旷的老河滩，流云作为永恒的形状在天空飘荡，夕阳，老祖母刚刚烙好甩在天上的一张饼。还有几枚游荡的柳树叶，寂寞的鱼儿般游来游去。此时，时间静止，一头归家的老牛张开嘴，哞声也静止在时间的宣纸上。

我的童年几乎就在如此静止的画面中度过，常常一个人站在村庄的黑白背景中，一帧一帧翻过，童年、少年，一直翻到盛年。我发现村庄里的事物几乎没有改变，人还是那些记忆中的人，老屋还是那些沉默千年的老屋，土墙的头顶永远顶着一株狗尾草在风中摇曳。除此之外还有什么呢？当我们说完"一二三四五，我们都是木头人，不许说话不许动，否则罚你钻狗洞"时，几乎能听见时间戛然而止的声音。

张木大张着嘴巴，与头几乎不成比例，像是饿死鬼托生的，这一番来到世上只不过是为了讨一口吃食。李铜锤正弯着腰，出门时母亲给带在脖子上的保命符掉在地上，一只过路的蚂蚁正要爬上去一探究竟。胡小花刚刚还在笑，银铃般的笑声串成一串挂在老河滩的一棵榆树上，在小河里泛着银色的光芒。

有关木头人游戏的规则，从20世纪六七十年代走来的人都清楚，就像屁股上的一块胎记，会带进来日的坟墓。到了那一天，即使游戏结束也不会再醒来，一个人守着漫漫长夜，真的将血肉的生命融进了几块薄薄的木板中。

我常常是胜者，这并不一定代表我在某方面处于优势，恰恰是天生的呆板与无趣促成我好静的性格。游戏开始，我基本能保持原初的形状，双臂下垂，嘴角上扬，眉头皱起，打着补丁的裤子里钻进秋天的第一缕风，裤裆里顿时清爽无比。我希望这样的时刻能继续下去，如此，便不会有饥饿与孤单的忧伤。

第二届国际发呆大赛在北京举行，与首届几乎如出一辙，获胜者也很年轻，是一个刚满二十岁的小伙子，首届则是韩国的一位叫金智明的小女孩。为什么？人在生命初期的单纯是一生的王冠，山是山，水是水，村庄是一座仅供黑甜之梦的摇篮。我们在时间中行走，耳濡目染狡黠与腹黑，渐渐学会了圆融，渐渐懂得了向利而生，同时忘却的恰是从母腹中带来的单纯，与眼神中的清澈与舒缓。

窃以为，能迅速入定的人，距离母亲的子宫最近。能听见血脉汩汩而流的声音，能听见母亲极富节奏的心跳，能听见窗外啁啾的鸟鸣，能保持生命中最原始的形状：双拳紧握，身体呈自由弯曲状，双目紧闭，在羊水的柔波里自由落体。

静止所带给我具体的益处是，能以最快的方式进入书写状态。这是一座烟火气息浓郁的小镇，清晨醒来，超市的喇叭在重复播放优惠信息：鸡蛋便宜了，两块八一斤，西瓜便宜了，四毛钱一斤，赶快来买，来得晚了买不到。街边的烧饼铺在叫：卖烧饼来，甜烧饼、五香烧饼、刚出炉的烧饼。声音的波涛此起彼伏，人如在一片浩大无边的汪洋里，找不到停泊的岸。

鲁迅笔下的木头人，是行尸走肉的代名词，在《藤野先生》中，当日军枪毙据说为俄军探子的中国人的时候，一群目光呆滞的中国木头人在麻木围观。在《药》中，是将儿子的命运寄寓在人血馒头上的懦弱的华老栓，哀其不幸，怒其不争。这属于木头人的延伸，相信每个人心中都有自己的尺度。

看到张木的最后一眼是在县医院的病床上，矽肺病晚期，呼吸困难，看见我到来，欲从病床上坐起，终未成功，几声重重的咳卡在腔子里，憋得满脸通红。拜水泥厂所赐，多年的车间劳动让张木终于倒下，倒下的还有一个贫穷的家。该做的都做了，仅有的补偿也将耗费殆尽，人还是要成为一块将要腐朽的木头。

时间仍然在面无表情地流动，一场游戏结束，却有太多无奈的结局。

原发《伊犁河》2017年第2期，《散文海外版》2017年第6期选载

散文二题

乔 叶

水晶记

幼时读安徒生童话《灰姑娘》，最让人动心的不是王子，而是水晶鞋。那时未知世事，对爱情毫无欲念，只知道鞋子是实实在在可以当真的物件。犹记得书里插图上，灰姑娘的水晶鞋晶莹剔透，勾魂摄魄。长大之后才知道，水晶鞋只适合出现在童话里。水晶这样的东西，实在是不宜踩在脚下当鞋子的。即便真的做成鞋子又真的穿上，恐怕也只能直蠢蠢地站着秀一下，如果要走路，肯定是要摔跤的。后来在一家工艺品店见到一只水晶鞋摆件，便买了回来。至今还在家里的搁物架上，算是了了一个念想。

水晶，根据《山海经》里的记载，还有两个名字，一个是水碧，一个是水玉，听起来都盈润清新，甚合珍宝之名。既是珍宝，想来便物以稀为贵。从未想象过遍地珍宝会是怎样的情形，近日有缘到了江苏东海，倒是长了一次奢侈的见识——在去东海的火车上，水晶就开始高频率闪现。铺位对面是个中年男子，本来和他无话，听他自我介绍是东海人，便忽然想起水晶的事，问了他一句，他立刻神采飞扬："水晶呀？我们那里可是全国最大的水晶集散地！我一个同学就在另一个车厢，她开有七个店呢，我让她过来。"一个中年女子很快过来了，俊俏俏的，看起来精明能干，见了我便笑盈盈地递上名片，给我讲黄水晶、紫水晶、粉水晶、白水晶等各色水晶的寓意，还自来熟地要当向导："你抽空给我打电话，我带你逛。你不买我的也没关系，不买谁的都没关系，来了东海就是朋友，开心就好！"

东海，这样的地名我喜欢，想到东海就会想到龙王，有仙气，即使这东海不是无边无际的海域，而是脚踏实地的平原。因这东海不是那东海，有条经典的祝福语在此也因地制宜地发生了微妙变化，不再是"福如东海长流水"，而成了"福如东海地"。就连"星光璀璨"这样的词也改成了"晶光璀璨",有趣。

东海作家徐则臣曾在散文里如此说到故乡的水晶:"念初中时在镇上,校门前是石安运河。每天上下学我都坚持沿着河边走,为的是捡水晶。河滩上沙多,水一冲就会淘出很多没发育好的小水晶块,最大也不过小拇指尖大小。但我坚定地相信父亲的话,老想着哪天红运当头,一脚踢到块大个儿的,就能提前过上好日子……在爱荷华大学的聂华苓老师家,看见一个鸡蛋大小的圆锥形水晶体从天花板上垂下来,在风里摇摆旋转,每一个棱面都闪过五彩清凉的光。聂老师问:认识水晶吗?辟邪的。水晶能否辟邪我还真不知道,但水晶我认识,没准这还是从我老家来的。聂老师就问我老家哪里,我说东海,聂老师一拍手,说:呀,东海!——很管用,就是在地球的另一面,你只要让东海和水晶接上头,别人就知道你是从哪里来的。"

作为水晶之都,东海二字约等于水晶。在东海短短两日,便无一刻不水晶,也无一处不水晶。水晶博物馆、晶都大道、老水晶城、新水晶城……还跟着本地作协的朋友逛了逛最接地气的露天水晶市场,买了两个小玩意。这里的水晶价格也最接地气,让我觉得自己用得起。边逛边听朋友上水晶课,又上百度恶补,知道了东海为什么会有这么多这么好的水晶:"约在23亿年前的远古代时期,东海境内还是一片沧海,山东境内冲刷而来的大量泥沙经过漫长沉积形成了厚实的东海群基底变质岩系。后受五台期地壳运动影响,在高温高压作用下,同时伴有大量的超基性、基性岩浆的侵入,进一步引发了各类新老矿物质的相互碰撞、挤压,重新组合和富集,形成了东海现有的以非金属为主体的水晶、脉石英等矿藏。"

这应该是非常专业的地质解释吧。相比之下,百度的解释更形象生动:一是好种子。水晶种子,矿物学家称之为籽晶、晶芽,蒙上天厚爱,东海大面积的变质岩中含有很多石英颗粒,为水晶生长提供了大量种子。二是好营养。种子生长需要的营养液必须含二氧化硅,东海西部大面积的岩浆岩形成后便有大量富含二氧化硅的热液,大面积变质岩在变质进程中也形成大量富含二氧化硅的变质热液,这两种营养液结合补给,丰沛富裕,让种子们吃得饱饱的。第三是好管道。东海县地处大断裂构造东侧,次级断裂构造非常发达,这些断裂构造让营养液的运送畅通无碍。第四是好子宫。水晶的子宫便是晶洞。晶洞有两种,一种是散布在断裂构造的交错、拐弯和膨大部分,另一种是溶蚀形成的晶洞。东海以溶蚀形成晶洞中的水晶质量最好,体积也最大。第五是温度与压力。水晶的形成与长大还必须在特定温度与压力条件下才能完成,东海恰恰二者兼备……

这"五好"让我不由得感慨:这些水晶是冷冰冰的矿物质吗?它们原是被东海这块土地自然养育的生命啊,天时地利让它们受尽宠爱,不但健康成长,而且万寿无疆：一万年前，东海"大贤庄文化遗址"便发现有水晶刮削器。六千年前，河南新郑"沙窝里遗址"中出现有水晶饰品，汉代时有水晶环、水晶璧和水晶玦，唐代时有了水晶帘、水晶枕、水晶杯和水晶盏，明代时太祖朱元璋用东海水晶制祭祖之器，清朝时有京官用东海水晶为朝廷制作佛像、佛珠、摆件和眼镜……近现代以来，从地中海到大西洋，硅工业发展迅猛，在通信电子、军事航空、新能源开发等领域发挥着不可替代的作用，对于水晶的加工和应用，几乎代表着人类最先进的生产力。

美以饰，实以用。光华璀璨的水晶确实成了东海社会发展和经济前进的至宝。但是，东海的水晶却绝不只是这一种。除了物质的水晶，东海还有非物质的水晶——人。

此次东海之行，让我惊喜的有三个人：诗人鲍照、散文家朱自清，还有版画家彦涵。鲍照和朱自清是我熟悉的文学中人，不必多说。我最意外的是彦涵。恕我孤陋寡闻，彦涵这个人我是第一次听说，他的版画我也是第一次看到，线条遒劲有力，构图新颖别致，即使是最正版的政治插图，他也不落窠臼，寥寥几笔便显出才华横溢。而在他的纪念馆了解他的生平时，我只觉得浑身的血一会儿沸起来，一会儿又冰下去。苦寒聪敏的少年，青葱英睿的青年，沉稳持重的中年，起伏跌宕的老年……他这一辈子，称得上是沧桑历尽，波澜壮阔。但他的眼神里，始终有一种纯粹的东西，简单、透明，又坚韧，如同水晶。

这样的人，让我敬重，也让我信服。

座谈会上，同行的作家刘醒龙向东海的朋友建议说，如果鲁迅文学奖和茅盾文学奖的奖杯都用东海的水晶铸成，一定很有意义。我没和他就这个问题交流，但他的建议和我的想法却不谋而合。我想，不仅是文学的奖杯，只要和精神领域有关的任何奖杯，如果可以用东海的水晶来做，那都是很有意义的。试想一下，如果想要物质的水晶和非物质的水晶完美契合的话，还有比这更好的形式吗？

港人记

阳春三月，我第一次去香港。临行前夕，很是做了一些功课，想着自己好歹也算爱文艺的人，得去那些有历史文化感的地方看看。什么黄大仙庙、金紫荆广场、港督府、和平英雄纪念碑、茶具博物馆、圣约翰大教堂之类的。但是，很惭愧，在香港三天，这些地方我一个都没去。为什么？据说每个俗女人都是一列火车，只能发出两种声音：逛吃，逛吃，逛吃，逛吃逛吃逛吃……香港让我不幸地发现：原来自己就是这样的俗女人。好在同行的朋友也和我一样，由文艺人堕落成了俗女人，让我的惭愧减轻了许多：既俗之，就俗之吧，谁让我们在香港"逛吃"得那么幸福呢！比如在崇光百货，看到我很喜欢的一个衣服品牌，在大陆单件要卖上千的，而在这里，因为恰巧到了打折季，折上折，又折上折，我买了五件才花了一千多港币。比如在香港最常见的化妆品连锁店"莎莎"，日韩美欧的大牌琳琅满目，经济装、旅行装、礼品装应有尽有，价格上却再没有那种凌厉的气势，让我觉得有钱不买简直就是天理不容。还有吃，随便一家超市都有价廉物美的快餐；随便一家商厦必定有餐饮集中的楼层；随便过个天桥都可以看到喜气洋洋的"大家乐"餐饮连锁店；随便一家玲珑如雀的路边小铺都清洁朗净，让人吃得心满意足……无论价格高低，钱都花得很踏实。因为知道消费的对象是可信任的，是安全的。这诉求听起来好像很低微、很基础，可是我知道，我们都知道，这是不容易实现的，很不容易。所以，幸福。

幸福还因为碰到的那些人。那些人不知姓名，都是陌路，只能用甲乙丙丁来指代。

碰见甲是在晚上。我和朋友在中环逛完街，拎着大包小包准备回酒店，一时间却不知道怎么搭乘地铁，又懒得查路上的标牌——香港街道上的标牌很详尽，只要有心查，肯定能查清楚——于是就去问人。一个二十岁左右的眼镜哥背着个双肩包，眼神和善。我上去说明情况，他马上给我们指明了去往地铁的道路，并说要坐多少站。我和朋友走了一会儿便下到了地铁，正准备买票呢，突然有人拍了拍我的肩膀，回头，居然是眼镜哥。他气喘吁吁的，显然是狂奔了一场。他满脸愧疚，说刚才对我们说错了站数，又对我们报出了新的站数，最后边道歉边和我们挥手道别。看着他的背影，我和朋友面面相觑。天啊，这态度也太好了吧！错几站有什么关系？由着我们自己倒腾呗。白指个路，还这么认真，最后还像欠了我们多大债似的……

乙，是在"莎莎"，我和朋友进了店就各自忙活起来，拎着个篮子楼上楼下地挑货，只拣自己可心的拿，偶尔碰头也顾不上说话。等我挑完了东西去结账时，有意思的事来了。在二楼领我去收银台的小美女——也就是乙——道："您刚才是不是和朋友一起来的？"我说是啊。她说："她刚才办了会员卡。您可以用她的会员卡结账，我们还可以打九折。"然后马上带我下到一楼。朋友已经在店门口等我了，我问她要卡，她还糊涂着："什么卡？"我说明原委，她大悟："我都忘了卡这事。"出了店，我们俩又是感慨良久。乙是什么时候注意到了我和朋友一起来的，又注意到了我朋友办了卡？还想着再打折给我省钱。给我省钱店里不就少赚了？如果店里的业绩跟她的薪水有关系，她不也就少拿钱了吗？她这么费功夫出力的是图个什么？真就图个为人民服务吗？

丙，是在铜锣湾的时代广场阿迪达斯店，我给儿子买鞋。儿子酷爱足球，又正值青春期，脚丫子长得飞快，合脚的鞋已经是45码了。因为这里的鞋价实在可爱，我便高瞻远瞩地给儿子要了双47码的最新款足球鞋。招呼我的小帅哥星眼剑眉，清新爽朗，笑眯眯地和我叙家常："您的孩子多大了？"我说十四。他惊叹："这么大的脚？"我说这鞋买给他未来的脚。他边夸我智慧边给我拿出几样东西：都是制作精美且透气的小鞋垫，他边给我演示着怎么垫前掌垫后掌，边告诉我："他的脚到46码的时候垫上这鞋垫穿，47码的鞋也会很舒服。送您四双。因为您孩子爱运动，应该会比较合适。"自然统统免费。我给朋友说起这事，朋友说她在北京也买过阿迪达斯的鞋子，这种鞋垫绝不赠送，只能买，还很贵。鞋子也不打折，服务员还爱答不理……"××什么事儿！"文雅的朋友居然爆了粗口。

因为购物太多，我的行李越来越无法收拾，于是最后一天就开始买箱子。在买第二只箱子时碰到了丁。她瘦瘦的，四五十岁的样子，穿得很家常，相貌也平凡。她店里的箱包是骆驼牌的。我看了一遍，不太满意。"那真是不好意思，你可以再去别的店看看。"她温和地笑着，"这附近还有一家箱包店比我们大，货很多，可能会有您满意的。"说着她便领我出门，指给我看。一瞬间，我很想问问那个店和她是什么关系，是不是她的朋友或者是她亲戚开的，但是我最终没有问出来。我不好意思问。我不好意思用自己的揣测来侮辱她的一片好心。

这就是我碰到的那些香港人，甲、乙、丙、丁。一直以为香港人只知道挣钱，应该因为挣钱，早把良知啊、善意啊、职业道德啊都熏得跟锅底一样黑了，没想到会碰上他们。而且还不止他们。有一次问路，问完了我们改了主意，就没按照那老先生指的路走，结果老先生就直直地盯着我们，后来索性跟上来，再次去指。他认为他没说明白。还有一次问路，那个老太太不会说普通话，却能听得懂。她干脆比画着手势把我们领到了地方，才又转身回去……

不想说了。越说越幸福，也越说越沮丧。说香港文明程度高也好，有国际大都市的范儿也好，商业服务意识成熟也好，总而言之，我就觉得她是有面儿也有里儿。面儿是高楼大厦，是维多利亚港，是迪斯尼乐园，是星光大道，是张曼玉、梁朝伟、刘德华、郭富城；里儿呢，就是大街上的这些个人，这些个甲乙丙丁，他们就是香港最实实在在的里儿。我甚至认为：香港之香，全在这里儿上。

《红豆》2017年第3期

小　路

朱　鸿

　　出蕉村的几条小路，我一一走过，想起来感慨竟涌而难抒。
　　东南方向的小路通杨村、新寨子、旧寨子、新合村。
　　祖父有一个妹妹嫁到新合村，这里过会，他遂带我往姑奶奶家去做客。那时候，我也就三岁吧，走不了一里便累了，于是祖父就架着我走。坐在祖父的颈上，我竟撒了尿，流了他一身。我是长子长孙，深得祖父之爱，他也不恼，反而笑眯了眼睛。记得祖父当年穿着白绸衫、黑布鞋，摇一把蒲扇，脚步轻捷，自有潇洒。祖父1973年逝世，至今已经四十三年了。1963年由祖父携我至新合村，至今更已经是五十三年了。
　　东南方向的小路比较背，是因为这一带地薄粮少，比较穷，人来人往比较少。也有几次我独行此小路，可见生产队的牛马游吃麦苗，罕见有男女的身影。十四岁那年初春，我腰上出疮，又沉又痛，便遵母亲之嘱至新合村找我姑爷爷看病。姑爷爷揭开衣服看了看痈疽，说："下搭手！"就从竹篮里取出一块旧布，在结实地方摊了一团膏药，剪成馒头大小一个圆片贴在疮上，轻轻拍了几下说："不要紧，拔了脓再来。"姑爷爷声音沙哑，满嘴黑牙，切了一盘冻肉让我吃。我觉得脏，不敢吃，他遂津津有味地自己吃了。几天之后，我又换了一副膏药，疮痒着痒着就痊愈了。姑爷爷干瘦干瘦的，我想，他的声音只能是沙哑的，甚至偶尔会弱得像要断气似的。姑爷爷医术甚高，遗憾的是他的几个儿子都不喜欢中医，竟没有继承下来。走在弯曲的小路上，望着一望无际的田野，我尝暗想，我也可以向姑爷爷学习中医吧！此念如云，转瞬就散了。
　　裴家崆村也有一个姑奶奶，还有一个姑姑，我曾经随祖父祖母一再出门至此。这是一条东北方向的小路。
　　姑爷爷在单位工作，经济有余，用餐的时候总是大人一桌，小孩一桌，小孩的这一桌当然是低矮的。菜都一样，会陆续端上，然而大人喝酒，遂有敬有受，也有回礼。执壶端杯，或起或坐，热情而不失序。我难免会停下筷子，看着大人喝酒。祖父往往倾杯而尽，其嘴唇与杯缘以气流相吸，发出干净的音响，此乃一种妙技。我父亲也能喝酒，但我却绝之，不沾一滴。姑姑和姑父都是农民，除了年画以外，环屋都是空墙，菜也简单。然而他们待我又亲切，又诚恳，我觉得十分自由，甚至可以反客为主，称霸于三个表弟之中。

我印象最深刻的是沿途的风景，最令人震栗的是排列成阵的石人、石马和石羊。过了高望堆村，石刻便出现了。明秦王陵十三座，悉在少陵原上。我往裴家崆村去，要穿过世子井村，数里之外，东望简王井村，西望三府井村，都是王陵，王陵之前皆立石刻。这些石刻尽为青石，不过几百年的日晒雨淋已经让它们发白。石刻寂静地踞于黄土之上，树木之间，不禁让我手脚收敛，甚至让我肃然沉思。

至南里王村、北里王村，或夏殿村，只能走西北方向的小路。

祖父的舅舅在夏殿村，他曾经引我去过一次。我的一个同学在南里王村，当年一起补习考大学，彼此多有往来，去过他家。此小路也比较背，其坎横沟纵，起起伏伏。20世纪70年代以前，冬日的深夜，随风而来的还有狼的长嚎。至南里王村见同学那年，我已经十八岁。此小路全程荒梗，不过也无所可怕。骑着自行车，遽然早出，悠然晚归，脑海里尽是未来之谋，有什么可怕的呢！

向东的小路尽管也是小路，不过它通公社，遂会略宽一些。此小路也是直的，即使拐弯也随便不得，非直角不拐弯。村与村之间的小路无不是黄土所铺，然而公社向外辐射的小路皆由烧过的蓝色炭渣所铺。权力之贵，当年在乡间也是不含糊的。

汉宣帝葬杜陵，他的许皇后葬少陵。少陵原，以至于杜陵公社、杜陵中学，皆以坟茔得名，因为在封建社会，这些坟茔都是至高无上的。

杜陵公社驻东兆余村，韩家湾村至东兆余村也只有几百米。杜陵中学在东兆余村与韩家湾村之间，显然有其根据。

1973年至1977年，共有五年，我频频走此小路。我擦韩家湾村而过，至杜陵中学读书。周边大约有十个村的学生于斯读书，其最近不足一里，最远二里有余，各村学生皆无住校。读初中，又读高中。

经朱家巷，再经堡门，向东便是奔中学的小路了。冬季上学，天还未亮，遂会约上同学做伴。实际上一旦步入此小路，便会碰到同学。自己以为早，尚有更早的。自蕉村至中学，近乎三里路，学生的状态永远是步履匆匆，私语窃窃。

走此小路，确实让人增加见识，不过这并非专指中学的教育。每天过朱家巷，过堡门，或过晃家巷，每天的观察都有启示。那时候，农村的活动都听铃声。铃敲声响，凡劳力都扛着锄或别的工具，散漫下地。午饭是主餐，男的都喜欢蹲在门外吃。面条是用盆子盛，两个或三个馒头会用筷子直穿而过，挑起来大口大口地吞嚼。一边吃，一边聊，意见相左，辩着辩着，忽然就翻脸，动嘴相骂，以致动手相打。有壮妇或美妇惊呼破门，冲过来帮助自己的丈夫。旋有男女拥上，唯长者会挤过去让彼此息怒。骂仗打架算是紧急之事，也是热闹之事，偶尔才呈。农民总体是老实的，平和的。吃了午饭，若有时间，也有兴致，就会唱几段秦腔，或下几盘棋，以在无穷无尽的苦日子里酿造属于自己的小快乐。

往来在这条路上，可以随意游目，扩展视境。田野任性起伏着，远方总是地平线。庄稼有两种，从中秋至来年的初夏是小麦，当年的初夏至中秋是玉米或谷子。田野闲不了，农民也闲不了。种下小麦以后，便要用架子车拉粪施肥，一遍又一遍地除草，若干旱还需灌溉，直到麦子黄了，开镰收割。种下玉米或谷子，也需上粪。间苗、浇水，当然也是必需的。麻雀会啄谷子，所以要吆喝着扬鞭赶鸟。收玉米，收谷子，也是火烧眉毛的工作，因为及时种下小麦才能保证来年的丰产。农民不是在田野忙，就是走在田野的小路上。他们根本不能做别的，卖菜、卖鸡蛋，或以细粮换粗粮，都不允许。他们只能脸向地，背朝天。他们困于田野，束缚于天地之间。我从小路上走过，无日不看到在起伏的田野里耕耘的肉体。肉体有时候是长长的一排，有时候是歪歪扭扭的数列，有时候像一把豆子似的散落着。

田野也以庄稼的生长或短暂的休止变幻着颜色。小麦刚种下是嫩绿，冬天是墨绿，春天是翠绿。小麦黄了，收割以后，会留下一层小麦茬子，望过去田野竟是白的。冬天有雪，田野也是白的。不过小麦茬子的白仿佛是田野的呼吸，但雪的白却是田野的酣眠。玉米和谷子都是绿的，然而玉米绿得飘逸，谷子绿得深沉。

冬天的深夜特别安谧，早晨打开房门，便见雪满院子。打开院门上学去，朱家巷雪地上还没有足迹，不过堡门一带已经脚印杂沓，小路上的学生更是三五成群，嬉闹而行。20世纪六七十年代，雪很多，雪总是让人兴奋。农村的孩子多穿了家长做的棉鞋，暖是暖，可惜无法隔水防潮，到了学校，踏上砖砌的甬道，遂用力抖雪。雪倒是掉了，然而坐在教室便觉得棉鞋湿透了。秋季雨繁，常常一下就是十天半个月，这真是一种困扰。只有个别学生有伞，一般都是戴一顶草帽。上学去总是零零星星，断断续续，但放学回家却是所有班级一起走，小路遂变成了草帽的逶迤，泥泞不堪，只能探着走，鞋湿，裤管湿，然而青春是无所畏惧的。

在这条小路上，我思考了很多问题。同学可以发展为朋友，不过同学里也有坏种。教师的身份决定了他们应该传道、授业和解惑，然而教师里也有恶人。中学和高中所走的这条小路，人生既拉开了璀璨的大幕，又隐约在戏台的一角露出了它的艰险。

向西的小路有两条，一靠南，一靠北，都可以往韦曲去，当时的长安县政府便驻于斯。朱家巷距靠南的小路近，我习惯走这里。不过我偶尔也走靠北的小路，尽管它远一点，然而没有庄户，遂具空旷与宁静的魅力。

靠南的小路，穿西兆余村，又穿皇子坡村，便至韦曲。仅仅五里，少陵原的台地便变为韦曲的川道。皇子坡村是少陵原与韦曲的过渡，其沟壑纵横，壁断坡斜，尽展地势的落差。小路便环绕于崖顶与崖底之间，会晕头的。韦曲水明鱼翔，稻香荷红，众蜻蜓和众蝴蝶有层次地飞越于碧蓝的空间。唐朝显赫的韦族曾经居于斯，只是不知道他们现在消失何处了。当年的长安县政府设于此，其男女衣饰、神态和语气，显然异于少陵原。

小时候，我一年之中随母亲要行此小路数次，以看望舅爷和舅奶。稍长我便经常独赴韦曲，在文化馆浏览一些报刊以后，吃红肉煮馍一碗，惬意回家。之所以能如此享受，是我父亲有工资。这条小路通韦曲，韦曲有15路公交车可以至三爻，再至小寨，再至南稍门，再至南门，便进西安城了。走此小路总是让人产生对文明的向往，并增加人生奋斗的动力。

1967年夏秋之交，我在蕉村小学门口远见几个人抬着一个死者从杨村一带而来，默默过蕉村，又远见入西兆余村，往韦曲的政府机构去请愿。长者说："新寨子和旧寨子武斗，把人打死了！"

朱家巷靠南，于是向南的小路我就特别熟悉，也特别亲切。此小路两边属于我所在蕉村第一生产队的耕地，我无数次看到母亲的背影夹杂在一群女社员之中参加劳作，我也无数次看到母亲的微笑驱散倦意，匆匆而返。我也曾经沿着这条小路至田野割麦子，捡麦穗，割谷子，摘谷穗，或掰玉米，也除草，松土，运粪布肥。不过我越干活，越不愿意当农民了。把式很多，他们得意地犁地、扬麦种、播谷种、点玉米种，把劳作化为了艺术，遂是喜悦的，可惜我不能。

在小学五年级的时候，我养了一只狗。冬天到了，雪盖大地，茫然一白，我便带着狗从这条小路上往田野去。我希望碰到一只兔子，让狗抓住它。小路上的雪光洁完整，狗跟着我跑过才留下人踪和兽迹。我喝着狗在路东冲一冲，在路西闹一闹，只是雪厚如毡，跑不动，也没有什么兔子。不过很高兴，有一种俄罗斯草原上的味道。

有近乎十年，知识青年也在此小路上往来。他们总是同进同退，郁郁寡欢，不能融于农民之中。男女之间要嬉戏，也会先东张西望地观察一下，再拉拉扯扯。常是姑娘涨红着脸把小伙子推开。在田野嬉戏，他们还是很节制的。林彪认为知识青年上山下乡是一种变相的改造，此观点曾经受到包括知识青年在内的整个社会的批判，然而世事变幻，发布了新的政策，他们就卷被子回家，摆脱了田野乡间的再教育。

我家的祖坟在路东的坡地上，封土浑圆，长满了百草和苜蓿，并有乔木绕之而起。有一次，逢清明节，我由祖父带着烧纸祭祀，似乎还碰到过从朱坡村和四府村赶来烧纸的，他们是我的本家。公社强大至极，后来竟无声无息地以拓荒扩田的方式把祖坟夷平了，本家也就不见了。

我祖父逝世以后，埋在了路西的一片高地上。为他送葬的儿孙、亲戚和乡党，遂从这条小路上走过。八个壮汉抬着祖父的棺材稳稳向前。我披麻戴孝，捧着祖父的遗像走在送葬的队伍之首。两年以后，我祖母的棺材也由这条小路上飘过。

我荣幸地遇到国运之转，十九岁考上大学，之后工作，算是离开了蕉村。不过父母在，遂屡屡回家。小路依旧，心情不同。我深刻的体会是，只要跨上少陵原的小路，我就觉得这个世界是踏实可靠的。小路及其两边的白杨树、小麦或果园，不仅可以洗眼，而且能治愈精神的创伤。

21世纪，旋有管理委员会的机构出现，属于政府与企业的合体，目的是经济增长。其提出拆迁，蕉村就拆迁了。它周围的村子凡临韦曲的都拆迁了，从而少陵原的一半便改变了面貌。村子没有了，小路也没有了。高楼耸峙，由沥青或水泥所修的大道遂不可一世且毫无人情地径南径北，径东径西。

我常常想起自己曾经走过的小路。实际上我走过的小路，也是父母所走过的，是祖父祖母所走过的。这些小路究竟起于何时，不易求证。左丘明说："宣王囚杜伯于焦，士无罪而杀之。"传曰焦就在少陵原上，蕉村由焦村所改。如果以此考之，那么蕉村的小路已经两千八百多年了。这些小路的产生都很自然，前人一走，后人再走，走的人多了，就踩出了小路。小路不规划，不设计，图的是方便和快捷。小路显然支持了祖先的生存和发展，功莫大焉！通婚、通亲、通信、通市、交敌、交和、交娱、交盟，都以小路而成。小路沉积着自有农耕以来的层层叠叠的传统文化。

少陵原上的百余聚落，尽由这些小路连接。关中的所有古镇，乃至九州之城，也由这些小路连接。小路是中国的神经和血管！

《西安晚报·文心》2017年3月4日

冬　季

冯秋子

2008年10月8日傍晚，我从内蒙古回到北京。

人回来了，心还留在那儿。

内蒙古已经上冻，回去那天夜里，车停在院子里，水箱就冻住了。早晨地上结了冰。气温继续下降。

离开内蒙古的前一天，先下雨后下雪，然后是冰。

我父亲呼吸困难，拖到不能再拖，他才同意转院。一大早护送他去呼和浩特住院，从背部先后抽出五斤多积水。我利用"十一"长假，赶回来看望病重的父亲，看望不顾病痛一直照顾父亲的母亲。我们现在随父亲转战到了呼市。医生说父亲的一个关键手术不用做了、不能做了。父亲问我们几个儿女：结果是什么，跟我说一下。大哥说出医生讲的全部话里的一小部分。父亲问：还有什么？又说出一小部分。没有啦？大哥说没啦。父亲说：没啦，出院。哥哥和我听到父亲的命令，一股气驾着车开回我们旗。

晚上，向父亲报告晚间时事播报的新闻，美国"倒萨"事态，西方各国、各方面的反应，南美洲政变，亚运会，国际象棋大赛人与机器对垒，等等。父亲临睡时问我还有什么要和他讲。我说了三点。关于饮食问题，父亲一直比较注意。咱们继续，再接再厉，食物控制好了，糖尿病的指标还是能控制住的，还是能看出转好的迹象的，这是咱们能做的，不要放弃努力。关于跟母亲说话，要有耐心，母亲耳朵背，听不见、听不清的时候，不要着急，不要大声喊叫，别把母亲吓着。现在，医生把治疗、恢复的主动权交到咱们手上了，我看，咱们天生的强健体魄、健康的内脏功能和循环系统，到了发挥作用的时候了，是不是，爸爸。我讲了一个小故事，在抗美援朝战争时期，志愿军伤病员，别管受伤程度深还是浅，总是恢复得又快又好；那些被俘的美军伤兵，即使比负伤的志愿军战士伤情轻得多，他们都是使用当时能有的相同的药，伙食也相同，但是恢复的效果截然不同。美军伤兵不少人，原本只有一处小伤口，医药处置很及时，但也竟会出现伤口感染、溃烂，因为他紧张、恐惧呀，无法消除焦虑，没有安全感，生活不习惯，语言有障碍，总之，猛虎落入猎人之手，身陷敌方，那种惶恐和不安没有一时不搅扰他、挫伤他，他们的情绪处在悲观、绝望之中。反过来，志愿军伤病员负伤严重，竟愈合得出奇好。为什么呢？因为处在心宽的地方，是自己的同志管理下的战地医院，使用的是从祖国调运来的设备、药材，听和说的是自己的语言，一句话，他是在自己的地方。那种感觉完全不同，情绪平稳，心理正常，思维活跃，精神状态积极，主观能动性调动和发挥出来了，这些积极因素，帮助身体分泌出良性的激素，侧面起到帮助治疗和恢复的作用。

这一类简单明了的道理，跟父亲说，在以前是不可能想象的。在他面前，什么都不用摆，他就是一个讲道理的大王，他讲的道理，过去曾经覆盖了小到一个家族、一个单位、一所学校、一家工厂、一个村庄，大到一个区、一个人民公社、一个旗的大会现场，人们听他讲话，没有一个人离开会场。我们跟他在一起，永远差着距离。但是现在不同，当我就要离开家、离开父亲和母亲时，他会对我说：你还有什么话要跟我讲？哈哈，我真应该骄傲，父亲和我，和我们兄妹们之间，有了这种形式的交流。父亲把我们当作成人看待。说实话，我们还是需要一个接受过程、习惯过程的。

我们和父亲有一种厚实的情感，但谁也不直接表达它，触碰它，好像在这个家里，都没习惯表达情感，但情感没有一天感觉不到。唉。心里又幸福，又有掠过骨质的酸楚滋味。我能怎么做呢？瞬间遮掩起莫名的滋味那一类东西，嘿嘿嘿地笑出声来。好，两个问题或者三个问题，我对父亲讲。你知道，这些个问题也是经过了挑选说出来的，又得有，又得是轻重的分寸恰当，还得轻松一些，有点玩笑式的。总之，绕过感情，不触碰到感情的丝线，如果不小心挨着了，赶紧跳出，离开那块地带。

他笑呵呵地说，好，谢谢你，我采纳，照办。你放心，好好工作，照顾好自己。你那边的事情，我都放心。好的，走吧。他哈哈地笑着，让我轻松地走掉了。

离开他们，我的眼泪怎么流是我的事情。

我觉得父亲老了，对儿女有了一些不舍。

想当初，我去北京上大学，第一个寒假快到了，写信给父亲，顺便告诉他，学生处帮助订了回内蒙古的车票。他写来一封信，说了这样的意思：离开家才半年，不必着急回来。建议留在学校多读几本书，或者跟同学结伴到别处看看。出了门，对门外的世界应该多做了解。总想回家，没有出息。要有准备，多锻炼自己。

那时候，不像现在，我还是很怕他的。回到家，我等着他和我谈，担心挨批评。

而他好像忘记了在信里表达的意思，多次和我谈论学校、学习、生活、和同学们的相处、老师的教学情况等等。谈完话以后，他一如既往地对我放下心来。这之后，他一概放开，从不干涉我的学习、生活，包括后来我的恋爱。他只是注意了解对方是一个怎么样的人，他认为把握了对方的"人"以后，就不再说什么。由他们两个人自己去相处吧，他对我母亲讲，要我母亲不用过多问询这件事。孩子愿意讲的时候，自然会对你讲，不需要讲，就说明她能自己去处理。

父亲很喜欢那个从我这听来的青年。若干年以后，当父亲听到母亲说：XY脾气挺大的。母亲是看他对我说话的时候得表现有点急躁，对父亲有感而发。当母亲的不愿意看到女婿对女儿耍脾气是自然的。当时家里只有我父母和我三个人。父亲接起母亲的话，说：男人没脾气还像个男人了？父亲竟替他说话。那个话题没再继续。父亲喜欢他。再者，父亲不觉得那么一个细节跟他的"人"相比，有什么重要。一般情况下，他认可的人和事情，在心里给出的宽敞、能有的包涵，比一般人宽大而且长远。父亲病危去世前，我回内蒙古照料父亲。丈夫因为正在和我冷战，对婚姻有了不同的想法，为了好不容易确立的意志不被动摇，就没来看望我父亲，没打电话致以问候，没和我父亲道别。父亲没有一句抱怨，尽管他那时还是他的女婿。父亲临终前对我说了这样的话：沟通不够，好好谈一谈，相互多理解对方……在那之前几天的一个下午，父亲竟然做了一个梦，梦见女婿打电话了，跟他说，要开车回来看他，问询父亲的病情怎么样啦。父亲说，我让他跟你妈妈讲，我听不清。母亲告诉我，是你爸爸做梦梦见的。那时，父亲时常处于昏迷状态。我母亲说，你爸爸想XY了。

高声说话，父亲能够听见。我尽量语气轻松一点，不让他感觉到异常。我自己嗓子疼，也不让他感觉到这些。这个家，谁也不说波及感情的话。

整个上午，草地里全是白色，草上是霜。开垦的土地，也全是白，和慢慢露出来的发黄的绿色，在视野里慢吞吞地转化。午后，太阳清照一片戈壁草地，一会儿一块浮云挡住太阳，那一大片地方一下就变得黑暗无比，阴冷没有商量。

傍晚，西边的太阳映照出赤烈的红色，天渐黑，红色柔和下来。太阳红红的，非常亲，非常近，也非常快地消失。多次见识，但是还会有悲伤掠过。人孤立无援，永远地生活在空洞的、凛冽无言的深处。

黑夜，许多狗在叫。父亲的盲表也不失闲，凌晨时呻报出公鸡叫鸣。

母亲照顾不动父亲，我上次回家时，我们一起把父亲和她一块搬到我哥哥的院子去住。哥哥全家照顾我父母亲。

我父母住进了我哥哥家的新房。后墙通火炉的烟道，天冷以前住进一窝麻雀，大鸟小鸟早晚叫唤。这些鸟们有了两个通道，一个朝向一米以外的天空，一个朝向我父母的新家。于是，一家人不知道该怎么生火炉，怎么解决走烟问题，怎么重开烟道，开在哪里。我哥哥想出一个不是办法的办法，生灶火，烧热做饭的大铁锅，炙烤房子，为父母取暖。

我踩到板凳上去看鸟，小鸟全部挤卧在草木垫里看我。它们的屎尿拉到墙洞边缘。我看见了母亲放进去的那块叠衲了好几层的布。其实她知道鸟不会使用她的布，把她的布当作褥子或者床单，只会在上面拉一些屎撒一些尿，她还是往里边乱放东西。她怕鸟受冻，想不出给鸟取暖的更好办法，跟我哥哥一样，被鸟难住了。

母亲担心小鸟掉下来，让人移走了放在墙根底下的水桶，她在地上铺了一块大棉垫。

母亲搬离自己的院子，院里住的几窝麻雀就搬迁走了。

她养的牧羊犬半个多月不吃东西，只喝一点点水。我哥哥院子里有一只比我母亲院里的牧羊犬更壮、更大的牧羊犬，他们想把我母亲院里的牧羊犬接过去。我哥哥去了一次，孩子们又去了一次，均无功而返。母亲院里的牧羊犬死活抠着院子的地，身体向后坐下，不愿意跟他们走。我哥哥回来讲，院里没人了，它想守院子。母亲回去给它续水、喂食，它吃了两小口食物。自此，牧羊犬再没有进食，备下的食粮和饮用水没再动过。一星期后，牧羊犬倒下了。

我们一起去埋葬那条淘气的狗。它的历史结束了。它只活了一岁半。它曾把我母亲的用具撕毁，比如扫院子的大扫把，还有压在纸箱子底下的羊皮裹腿……把黄太平果树的皮扯下来，把柴草房里的耗子一只一只捉拿出来，整整齐齐摆放到果树下。夜晚，母亲常忘记锁院门就去睡，它一直在母亲的门外叫，实在叫不出效果，就起身趴在家门旁的玻璃窗户上，对着屋子叫。直到母亲起来，出去锁上大门，它才回到自己的柴草窝棚躺下。

这个冬天，不那么好过。

《红岩》2017年第4期

一束阳光泻下来

苇青青

一

清晨的光线真干净，当我走出市委大楼电梯，穿过来来回回不知走过多少回的一楼大厅，一种迥异于昨天的感觉，像油菜花盛开的热烈，规模浩大地覆盖了我的心。我第一次那么用心地环视大厅内撑起顶层的二十四根粗圆石柱，它们威严、肃穆、扎实、有力。流泻天然色彩的大理石地板，明净地向四处阔开。这些年的匆忙，让我疏忽了办公场所的景致，那个看上去只顾低头走路、连花草换了几回都无心顾看的我，突然就涌上了刚参加工作时的一股悸动。那时在一座县城，一个十八岁姑娘迈进县政府大院报到时的情景，翩然而至——新奇感、庄重感，和着咚咚心跳，回流到此时的体内。多少年该是一个感觉与视觉的轮回，场景如此相似，如此构起重叠的回忆。是啊，离开一座小城，到另一座城市工作，却一直没把城市当成漂泊的驻足地，心总在路上。

走出大厅，天空辽阔至深蓝，阳光层次分明地在眼前铺开。天地、树木、小草、花朵，披一身霞光，亮晶晶地向我眨动眼睛。它们的目光，绵软、深情，充满丝丝爱意。大院内能够看到的物象此刻撒着欢跑到眼前，跑进视野，唯恐忽略了它们各自的非同寻常。站在大楼阶梯上，还没有一个台阶一个台阶迈下去的时候，望向对面马路，马路好像比以前宽阔了许多。望向天空，天空也好像长高了一截。我的眼睛随着光线的旋转而柔情似水。踏着音乐的台阶，一级一级走下去，三十八级台阶，这是我过去没有数过的。

二

  大院门口西侧，停了一辆中型轿车，接下来我们单位全体同志要去库区贫困村看望重点帮扶的贫困户。按照组织安排，单位早已拟好一对一帮扶名单。我帮扶了一个老光棍。之前对于包靠户是怎样一个情形并不了解，比如多大年龄，是男是女，家中境况。这一切，皆由单位一位最早去帮扶驻村的李主任调查了解。帮扶对象名单里，这位老光棍对应着我。我看了名单，没说什么。同志们翘起嘴角想笑，终究没有笑出来。他们看着我，不知替我难为情，还是替那位老光棍难受。包靠扶助显然难度大了些，因为这不仅仅是贫穷。

  车子绕过绿树和笔直的大道，沿途驶过阳光下一片片闪着蓝亮的大棚海，驶过一座座家家相似、村村相识的村落，一个多小时后，驶进一处村委小院。这是一座旧门旧窗的院落，一地玉米，铺了厚厚一层，晾在阳光下，发出金黄耀眼的光泽。这种光泽与气息，一下子把我带进与田野和庄稼的牵系当中。这是地道的农村，亲亲的土地，走入其中，不能不让人怀想。

  儿时的农村是我最难忘的记忆。幼年里，跟随母亲从城里回到老家，像突然闯入一个奇异世界，我着迷般爱上田野，爱上庄稼。看一段野地里的草，能与它们对着脸说话。总爱采摘田野小花，一把一把往家带，往瓶里栽，往小辫里插。那个时候，我常常一个人迷失在庄稼地，在大人不经意间说着话的时候，像小鼹鼠，走着走着就溜出院子，溜出村子，向村北一片野坡走去。那远远低垂的天空，像巨大的神话之幕，总有那么多神秘的童话在那儿召唤着我走过去、走过去。走着走着，就听见母亲着急得像丢了魂似的满村满坡找，转圈地喊。那喊声里，至今还能听到带着哭腔的发音。那时，我只有三岁，那个年龄，正在一座县城医院幼儿园里。那时农村事物尚未触碰过我稚嫩的眼睛。回老家，也只是在父亲不能歇星期天来城里看我和母亲的情形下，母亲才抱起我回老家一趟。只那么短短一天，就要匆匆返回。在我眼里，农村田野极少与我面对面交流，小花小草，也无机会与我对着脸说话。我对老家田野的偶尔闯入，像陷入一个巨大魔阵，吸引着我至今对土地谜一样地眷恋。由此，我一遍遍丢在田野，又一遍遍被大人牵回。那种着迷在一个三岁幼童心里，是大人无论如何都无法理解的。他们不明白我的眼睛里到底看到了什么，他们只担心我一旦钻入茫茫无边的青苗之中，就是对一个孩童的淹没。后来，再回老家，母亲总是把我紧紧地抱在怀里。母亲知道，一旦让我落到地上，就会转身不见。次数多了，大人知道了我的方向，可那方向是不确定的未知，成方连片的庄稼，一个孩子消失在里面，大人会是多么恐慌和手足无措。而那时，我并不懂。我只想往田野去，那是一座没有出口的迷宫。

三

看到村委这样一个旧院落，这样一地黄玉米，我的眼前，映出了这样一连串儿时的景象。是土地给我带来这样的怀想，带来那些抹不去的影像。

院子门口拥着十几个人，有站有蹲，望向我们。他们穿着陈旧，头发蓬乱，脸上好像有一层土夹在褶子里。村支书与我们对接后，开始一个一个叫着拥在大门口的人的名字。包村的李主任也念着我们单位对应的名单。大家握手，笑，问候着你好。但无论我们多么热情，那些被握起手的人还是拘谨地把身体向后缩着，抬头看一眼我们的脸，又迅速低下头去，瞅地，瞅鞋。

当我与那个姓段的老光棍握起手时，我说我们有缘啊段老。一只粗糙的手伸过来，直直地握一下，缩回。被包靠的贫困户，一对一跟着自己握起手的人走向车子，那里面有我们带来的米和油。像认识了很久，他们无声地跟在身后，一步不落。从车上取下东西，就是分别走向各自的包靠户，去了解他们的生活实况。这只是帮扶开始，往后的日子就是各自联系，帮他们解决急需的事情了。我是第一个叫上那个段光棍的。我说段老，咱走，咱回家。在他们还从车子上取米、油、鸡蛋的时候，他就跟我一起，努力地提起那些袋子盒子，向北一条胡同走去。

路上我问他情况。他六十二岁，家中有一兄长，父母很早过世。父亲在他十几岁时去世，母亲在他三十几岁也离开了他。住的两间屋子是老人传下的。前些年倒塌，没法再住，是兄长帮他盖起来的。没说几句，就到家了。一堆牛粪堆在门旁，发出草的陈味。两扇绿漆旧门，没有门闩，只有一根小麻绳系在上面。推门，映出一头牛挡在门口，那是一头母牛，正用身子挡住一头小牛犊。小牛犊的身子像牛妈妈，黄色，头却白底黑花，正用一双纯而懵懂的眼神从门内望向我。它的鼻子和嘴巴往上翘着，像刚脱去玉米缨子的嫩玉米身子。多年没接近老黄牛了，心里虽爱着牛的慈祥，却担心一个陌生人的闯入，是否让那头牛误认为我要牵它的小牛犊而奋不顾身扬起后蹄，虽然我知道牛是用犄角来抵御侵害的。于是，我在门外停下，我说段老您回来，给我用身子挡一下吧。他无声地走回来，站在我右边，他说这是他哥哥家的牛。

四

一进屋，我蒙了。我问，你就住在这儿吗？他说嗯。两间屋是毛坯房，窗子四面透风，窗子上的塑料薄膜已破开几处，在北风中飘向窗外。黑的颜色，灰的色调，零零碎碎，像垃圾场上飘起的塑料袋。一个茶几脱落得几乎要倒下去。沙发也是一个光板底座，没有垫子，没有靠背。炕上，一堆黑颜色的被子漏着棉絮。几只黑箱子，在阴暗的屋角更加暗下去。他说，那几个箱，是老人在世的时候传给他的唯一家当。一堆旧衣服堆在茶几上，我拿起一条裤子，裤腿撕去一大截，他说夏天剪短能穿。一口锅，没有盖子，里面有锈斑、土沫、草屑。锅旁堆了一堆干草，他说是他哥哥放在那里的。我问他自己做饭吗？他说不做，有时到侄子那儿吃。有时？那其他时候呢？他说自己到外面收破烂的时候想办法吃。收破烂？我惊讶地瞪大眼睛。他说屋里摆的旧家具，身上穿的旧衣服，大多是收破烂得来的，邻里乡亲也送他一些。

我突然涌出泪，在望向那个高高的、黑洞洞的北窗口的时候。那些飘飞的塑料，像破碎的线条挣向窗外，在那儿翻飞，呼啦啦响着。一股股泪水，像脱缰的野马，在我脸上横流。我不知被哪种物象击中了神经，泪水不听话地流，止不住地流。姓段的老人却安慰我说，别为我担心，年底五保户还有一点补助，别管孬好，能吃上饭了。

五

在阴暗的屋子里，我慢慢转向每一个物件，映给我的，全是破败。没有一个物件是完整的。我看到墙上挂着一个相框，心头一热，似乎，那里映出岁月的光亮。我让他摘下来给我看一看。他上炕取下，小心地托着。黑暗的屋子里，照片一张也看不清。他用衣袖擦着镜框玻璃，还是看不清。玻璃上落了一层厚厚的灰。我说到外面去吧。来到院子，他依旧用衣袖擦着，还是擦不掉。灰已凝结不动。于是他想从相框后面启开钉子。我说不用那么麻烦，就用几滴水擦一擦玻璃吧。他没说话。我又说一遍，用水擦吧。我想找水，他却说，家里没水。我说没有热水，凉水呢？他说也没有。我黯然了。我问晚上渴了怎么办？他说晚上不喝水。我问白天渴了怎么办？他说白天到侄子家，也到别的地方。他把相框放到地上，一个一个拔去钉子。五张照片。除了他的妗子，还有他妹妹。他没有找到父母的照片。他指着妹妹的照片说，妹妹也没了。我问他，有你的照片吗？他竟一时答不出，说不知有还是没有。我说你找找看，我看一看你过去的样子。他说没有啊，我哪有照片？我指着一张有十几人合影并写有"友谊长存"的那张，问他这是谁的合影，是你妹妹上学的吧？他还是回答不出。我提示，上面写着友谊长存，还写着1982。他恍然记起什么，友谊长存？那是我的！是我的！他一下子端起镜框，凑到眼前，像端起一位失散多年的亲人的脸庞。我让他找一找自己。他用黑黢黢的指甲在照片上划动两个来回，竟没找到。我数了数上面有十一个女孩，笑着，站在最后两排。三个中年妇女坐在前排，还有三个男子也在前排。我把范围缩到那三个男子身上，继续提示，上面就这三个男的啊，你肯定要从这三个人里找。他把眼睛凑上去，看了好大一会儿，指向一个坐在最边上的人，这是我！他第一次说话的力气大起来，一去刚才声音的含混和喑哑。照片上，一个青年男子留着浓发，白胖的面容，白色的衬衫，从里到外全是青春的气息。我问，当年是怎样的情形留下这张合影？他说是在生产队里打棉花，一起去公社照的。三十一年前的事了，那时三十一岁。我问他当年在这么多姑娘中是否看上一个。他说看上一个，人家没看上他。说完，他低下头，把脸靠在膝上。找一找啊，哪一位姑娘你当时看上了？他抬起眼找照片中的姑娘，却也找不到了。我鼓励他，再找一找。后来，他指向一个发胖的姑娘，就这个！我细细端详，那女子站在最后排，也站在最边上，直冲他的后背。姑娘的脸，已被岁月风化剥落了一片，照片表层一块一块地往下掉，但仍能看清大体轮廓。我问："她现在还好吗？""不知嫁哪个村了。""为何看中她？""她说起话来挺亲人的。""向她表达过吗？"他没说话。"向她表达过你欣赏她吗？"他似乎没听明白。我想了想，尽量变得直白，"你向她提过吗？"这次他听明白了。"哪能提？提亲是要置办东西的。"我说："不是那个提亲，是你向她提心中的想法，对着她一个人的时候说你喜欢她。"这次算是听明白了，他说："说过，我找她说了一回，我说，你说话好听，能到我家吗，以后？""那姑娘怎说？""她说不中，你家揭不开锅。"说完，他沉默了。我问他："这些年还想这个姑娘吗？"他说："不想了。""为什么？""人家都嫁到外庄了，不想啦。"

六

这时电话响了，是单位同志在催，说大家已经上车了。我想在有限的对接时间里，跟一位光棍老人尽可能多谈一些话，尤其那些他至今没向这个世界打开过的心里话。走时，我问他除了这张集体合影，与别的女人照过相吗？他又垂下头："哪敢想？人家谁跟一个老光棍照相？"我用心打量着眼前这位光棍老人，一张瘦长的脸，黑着，皱纹丛生，与相片里那个白衬衫青年像两个世界的人。眼睛隔开了他的现在和过去。照片上的那双眼睛是有光的，而站在我面前的这个人，眼睛却是灰暗的。牙齿黑黄相间，参差不齐。整个衣着又大又空，向下坠着。从与他握起手的那刻起，他大多是低着头，低头走路，低头说话，这让我一直没能看清他的脸。细看，他竟有暮年老者态容。我说咱俩照张相吧。他一下子局促起来，穿旧球鞋的那双脚来回擦着地面，随即擦出一道浅浅的印痕。我向门外望去，一个掏牛粪的邻居正从墙角一把一把地掏着那些混合物。我寻思是否请他过来帮忙。这时一个小伙子从门外走进来，姓段的老人说，这是他侄子。我把手机递给他侄子，教他如何摁一下就可以了。我们站在贴有"招财进宝"和"福"字的门框下，脸朝向阳光，看着他侄子手中的手机。

电话又响起。我拿过手机，翻到照片，放大了给老人看。他凑过脸，眯眼笑了，嘴里嘟囔了一句没听清的话。这是见面后唯有的一次开心的笑容。告辞的时候，我说回去洗出照片，就寄来，收破烂的时候，可以带在身上，也可以拿给别人看。

我朝大门口走去，回头与姓段的老人招手，他站在那扇黑咕隆咚的屋门下，哭了。一束阳光，正从树缝间泻下来……

《前卫文学》2017年第4期

离：一种出发的姿态

江南雪儿

离一　在路上

  火车启动前，我单手托腮凭窗远眺。隔着玻璃望天，天并不很蓝，有点灰，介于似灰似白之间。层叠的云彩在天上走，样子淡定，不疾不徐。天在云上游，云游离于天之上，它们彼此剥落或抽取，相互依存并相融。离，是一种状态，离，能牵动内心最柔软的机体颤动。此刻，火车离开站台，我离开我的城市。有忧郁的歌声自每节车厢响起："送你离开，千里之外……"

  有时，我们会在不经意间把自己安置到放逐状态，我们会在疏离、脱落、悬浮抑或下坠中茫然无措。一条船行将远航，动机并不在于旅行，其终极目的是抵达港湾。黑夜降临前，一列火车载着我的别意出发在疏离之旅上。

  窗外那些树、那些草、那些晚霞中的云朵被我凝望。它们踏实茂密而彼此疏离，安静地呼吸着天地灵气并争分夺秒地生长。对于它们，生长就是硬道理，不能也不许错过这个夏季，务必在秋天到来前，把自己长足、长大、长强，向高处、远处、低处、暗处，生生不息地生长，这是它们此刻的生存法则。生长是自己内部的事情，也是向这个世界表达自我存在的宣言。草在青，树在绿，云朵在游离，晚霞在铺设，火车在进发，我在远行，这个世界秩序井然，一切都保持在自己的状态中。

  一切都保持安静，一切都长势迅猛。

  一个人，出发在路上，其实与一株草离弃在山冈上一样。只要有种子，一定会发芽；只要有路，一定会有出发。离，是一种出发的姿态。

离二　　在病中

每次前往新的城市，我会有些微微的眩晕和转向，我拥有惰性和惯性，对接纳和融入需要时间缓解。在任何新的地方，我喝点水会感到很涩，吃食物有不入胃的隔膜。

最厉害的是这次，这个城市让我腹泻了。它叫威海，果真给我下马威。我的腹泻密度由每三个小时一次上调到每二十分钟一次，简直有一双手在掏空我的存货。还有五天的行程呢，我快被抽空。套在一次性拖鞋里的双脚犹如脚踩祥云般轻飘。吃下了PPA加黄连素加消炎药，这样，我的胃在结束了两天两夜的晕车药和吗丁啉的骚扰后，现在必须全力以赴将止泻药剂分解强化。

感觉对不起我的头脑，更对不起我的胃。从小到大它们跟随我受罪，被安置在我身上是它们的不幸，它们的不幸引发了我的不幸，我从小到大一生病不是呕吐就是头晕。生病时候的我就像迁徙的动物里正落单的那头羊或那只斑马，在过河时我被潜伏的鳄鱼咬伤，血液伴随河水下沉，我随时会被水覆盖抑或淹没，我将不可救药地被淘汰出局。在病中我能清楚感知我身上的所有元素在逃离在溃散：我脑袋里的血，我血管里的精气，我精气里的元神，都在逃散中亡命天涯。没有方向和路线，它们就是想从我身体里外蹿潜逃，它们不愿安分守己地驻扎在我体内，我已无力挽留并调遣。它们爱去哪里就去哪里好了，我生病一次就等于让我的精气神出游一次，叛逃一次，等我好了再重新组装。我很脆弱，我的内部元素更脆弱，在轻微的骚动前就临阵脱逃，一点也不从容，缺乏坚持的操守。人这一生，时刻都有东西在离开自己：时间、岁月、磨难、打击和灾害都能让一些东西瞬间丢失并远离。

我生病了，就像一个星球处于破损状态，一些有机成分在滋事哗变，我的躯壳不再具备笼罩能力，我的体内体表竟然会有那么多无名未知的东西想随时离开我，这让我惊奇。

离三　　在孕育中

相爱，是一个主体对另一个主体的妥帖安抚。恩爱，进展到既定程序定能催动激情，繁衍生命。

女人是孕育人类的船。我在爱中孕育着我的胎儿。我的胎儿在母腹里躁动。孕育了十个月后，胎儿必须出生，脱离母体，他们会拥有新的名字——婴儿。

给我注射麻醉药后，我的腹部处于麻痹状态，但我的头脑清醒。躺在手术台上看吸顶灯的反影，我看见了人影和刀光。我清楚地听见有剪刀在咔嚓咔嚓剪开我肚皮，就像在聆听别人身上的事。当你不痛时，你就在麻木，我知道了。我甚至在一刹那恍惚觉得，这个咔嚓咔嚓的声音是从我家院子里传出的，我背着书包刚放学，一边和我奶奶说话，给她打扇，一边看热气腾腾的水盆里一只鸡被拔光了毛，白净的肚皮上有一只剪刀咔嚓刺开然后游走。医生和护士都在说话，说头天晚上电视剧《渴望》的剧情，她们在争论女演员的名字，我真想告诉她们是叫什么芳来着。但我不能说，鼻子上有氧气罩，左胳膊在量血压，右胳膊在输液。我觉得躺倒在这里的人不是我，而我，正在树荫下看我奶奶拔鸡毛。忽然，她们都不作声了，我恍惚听到有人说，男孩，八斤四两，还有哭声，我就流泪了。一个新生命从我的体系里脱离，他自成体系，他将开始走他自己的路。而我，作为载体，完成了使命，被离弃在产床上。那时，我幸福而成功。

离四　　在爱中

夜深人静时，我知道，有人会思念我，或描摹，或吟诗。我说过，我这一生只爱两个男子：一个是诗人，一个是画家。我相信，我相信他们会在夜晚思念我。

我不能说画家，一说画家我就要碎。他所有的话都在耳边回响，他用磁性的声音与我低语。他感觉我就在他身边，空气微粒里弥漫着我的气息，思念像情欲，一阵阵涨潮，汹涌的洪水不可遏止，冲决他所在城市的所有房屋、所有物象，一切统统都在后退，只有我的意象在天地间兀立。我相信，我相信他说的话是真实的，没有夸张，没有虚构。

我很惊讶，我极极忠贞我的现时爱情，分秒不离，但我的灵魂出逃过，剥离过，为他，我热爱的画家。我爱他胜过爱我自己，我爱的是出逃变异的新我。

那一次，画家说他要离开我，他的一滴清泪滴落在键盘上，他说当我收到邮件时，他已出发在离开之旅上，他把他的心留给我，他带着一张空皮囊去羁旅征程。我哭了，是那种没有声音的全身都碎裂了的哭，到这时候，我知道，我在爱。感觉我被抽走了，现在待在这个地方的是个空架子，是一张皮。

我洗脸出门。盛夏的正午，阳光很猛烈，天地却一片昏暗，要命的是，破路机正在把完好的路面"咔嚓"一砸，"咔嚓"一裂，这个场景与我的心情不谋而合，我呈一派残花败柳加失魂落魄的样子出现在婆婆家。他们正等我吃午饭，和蔼温暖。儿子把一张儿童画给我看，是蓝天、白云、红太阳。我笑了笑说，很好。这时候，我的儿子，才七岁的儿子，他说了一句话：妈妈，怎么你的声音听起来好远噢？我忽然把儿子一搂，嘴唇咬出了血。我出窍了，三魂六魄都被摄走，都远远出发在路上，奔赴画家的方向而去。我要碎了，我要空了。

我咕咚咚咚喝了许多白开水，我告诉我自己，我要回来，必须回来。那条路在牵扯我，那里有欲望和彩虹。而我脚下这又是一条路，这里有责任，有承担，有血缘和亲情。

我知道，我爱过一场了，无声无息，无疾而终，但轰轰烈烈，此生无憾。

离五　在失中

奶奶的骨灰撒到长江里去的当儿，母亲和我们姐妹都清晰地看见，被众人分别抛洒的骨灰在神性地聚拢，平静的长江水面就像一张白纸，而骨灰就像铅笔线，瞬间勾勒出奶奶躺在江面上手持鲜花安详入睡的神态轮廓，那是一幅十分逼真的画像：奶奶有点驼背，她的头部朝向南京老家的方向。仅仅定格一瞬间，一瞬间之后，灰飞烟灭，江面上回归千古一叹的平静，没有任何影像和轮廓显现。生命委实有太多的奥秘，我们有限的感知无法洞穿谜底。

除了无尽的思念和涌动的血脉，奶奶什么也没有给我留下，就离开，逝去了。我想，我也会有这样的一天，我也要这样地离开自己，失去自己。我要让后辈把我的骨灰撒在长江里，我也想随水而去。

死去对生命本体是一个终结，而留给活着的亲人是记忆和缅怀。在奶奶辞世之后的好几周，我的生命似乎也被抽空。行走在这现世里，纷繁迷离，与我隔着一层膜，大千世界的浮华躁动与我没有任何关联。

一想，奶奶其实是去意已决。有一次，我蹲在奶奶身边一边把她干枯的手背上的皮一拽老长，一边告诉她什么什么店开张了，什么什么路修好了，什么什么公园里还有喷泉呢，我们背你下楼看看去哦。奶奶淡淡地说：这与我何干呢？而数年前，她是连耍猴的都要看的，为了一个衣服扣子是否合适，她能去裁缝店不下十次。临终前，她把日历提前五天定格在那一页上，她就果真在那页的日子里画上生命的句号。我不知道是敬畏奶奶还是敬畏生命本身，在我失去奶奶的过程中，我感觉我越来越感受到了她。

一个生命离开了我，随手就关上了一扇门，在那扇门闭合的同时，新的一扇门又在开启。我屏住呼吸，静心凝望这大千万象。

离六　　在雨中

"晚霞中的红蜻蜓，你可记得我，童年时候见到你，那是哪一天？"这首歌真美，美在唤醒和催动。它唤醒了我时空中的记忆画面，催动我去想那一天是哪一天。那一天是不确定的，不确定具有扩张的空间，每次回想就每次都不同，每次不同就有新的发现。我看见记忆的画面如一本打开的书卷，在第一页上写着：童年的操场上。第二页写着：红蜻蜓。

哦，红蜻蜓，瓦西河。是的，瓦西河是我的记忆磁场，红蜻蜓是这个磁场里飞舞的某个页面。我看到成群结队的声势浩大的蜻蜓都从页面里飞出来，飞舞的聚会，热恋的盛宴。大人用一截铁丝弯成一个圈，再将圈内纵横交错缠绕几道网线，捆绑在长竹竿上，一个漂亮的捕蜻蜓工具就做成了。我们小朋友就满世界去找蜘蛛网。那时候，蜘蛛很多，蜻蜓很多。我们把黏附蛛丝的工具在空中转悠，不一会儿，就捕获了蜻蜓。有的小朋友不过瘾，干脆脱下短褂瞎扑腾，更有的人抡起一根长竹竿飕飕地胡乱舞动。成片成群的蜻蜓被折翅，被斩头，纷纷栽倒在地下。许多年过去了，我至今才知道应该深深忏悔。昆虫也是生命，人类有盛会，它们也有，我们为什么要干预，为什么要置它们于死地。盛夏的夜里，一场暴风骤雨之后，满操场漂浮的都是红蜻蜓的尸体。从那一天以后，我再也看不见红蜻蜓了。它们离开了我，以死亡的形式。

也是在雨中，一场潇潇的秋雨，我目睹了又一场仪式：树叶离开树枝飘飘坠地的浩大场景。

多年前的秋季，我就独自打着一把伞，踩着碎石小路，来到河边的小亭前。伫立亭前，能听到碎风穿破树叶声，雨点飞溅到伞面上的碎花声，还有我自己潮湿的心跳声。除了风、雨、河、树，只有我是活的。不，且慢，所有的物象都是活的，风在吹，雨在下，河在流，树在动。

是的，树在动，小河两岸的树高大葱郁，在地面，保持着距离，在高空，枝蔓纠缠。而我断定，在根部，它们一定根系相连紧紧依偎。雨疏了，风也轻了，我走出亭外，隐隐约约听到了音乐。四下望望，除了我，周围并没有任何人，但我却真切地听到了细微的音符跳动。我闭上眼睛，张开双臂，少许，再睁开眼睛，我的肩上、手上落上了树叶。我不知道这叫什么树，样子像樟树，但也许不是。我抬头向高处望去，哦，数不清的树叶，争先恐后脱离树干树枝，纷扰而喧闹地奔赴地面。我发现，那些下坠的叶子几乎都呈现枯黄或者橘红色，而青色的依然挂在枝头。驻守枝头的，仍富有生机；下坠地面的，在空中翻卷旋转，一派欢欣。

我听到的音符跳动应该是它们发出的。舞蹈是一种表达，坠落是一场庆贺，叶子与风与雨在相互说话，它们热闹而平静，以自己的方式和语言。

我听见它们在笑，很欢欣。而且，我认定它们有方向感。每一片树叶最终坠落在哪里，它们在高处甚至在春季刚发芽开端时就事先设定好了，这样，离开枝头让它们欢欣。我一贯都认为秋天落叶是愁绪萦怀的伤感，不啊，它们是欢欣的。离是一次死，而落是一场生。它们为奔赴大地而尘埃落定——悲欣交集！

《山东文学》2017 年 4 月（上）

三过榆林

李修文

冬至日，天降暴雨，我头一回过榆林城。其时黑云压城，磅礴的雨水似乎将整个尘世驱赶到了雨幕之外，而我乘坐的小客车依然在雨幕中缓缓驶向茫茫然不可知的地方，直到一棵榆树被狂风折断，硬生生刺入了车窗，小客车才终于停下，乘客们全都被破窗而入的"刺客"吓住了，虽说未做动弹，但是纷纷仓皇四顾，看上去，就像一群末世里的囚徒，抑或一群待宰的羔羊。

过了好半天，沉默才终究被一个瞎子打破，那瞎子显然是个爱热闹的人，似乎天生就怕冷场，全然未将漫天暴雨放在心上，竟然向左邻右舍打听起了车窗外的景致：路边的房屋是砖房还是窑洞？地里的小麦长到多高了？还有，既然此地唤作榆林，我们所经之处是不是果有成片的榆林？然而左邻右舍无不满脸愁云，面对他堪称活泼的提问，一个个先是搪塞和苦笑，过了一阵子也就不再理会他了。

哪里知道，稍一冷场，他竟然当即提议，既然一时半会儿走不了，他干脆给大家唱段曲子，不知众位乡亲意下如何？众位乡亲仍然懒得理会，他却二话不说，径直扯着嗓子唱了起来："风飒飒，雨潇潇，青山苍翠，迎天晓抗秋寒风雨难摧，头高昂步从容冷对群匪，耳听得声声呼唤深谷萦回……"

一听之下，我心头倒是一震，只因为那瞎子唱的不是别的，正是我家乡的荆州花鼓戏《蝶恋花》，可能是他走南闯北的年岁过于深长，之前我竟然没听出他来自何方，如此，我便屏息听他继续唱。果然不几句之后，我便可以确认：千真万确，他是我的同乡。

天快黑下来的时候，雨稍微小了些，我和其他几个乘客下了车，一起将那棵刺入车厢的树拖拽了出去，再连声催促司机赶紧开车，可是司机连打了几次火，小客车就是无法发动起来，乘客们这才烦躁起来，纷纷指责起了司机，殊不知，在指责声里，司机却变得比乘客更加烦躁。几言不合之后，他竟然推门而出，跳下小客车，钻入雨幕，自顾自地朝前走了。所有人都瞠目结舌，全都忘记了阻挡，眼睁睁看着愤怒的司机越走越远，竟至于全然消失在了雨幕里。

天色即将黑定之前，雨稍微止住了些，乘客们终于放弃了司机还会回来的指望，三五相邀，怨声载道地背上各自的行李，往榆林城的方向跋涉前行。我也别无他法，只好随着众人一起往前走。因为脚下实在过于泥泞，我每往前走上三五步便要摔倒一次，不由得越来越沮丧，直到听旁边的人说此地离榆林城实际上已经只剩下十多公里，这才总算松了一口气。可是，就在这时候，我却想起一件事来，原地站住，思虑了一阵子，终究还是决定折返回去，奔向了刚刚离开的那辆小客车。

果然，除了那瞎子，从小客车上下来的人都走尽了，只剩下他杵着拐棍，一脸茫然地站在车门边，听听这边的动静，再听听那边的动静，似乎不知道眼前发生了什么事情，又好像已经知道了，却不知道往哪个方向迈开步子。听见我来了，下意识地笑了起来，却听错了方向，不过就在转瞬之后，我所来的方向便被他准确地辨认清楚了。于是，他认真地、庄重地对我笑了起来。

并无一句寒暄，我走上前，径直告诉他，所有人都已经徒步前往榆林城了，又问他，愿不愿意和我一起往前走。他使劲点头，点完头，似乎是想起来忘了笑一下，又格外热情地笑着，连声说愿意。如此，我便牵着他的拐棍，重新踏上了前往榆林城的路。未曾想，还没走出去几步，我便一个趔趄，费了好一会儿心机想要站住，却终于还是摔倒在地，不用说，那瞎子也紧接着摔倒了。躺在地上，我刚想对他说一句惭愧，大概是早已习惯了摔倒，他竟然异常轻松地立即从地上站了起来，哈哈笑着，告诉我说他一点事都没有。

如此，我便从地上爬起来，再次牵着他往前走。这时候，天色黑定了下来，我拿出手机，当作手电筒来用，这样，眼前的道路倒是都能辨认清楚。既然夜黑路长，两个人终归要攀谈起来。我先对他说了自己是何方人氏，再问他是不是我的同乡。没料到，他竟然告诉我，他其实是江西人，为了活命，他从十多岁就开始在全国游历，之所以会唱荆州花鼓戏，是因为他在荆州城里住过整整三年，也正是在那里，他遇到了他的师父。师父也是个瞎子，教会了他唱花鼓戏，此后，他才终于不再为吃了上顿没下顿而发愁。即使在离开荆州之后，他差不多踏遍了十三省，始终没有缺衣少穿。哪怕是在广东湛江的一个小县城里，他听不懂旁人说话，旁人也听不懂他说话，可是只要他唱起花鼓戏，总有人会给他送来吃喝。

身旁的同路人身世竟是如此，倒是多少有些出乎我的意料，于是，我便转而问他，为何来到这并不算繁盛的榆林城，难道此处的吃喝比广东更容易得来吗？他却告诉我，他来此地，是要给师父养老送终——他的师父，就是榆林城里的人，年轻之时，也是千里万里去了荆州，中年之后，日渐思乡，拼死拼活也要回到榆林。实际上，他和师父是同一天离开荆州的，只是一个往南一个向北。在荆州城北门的小汽车站，他对师父立了一个誓，说要以五年为期，五年之后，他定当前往榆林城，找到师父，侍候他。而今年就是他与师父分别后的第五年，所以，过了秋分，他就从暂居的河北出发了，一直走了几个月，至今日才总算是走到了榆林城外。

我全然不曾想到，我们脚踏的这条路，竟然是一条践约的路。愣怔了片刻，我干脆不再牵着他的拐棍，转而离他更近，搀住了他，他也稍微愣怔了下，没有拒绝我的亲近，仍然是一脸的笑。如此，我们便重新一小步一小步往前走。令人羞愧的是，没走多远，我又趔趄了起来，反倒是他，一把将我定定地拉扯住，这才没有倒下。直到这时我才多少有些明白：看起来，我是在带领他，实际上，他需要的，其实只是一个前往榆林的方向，作为一个在黑暗里不知走过多少弯路的人，此刻脚下的艰困于他而言，不过是最寻常的小小磨折。

这时候，天上起了大风，之前已经疏淡下来的雨水重新变得密集，越往前走，雨滴愈加坚硬，显然一场更加狂暴的大雨正在迫不及待地显露端倪。我身旁的那瞎子却问我，想不想听他再唱几支曲子？实话说了吧，我全无听歌的心思，却又不想拂违他的好意，想了想，转而问他：眼见得的风狂雨骤，一路上又黑灯瞎火，掐指一算，真不知何时才能走到榆林城，你何以还能开口唱歌？哪知道，他却还是笑着告诉我：你就当它们全都不在，风也不在，雨也不在。

我举头在黑暗里四顾，风雨明明都在，绝非虚在，全都是一颗一颗、一阵一阵的实在，那瞎子却反倒像是被漫天风雨激发了兴致，甚至恢复了之前小客车里的活泼，兴致勃勃地对我说：这么多年，他都是这么过下来的——风雨交加之时，他告诉自己，它们全都不存在；一脚跌进深沟或窨井里之后，他告诉自己，他不过是刚睡了一觉才从红薯窖里醒过来；有一回，他被一个女人打破了头，他告诉自己，那是他回到了小时候，那个女人可能是他的母亲。不仅如此，哪怕平日里并未遭遇什么沟壑，但凡踏足一地，仿佛画画，仿佛拍电影，他早已习惯了用狂想给所在之处安排好周遭和伴侣。时间长了，那些周遭和伴侣就跟他熟稔得像是一家人了，打招呼、开玩笑乃至吵嘴，一样都不会少，就譬如：在刚才的来路上，风雨当然无踪，他的眼前身边只有铺天盖地的榆林，其中一棵榆树上还落了一对凤凰；前一阵子，他坐渡船过黄河，河中的水神听说他路过此地，特意给他备下了几壶薄酒，两人喝的是一醉方休；更早一些，他刚从河北离开的那个早晨，天上下着小雪，他当自己回了宋朝。一路上，风高他要放火，夜黑他要杀人，因为他不是别人，十万禁军教头豹子头林冲是也。

必须承认，在暴雨当空而下的时刻，听完他扯着嗓子说出的这些话，我的心底里遍布了巨大的惊异。更加令我惊异的是，不觉间，我竟然越走越快，不要说摔倒，连一个趔趄都没有，似乎真的穿云破雾，和他一起走了豹子头夜奔的路上；似乎前方真真切切地就有一座山神庙要从风雪里显出身形，在等着我们放火烧掉。终了，我还是问他：此刻，但不是此世，而是他狂想出的彼世里，和我们同路的、亲如伴侣的是些什么样的奇珍异兽？

霎时之间，那瞎子就像再生了一对火眼金睛，几乎是雀跃着告诉我：现在，我们是在首都北京，长安街，十里长街送总理的长安街，身前身后绝无任何泥泞。你看那绿树成荫，你再看那华灯初上，对了，你抬头去看我们的头顶，没有错，要相信自己的眼睛，有一只孔雀，跟着我们走了千里万里，一同到了北京。现在，它就在我们的头顶上往前飞。实不相瞒，这是他最好的朋友，每一回，只要它在近旁，他就忍不住要和它一起开口唱起来。

有那么一刹那，我好像真的踏足了他所指点的那个世界，下意识地，竟然抬头去眺望那只并不存在的孔雀。而我身边的他，对未能歌唱的忍耐仿佛已经临近了极限，终于几近亢奋地唱起了另一段荆州花鼓戏《花墙会》："家住湖广襄阳九龙井，遵父命回乡省亲遇灾星，求恩人留下府君名和姓，方天觉结草衔环报大恩……"

直到好几年之后，在诸多风尘斯混稍微了结的间隙，艳阳下抑或夜幕里，那瞎子的歌声偶尔仍会破空而来，只叫我当场站住，一遍又一遍地在虚空里追逐着缭绕不去的余音。那歌声虽说不至于比作当头棒喝般的狮子吼，却也堪似佛前的木鱼，一阵更比一阵猛烈地敲响了：赶路的时刻到了，做功课的时刻到了，被某种至高之物一把拉扯过去的时刻到了。如果说，在我过去的生涯里的确存在过几番紧张、迷醉乃至明心见性之时，那么，榆林城外，那一场雨夜里的遭际之于我的全部生涯，就像我拿出手机当作手电筒来用时散发出的光芒，虽然没有多么夺目，却刚刚照亮了眼前的行路。

是啊，在当初的夜路上，当那瞎子的歌声不断升高，我确切地感到了紧张，那甚至是一种强烈的担心：我担心我们头顶上的孔雀飞走了；也担心所谓的"清醒"不请自来，驱使我不再夹杂在雨幕和那个孔雀盘旋的世界之间左右为难；到了后来，我竟然担心暴雨早早结束，担心眼前的夜路早早走完，担心这神赐般的苦行会戛然而止。脚下的泥泞和艰困消失了，不知不觉间，我早已如履平地，又身轻如燕，就算闪电穿透了雨水，在我们的身边接连击下，我也视而不见；就算之前走在前头的三三两两一个个被我们越了过去，我也视而不见，就只是费尽了气力朝前走，费尽了气力在那瞎子的狂想之境里上天入地，却不忘对自己说：你看那绿树成荫，你再看那华灯初上。

然而，送君千里，终须一别。雨还在下，当我再一次抹去脸上的雨水，竟然一眼瞥见了不远处闪烁着的霓虹，再稍微仔细一点辨认，可以看清楚霓虹所在其实是一座郊区商场。渐渐地，汽车喇叭声也清晰了起来，千真万确，我们已经走到了榆林城内。恍惚间，我去看身边的那瞎子，他也止住了歌唱，面朝我，又挂满了一脸的笑。其时情境，就像两个取经的沙弥渡尽了劫波，这才来到了人迹罕至的藏经洞前。但是，就在此时，我竟然听见有人站在商场的屋檐下叫我的名字。

说起来，我这一回打榆林过，为的是给一部电视剧看景，目的地却是距榆林城一百多公里之外的另外一座县城。我和摄影师、美术师早已约好了在榆林城里碰头，但是，在刚才的夜路上，因为我一直在拿手机当手电筒用，手机大概是已经被雨水淋坏了，摄影师、美术师给我打了许多遍电话，却怎么也打不通，于是干脆租好了车，就在我进城的必经之路上等着我。此时，一见到我，二话不说便要将我拉上车，而我却站在原地纹丝未动，实话说了吧，我竟然舍不得就此离开那瞎子。在同伴接连不断的催促声里，我看看他们，再去看那瞎子，迷乱着不知如何是好。可是，就在这转瞬之间，那瞎子却仿佛已经完全对我的情形明了于心，虽说还是笑着，却像是做下了一个决定，笃定地点了点头，要我赶紧上车离开。听我还是没有动弹，他又哈哈地笑着说："我走啦！再不走，我的孔雀就要得重感冒啦！"

说完，他便三两步重新奔入了雨幕，而我，也就在恍惚间被同伴们拉扯着上了车。之后，我们的车朝着目的地缓缓向前行驶，而那瞎子的唱曲之声又从雨幕里升腾了起来："我为你，我为你千里奔波冒风尘，我为你死里余生血染今，我为你挨过王府无情棍，我为你含悲忍辱入空门，我为你墙外脚印摞脚印，我为你手拿木鱼敲碎心，只盼你无损冰清玉洁体，要谨防花落寒塘染污尘……"

其后多年，我将不少荆州花鼓戏的选段拷进了手机里，每逢走夜路的时候，山西也好，山东也罢，台湾也好，香港也罢，我总是忍不住再三去听它们，听多了，对身边万物的某种热情就不禁从心底里涌动起来。想当初，谁能想到，我自小就算熟稔的花鼓戏会突然降临在寸步难行的夜路上呢？如此，这浩渺尘世里的高楼与深谷、山寺与火车、穷人与花朵，它们和他们，是否也在不为人知之处缔结下了深重机缘？其后多年，我还经常想起榆林城里的雨幕，就好像榆林城里的雨水无休无止，那瞎子在雨幕里的奔走也无休无止。但是，只要他的歌声不停，雨水便无损于他的金刚不坏之身。其后多年，遇如坐针毡之时，我也强迫自己闭上眼睛，画画一般，拍电影一般，用狂想给自己的所在之处安排好周遭和伴侣。但是，离开了暴雨、榆林城和那歌唱的瞎子，更多的苟且便故态复萌，直至变成本来面目的全部，那只我曾经见识过的孔雀，始终不曾飞临我的头顶。

直至我第二回经过榆林。这一回，我仍然是为了一部电视剧前来，为了说服一个导演能拍我写的戏。我和投资人带着大包小包的土特产前去探望正在榆林城拍戏的导演，只是这一回，我们是从北京坐飞机前来。在从机场前往榆林城的路上，虽说窗外的残雪不断提醒我今时已非往日，但是我满脑子里念想的，却仍然是记忆里堪称刻骨的那条夜路。如此，我便暗自定下了主意：此去榆林，尽管行程实在仓促，我也定然要找到那瞎子，再听他唱一曲荆州花鼓戏。

幸运的是，找到他竟然非常容易，在旅馆办入住手续的时候，我向服务员打听起他的下落，没想到，几年下来，他在榆林城里竟然已经算得上著名。服务员告诉我，她认得他，他就住在一座汽车站附近的小巷子里，几乎每天他都要在汽车站前面的小广场上卖唱。我问服务员，那瞎子唱的是不是荆州花鼓戏。服务员却确切地告诉我，他唱的是秦腔和地方小调。这倒不奇怪，他的师父就是榆林当地人，教他唱会秦腔和当地小调应该都不在话下。如此，我便火急火燎地朝他所在之处寻了过去。

其时正是黄昏，汽车站里已经没有多少人乘车，所以，站前小广场上也人烟稀落。虽说隔了老远我就听见他在扯着嗓子唱，但他身边的确并无一个人围观。我几乎是小跑着奔了过去，一脚站定在他身前。他多半以为是来了给他打赏的人，于是唱得愈加卖力，青筋暴露，曲声也渐渐激越起来，直至额头上渗出了豆大的汗珠。

一曲唱罢，他先是辨认清楚我的站处，而后笑了起来。正是我所熟悉的，那种盲目而热情的笑。见我不说话，他便问我，要不要再听一曲。刹那间，我便想起了当初的小客车上，他也是如此这般地问他身边的人。这时候，我就开口了，径直告诉了他我是谁。他稍微愣怔了片刻，"哎呀"一声，"腾"地站来，一把握紧了我的手。

因为已经和前来探望的导演约定了他收工之后的夜宵，而且明天一早我就要离开，所以，我便对那瞎子提议，闲话不要再提，你我二人，何不就此找一家小店先行把酒言欢？那瞎子当然说好，他知道有一家羊汤馆，那里的羊杂碎好吃得紧。但是因为我远道而来，而他已是此地的地主，所以，这顿酒一定要他来请。好说歹说全都没用，我便不再推辞他的盛情，干脆搀着他，两人一起欢欢喜喜离开了。

看上去，那瞎子显然早已对榆林城里的大小街巷烂熟于心，没花多长时间，我们就在一条小巷子里找到了他说的羊汤馆。临要进门，我突然想起一件事来，就赶紧问他：何不叫上他的师父，一起来做这尽兴之欢？没想到的是，一反常态，他竟然叹息起来，也不说话，先找了一张桌子坐下了。

三巡过后,酒酣耳热,那瞎子竟然哭了起来。到了这时候,我才知道,原来,自从那晚来到这榆林城,此后每一日,他无刻不都是在找他的师父,但一直到今天,秦腔学会了,地方小调也学会了,师父却仍无半点音讯。许多次,他前去师父的旧居向他的邻居打探,得来的消息却是师父从来没有回来过。他也想过是不是离开榆林城去找师父,可是他既不知道去哪里找,又生怕他一走师父就回来了,所以在此地,他的每一日都真正是左右为难。

　　这个在我记忆里活泼到触目的人,此刻竟然号啕大哭了起来。面对他的哭泣,我全然不知道该如何宽慰他,心里倒是涌起过一个念头,想问问他,在此地风霜雨雪过下来,他都用狂想给自己安排过什么样的周遭和伴侣,他的老朋友,那只孔雀,是否还在与他长相厮守?终究没有问出来,也只好端起酒杯一饮而尽。好在是,似乎我的到来重新将以往的他激活了,哭泣突然止住,他提议给我唱一曲荆州花鼓戏。唱完了,他还想带我在这榆林城里走一走,也不枉我好歹来了这一趟,总要知道个榆林城的模样。我当然说好,他便喝下一杯酒,也不管邻桌的旁人,兀自亮开嗓子,那铁匠敲击山河般的曲声顿时就冲破了羊汤馆:"想当年娘在桑园把儿命救,带回家胜过了亲生骨肉,全不顾家中清贫又添一口,娘的甘苦点点刻在儿的心头……"

　　直到曲子唱完,我们出了羊汤馆,那瞎子领着我在城中游转,他久违的活泼才总算水落石出了起来。四周景致被他一一指点,这里是回民街,那里是糕点铺,前方有一座建于清朝的桥,更远的地方还有从明朝留下来的老城墙。其时情形多少显得有些怪异:一个瞎子正在热情地充当导游,跟在他身后的我却反倒连连称是。所以,每当有人经过,总不免多看我们几眼。那瞎子却不知所以,可能是太久无人与他亲近,他拉扯着我,几乎是在小跑着往前奔行,好几回都差点撞倒了围观我们的路人。

　　然而,看着他跌跌撞撞地来回奔忙,我的心底里却是涌起了某种不祥之感:过度的雀跃,时而荆州话时而榆林话的频繁转换,还有他脸上过分夺目的红晕,这一切恰恰可以用失魂落魄来形容,甚至尚且不够,我还是实话说了吧——他的身上甚至显露出了隐约的疯癫。

　　等到我们行至一条稍微空寂的街道上,四下里无人,我就忍耐不住,径直去问他,那只狂想世界里的孔雀此刻是否正在我们的头顶上?哪里知道,他半天都没说话,迎着夕光安静地站立着,最后,叹息着告诉我,那孔雀虽然还在,但每一现身就立刻变作了猛兽,而且终日里都在威吓他,想要吃掉他。我多少有些不知所以,反倒帮他追忆着当初:也曾跟黄河的河神干杯,也曾化身林冲走出河北,为什么偏偏到了这榆林,那只孔雀就变作了要吃他的猛兽呢?这时候,他从夕光里侧过脸来告诉我，他的魂丢了，从前的好多事都不记得了。

再往前走了一小段，在一面仿古酒旗之下，那瞎子又站住了。突然间，既像是丧失的记忆突然恢复，又像是奔涌的委屈终于冲破了闸口，彻底打开了话匣子，他对我说，此生中，他唯一要拿性命去侍卫的就是他的师父，只因为如果他这一生里也像旁人一般得到过谁的亲近和喜欢，除了师父就再也没别的人了，所以侍卫师父于他岂止是念想，那简直就是每一念及鼻子就要发酸的狂喜。好像佛教徒们在尘世里可能不发一言，倘若见到释迦牟尼，哪有不跪拜痛哭的道理呢？在这茫茫人间奔走，掉进了窨井，他当自己是从红薯窖里醒来，被陌生的女人打破了头，他将对方当作自己的母亲，为的是赶紧度过去，赶紧见到师父，赶紧向他索要亲近和欢喜。可是，现在他却只能在那个狂想的世界里见到师父。更可怕的是，因为那只孔雀，还有更多的物事，全都变作了吃他的猛兽，他连那个狂想的世界也不敢去了。

这一回，轮到我不说话地暗自叹息了，也只好陪着他一起沉默地朝前走。要说起来，这世上的聚散果真有命——我们刚刚踏上另一条街，我竟劈头就遇见了一个正在拍戏的剧组，不用说，这剧组的导演正是我从北京飞来专门拜访的人。如此，我便赶紧上前，前去问候导演，再去问候相熟的演员们，可是，等到一轮寒暄下来，举目四望，那瞎子却凭空里消失得无影无踪。我不曾有片刻犹豫，四处奔跑，从前街找到后街，未果，终了，此行的任务占了上风，我终究没有继续找那瞎子，迟疑着，还是回到了导演的身边，直至陪着他完成了当日的戏份。这样，我和那瞎子的第二次相逢就此便草草作别了。

隔天清晨，赶飞机的路上，我特地绕道那瞎子卖唱的汽车站，四顾了好一阵子，没有找见他，又眼见得大雪从天空里降下，地面上正在上冻，生怕误了飞机，还是颓然前往了飞机场。一路上，越往前走，那种明确的不祥之感就愈加浓重。我还是实话说了吧，前一日里，在此世，而不是在狂想出的彼世，那瞎子所有的指点都是错误的：回民街、糕点铺、清朝的桥、明朝的老城墙，事实上一样都不存在，就连我们干杯歌唱的羊汤馆也不存在，那不过就是街头上一家用彩条布搭起来的排档。

第三回过榆林全然是个意外：我一个人在山西吕梁地区游荡，漫无目的地到了临县，看过了正觉寺和义居寺之后，兴之所至，竟然渡过了黄河，去对岸的陕西佳县听了几天民歌。快要离开时，我才知道，这佳县正是榆林的辖地，两地相距不过百十公里而已。霎时之间，那瞎子的身影便从空茫里显出了身形，就像站在眼前一般活生生，我便没有犹豫，直奔汽车站，坐上了前往榆林的客车。

到了榆林城，我仍然住在了上一回来时住过的旅馆。旅馆的服务员也尚且还认得我，办入住手续的时候，我还没来得及打问，她竟然径直告诉我，那瞎子已经死了。我愣怔着，甚至来不及震骇，只是盯着她说不出话来。她便再次告诉我，那瞎子千真万确已经死了，就死在榆林城外的一座水库里，只听说他在四周乡镇里打探他师父的下落，终归是眼睛看不见，可能一脚踏空掉进了水库，死了好几天才被人发现。最惨的是，他死了还不到半年，他的师父就回到了榆林城。

在旅馆的柜台前，我恍惚站着，一时之间，房卡拿在手上，痴呆着忘了上楼。就在恍惚与痴呆之间，当初的暴雨和夜幕，后来的羊汤馆和仿古酒旗，一幕幕纷至沓来，中间又夹杂着连绵的唱曲之声，一会儿是《花墙会》，一会儿是《送香茶》，那曲声互相缠绕，又分头而去，终于全都喑哑了。我清醒过来，问那服务员，知不知道那瞎子的师父现居何处？服务员便回答我，像那瞎子生前一样，他的师父也是终日在汽车站前的小广场上卖唱，去那里就可以寻见。这样，我就二话不说，推门即向汽车站方向飞奔了过去。

二十分钟之后，气喘吁吁地，我站定在了那瞎子的师父跟前，其时又是夕照满天之时，那老者并没有开口歌唱，而是安静地坐在夕阳里，身体算得上硬实。如果不是双眼俱盲，说是一身的清朗之气也不过分。没有等待太久，我走近他坐下，再跟他仔细说起来，我跟他的徒弟的确存在过几番机缘，我们的头顶上曾经盘旋过同一只孔雀，只是没想到这机缘如此浅薄，他竟然就此便驾鹤西去了。没想到，我刚说到此处，那老者就打断了我，再若无其事地告诉我，他的徒弟并没有死。

和在旅馆的柜台前一样，我又陷入了愣怔。那老者似乎未曾出门已知天下三分，早已看透了我的疑惑，伸出手向前指点，说他的徒弟就在对面唱曲，我顺着他的指点向前看，除了匆忙的人流，却是再无所见。但见那老者，彻底将陷塌的眼窝紧闭，再仰起头来轻微地摇晃，似乎真正是在随着一支曲子渐入了佳境。蓦然间，好似闪电击醒了记忆，诸多消失已久的场景死灰复燃。我总算明白了，和当初夜路上的那瞎子一样，除去此在的尘世，他的师父，也别有一个人间，在那个人间里，那瞎子照旧活着，照旧在奔走唱曲。

对那瞎子的歌唱，他的师父多有不满，一边听，他一边告诉我：花鼓戏里，《清风亭》唱破了音，《哑女告状》则记错了词。除了诺诺称是，我也答不上别的话，干脆逼迫自己狠狠盯着老者指点的对面，看看能否找到那瞎子的身影，能否切实地踏足于这师徒二人的人间，可惜，除了耳边的汽车喇叭声，除了眼前渐渐稀少下来的人流，我再也未能听见和看见更多。

天黑下来之后，和上回来榆林城时我问那瞎子的一样，我也试探着问那老者，你我二人，何不就此寻一家小店把酒言欢？抑或说一说你的徒弟，多说一说他，于我而言，是否也可算作一场勉强的祭拜？那老者似乎不愿意听我的后半句，直接打断我的话，再对我说：你我二人，当然要把酒言欢，但是，把酒的绝不止二人，而是三人，他的徒弟也要一并前去。随后，不等我多说，他起了身，朝向对面的辽阔之处大喊了一声：走啦！这才径直走在了我的前面。

  小酒馆里，那老者执意吩咐服务员，给他的徒弟也摆上一副碗筷。上了酒之后，他第一个先给我倒上，再给自己倒上，最后才给徒弟倒上，这最后一杯好似在吩咐徒弟，不管身在哪里，礼数规矩都不能坏了。然后，他便开始和我碰杯，每一回碰杯，他的杯子都能准确地碰上我的杯子。只有到了这时候，小小的得意才算流露出来，但这得意，只是给徒弟看的，意思是要他学着点本事，当然，这小小的得意，刚刚好地都化作了气定神闲的一部分。要说起来，那老者的酒量真是好，两瓶白酒，我并未喝多少，没多大工夫，酒瓶里便所剩无几。我刚要再叫服务员来加酒，他却仰头喝尽最后一杯，又对着那副多出来的碗筷大喊了一声：走啦！一语既罢，我还坐在原处，他却站起身来推门而出了。

  忙不迭地，我结了账，也推门跑出去，在巷子口追上了那老者，再问他住在何处，我好送他回去。他却连连推辞，我多少有些放心不下，执意要送他，他这才驻了足，告诉我，他的住处实在有碍观瞻，两人此处别过也就好了。我当然接口再劝他不必做过多想，哪知道，他却说，颠沛流离了一辈子，他当然不在乎，但是他的徒弟在乎，他怕他的徒弟怪自己没能给师父置下一处更好点的容身之所。

  当夜里，躺在旅馆中，我竟然难以入睡，只要一闭上眼，满脑子里便都是那师徒二人的身影。在诸多思虑之中，乱麻与沟壑交错，于我而言已经几近于一场小小的错乱。直到天快亮了，我也没能睡着，干脆披衣起床，出了旅馆在城中信步乱走，走着走着，就走到了那座汽车站前的小广场。没料到，那昨日里的老者也早就来了，待我走近了才看清楚，他的脸上竟然流了一脸的血。再仔细看，那血是从头上渗下来的，而他的年纪毕竟已经不轻，此刻，他撕下了衬衣的一块，正在吃力地给自己包扎。

  一见之下，我差不多大惊失色，赶紧上前帮他包扎好，再要带他前去医院。不曾想，他却端坐下来，只说他心里有数，伤口和血都不打紧，过一阵子就好了。我当然不信，拉扯了好几遍，终于还是未能如愿。没有别的办法，我也只好就在他身边坐下，想了想，终归忍不住去问，这头破血流究竟是所为何故？他倒是没瞒我，对我说他这是被人打了——这广场上卖唱的，有真瞎子，也有假瞎子，大概是因为他唱得好，卖唱所得总比假瞎子多，所以，他也被那几个假瞎子打过好几回了。

  蓦然间，这老者的徒弟曾经对我说过的话在我耳边回旋了起来，他说，他要拿性命去侍卫的，只有他的师父。他还说，见了师父，自己要拼命向师父索要亲近和欢喜。如果他还活着，今日里，面对如此情形，他只怕是要和那几个假瞎子将命拼尽了。就这么胡思乱想着，再看看身边的老者，迟疑了一会儿，我终究对他问出了那些纠缠了我整整一夜的思虑：如何能够像他一样，死亡非但未能将他和他的徒弟分开，反倒让他们更加如影随形？还有，他的徒弟，千真万确已然作别了人世，他不伤心吗？如果他并不伤心，只要终日沉迷于狂想的所在便已足够，那么这难道不是对死亡的轻慢乃至侮辱吗？

问完了，我就直盯盯地看着他，心底里却做好了他不发一语的准备，哪知道，那老者沉默了一阵子，竟然开始说起了河南邓县。原来，当年离开荆州之后，他才刚刚走到河南邓县，因为看不见，行至一座村庄时，被一根裸露的电线击晕了，如果不是被一个弹棉花的小伙子所救，他肯定早已不在人世。身体稍微好些之后，他又日夜赶往榆林城，没走多远，他就听说那弹棉花的小伙子被一只疯掉的恶犬活活咬死了，四岁大的女儿却一个人被孤零零地扔在了世上，如此，他便实在没法子再往前走了，只好折回邓县去找那四岁大的女儿。谁曾想，这一找，他便在邓县住了整整八年，八年里，为了养活那个小女儿，除了卖唱，包括做牛做马的差事，他一样都没落下过。

在邓县，他不多的慰藉，除了小女孩在渐渐长大，仍然是、也只能是和徒弟共度的另一世界：当初，在荆州城，他给过他的徒弟两根拐杖，一根叫作卖唱，一根就是用狂想给自己安排好周遭和伴侣。说起来，这也不是什么独门秘籍，多半只是身为一个瞎子的本能。据他所知，太多的瞎子都是以此遁形，才能在诸多心如死灰之时逼迫自己再往下多活一阵子。可是，那一方生造出的人间，你既要知道如何走进去，你就还要知道如何走出来。有时候，它是一罐蜜糖，有时候，它却是一堆能烤死人的火。他不是不知道，他的徒弟心思太重，但是，如果不像自己一样以此遁形，徒弟又何以一个人在伸手不见五指之中走过千里万里？所以，在邓县，在他给自己安排的周遭里，就像徒弟头顶上的孔雀，他唯一的伴侣，唯有徒弟。

小女孩长到十二岁那一年，突然被一户好心的人家收养了，他放心不下，在邓县又多待了半年，直到确信那小女孩衣食的确无忧，在时隔八年半之后，他才总算重新踏上了回到榆林城的路。一到榆林，他就听说他的徒弟已经死在了此地。别人总说眼泪都流尽了，对他来说，他的一双瞎眼根本流不出眼泪。徒弟死后，他却意外地开始流泪，直至最后，跟别人一样，他的眼泪也流尽了。但是，尽管如此，他也横下了一条心：既然如此，只要自己一日不死，他就将和他的徒弟在另一人间里继续相见；每一日，他都将继续接受徒弟的侍奉，粗茶淡饭也好，打骂调教也罢,一样都不能少。若不如此,天上诸佛,地上如你,你们倒是告诉我,我还有没有第二条路可走?

这时候,天上起了微风,广场边上的行道树轻轻地摇晃了起来,天光也隐隐地亮了,黎明正在到来,而我身边的老者脸上的血非但没有止住,反倒在越流越多。我再次劝说他,赶紧跟我一起去医院,然而,他端坐着,依旧纹丝未动,仿佛那些正在流淌的血不过是命运的信使,隔三岔五,它们就要和他来打个招呼。这时候,洒水车远远地开了过来,也是奇怪,此地的洒水车上播放的乐曲竟然是秦腔,可是,就在这骤然之间,那秦腔,像是一声命令,又像一场召唤,让那老者整肃了衣冠,开口便唱:"叹汉室多不幸权奸当道,卓莽诛又逢下国贼曹肆,赏罚擅生杀不向朕告,杀国舅弑贵妃凶焰日高,伏皇后秉忠心为国报效,叹寡人不能保她命一条……"

唱至此处,那老者突然停顿下来,朝向广场对面大吼了一声:唱起来呀!我的身体蓦地一震,干脆闭上了眼睛,就好像只要闭上了眼睛,我就能和那老者一样看见他的徒弟,我就能继续听见不止一人而是师徒二人并作一起嘶喊出来的曲子:"咱父子好比那笼中之鸟,纵然间有双翅也难脱逃,眼看着千秋业寡人难保,眼看着大厦倾风雨飘摇,忆往事思将来忧心如捣,作天子反落个无有下梢……"

*《人民文学》*2017 年第 5 期

辣椒记

李清明

湘江北流的南洞庭湖边,有一个名叫樟树港的千年古镇。每年四月,这里仅有方圆不到五公里的地方,收获一种看似十分普通实则特殊的辣椒。物因地域而名,此地生产的名椒,久而久之便被人们称之为樟树港辣椒。

先不说它是如何美味,如何影响人的性格与味觉,让嗜辣成性的湖南人认可,让一经食用便念念不忘的外地人认可……单说它的价格,便让人狂张大嘴,顿觉无限的惊悚与诧异!两百或三百元一斤是它的常价,2016年的一天,在网上居然拍出了五百二十元一斤的天价。价格与品质相关,价格更是体现价值。

由此,我便开始了与一枚辣椒的相遇、相识、相知,也开启了一段说走就走,说留就留,关乎辣椒与土地、辣椒与气候、辣椒与性格、辣椒与人生以及辣椒与政治、辣椒与经济、辣椒与历史、辣椒与文化的超级旅行。

一

辣椒,又名番椒、胡椒、海椒。产地原在美洲热带地区,始为印第安人种植。大航海时代,欧洲殖民者掠其种子,途经海上丝绸之路,将其扩散到了亚洲。直到明末清初方从海路传入江浙,至清朝中叶才慢慢进入我国的内陆地区。

辣椒初入中国时,并不被食用,仅作花卉观赏。戏曲家汤显祖在其所著的《牡丹亭》中,有一段关于辣椒花的曲词:"凌霄花,阳壮的咍。辣椒花,把阴热窄……"这段花神与判官的对唱,是用各种花来比喻一个女子从约会、恋爱、定亲、结婚、洞房、生子,直至老去……原来,辣椒的"椒"与"交"相通相合,它有着别致的性意味,代表着男交女合,也喻示着火辣的爱情。

汤显祖时代正值明朝末期,当时官僚腐败,民风奢靡,尤以南梁、南唐、南宋故地更盛。一枚枚本为火热、辛辣,颇富"革命气息"的辣椒,从江浙倏一登陆，经苏杭，过秦淮，顿跌温柔之乡……一朵朵米白与米黄的辣椒花成了十足的"玉树后庭花"。正所谓"商女不知亡国恨，隔江犹唱后庭花"是也。

继南明朝灭亡之后，一枚枚辣椒种子被清兵陆续带入了内地。《湖南省地方品种志》《湘阴县志》等史书记载，辣椒是清道光年间才传入湖南的。许多专家在研究辣椒的发展历史时，洞悉了一个规律：辣椒在越穷的地方越容易扎根。比如当时的湖南，还有四川、重庆、贵州、江西等地，莫不如此。由此，坊间有传：四川人是不怕辣，贵州人是怕不辣，江西人是辣不怕，湖南人是辣了还想辣。究其原因在于，贫困地区的老百姓在日常生活中，大都能创造性地以辣代粮，以辣代菜，以辣代药，以辣调味，以辣取暖，还能以辣麻醉与麻痹自我，又能以辣椒之火点燃希望之光……

现今的辣椒，光在湖南一省的种植面积便超过两百万亩，品种达六百多种，均居全国之冠。在过往很长一段时光中，有人形容湖南人一生只做三件事，那便是：吃辣、读书、打天下。

湖南人喜欢辣椒，是一种相见恨晚、气味相投、不离不弃、性格相合的喜欢与热爱，也是一种融入性格，融入血液的相交、相融、相守。对此，与其说是辣椒选择了湖南人，倒不如说是湖南人选择了辣椒。

就这样，一枚辣椒种子历经漂洋过海及爬山越岭般的旅行，抑或寄生于征服者骑兵的铁蹄之隙，落户到了位于南洞庭湖边的樟树港古镇，开始了其华丽的蜕变与重生。

二

俗话说，一方水土养一方人，一方水土同样也养一方植物。樟树港辣椒之所以美味与名贵，重要之处在于其有着一个十分独特的地理生长环境。

纵观湖南省的地形，是三山夹一湖，幕阜山与罗霄山脉绵亘于东，五岭山脉屏障于南，武陵山和雪峰山脉则逶迤于西，北面是烟波浩渺的洞庭湖。整个地形呈马蹄状，像一只当地老百姓常用的畚箕，更像一把经时光烛照，有些古色古香的太师椅。

具体到樟树港镇的地形，几乎是大湖南地形的翻版，只是朝向有所不同。大省的地形是东西南三面高，北面低；小镇的地形则是东南北三面高，西面低。位于湖南省湘阴县东南部的樟树港古镇，处于南洞庭湖平原与鹅形山脉交接的过渡地带，东靠鹅形山脉，西临湘江，南有铁炉湖，北有文泾港，中有阳雀湖。其地形特征是一江一港两湖一山相夹，形成了一个小小的盆地。俯看千年古镇，有人说她像一个被母亲环抱的孩子，还有人说她更像一枚镶嵌在湘江尾闾处的金色辣椒。

据勘测，樟树港镇所在地的土壤，成土母质主要为第四纪红土红壤，植物生长所需的锌、硒、铁、钙、锰、硼、镁、钼、硫等微量元素丰富。加之，湘江与南洞庭湖长年的浪涌波推，土地淤积发酵，更加肥沃深厚。十分幸运的是，该地域未经任何工业污染，地表与地下水既丰沛又清纯，堪称植物生长的富壤与宝地。

还有，颇富神奇的是属地独有的气候条件。樟树港镇处于亚热带季风性温湿气候区，四季分明，雨量充沛，阳光充足，平均气温为17.1℃。比对周边及同一县域的其他地方，冬天要高1.2℃，夏天低1.3℃，冬暖夏凉特征十分明显。老百姓形容，他们脚下的这片土地栽什么长什么，播什么成什么，真正的撒种能收金，插棍也成林。

一枚辣椒在刚进入中国，被打上泊来品烙印时，其特征是树高叶阔，果实体长弯曲，辣味火爆。自从在樟树港古镇落地扎根后，经这里的风雨雷电、水土阳光、气流气候等特有境遇的影响与浸润，不但其树身、叶面、果长均是成半地缩小，且味道更是由先前的辣、麻、涩、酸，慢慢蜕变成了现时的辣、软、糯、香。其书面描述如下：樟树港辣椒植株矮小，分枝密集；果皮半光滑，油亮有皱褶。果实前期微辣香甜，既软又糯；中期中辣香脆，醇糯绵长；后期脆亮微甘，椒香浓烈。清炒时皮肉不分离，味道十分鲜美。

走进千年古镇，走近樟树港辣椒，我还十分惊讶地发现，该物成名居然具有较强的哲学意味与贵族气质……比如，从量变到质变，以时间换空间，由气候改变气质等等。普通辣椒的栽培，一般都是当年的三月份播种，当年六月份采摘，培育期也就三个月左右。而樟树港辣椒，须从头年的十月份开始育种，到来年的四月份头批辣椒上市，培育周期长达两百多天，是普通辣椒培育时间的一倍还多。又如，樟树港辣椒要精心选种，要施纯有机肥，要灌溉无污染的纯地下水，不能喷施农药，土地须轮换种植，种苗越冬要像服侍老牛过冬一样，铺偎棉絮草被，适时保持温度等等。用当地老百姓的话说，好风能生好水，好地必长好苗；泡桐木廉生长时间短，檀树木贵成材时间长。

樟树港辣椒的核心种植区域均集中在该镇的荻新、文泾、亲爱、友谊等五个村庄，面积约三千亩。有道是"一家有女百家求"，该椒成为名椒后，慕名移种移栽与借种嫁接者不在少数。先是与上述核心村一埂之隔的邻村村民，将樟树港辣椒种苗移栽过去，一样地浇水施肥，一样地除草驱虫，一样地间苗保墒等等，结果均是南橘北枳。

后来，在樟树港镇蹲点近三年，做辣椒专题研究的湖南省蔬菜研究所的张建仁教授更是别出心裁。第一次，他试验将种苗移植于古镇附近的长沙、益阳、湘潭三个地区，反复比对进行试验性种植，无论是辣椒的外形还是品质，结果皆是相差甚远；第二次，他又专门开车拖走本地的熟土异地移植，同样也是铩羽而归……张教授得出的结论是：樟树港辣椒的成因与当地的环境有关、种子有关、土地有关、水质有关，更与该地区独有的气候有关。

　　此曲只应天上有，人间能得几回闻。樟树港辣椒的成因，其情形情况与国酒茅台有许多相同相近相似之处。同样的原料、同样的赤水河河水、同样的配制方法，甚至同样的酿酒师傅，但只要离开茅台镇，酿制出的酒质便大打折扣，原因是该镇核心区域气候适合酿造名酒……人能搬走与移动许多东西，但总难搬走飘浮不定、变化莫测的空气吧？

　　在涉猎与樟树港辣椒关联的资料中，我还得知，地球上除了分布一些诸如石油、煤炭、森林、黄金、宝石等相对集中的纬带外，还有一个较为明显的辣椒带，且大都分布在世界各地的北纬30度地区。我仅知道北纬30度是一个神秘的区域，它贯穿四大文明古国，充满着神秘、恐怖、怪异、迷幻、诡异等现象，给人类思绪的尽头写满了问号。但它能生长出樟树港辣椒这样的味中珍品，这是我连想都不敢想的。

　　辣椒如此，同样是从海上漂泊而来的洋葱、洋芋、蕃茄、番薯、黄瓜（也称胡瓜）等落户樟树港古镇后，也是风味迥异，均为此地独有的舌尖美味。其中，犹以该地所产的白颜色黄瓜、三月黄土豆（三月份成熟，颗粒小）最为著名。两者与樟树港辣椒一道，成为了最为著名的"古镇三宝"。

　　由此，一枚初看普通的辣椒，在樟树港古镇发芽生根之后，其果实便很快让老百姓认可，让市场认可，还得到了国家权威部门的认可。2012年，樟树港辣椒便被认定为"国家地理标志证明商标"。2013年，又入选国家名特优新农产品目录。2014年，还荣获湖南省著名商标。何为地理标志？我尚不十分清楚，但我知道一点，去商场购物，只要扫一扫粘贴的条形码，此物的前世今生便会一目了然。

　　一枚辣椒虽小，却又让远方的游子平添许多新的乡愁。

三

　　一部中国近代史，从很大程度上讲，湖南人既是重要的参与者，也是重要的缔造者。更有激进者放言：一部近代史，也是一部"辣椒史"。其中，一些名人与说法，想必世人早已耳熟能详。比如：曾国藩、左宗棠、黄兴、蔡锷、宋教仁、毛泽东、任弼时、彭德怀、贺龙等等；又比如："能吃辣椒会打仗。""不吃辣椒不革命。""革命人都爱吃辣椒。"……在这些名人与名言仍久传不衰的当下，有个人不能不提，那便是左宗棠。因为左宗棠与辣椒有关，与读书有关，与打天下有关，更与樟树港古镇有关！

1843年，出生于湖南省湘阴县金龙镇左家垅的左宗棠十分留恋邻镇樟树港辣椒的美味与该地神奇美妙的风水，他用自己当私塾先生赚得的九百两白银的积蓄，在樟树港镇巡山柳家冲置地七十亩，开始了其长达十四年的读书、植柳、栽桑、种辣椒的"湘上农人"的耕读生涯。

左宗棠隐巡山，居柳庄，在其撰写的《朴存阁农书》中对自己如何学种樟树港辣椒，如何探究辣椒与地理、辣椒与性格、辣椒与人生之间的微妙关系等，多有独到与特殊的分析与认识。

比如，左宗棠特别喜欢辣香浓烈、处在成熟期的樟树港辣椒。认为辣椒之所以在湖南能扎根与普及，与其独特的"凹"字形地形相关。因地形特别，使得北来气流灌入，形成冷湿天气，人们需要发汗去湿，生津开胃，抵御风寒……刚好前人所著《食物宜民》中介绍辣椒："治呕道，疗噎嗝，止泻泄。"《药性考》一书里也提及辣椒能："除风发汗，去冷癖，行痰祛湿。"

左宗棠还认为，辣椒与人的性格有一条秘密通道，常常潜移默化，相生相连。人生五味杂陈，辣椒也是穷极五味。以至于他自己，长住柳庄，长期与樟树港辣椒打交道，长期食用樟树港的青辣椒、红辣椒、白辣椒，还有剁辣椒、干辣椒、腌辣椒……深受辣椒的影响。故此，左公也常称自己为"左骡子"，性格是"左脾气"与"左辣椒"，凡他认准的道理，别人向右，他偏执拗地坚持往左，且不屈不挠，坚持到底。

史书中也有记载左公性格的评语，称他"性端严，少忤之，必遭呵斥"；还有人则谓其"秉性刚正，不能与世和"……由此，左宗棠因与樟树港辣椒结缘，是辣椒改变了其文人性格，继而由文人而武将，开启了其波澜壮阔、名垂青史的辣椒人生。

那是左宗棠率军收复新疆后不久，奉旨上调京城，入值军机。不久，恰逢光绪帝亲政大典。在群臣朝拜过程中，左公因年近七十，长年征战多处负伤。加之可能是"机关"生活的不适应，亦或对年轻的皇帝未能产生更多信任感……在匍倒一片的朝臣中，独有左公未曾下跪朝拜。结果遭言官奏本，视为大不敬，按清律应处斩首之罪。事后，一直垂帘听政，实操权柄的慈禧太后非但未给左公治罪，还传懿旨：三十年不许参左！

"朝拜风波"之后，左公拜折，言称自己有"辣椒之思"，想辞官继续归隐柳庄。慈禧太后闻讯，非但没有同意左公所奏，还新任命他为两江总督兼南洋通商大臣。时值法国人正从东南沿海入侵中国，慈禧太后言称左公"尔向来办事认真，外国人惧尔之声威"……史书有载，临赴任江南之前，慈禧为安抚左公，特意与之有一段"奏对称旨"。

仁寿殿，慈禧太后端坐珠帘后。她边享受着太监李莲英用超大的留声机轻轻播放着的《华尔兹》舞曲，边用右手抚摸着左手那套在无名指与小手指上，长达五六寸的黄金护指（又名护甲），边有些漫不经心地询问左公："卿老家在湖广何处？"

左答："湘江水远洞庭山，渔舟唱晚不须还。柳庄新柳蒙雨露，阳雀湖边子归啼。"

面对"知己"，左公"士心"初现，除用"新柳蒙雨露"之句感念皇恩之外，也用子归鸟"不如归去"的啼声，不卑不亢地表达着其"归隐田园"的去意与心境。

慈禧接着又问："卿住柳庄，平日里喜吃何物呀？"

左答："鱼子桃花饭，韭菜辣椒香。白黄瓜煮笔杆鳝，阳春三月土豆黄。"

韭菜、白黄瓜、三月黄土豆与樟树港辣椒同为古镇舌尖上的美味。而用四两重的阳雀湖野生鲫鱼子，焗上新碾的稻米饭，再在上面撒上几瓣鲜艳的桃花，估计听者不流口水都难。至于"马蹄团鱼笔杆鳝"，则出自洞庭湖水乡的食谚，言称野生的团鱼与鳝鱼不要吃大的，八两至一斤重的马蹄般大小的团鱼，与毛笔笔杆一般粗壮的鳝鱼，味道正好。不经意间，聪明的左公便把湖湘美味推介到了皇宫，也始为天下人所耳闻。

据史料记载，慈禧太后曾对左公介绍的樟树港辣椒特别感兴趣……后因旗人不善烹辣，加之路途遥远，货运不畅，还有水土不服等原因，传至清庭的名椒，也仅是变成了一盆盆皇宫里的观赏性植物。

在湘阴县城左宗棠纪念公园尘封的史料中，我还有幸看到了好几处记述左公与樟树港辣椒相关的资料。一是西北行辕的中军帐里，每有战斗胜利的消息传来，左公必定是一边烤火，一边手捻一枚枚盐腌的樟树港辣椒下酒……这也成了左公庆祝胜利的标志性动作。

其次是在收复新疆的战争中，所有湘军楚勇的后勤供给食物里，樟树港的剁辣椒与盐腌辣椒，以及经开水滤泡晒干后的白辣椒等均为必备军需。以至于当时在樟树港古镇因往新疆运输与储存辣椒有功，经左公保荐，获得军功的村民不下百人。至今，在古镇村民有些凋敝的坟场仍见许多对先祖冠以"记名道员""记名提督""记名参将"等头衔的墓碑。"记名"乃虚职，属"旌表"及"荣誉"性质。

三是左公在指令将柳庄的柳树运至新疆栽种的过程中，还一同命人带去了大量的樟树港辣椒种子。只是"三千杨柳"吹绿了新疆全境，而樟树港辣椒到了茫茫戈壁滩后，其果实则由短变长，由微辣变酷辣，又被打回了胡椒的原型。

一个人的成名与成功，除了自身的学习、刻苦与磨砺之外，其天时、地利、人和的外部条件也非常重要。同理，一枚有着优秀品质的辣椒，在同样优秀的内部与外部环境下，还有"名人效应"的推波助澜，自身不想成为名椒都难。

继左宗棠之后，又一位名人来到了樟树港古镇，来到了位于樟树港辣椒核心产区的阳雀湖边的法华古寺。他便是清末著名诗僧，曾出任中华佛教总会第一任会长的八指头陀。

八指头陀俗名黄读山，十六岁出家后，在佛舍塔前烧残二指，并剜臂肉燃灯供佛，故自号"八指头陀"。

诗僧是十八岁来到樟树港法华古寺的。他边念经打坐边写诗歌，边把种植樟树港辣椒为主的农业劳动与修禅结合起来，首创"农禅双修"。诗僧前后写诗一千九百多首，如今的法华古寺仍留有高僧所著的《八指头陀诗集》《白梅集》等诗集。著名的"洞庭波送一僧来"的名句，便系八指头陀所创。

据传，后来一位法华寺的小沙弥，也是边敲木鱼边念经，边回味樟树港辣椒的美味，还边童心未泯地将刻在寺院墙壁上的诗僧名句"洞庭波送一僧来"，戏改为"洞庭波送一椒来"。过去运输几乎全靠水路，大部分辣椒从江浙传入内陆，便是沿长江进入洞庭湖，方才落户樟树港的。从这个意义上来讲，小沙弥的改法倒也有几分妥帖。

入住法华寺，取名敬安法号的八指头陀，一直认为劳动是修为，辣椒是禅果。坚持"一日不作，一日不食"，在大自然中耕种，需感恩天地所赐。后来，诗僧又以法华寺为"根据地"，带着佛经与自创的"法华寺牌"剁辣椒，时而杭州，时而南京，时而武汉，时而北京……去到许多佛教名山名寺参禅传道，将他首创的"农禅双修"经验与樟树港美味的辣椒传遍了大半个中国。

现在的第三十一代法华寺主持，法号早国。他继承八指头陀的"衣钵"，每至辣椒栽培季节，早课之后，必亲率众僧进行农禅双修。三年前，早国大师又与多位佛门弟子一道，集体创作了一首名为《辣椒缘》的禅修曲："一花一叶一如来，心到佛到椒花开。农禅双修方法好，劳动澄净祖师来……"歌词主要在于礼赞祖师八指头陀的功德，歌颂辣椒与佛修有缘，劳动与禅修可以相得益彰等等。

海上生明月，天涯共此时。樟树港辣椒成为一代名椒后，不经意间，又横跨海峡，传至宝岛，香飘美国。1952年，美太平洋第七舰队司令雷德福特到台，台湾海军上将梁序昭设宴招待，掌厨的是"新湘菜大师"彭长贵。宴会的第一道主菜是辣椒炒鸡丁，因配料特殊，做工精细，味道脆辣醇香。"红鼻子"客人在竖起大拇指称赞的同时，询问翻译："这是一道什么菜?"彭长贵从厨房出来回答道:"此菜叫'左宗棠鸡'……因为这是左帅最爱吃的鸡的做法。"后来,彭长贵在与美国客人进一步交流时,曾不失遗憾地说道:"现在鸡和辣椒的原料都是替代品,如果用左宗棠家乡樟树港正宗的土鸡,还有正宗的樟树港辣椒,味道肯定会更好!"

原来彭长贵出生于湖南,祖辈彭玉麟曾是湘军长江水师的创始人,也是湘军领袖曾国藩与左宗棠十分倚重的心腹爱将。彭长贵十二岁师从当时的湘菜大佬——有着"天下第一厨"之称的曹荩臣,二十岁时被抓壮丁,1949年去台湾,由军中伙夫渐渐做到了蒋介石与蒋经国的家厨。

1973年,彭长贵赴美国发展,他又将"左宗棠鸡"带到了大洋彼岸。此时,彭长贵通过特殊关系,时常能收到一些海运而来的"阳雀湖牌"正宗樟树港剁辣椒。位于曼哈顿中心城区的新湘菜连锁店"彭园餐厅"开业不久,贝聿铭便慕名来餐厅宴请基辛格。他们点的主菜也是"左宗棠鸡",吃后也是赞不绝口。从此,基辛格嗜辣不疲,常在"彭园"流连忘返。后经美国媒体报道,用"阳雀湖牌"剁辣椒做的"左宗棠鸡"从此红遍美国,至今长盛不衰。

彭长贵在20世纪80年代几经辗转周折,终于回到了湖南。在距离樟树港镇不到三十公里的长沙市长城宾馆经营彭园餐厅,硬是让正宗的"左宗棠鸡"回到了故乡。自此,大师整日喜上眉梢,笑声不断,因为他再也不愁餐厅缺少正宗的樟树港土鸡与正宗的樟树港辣椒了。2016年12月,大师走完了他九十七岁的人生长路。消息传出,不少湘人为之叹息:以后再也难吃到正宗的"左宗棠鸡"了……

彭长贵大师走了,他如同一枚神奇的辣椒,从湖南的原点出发,到台湾,经美国,在地球上画了一个大大的圆圈,又回归原点,回归故乡。老人追寻与传承的既是辣椒的味道、家的味道、爱的味道,更是乡愁的味道。

四

有道是:"莲舟同宿浦,柳岸向家山。"为了追踪一枚辣椒的旅行,我像一名行者,在"名椒传人"曾立宇、周鑫、张怀玉等人的帮助下,曾亲眼看见了樟树港辣椒核心产区的乡亲们精心种植名椒的全部过程。

名椒的种植土地,均是每年七月份开始休养,停下所有的种植开垦,休息六十天。之后晒土闷棚进行高温消毒,夏末秋初的艳阳下晒土三十天,让其充分与大自然亲密融合。当土地得到充足的休养生息后,接着整理苗床。施用的肥料,也全部来自农家的鸡鸭粪与草木灰等有机肥,经过自然升温发酵后,精工细撒……从辣椒的下种、育苗、移栽、除草等,到最后采摘都由椒农手工完成,推行真正的"纯绿色"与"纯手工"种植。

2016年5月的一天，笔者有幸参加了樟树港镇举办的一个以辣椒为媒，以辣椒为爱的"辣椒节"。节目既有"辣椒花鼓戏""辣椒快板""辣椒相声""辣椒知识抢答"，还有美味辣椒烹饪展示、辣椒商标授权仪式、辣椒农商现场签约……整个樟树港古镇一时成了彩旗的海洋、人的海洋、辣椒的海洋。

其中，有台名为《小宝宝快出来呷辣椒》的"辣椒双簧戏"，给我留下的印象尤为深刻。一位辣椒老婆，怀孕待产很长一段时间，小宝宝就是不见出来。家人不是让医生打催产剂，而是沿袭当地乡亲们一直传承下来的做法，叫丈夫手捏一枚樟树港辣椒，在外面连呼带叫："小宝宝，我们家乡的辣椒好呷，辣椒好呷呀，快出来呷辣椒，快出来呷辣椒哦……"果然，一位憨态可掬的"辣椒崽"，不久便呱呱坠地了。

其后，美味辣椒烹饪展示更是将活动推向了高潮。一位辣椒大嫂展示的是传统的樟树港辣椒烹饪方法。第一步，保留辣椒柄，将辣椒清洗干净后沥干；第二步，把带柄辣椒倒入锅中，中火煸炒，炒干表皮水分；第三步，加入些许油盐及少量豆豉与蒜末中火快炒，炒制过程中不断用锅铲拍压辣椒，让其渗透油盐味；第四步，等待火候，适时将辣椒炒熟又感觉生脆时出锅。

另一位新当选的"辣椒仙子"的炒法则不尽相同，只见她在辣椒田埂边架起铁锅，用晒干的辣椒树将铁锅烧红，只放些许盐粒，顺手从辣椒树上扯上一二十只辣椒丢进锅里，煸炒，待椒蔫后起锅……然后用一些切成小方块或长条的猪膘肉炼油至半熟，放入豆豉及蒜末，再将起锅的辣椒趁火旺倒入铁锅猛炒，炒熟后连铁锅一起直接端上餐桌。

这位辣椒妹妹边炒还边强调，猪肉一定要用本地樟树港不喂饲料的黑猪肉，菜油须用"阳雀湖牌"纯自然茶籽油；然后植物食材用动物油炒，动物肉则用植物油烹，响应动植物烹饪过程中的互补生香之理；其次是在田间用辣椒树做柴，爆炒辣椒，既环保又自然相生，与河水煮河鱼、稻草煮稻米的道理同出一辙。

好一个河水煮河鱼、稻草煮稻米、辣椒树炒辣椒果……个中滋味又怎能不会烧煮出自然的味道、和谐的味道、香醇的味道、家的味道、爱的味道、乡愁的味道呢？

辣椒节上，随着椒农们与来自北京、天津、武汉、南昌、广州、深圳等几十家餐饮企业有关名椒供销合同的签订，一枚枚樟树港辣椒又开始了新一轮的旅行……

《湖南文学》2017年第5期

乳源手记

塞 壬

文宣部打来电话，问我要不要参加今年的学生夏令营。我说今年就不去了吧。电话那头忽然说到，塞壬，前几天梅君打来电话专门问候你，说是很想念你，还是去一下吧。梅君啊，一年了，她现在怎么样了？如果我再去，能够为她做什么呢？再做一次表演，然后离开？闭上眼睛，尽量不去想梅君的脸。不去了。我在电话里回复道。忽然间一阵心虚，环顾四壁，一种很不好的感觉萦于胸口，久久不散，仿佛一个旧的伤疤又被揭开，等着你仓皇掩盖。太多的事不愿面对，囫囵扔在内心的角落里，积着不提。

去年7月下旬，我应邀参加了市中学的学生夏令营，跟四十名中学生一起去乳源瑶家贫困山区体验生活。同学们事先被安排住进不同的贫困家庭。三天，一起劳动，一起吃睡。我被安排去往一名叫梅君的贫困女孩的家里，跟两名女同学一起，外加一名电视台的记者。两名女同学刚刚上高中，对此次的贫困体验表现得异常兴奋，两个十五岁的少女，满脸的胶原蛋白，莹晃晃的青春。一路上，两只小燕子叽喳个不停，她们对山区贫困的程度很是好奇，不停地问我，塞老师，他们还在点煤油灯吗？他们住茅屋吗？出行靠牛车？问着这些问题，两眼亮晶晶的，仿佛无知是一件很可爱的事情。吵死人了，这些孩子，他们全都来自生活优越的城市家庭，是妈妈的宝贝疙瘩，零食是从头吃到尾，一会儿唱歌，一会儿哄然大笑，俨然是一次青春的结伴出游。我只好戴着耳机闭目。由于活动不是第一届了，两名少女应该在心理上有所准备。她们跟我一样被安排入住梅君的家，要住两个晚上。

我记得第一次见到梅君的样子，她早早地候在路口等候我们。十四岁，她长着一张圆脸，很黑的眸子，唇上有细密的绒毛，眼里透着一丝警惕，尽管皮肤微黑，还有那略带倔强的唇角，但她依然是一个漂亮的孩子。她穿了一件暗旧的、洗不白的T恤，牛仔裤卷起到小腿肚，脚下是一双沾着泥印的鲜红的塑料拖鞋，五个脚指头怒伸在外，油腻的脏头发用打了结的绿色皮箍扎着。资料上说，她品学兼优。父亲是个孝子，因为要守护年迈的双亲和岳父岳母，常年在家务农，没有机会外出打工，所以至今没有盖新房子，一家四口依然住在一间阴暗窄小的土坯房里。

我对这样的土坯房是有印象的，在我的家乡，三十多年前就有这种房子。然而时光已过去了三十多年，在广东的山区，依然有人还住这样的房子。梅君的家就是这样一间土坯房，连厨房四间，矮窄的木门，很破旧了，上面拴了一个生锈的搭锁，一进屋，光线很暗，然而却有一股阴凉。我首先就看到了半面墙的奖状，这是梅君和她的姐姐一起获得的，它们密密麻麻地贴在掉了石灰粉的土墙上，地是潮湿的黑土泥地，整间屋子透着霉味，一张污秽、破朽的木桌上摆着一台十四寸的老式彩色电视机，它有鼓突的屏，正播着一出古装剧。两盘发黑的剩菜搁在桌上，一个缺口的脏碗上摆着一双竹筷。桌子下面堆着各种杂物，草帽、水壶、镰刀、成扎的蒜头还有猫没有舔干净的破搪瓷碗，蔬菜也码在桌脚，几个丑陋的西红柿或土豆滚到墙角落。墙上是乱牵的电线，黑色的开关掉了盖子，是那种很古老的拉线式，而拉线孤单地垂在墙面上。房间的门楣上贴着大红的喜庆对联，很破旧了，被撕了角，在这阴暗的屋子里，这红对联显出一种异样的犯冲效果。破败、摇摇欲坠、肮脏、杂乱，这就是我们要在这里生活三天的房子。

梅君的父亲在地里，姐姐刚刚高中毕业。暑假，她去县城打工去了，迎接我们的是梅君和她的母亲。跟我一起的两名少女，一位叫李心仪，另一位叫何可。后来我在报纸上看到她俩关于此次体验的心得，写得很煽情，满满的爱心，收获了感动，得到了成长，看到山区的贫困才自觉自身当下的生活来之不易，要感恩、惜福，诸如此类。滴水不漏，无懈可击。而我，是一个字都写不出来。主办方邀请我参加，无非是希望我盛赞一下这个活动的非凡意义。我居然一字未着。平心而论，我并非从未写过诛心之文。连一个凳子都让人犹豫着要不要坐下去的屋子，食物用那破了边、没擦干净黑迹的碗碟盛着，那黑暗的厨房，砧板放在潮湿的地上，墙上的黑烟尘，扔在一边的红色塑料袋、破藤萝、农具在角落堆在一起，用红砖码的柴火灶被烟熏得发黑……面对从这样的厨房做出的食物简直是难以下箸的。难道我去写什么我们苦中有乐，抑或泛滥悲悯，抒个苦情，然后说此行对青少年成长的意义重大？而更可怕的是梅君的卧室，也就是晚上三个女孩子睡的那间房，一个很小的窗子，阴暗、潮湿、发臭。为什么会发臭呢？我下面就会讲到。而我，只能睡在客厅的长木凳上。

对于一个从未接触如此环境的城市女孩来说，要说她们毫无负担地度过了那两个晚上，显然是很违心的。然而，这两位少女，真正了不起的不是滴水不漏地、很完美地完成了此次的体验之旅,她们的了不起在于,相当老练地掩盖了负面情绪,用一种所谓克服困难的毅力和教养掩盖了真正的冷酷。她们的表演没有丝毫破绽,全都能吃苦,在酷暑的烈日下,即使赤脚下田收割水稻,甚至连眉头都没有皱一下。她们善解人意、礼貌、妥帖,让那贫困的一家子感动不已,最终与梅君告别,她们还紧紧拥抱。但第三天上午结束了之后,返程上车前,她们把梅君的母亲硬要赠送的花生、黄豆全扔了,仿佛它们很脏似的。

第一天到达的时候已是晚上了,梅君的床睡不下三个人,她们只能打横睡,硬板床上就是一张竹垫、一个小塑料风扇。因为房子没有洗手间,厕所和洗澡的地方就设计在卧室里。房间的一角划了一块不足一平方米的地方,用水泥糊了地,墙角往外面开了个洞,洗澡用塑料桶装热水,人站在那不足一平方米的地方用手浇桶里的水洗澡,冲完后,水就能过那个孔流到外面,而旁边放了一个黑色的塑料桶,它就是马桶了,没有盖子,导致整个房间发臭。睡在这样的房间,谁能保证不皱一下眉头呢?我看了她俩一眼,她俩没有跟我对视,低头急忙往外走,幸好她们都没有捂鼻子。谁都知道,有些话是不能说出口的。我们三个人也在那里洗了澡,那热水有一股烟熏的气息。这是盛夏,两个少女本来可以用井里的冷水洗,但是,她们还是坚持使用了这烟熏味的热水。

三个人打横睡,如果不缩着身子,双脚就会伸出床沿。何可后来说,晚上睡觉的时候,梅君有意识地朝里缩紧身子,把塑料小风扇往她们俩的方向移。我在外面客厅,长木凳很窄,不能翻身,劣质蚊香辣眼睛。

一大早,我们就去河里洗衣服,河水清冽,我们都把鞋脱了,光着脚站在青石板上。因为摄像机跟着我们,引来了邻居们的好奇。梅君的同学玲子也住在附近,她的母亲把我们引进了她的家。玲子一整天都跟着我们,我发现,因为她的陪伴,梅君看上去显得舒展了一些,不像先前那样小心翼翼,不敢多说一句话。玲子家是红砖房,条件明显比梅君家好,但玲子的卧室跟梅君的一模一样,也是在角落里洗澡,并放了一个无盖的马桶。我们的两个少女对玲子家的水井很好奇,心仪用手摇把子,清冽的井水流出来,那种冰爽,她俩都兴奋地洗了把脸。旁边一家带小孩的妇女也加入了我们,她的家应该是相对比较富裕的,两层楼,装了空调和自来水,瓷砖地板,有干净漂亮的洗手间。

这里的民风很是淳朴,人也非常善良、好客。我多年没有见过串门这种景观了。玲子的母亲很热情,拿出炒花生招待我们,她还拿出了腌的生豆角让我们吃。有点酸臭味,两个少女稍稍迟疑了一下,然后很自然地拿起一根长长的豆角吃起来,这是硬着头皮也得吃下去的。

正逢街上赶集,我们一帮人去了集市。也许,心仪和何可从未见过这样的集市，嘈杂的人群，整个集市透着农业的味道，卖菜的将蔬菜码在马路上，他们是用竹挑子挑来卖的；鱼摊卖的都是死鱼；猪肉案前挤满了人，有卖猪仔的、活鸡的，还有人拎着从山里打来的野兔、野鸡也蹲在那里叫卖；卖熟铁农具的摆着长长的摊案；几个长支架挂着廉价的男女服装，俗艳的粉红连衣裙、女人胸罩，还有各种头饰假花，吆喝成一片。小型的电器商店销售着大量的伪劣产品，小食摊的油烟挥之不去。我看见来来往往的妇女们把婴儿背在背上，用一种很特别的背褡，上面是绣了瑶族特有的纹饰。剃头匠也来摆摊，几个老农夫在那里刮胡子。心仪和何可两人在人群里钻来钻去，她们对什么都好奇，因为没有吃早餐，两个女孩在一家肠粉店门口的小桌子跟前坐定，等待着她们的早餐。梅君和母亲要买蔬菜种子，一会儿我们就把种子播种到地里。玲子不知从哪里钻出来，她手里捧着一捧野果，紫红色，我认得，是稔子，伸手拈了一个进嘴，微涩，清甜。我抬眼问玲子，梅君在学校会因为贫穷而被歧视吗？她的回答令我吃惊，不会啊，梅君的父亲是名人，我们这里有名的孝子，她家贫穷是因为她阿爸要在家孝敬老人，不能外出打工啊。正要多问，玲子捧着稔子向心仪和何可走去。看到野果子，两个城里少女发出夸张的惊呼。之后，我看见她们几个女孩聚在蔬菜种子的摊前，学着辨认那些种子。整个上午，空气很是欢快，我看见梅君也露出了笑容。而我总想着为梅君家买点什么，最好是实用的，最后，我买了一个烧水的电壶和一台电风扇（梅君家的水壶搁在红砖灶上烧，周身漆黑）。看到帆布鞋，倒是想给梅君买一双，仔细一看，质量实在差，只好作罢。我后来才知道，学校给贫困家庭都封了一千块钱的红包。

　　我们要把蔬菜种子种到梅君家的地里。一群人浩浩荡荡往地里走去，梅君的父亲早早地在地里等候我们。在那里，我们认识了烟叶这种作物，认识了萝卜种子。可以挖红薯了，心仪和何可拿着小锄，梅君和玲子在教她们怎么挖红薯。梅君的父亲一直没有说话，他在离我们有点远的地方松地。我们如此阵仗地来参观人家的贫穷，你叫人家说什么好呢？从头至尾，我都无法开口跟他们聊点什么，我甚至觉得有点羞耻。心仪和何可两人都挖到红薯了，两个少女发出好听的笑声。然而，梅君是没有笑的。可能她发现我总是看着她，她显得有点不安，她扭过脸去，我能够感受得到少女内心的倔强。她有敏感的自尊。我看着她，梅君真的接受我们的造访吗？她不是一个快乐的孩子。她心里非常清楚，那两个城市的姐姐，两天后就会离开，之后，她们将永不相见，也不再联系，她们不可能会成为她的朋友。她们发出的阵阵欢笑，我听着，觉得刺耳。本来就是一场秀，年年上演。整个过程会非常完美，去年的眼泪今年又会再流一次，电视、报纸、分享晚会哭得一塌糊涂。只是，梅君她沉默地配合着这些表演，她在想什么呢？

午餐是梅君的母亲和左邻右舍的妇人们一起做的。那间昏暗的厨房实在太小，三个人在里面就不能转身，她们在外面把两个废弃的油桶当炉子，生火煮饭，一个漆黑的圆肚铁罐吊在火中间，心仪和何可好奇，问里面炖着什么，妇人回答说是鸡，她们正上前看个究竟，妇人用一个铁钩钩开了盖子，一瞬间异香扑鼻。另一个油桶上架着一个巨大的生铁锅，上面放着一个蒸气腾腾的木桶，这东西我知道，叫作饭甑，里面是米饭，也叫木桶饭。我们是贵客啊，哪里是来吃苦的，他们倾囊相待，杀鸡宰鸭，唯恐怠慢了我们。但是这些，对于城市来的两个少女来说，应该不是一种贫苦的体验，她们的表情充满了一种猎奇的乐趣，动不动就惊叫，两个人争着去火塘烤带苞衣的老玉米，把它们埋进滚烫的灰堆里，因为灰堆是木柴未燃尽的火堆，余热足以烤熟玉米。她们用铁钎子把洗干净的鲫鱼穿在上面，蹲在火塘边烤鱼。开饭了，前来帮忙的邻舍全都各自回家了，只剩下我们和梅君一家人。忽然间空气一下子安静下来，梅君的父亲开口说话，感谢大家的关心，因为家里太穷了，什么也没有，希望不要嫌弃这顿饭。很朴实的几句话，他笨拙地说着，然后看了梅君一眼，说道，君，招呼客人吃饭啊。

我们都非常清楚，即使桌子、饭菜、碗筷再不干净，这顿饭是无法用一种浅尝辄止的态度去对待的。这不是演戏，而是起码的教养。梅君的母亲给我们夹菜，一直堆满碗头。饭碗是那种蓝边的粗瓷碗，很大，我们三个人把各自碗里的饭菜全部吃光。

下午我们就去田里收割水稻。阳光很毒，梅君家今年夏天大概能收三千斤谷子，这是他们家一年中最大的收入来源。可是，我们几个能帮上什么呢？倒是梅君和玲子，两人手中的沙镰舞得飞快，噌噌噌，很快就收割了一大抱稻禾。我在郊区长大，自幼也没有拿过镰刀，镰刀居然是锯齿的，我头一次知道，然而割稻却锋利无比。梅君去教心仪和何可如何握刀割稻，稻穗把她们的脸蹭得通红，手上几处都被稻叶割出了血口子。她们割了一会儿，说是手臂和脖颈瘙痒难耐，梅君的母亲说，这是稻叶蹭的，不要挠，小心破皮发炎。于是，两位城市女孩放下镰刀，坐在岸边用草帽煽风，啊，总算没有给人家添乱。李心仪拿出手机给大家拍照，说是用来发微信朋友圈。她们还摆拍了割稻，各种握镰姿势，最后四个女孩抱着稻穗合影，城市女孩子手指比着V，笑得很是灿烂。眨眼工夫，梅君的父亲收割的稻子已堆成个小山。

李心仪和何可把我拉到一边，告诉我说，今晚不住梅君家了，房间太臭，又热，待会儿有车来接我们回县城的酒店，问我要不要一起走？我说，我今晚留下，你们走吧。何可告诉我，上了一次旱厕，简直不可描述，终生难忘。她用恐怖来形容她见到的梅君家的旱厕。李心仪说，已经知晓了这里贫穷的程度。比原先想象中的要好很多，末了，她用一种自豪的语气跟我说，塞老师，这里最苦最难的事情我是能够面对的，难不倒我，一咬牙就过了，没多难。两个女孩子未满十六岁吧，我瞬间觉得她们的内心世界别有洞天，绝非清澈见底。

原来只是一场演习，只是考验自己能否过关。如此而已，显然她们完成了任务。没什么可说的，这是游戏最初的设定，我跟她们并无区别。谁会为此付诸情感呢？

我留下来，为了什么呢？真可笑。是的，在我心里，梅君那张脸，那张垂下眼睑满是幽怨而倔强的脸，让我有一种无法面对的心虚之感。我们的此次之行，从某种意义上来讲，难道不是一次冒犯？以一种堂皇的理由只为完成自身的一个测试，围观一个家庭的贫困与窘迫，然后冷血地拥抱，道别，再离开。从此形同陌路，仿佛从来就没有踏进过这片天地。

我看着她们就那样道别，万般不舍，互道珍重。彼此眼中闪烁着泪花。

晚上，我与梅君睡一张床上。我们齐头平躺着，她一句话也不说。我不知道该从何说起。末了，她开口问我，塞老师，你为什么不跟她们回县城呢？我犹豫了一下，说道，按规定是要在你家睡两晚啊，我得站好最后一班岗。这个回答至少是不带私人感情的，虽然，我完全不是因为这个理由留下的。我听见她笑了，那笑声有点古怪，她的身体还颤动了两下，我竭力想要从那样的笑声中去想象她的表情，但眼前漆黑一片，我看不见她的脸。随后，又听见她说道，三年了，塞老师，你是唯一一个在我家住两晚的人。

我弹坐起来。三年？她是说，我们这个活动选中她们家已有三次？我把梅君拉起来，她这才道出原委。我这才知道，因为孝，梅君的父亲获贫困之名在这里已经家喻户晓，还上过报纸。梅君告诉我，春节县里有领导来慰问贫困家庭，外面的团体要来帮扶这里的贫困户，还有那些支教、做义工的个人来乳源，县里的相关部门无一例外地都会安排进她家。在那样一份名单里，梅君家排在首位。

坐实了贫困，成为标签，接待四方以爱心为名的造访者已经三年了。

我们一家其实并不愿意接受这样的援助。我的姐姐之所以在县城没有回来，就是不愿意面对你们的爱心。塞老师，你知道吗？我们这里有很多家庭居然为了争这个贫困户大打出手，因为成为这样的贫困户可以得到援助，比如领导的慰问、相关部门的救济，还有你们这些外面社团的资助。塞老师，我从来没有觉得我家穷，至少我们从来没有饿过肚子，我们家不穷。我的父亲是一个真正的孝子，孝子怎么会穷呢？

起先，我和姐姐看到你们来很是激动，因为都是中学生、同龄人，我和姐姐渴望交朋友，能够跟你们交朋友，而不是因为我们贫穷，你们来怜悯我。但是，没有人能真正看得起我们。

外面的月亮从小窗照进来，我拉起梅君问，外面可有好的去处，我们去外面凉快吧？梅君听此说，忙坐起来，荷塘那里可以走走。

我不太想陷进那样的氛围里，有点不自在，或者说，是羞愧。我读懂少女梅君的孤独。我分明感到正是这种孤独与卑微，让她身上有一种罕见的气质，她在这么小的年纪就看尽世间的沧桑，她安静地睁着眼睛看着，不笑不怒，心净明了，她居然连嘲讽都没有。

荷塘寂寂，轻风送来莲花的清香，她舒了口气，说道，姐姐一定会考上一所不错的大学，我姐姐是我的榜样，她很漂亮。说完，很自豪地看着我。看着这样的梅君，我忽然很是欣慰，这个孩子非常清楚自己的方向，在所有的人都认为她们贫穷的时候，她跟她的姐姐对此不屑一顾，她们懂得什么才叫真正的贫穷。她还告诉我，她跟姐姐会采桑养蚕、插秧、割稻、打谷、翻地、栽种，能挑一百斤。

那个晚上，我们说了好多话，星星看着我们，我们最后还手拉着手。只是，我说不出一句鼓励或者安慰的话，因为那是优越者的口吻，因为，梅君她不需要。我听见了她的笑声，那是从她心底里流出来的，是我让她快乐了吗？看着她，我突如其来地伤感。

我回东莞后不久，收到了梅君寄来的一幅画，水粉画，那幅画画的就是我跟她在荷塘边散步的情景。墨绿的荷塘，星星点点的白莲，两人手拉着手，一脸醉态，风飞扬着我们的头发，我们斜着脸，看着远处的天边。一张长条的便签，抬头，她叫我姐姐，而不是塞老师了。忽然眼角潮润。我给她寄了一双回力鞋，几本书，还有一部旧手机。我跟梅君通了几封信，后来大概是她学习紧张，通信就断了。

今年，又一次的夏令营又来了。换了一拨新的同学。我知道，所有的故事将重演一遍。文宣部打来电话的时候还说了这么一句，塞老师，这次你可要帮我们好好地写一篇文章哦。大概是上一年，我一字未着，他们失望了。想着这场可耻的秀，我还是回绝了，决定不去。然而，一个人坐在那里，把梅君的那幅画翻出来看，想着那个月夜，还有她的笑声。梅君她只期待我一个人，她只想见我一个人，她觉得我是她的朋友。对，我是她的朋友。想到此，我立即打电话给文宣部说，此次乳源之行，我去。

《四川文学》2017年第5期

外乡人

安 宁

玩戏法的锣鼓一沿街敲起来，比铁成他爸要放电影的消息更让全村人觉得兴奋。

其实玩戏法的每年都来，表演的节目，也大致总是胸口碎大石、银枪刺喉、头断石碑、油锤灌顶、卸胳膊那一老套，但是锣鼓一敲，全村男女老少就全变成了好奇的小孩子，无论如何都要放下碗筷，连嘴边的饭渣子也来不及抹一下，便纷纷胳肢窝下夹个马扎，三步并作两步地朝村子东西两头交界处的空地上赶。好像即将上演的是一场从未观看过的精彩绝伦的好戏。

玩戏法的人走南闯北，是流动的杂技团，所以他们最能拿捏得准村里人的热情在什么时候会被点燃和膨胀。他们总是早早地就到了村子里，选一块四通八达又风水好的地盘，便支起帐篷，安下营寨。事实上，总有些消息灵通的人在玩戏法的还在邻村表演的时候，就打探好了他们下一个目的地。如果恰好是我们村，那这个报信的人简直像载誉归来的英雄，逢人便拍着胸脯自信满满道："明天玩戏法的肯定要来，大家都等着出来看好戏吧！"于是这消息便像一阵风一样，从村东头吹到了村西头。村里人都走了出来，站在大道上翘首期盼，好像话一落地，那些玩戏法的人便会神奇地变到了村子里。而那通风报信的人，这时候也有些着急起来，尽管亲耳听说了玩戏法的人要来我们村，但还是怕万一他们食言了呢？或者那个被卸了胳膊的小孩子如果真的残废了，再没有胳膊可卸了呢？再或者他们的马车忽然爆了胎，不得不在其他村子里暂住一宿呢？总之这个报信的人着急死了，可又不能说，怕村里人笑话他谎报军情，于是他只能硬撑着脸皮，一脸兴奋地讲起去年玩戏法的来，谁家的小孩子因为羡慕这些人的神奇本事，差一点就跳上人家的马车一起去闯荡江湖了。这样闲言碎语地说上一阵，大家的热情也就不至于松懈下去，始终是旺旺的一团火，在那里热烈地烧着。

终于，那些穿着大红或者金黄绸缎裤子，腰里又扎了鲜艳红腰带的男人们，在村口出现了，整个村子都沸腾起来。那个最先报信的人也松了口气，并用骄傲的语气慢悠悠说道："怎么样，我说来，就一定会来吧？说实在话，如果不是我先请他们，说不定啊，早就被人家小孔村的给抢去了。"

但村里人这时候早就将这报信人的功劳像抛一颗废弃的牙齿，给抛到了高高的房顶上。大人们这一天在田间地头碰见了，聊的全是玩戏法的人，当然先从马车上的五个人是什么关系说起，有说他们是一家人的，兄弟五个，或者是叔伯家的五个孩子，恰好凑成一个杂技团；有说他们是一个村里的，因为太穷了，不得不从小就学这些江湖技艺，走村串巷，混口饭吃；也有说他们整个村子里的人都是演杂技的，而且家家户户都靠这个发了大财，可比他们这些泥土里刨腾粮食的农民强得多。不管怎么说，总之这些外乡人跟我们是不一样的，他们来自某个遥远的村庄，遥远到村里人都没有去过，也完全没有概念。他们的家究竟在哪一个神秘的又充满了蛮荒气息的角落，他们自己自然是不肯说的，他们是一群守口如瓶的人，既不会给任何人透露他们戏法的秘密，也不会谈及自己的私事，他们只负责卖力地表演，至于其他，一概不提。

而我们小孩子，着迷的恰恰是整个戏法班子散发出的神秘野性的气息，好像他们来自某个原始的部落，或者广袤无边的森林，再或者地球的另一端。对，村里大人们总说如果用铁锹不停地挖的话，是会从地球的另一端挖出人来的。他们还煞有介事地提及某个村庄，村庄里的人有一天挖井，挖着挖着，没有出来水，却挖出一个活人来，那人的皮肤还是黑色的，像煤炭一样。于是我们小孩子认定，这些跟我们说话口音都不一样的玩戏法的人，也是来自地球的另一端。在他们那里，所有的人都具有超能力，都会变幻模样，会卸掉人的胳膊重新安好，还有刀枪不入的本领，甚至拿大刀去砍脖子，那脖子不只不流血，还会将大刀给磕掉一块，而他们千里迢迢赶着马车经过我们村子，不过是为了炫耀一下他们超人的功夫罢了。

玩戏法的扎下营盘之后，便开始绕着村子敲锣打鼓地招揽观众。事实上，他们根本不用那么卖力地吆喝，因为整个村子里的人早就知道了他们要来的消息，就差将小马扎排好，列队迎接他们了。于是他们闲庭信步地扯嗓子喊了一圈后便歇了锣鼓，等着男女老少从院子里快步走出，聚拢到临时搭起的表演区来。

好像所有玩戏法的男人都有一模一样的嗓音——沙哑的、粗野的、让人心生畏惧的外乡人的嗓音。这种嗓音将他们与我们村里所有人都鲜明地区别开来，甚至他们亮开了嗓门一声大喊，即刻会将全村人带入到蛮荒生猛的远古时代。我们一边紧张着那银枪会不会刺破玩戏法男人的喉咙，一边却又相信他们一定有电影里少林寺和尚们一样的真功夫。他们还会飞檐走壁，会将所有人的钱瞬间变入自己的口袋。这让我们小孩子既惊骇又向往，而铁成、钢蛋之类的，早就耐不住煎熬，主动跟他们套近乎，试图学到一点功夫，供以后向人吹嘘之用。钢蛋甚至还央求他们收他为徒，当然，他们像挥一只苍蝇一样将手一挥，又漫不经心地吐出一句："祖传功夫，概不外传。"

不外传就不外传吧，钢蛋一边撇嘴，一边却早就找好了最佳地理位置，发誓一定要偷学到真功夫。我当然没有钢蛋大胆，知道胸口碎大石和银枪刺喉都是颇危险的，于是便找个避开碎石飞溅的角落，兴奋又不安地站着，或者直接坐在地上，看头顶刺眼的灯泡下玩戏法的人晃来晃去的影子。那影子高大威猛，一锤砸下去，碰飞或者震折了的一定是铁锤自己吧。

在观众的数量达到玩戏法的预期之前，会有一个十几岁的男孩不停地敲打着大鼓。那鼓明显年岁长久，油漆剥落，连皮子都卷了起来，但这丝毫不影响沉郁的鼓声传遍村子的每一个角落。间或男孩也会重重地敲几下锣，并在最后的一敲过后迅疾地捂住那锣，似乎锣声多一点都是浪费。而其他玩戏法的男人们则不停地走来走去，活动着手臂和腿脚，为马上就要到来的惊险杂技热身。

观众越来越多，直到整个村子里的人都来到了这片空地上等着好戏的开场。搬马扎来的很快发现坐着是最吃亏的，因为完全被挡住了视线，于是大人们自觉地让我们小孩子站在前面，他们则里三层外三层地围成一圈，将玩戏法的结结实实地围起来，这才长舒口气，好像这些玩戏法的人即便是变出翅膀来，也飞不出我们的包围圈。摆好了阵势，大家便开始张家长李家短地热热闹闹拉起了家常，村东头和村西头的媳妇们有一段时间没见，好一通掏心掏肺地倾诉。老人们都淡定，他们几乎对玩戏法表演的每一个节目都熟稔于心，所以他们过来大半是为了听听热闹的声响，好像在此之前他们一直被囚居在暗室里一样。我们小孩子呢，完全不理会大人们的亲密交谈，事实上我们才是玩戏法的人真正的观众，因为没有人比我们更相信玩戏法的人全都是会飞檐走壁的英雄好汉了。

在全村人将玩戏法的围了个水泄不通之后，他们终于不再无休无止地拖延下去，用一声震耳欲聋的鼓声让吵嚷的人群瞬间安静下来。最先开始讲话的是个类似领袖的中年男人，他会先来一番让人看得眼花缭乱的功夫，以此换来人群的叫好声，算是博个彩头，活跃一下气氛。男人的举止有常年在外奔波游走的粗犷，双手抱拳，嗓子一亮，道一声"老少爷们，多谢捧场"，便开启了今晚的精彩演出。

开始照例是相对轻松的小魔术，比如将一沓白纸变成实打实的钞票。这魔术尽管我们年年都看，但每次看都信以为真。我和二芹还热烈地讨论着，如果跟他们学会了这个戏法，以后岂不是像神笔马良或者聚宝盆的故事里讲的那样，想要多少钱就能有多少钱了吗？可是，二芹毕竟比我精明一点，她转念一想，质疑道：

"既然他们能变钱，干吗还吃胸口碎大石的苦头？"这个问题的确把我难倒了，我只能犹豫着解释说："或许他们变钱的魔法，仅仅在玩戏法的时候才能施展吧？"

但我和二芹还来不及就这个问题展开深入讨论，就到了惊险刺激的胸口碎大石的节目。那个躺在红色的垫子上胸前被压了一块厚重石板的男人，立刻引来全村人的关注和同情，而扛着大铁锤的"凶手"，则不停地走来走去，尽力渲染着这一锤砸下去将可能出现的毙命结果。他不愧是一个讲故事的高手，很快便让每一个人的心都提到了嗓子眼，大家一边希望那大锤不要落下去，或者最好是砸偏了，在地上震出一个大坑来，一边却又希望那男人别再啰唆，尽快一铁锤砸下去，来个要么命丧要么石断的痛快结局。但那男人还在喋喋不休地说啊说，一直说到有人憋不住了，骂一声，随即兔子一样冲出人群，跑到某棵大树后面，将一泡尿"嗖"一声发射出去，又迅疾地提着裤子跑回原位。终于，那刽子手抡起了大锤，就在砸中的那一瞬间，有大人将小孩子的眼睛给蒙上了，也有小孩子自己惊骇地闭上了眼睛，当然只闭上了一只，另外一只眼留出一条缝，紧张地窥视着明晃晃的电灯下，"杀人者"和"被杀者"有怎样惊心动魄的表情。但事实上，"杀人者"并不邪恶，好像这是一桩司空见惯的表演，而"被杀者"也没有我们想象中的恐惧。甚至在石板断裂的那一瞬间，他一下子轻松地跳起来，并骄傲地绕着全场英雄一样抱拳走了一圈，好像应该慰问的是我们这些观众，而不是躺在石板下等待铁锤决定生死的他。

接下来的表演，自然一个比一个惊险刺激。比如那银枪刺喉，两个男人的喉咙顶在尖锐的银枪上，并用气功让银枪两端尽力地朝一起靠拢，这时候所有人真怕两个男人忽然间一起倒地毙命。那枪头当然是真的，在表演之前，每个观众都有机会触摸一下。夏日夜晚的星星如果看到两个涨红了脸、鼓着腮帮、憋着一股子气努力折弯银枪的男人，一定也会吓得躲进云层里去吧？但每一次，这些表演者竟然都能化险为夷，于是我们的心就这样一整个晚上，提上去，落下来，又提上去……

但最为惊恐的，怕是卸胳膊了。每年来表演卸胳膊的，都是一个十三四岁的男孩，有一张和铁成或者钢蛋一样稚嫩好看的脸。我和二芹都怀疑他生下来就没有爹妈，否则谁家会舍得自己孩子的胳膊天天被卸来卸去？或者收养他的一定是后爹后妈，只拿他当挣钱的机器，哪管他的胳膊被卸下来再安上去，会有怎样撕心裂肺的疼痛。每次到卸胳膊这个残忍的压轴"好戏"，那玩戏法的头目都要先领着男孩，炫耀似的绕场两圈，让每一个人都看清这个面容有些清秀的大男孩这一刻是多么健康活泼可爱，而即将面临的，又将是怎样的一场酷刑。果然，在这样反差巨大的情境下，有女人开始恳求头目不要卸孩子的胳膊了，我们不看这个节目，实在是太可怜了啊！还有孩子被这敲锣打鼓的气氛渲染着，吓哭了。而更多的人是怀着期待被惊吓的热情和好奇，去观看即将到来的演出。玩戏法的当然拿定了看客的心理，所以根本不顾及小孩子的哭声，像对待一个动物或者没有生命的物体一样，将男孩的脑袋按下去，让其弯下腰去。在告知人们，他即将给男孩的两条胳膊做360度旋转时，有胆小的女人早已捂上了眼睛。但是，一切都是阻挡不住的，随着"咔吧"一声脆响，男孩的胳膊瞬间就被转了一圈，并随即像柔软的面条一样，耷拉下来。那男孩，竟然一声都没有哭，但眼尖的人还是看到了他的眼泪。在头目将男孩弃之一旁，又喋喋不休地诉说了一通男孩的痛苦之后，终于在人群的叫喊抗议声中又轻而易举地给男孩的两条胳膊复了位。村里人都不懂这是脱臼，我们小孩子更是不明白，只觉得这是世间最残忍的酷刑，每每都是这样的恐惧和震撼，让我们那一颗跟着玩戏法的人走遍天涯海角卖艺的心，瞬间变得小小的，隐匿在村子的某个角落，遍寻不着。

　　第二天早晨，我还在噩梦中跟要卸掉我胳膊的人拼死搏斗的时候，玩戏法的头头已经带着惨遭他卸胳膊的男孩挨家挨户地讨要打赏了。那男孩一脸的漠然，好像昨晚的疼痛从未在他的身体上留下过任何的印记，一觉醒来，他又成为一个走南闯北、心肠冷硬的人。他提着大大的麻袋站在人家门口，不发一言，任由那个长相凶蛮的头头在女人们不舍得施舍更多粮食的时候，将他一下子推到人面前，以不容违逆的语气逼迫道："大姐，行行好嘛，看在这孩子昨晚胳膊都被卸断了的份上，怎么也得多给我们几斤粮食吧。"大多数时候，女人们是会发慈悲的，看那一脸漫不经心的男孩一眼，叹口气，拿着葫芦瓢，扭头去大瓮里再舀上一些，而后边将灰尘扑扑的麦子倒入大张着嘴巴的麻袋，边歉疚地笑道："只能这些了，多了真没有了。"那头头知道哪怕他再卸一次男孩的胳膊也换不来更多的粮食，于是便换了脸色，将还弥漫着尘灰的麻袋拽住口，"哗啦"一提一蹾，便甩上肩，扭头走人。那麻袋在他的身后发出轻微的哗啦哗啦的声响，似乎有万千的沙子和麦子在彼此排斥，又不得不委屈地拥挤在一起。

　　玩戏法的人要花上一天的时间，才能挨家挨户地将全村的粮食收敛完。有时候会遇到像胖婶一样精明的女人，知道他们要上门讨要，早早地就扛起锄头下地了，借此躲开这烦人的债主。玩戏法的也没有办法，看一眼无情闭锁的大门，知道这家人是铁定不会给打赏哪怕一粒麦子的，于是狠狠地探头朝墙内看一眼，恰好跟一只狗视线相遇，于是狗一声怒吼，显示出对主人的耿耿忠心。而那人也气愤地骂一句。只有那个男孩，在烈日下疲惫地倚墙站着，一声不吭。

　　他们其实也没有收敛到多少粮食，村里人习惯了看免费的演出，比如铁成他爹放电影，就从来不会挨家挨户地搜刮什么。所以像盼着他们快点来演出一样，全村人都盼着他们快点离开，好像那个被卸了胳膊的男孩在村里多待上一秒，便在人们心里多压了一麻袋的粮食，那麻袋那么沉，银枪一样一直压到喉咙，快要让人喘不过气来了。

我特意跑到巷子口，注视玩戏法的赶着马车从大道上离去。那个男孩坐在一麻袋的麦子上，仰头冲着蓝得耀眼的天空轻松地吹着口哨，好像他们即将要去的是一个开满了花朵的梦幻之地。在那里，众目睽睽之下，他不会再被人残忍地卸掉胳膊。

正午的阳光重重地砸下来，落在脊背上，微微地疼。我在越来越远的口哨声里像那男孩一样，仰头看向正午的天空，那里除了无穷无尽的深邃的蓝，什么也没有。

《广西文学》2017年第5期

夜晚的忧郁

王 俊

当村子里最后一缕炊烟淡化在夜色的甬道时，月亮升起来了。村庄像一枚果仁，被月色严严实实地包裹。而月亮俨然一匹白色的骏马，在群山的掌纹间驰骋。月的瞳子投射大地，梳理着村庄的每一个亮光、每一个皱褶，以及村庄的日常。植物缠绕着，循序生长，羊齿的、蕨类的、灌木的、乔木的，它们散发出的气息刺激着月亮。月亮忍不住打了个响鼻，村庄微微地晃动了一下，影影绰绰地重叠出黑白交替的幻影。渐渐地，它与月亮一样闪闪泛光。

有月亮的晚上，故乡的村庄蠢蠢欲动，隐藏着许多不为人知的秘密。而这种神秘感似乎暗合了我们某些精神层面的东西，使我们的灵魂得以安静，蕴藉如水。倘若人是自然的动物，夜晚则是人类释放天性的温床。在夜的沉静中，我们暗中与自然相接。在与自然相接的过程中，我们有着出世的干净和欢喜。

记得祖母在世时，每逢七夕、仲秋，她都会沐浴干净，带着我们一起祭拜月亮。挑选祭品是祖母亲自操办的，鲜花和果品必须是最新鲜、最好的。我们跟着祖母恭恭敬敬地向月亮行礼，谦卑而虔诚。祖母用素朴而古老的方式教我们，身似明月，清澈无瑕秽，宽容待人如夜。我的祖母念过几年私塾，却是时运不济，命运多舛。老了的她宛如饱经风霜的残莲，有着自己的格调。

惊蛰一过，白天蓄势待发的植物和动物，在月光的掩护下活泛起来。草丛中到处响起了昆虫拿捏不住的试嗓声。它们按捺不住寂寞，在微熏的夜风抚摸下，一个个钻出潮湿的地穴，觅食、交配、繁殖。它们蛰伏在夜的各个角落，打破了夜的寂静。田里的庄稼在日间充分吸收阳光的能量之后，在夜间舒展枝叶。若是挨近它们，便能聆听到庄稼拔高长节的声音。在安静中倾听万物，岁月无染，时光静止，仿佛生命的片刻凝结成永恒。

月亮掠过门前的芭蕉时，芭蕉在月亮的瞳仁里怅惘地开着花朵。一朵又一朵的花朵婉转着光阴的苍茫。月亮纵身跃入池塘，水畔的蛙声此起彼伏地应答着夜色。翌日清晨起来，总能瞧见池塘边的水草上滚动着许多晶莹的露珠。月亮越过山冈的松树，松脂浇铸在一只夜里捕食的蜘蛛身上——是生与死的交替，是瞬间的永恒……月亮的影子从我们的脚下延伸至远方，而远方是我们所不知道的一个新世界，它与夜色一样充满神秘。我为发现这一切感到莫名的兴奋和忧伤。

我的父亲则不以为意。他总是在我陷入遐思中时，不合时宜地递给我一只塑料桶。父亲喜欢月夜，但他更喜欢在月夜用钳子夹水田中的泥鳅和黄鳝。白花花的月亮映照着水田，移栽水田中的秧苗根系刚刚萌发出新根。藏匿淤泥当中的泥鳅和黄鳝在夜间倾巢而出，它们在秧苗中呼朋唤友。我们蹑手蹑脚地走在田埂上。天性狡猾的泥鳅和黄鳝一听到动静，便会扑腾淤泥落荒而逃。可它们再快也快不过父亲。父亲瞅准时机，钳子下水从不落空。我手中提着的塑料桶慢慢地沉了，父亲接过桶，领着我去地里察看瓜秧。瓜秧牵出藤蔓，长出圆滚滚的西瓜，我们就打木桩，搭瓜棚。在炎夏，村民们守着瓜棚，摇着蒲扇，隔着一条田埂谈论农事。而我们唱着祖辈们留下的童谣，踩着月亮跌跌撞撞地追赶萤火虫。有时，空阔的山野吹着窸窸窣窣的夜风，我会突然想起逝去的祖母和村人，想到了亘古的夜空下是不是有一群少年如我们追着萤火虫？他们的影子是不是和月亮一样瘦成了弯弯的镰刀？天边的一颗星星闪耀着暗红色的光，旋起旋灭，明明暗暗。月亮收集着尘世的声音，村庄寂寂无声。

月夜有秘不示人的气场，它汲出忧伤和希望。而夜风吹拂的村庄，让我看到了村庄的温情。每天，我们枕着夜入眠。月亮和夜风都是村庄的灵魂，它们生生不息地塑造着一代又一代农人的心灵。

但我得承认自己曾经惧怕黑夜。

小时候，天一擦黑，我就躲进有光的房间，不敢出去。黑夜中的村子，没了白日的喧嚣与劳作，安静得如同一条静静流淌的小河。而身处村子里的我们，仿若一条条鱼。我不敢确定，我们的前身是不是从冰河期走来的鱼。可是有一点我笃信，鱼离不开水，我们村里的人离不开村庄。他们生于斯，死于斯。活着的时候，他们粗糙的手抚摸过庄稼草木。死后，他们的身体埋在路边的林子中，安然享受大地的深沉。记得读小学五年级时，学校规定晚上补课。村里与我年纪相仿的孩子早已辍学在家帮大人干农活，而我必须上完晚自习独自走路回家，路途中要经过一片坟地。有几次晚上放学回来，我听见林子里有猫的诡秘叫声。幼时常常听母亲说，猫是黑暗中最有灵性的动物。黑夜中，它们或蹲在矮墙上，或埋伏在灌木丛间，守候着晚归的人。母亲说，猫喜欢数人的眉毛，当人的眉毛不小心被猫数光，家里人就该为此人准备后事了。我怕猫比怕黑夜还要多几分。家里养过一只黑猫，浑身长着黑得发亮的毛。自从家里有了黑猫，我总觉得村子由白昼变成黑夜，都是黑猫在作祟。每个黑夜从黑猫的嘴巴、鼻子以及它弓起的身子开始，一点一点地漫到林子、田野和远山。铺天盖地的黑似乎是黑猫身上抖下的浓浓墨汁，洇开了天地万物，给黑夜带来了无尽的未知与凶险。

猫叫声不断地传入我的耳中。黏稠般的夜色从黑暗的通道里满溢出来，它与我潜意识中的恐惧同时抵达我的内心，并以方阵的形势密不透风地席卷了我。不知是谁扼住了我的咽喉，我喊不出声，捂着眉毛拼命地奔跑，犹如一条趋光的鱼，急切而张皇地寻找光源……

多年后，我和爱人随着进城的队伍在城市筑下了一个小窝。城里的夜晚仅看到霓虹灯的闪烁，看不清夜的真实模样。人造的灯光和噪声使城市永远处于亢奋的状态。夜晚失去了原来的本质。我们在通明的灯火中日益变得浮躁、焦灼不安。于是，借着安抚夜晚情怀的名义，我们惊慌失措地回故乡。家乡的村庄却在我们一次又一次回家的路上，悄无声息地走失了。荒草掩盖的破落瓦房里住着风烛残年的老人，一批又一批年轻的村民爱上了城里的繁华、热闹，他们携家带口辗转进了城。舍弃不了土地的老人艰难地维系着村庄的脉搏，但他们和房子一样抵不住岁月，日渐疲惫、沧桑。远远望去，冷清清的房子如一座无人问津的野坟墓。村子里除了几声寂寥的狗吠声，连孩子的哭声和喊声都没有了，更别想听见趁着明月嬉戏的笑声。田地里的泥土在石缝间悄悄地溜走了，镰刀、犁铧、锄头靠在无人知晓的角落里，铺满了锈迹。从前日夜"哗哗"地唱着歌谣的小河，裸露着孤寂的鹅卵石，干涸的河床一如我们的眼眶，生涩得流不出泪水。风吹在脸上，没有草木的清香，只有无限的惆怅。寂寞了许多年的村庄，用我们看不见的速度一天天地远离我们的记忆。而夜晚随着村庄的沦陷，破裂成一个个细碎的镜片，映照出我们内心的荒凉和灵魂的残缺。我们成了无家可归的异乡人，徒劳挣扎着，寻找漂浮在水上的梦。

某个深夜，我在城市，被窗外燃烧的烟花惊醒。梦醒的我，很震惊地发现自己许久没做过梦了。陡然间想起了养在鱼缸里的鱼。春天里，我带着孩子去郊外踏青。在一摊不到脚踝的水洼里，孩子兴高采烈地抓捕了三条小鱼。我把鱼装进了矿泉水瓶中。回到家，孩子迫不及待地拉着我去楼下超市买了一个玻璃缸。每天放学，孩子多了一件功课，书包来不及放下，他便喂鱼食。隔三岔五的，不用我们盼咐，他主动给鱼缸换水。几天后的一个早上，他闯进我的房间，哽咽着对我说："妈妈，我们的鱼死了。"

他拉着我的手走到鱼缸前。鱼缸中，孩子抓来的三条鱼翻着肚子，一动不动地漂浮在水面上。

鱼和人一样，离开赖以生存的河水，找不到一个可以做梦的空间。

人在夜晚养精蓄锐，净化自我心灵。没有了夜晚，我们孤独的灵魂无处安放。

据说鱼有七秒钟的记忆。不知道夜晚的记忆，是不是也会在我们猝不及防的时候，一点一点消失，直至被湮没。

《文艺报》2017年5月3日

母亲的笔记本

杨晓升

俗话说：人过四十不学艺。母亲已是耄耋之年，可仍孜孜不倦，记日记，抄文摘，写半白不白半古不古的诗（确切地说更像顺口溜或打油诗）。即便近些年，父亲因身体欠佳每天需要她协助阿姨忙前忙后地照顾，为父亲端水送食，遵医嘱一天多次地安排父亲用药，甚或陪父亲谈天说地，为父亲讲新闻，哄父亲一起唱潮曲或回忆旧时往事，以打发每天的漫长时间……每天家务事大大小小接踵而来，没完没了，抄写也从未间断。母亲自己的生活也有琐事需要自理，有时候她忙得团团转，甚至累得坐下来休息时都不住地喘气，可她依然不忘三天两头地挤时间，从抽屉里掏出笔记本，端起笔沙沙沙地记录着什么。

母亲目前共有四册仍未写完的不同类型的笔记本（以前还有多少册她自己也记不清了，因为她近年到北京来居住，以前的都放在广东老家了）。一本是家庭生活记录，上面三天两头地记录着我们这个大家庭生活中发生的点点滴滴，大到全家共同关心的国内外新闻或旧闻，小到我们全家老小生日过节、迎来送往、喜事愁事，或儿孙们的工作或学习业绩，更小的还有一日三餐、购物购衣和其他的家庭开支，当然更多的还是生活随感，喜怒哀乐、酸甜苦辣尽在她的记录之中。母亲的三儿一女四孙，每个人的性格如何，优缺点如何，家庭表现怎样，谁工作更加出色和谁对他们二老更加孝顺，全都能在母亲这本"家庭生活实录"和"家庭生活大全"中找到镜像。可以说，我们全家每个家庭成员的基本情况尽在母亲的观察和记录之中，所以我们姐弟几个甚或孙子孙女，都在意自己在母亲心目中的形象，都希望有好的工作业绩和好的家庭表现。

母亲的第二本笔记本，是对唐诗宋词等经典名篇和古今中外警句名言的摘抄。可贵的是，母亲不是为摘抄而抄，也不是仅仅为了练字，更不是抄了之后将其束之高阁。母亲抄那些唐诗宋词或警句名篇，是为了闲暇时反复研读、欣赏，甚至是为了默记背诵。都八九十岁的人了，可母亲至今能背诵岳飞的《满江红》、苏轼的《水调歌头》、关汉卿的《窦娥冤》、周敦颐的《爱莲说》等。她甚至能背诵更长的名篇，如白居易的《长恨歌》《琵琶行》、诸葛亮的《前出师表》、李密的《陈情表》、林觉民的《与妻书》……至于《毛主席诗词》，母亲能背诵得就更多，可以说是脱口而出，倒背如流。母亲的这本笔记本的第一页上工工整整写着这样的文字：退休老人，闲暇无聊。学点诗词，练笔练脑。

  母亲的第三本笔记本，则是用顺口溜和打油诗写的生活随感，如2009年母亲生日时写的《生日颂》，之一："天高气爽艳阳天，杨门一派呈吉祥。盆花盛开兆头好，瑞气洋溢焕芬芳。九月十二娘生日，合家大小喜开颜。儿孙为娘添福寿，美满家庭多温馨。"之二："大儿远道来祝贺，二儿买来大蛋糕。三儿出差来贺电，儿媳添买新衣裳。女婿孝敬长寿面，女儿亲手煮甜蛋。欢聚一堂庆生日，儿孙齐祝奶奶好。人生有此天伦乐，二老齐全福气厚。"之三："国家盛世民发展，儿女成家又立业。各展才能为家国，奉献社会创诗篇。孙辈一代有出色，奋发攻关列前茅。下代前景更美好，堪慰桑榆上辈人。但愿满门平安福，孝顺美德代代传。"近年父亲年迈生病，母亲终日围着照顾父亲，难以出门活动游玩，有时候不免心生怨气，可这怨气都是昙花一现，她很快会自我调整。母亲在2014年10月20日写的《真情相待心才安》中这样描述她的心境："风雨同舟五十年，相濡以沫两相依。病痛之中多安慰，悉心关照细护理。再苦再累仍挺住，压力多大责不辞。老伴老伴永为伴，真情相待心才安。"

  母亲的第四本笔记本，是专用于收集、记录生活尤其是健康保健常识的，比如生活中的小技巧，诸如淘米水的妙用、米饭怎么做更好吃等，还有水果怎么保鲜，每天什么时候吃水果更科学，换季衣物应该如何清洁保存……当然更多的还是健康保健知识。我因工作原因，这些年报刊界的朋友每年免费为我家赠订了好几份报刊，像《文摘报》《报刊文摘》《作家文摘》《北京晚报》《北京法制报》《北京青年报》《家庭》《知音》……每当我从报箱将报刊带回家里，母亲又愁又喜。愁的是本来就琐事繁多终日忙碌的她又增添了时间的压力，喜的是这些报刊中又有很多新闻和知识引诱着她。而我发现，无论她多么忙碌和心烦，没多久那些新来的报刊就被她的剪刀裁剪得"千疮百孔"，而她那本专门收集知识的笔记本则又新添了各色大小不一的剪报，同时新添了母亲一行行娟秀有力的字。不难想象，母亲收集剪报时就如辛勤的蜜蜂快乐地扇着翅膀，穿行于报刊的百花园中，贪婪地采集着知识的花粉，吮吸着知识的琼浆蜜汁……

  以前我只知道母亲喜爱收集知识，抄抄写写记录什么，不知道她究竟写了什么，写了多少。应文友之约要写这篇短文，征得母亲同意翻看母亲的笔记本，不料她一下子搬出了厚厚几册，而且分门别类。母亲当了数十年的乡村教师，辛苦操劳了一辈子，晚年本可以彻底放松，享受天伦之乐，没想到她仍如此孜孜不倦、勤奋好学。我心疼母亲的身体，劝她悠着点，也好奇地问她这么大年纪为何还要如此辛苦地记录、抄写、收集知识，母亲笑着说："不为什么，就是喜欢。"此时此刻，母亲笑得是那么舒坦、那么甜蜜，那笑像秋天的寿菊一样，灿然开放，芬芳四溢。我明白了，母亲忙碌之余仍乐此不疲地记录、抄写，肯定是乐在其中，也从中得到了充实与满足。

而后，我又从母亲的记录本中发现她2008年抄写的一首台湾歌谣："人生七十正开始，八十满满是。九十算来不稀奇，一百笑眯眯。六十还是青少年，五十小孩儿。四十睡在摇篮里，唉哟哟，三十才出世。"

《人民日报·海外版》2017年5月14日

长调如河

鲍尔吉·原野

河水流进骏马的血管

祖先给河流赋予吉祥的名字，读起来回声遥远：乌力吉木伦河，额尔古纳河，查干沐沧河，昆都仑河——这是吉祥的河，突然拐过来的河，白色的河，横过来的河——河流灌满了福气，奔流在蒙古高原。说起河的名字，就重复着祖先的愿望和这片土地当年的样貌。

傍晚，奔马像鹰群一样飞到河边饮水。河水流过牛羊的嘴巴，水里混合了草的汁液。

河流里，洁白的卵石和头发一样的水草眷恋着水，水带不走它们，像流云带不走牧羊人。

河之不息，如长调不息，缓慢地、留恋地流过草原。草原如此之美，河流舍不得流向天际。它像长调那样尽量延长音符，折折叠叠，给草原留下美妙的痕迹。

平静流淌的额尔古纳河比人们想象得更平静，河水流进草的根须，流进骏马和牧民的血管里，流过牛羊清洁的胃，跨越千山万壑，像一个网。

歌声——

泉水如花瓣一层层盛开

像孩子一样跳出地面，透明的花瓣一层层开放，泉水来了。

山顶的泉水比山顶还高，山脚的泉水比月亮还亮，泉水来了。

泉水遇见今年的青草，抱住山丹花的腰。泉水倾听大河的喧哗，十里之外，浪涛奔跑。

树林传来泉水的响声，像蝴蝶扇动空气。泉水来了。

泉水的名字叫富裕，叫金子，叫长高（蒙古语中泉水的名字）。泉水的溪流这样稚嫩，比站在山顶俯瞰江河还要细小。泉水来了。

泉水来了，泉水咕嘟咕嘟、咕嘟咕嘟冒出地面。泉水去见鹿群、野黄羊群和小鸟。牛羊肥壮，人畜安好。

一条条哈达献给你，煮好的肉食献给你，请泉水收下我们的心意。

群山注视着草原

草原的山峦，展开父亲般的怀抱，注视着草原。

蒙古高原的山上没有财宝，矿藏也不是财宝，山是神住的地方。草木长成神的衣衫，动物是神的子孙和伙伴，奔跑的鹿和小兔在为山神跳舞。蒙古黄榆从峡谷排列而下，是山的卫兵。神在哪里？神就是祖先的遗训：珍惜大自然，一草一木都是宝。

站在高高的山岭，山下只有云和树。秋天来了，落叶松把群山铺满黄金。入夜，山的翅膀合拢一体，大地黑暗，星星布满山顶的穹庐。它威严的头顶悬挂尊贵的北斗七星。大雪覆盖的罕山上，鹰的影子多么寂寥。

歌声——

两棵树在露水里走路

大山领着小山，走在茫茫的地平线，小山睡在大山胸前，一起度过了多少年。

黄铜色的大草原，大树领着小树，在余晖里影子变成了一条。

羊羔思念山坡的花朵，却不愿离开母羊身边。马驹想看河岸的青草，却不愿离开母马的视线。

父母老了，他们的恩德在儿女心里长成了花园。父母走不动了，眼泪动不动就挂在腮边。

抬头看见两座山，看见两棵树在露水里走路，看见羊羔和马驹蹦跳，儿女躺在父母的臂弯。

草原是蒙古族人的家园

草原在夏季鲜花盛开，秋日百草肃杀，冬天风雪肆虐。

草原不是长满草的广阔地域，它是牧业生产的基础与蒙古族赖以生存的家园。

草原若不保护，会风干成一个陌生的词，藏身于词典与图片里，歌声就此喑哑。

歌声——

万物比你想象得更柔软

拉盐的人啊，把你们支铁锅的三块石头拿走，扔向四面八方，烧过的石头要休息。

石头为你们忍受火焰的灼烤，煮熟了奶茶羊肉，石头要休息。

万物的身体比你想象得柔软。它们像水一样活泼，像旱獭皮毛那么光滑。你看不到石头和沙子的血肉，但它们有血肉。你看不到树和土壤的伤口，它们的痛苦深如峡谷。

唱歌的人啊，你告诉别人：石头在休息，云在天上护卫它。河水在休息，花在岸上护卫它。

唱到母亲的歌都会慢下来

蒙古族血脉的源头是骆驼一般的母亲，她们像树一样沉默。

民歌唱到母亲，节奏慢下来，像老母亲的脚步那样慢，像叩拜苍天那样慢。牧民在童年看到了羊羔跪乳，看到牛犊跟随母牛吃草，学会歌唱母亲的歌。

母亲对儿子、对羊羔和牛犊有一样的爱，她脸上的慈祥一如大自然的慈祥。

歌声——

诺恩吉雅你何时回家乡

你的悲伤比老哈河水还长，出嫁的诺恩吉雅，什么时候才能回到家乡？坐牛车要走上三个多月，青青的牧草渐渐萎黄。

你路过九条没名字的河流，都比不上老哈河水清亮。河边的大雁飞回南方。诺恩吉雅，你回家的时候已经认不出父母的模样。

海清河的岸边，雄鹰翅膀下有睡觉的小鹰。榆树的阴凉底下，海骝马为什么低头彷徨？

美丽的姑娘诺恩吉雅，为什么要出嫁到远方？远方没有比父母更亲的人，你思乡的歌声比海清河水更长。

榆树在榆树叶里眺望你，河水在宽河床里默念你。诺恩吉雅，你带走了云彩的温柔，花朵的颜色，你连影子都没留给家乡。

老哈河水长又长,流走了你的芳香。海清河水长又长,流走了你的目光。茫茫草原像大海一样宽阔,你睡在哪一座毡房?诺恩吉雅,你再也没有回过家乡,没见到自己的爹娘。

云影缓缓覆盖河流

蒙古族牧民的目光离不开成吉思汗,看到他的画像,粗糙的脸上会自然地露出笑意,露出向往。成吉思汗,他们说起这个名字就说出了自己的思念。成吉思汗是从苍天之上注视而来的眼光,代表着吉祥。

蒙古族人把成吉思汗视如神,更视如血肉相连的家人。蒙古族人用长调颂扬心中的怀想——成吉思汗心爱的白马,像云影缓缓覆盖河流。

蒙古族人觉得成吉思汗离开的时间并不久,他们自豪地说起成吉思汗的陵园,他妻子的家乡。蒙古族人认为成吉思汗属于所有牧人,他们像树叶一样长在名为成吉思汗的这棵大树上面,树叶黄了又青,但大树一直在他们心里生长。

歌声——

北方的天空是站立的大海

北方一直位于正北,草尖能够住下天神。

北方的天空是站立的大海,重叠的山峦是琉璃的天门。

九层云彩的莲台海水环绕,浪头白马飞奔。

北方的夜空灯火千里,马车穿过宝石的星辰。

神的指缝洒下雨水,手里酒杯波涛滚滚。

神灵坐在敖包的正位

人们肃穆地围拢敖包,脚下的夜色四处流淌。他们在夜里穿戴华丽,马的鼻息划破了潮湿的空气。敖包降临了所有的神灵——从树上、从泉水里、从火里、从岩石上、从毡房里、从摇篮上、从马鞍上、从金器和银器里吉祥聚集。呼来——呼来——(蒙古语:来吧)

神灵熟悉夜色里的每一条河流和每一株草,知道鸟身上羽毛的花纹。神灵稳稳地坐在敖包的正位。敖包里面装着各个村子的泥土,各个河流里的水,装着五谷,装着金银珠宝。石块是敖包的铠甲。呼来——呼来——

敖包长宣读祭文:愿长生天保佑大地丰饶,保佑人畜平安,保佑河水清洁,保佑山在山的位置上巍峨矗立，保佑鲜花年年盛开，保佑说蒙古语的儿童和老人心中安稳，保佑燕子年年回到牧民家里筑窝，保佑所有人孝敬自己的长辈，保佑蒙古歌声像云彩一样川流不息，保佑蒙古的文化不受歪曲和损坏，保佑大自然完好如初。呼来——呼来——

愿长生天保佑山上的草木生命力旺盛，保佑泉水高出地面，保佑牲畜生产顺利，保佑我们像岩石一样诚实、像河水一样纯洁。呼来——呼来——

黄油、炒米、点心、酒和哈达——请神灵收下我们的礼物，我们跪下领受神灵赐福。呼来——呼来——

山川肃穆，敖包神圣，天色从最远处一点点变亮。

歌声——

火苗有数不清的脚在舞蹈

你从哪里跑到柴上，火的脚爪碰碰撞撞。

看啊，数不清火有多少只脚。火的肩膀在抖动，火的腰身像蛇摆晃。

火在攀升，火在找什么？火手掌与夜色相握，人们看不到火的面庞。

火在火里端详人们，瞳孔里有两片火光，脸膛熟了。

跳舞的人们回到童年，像陀螺转起圆圈。火苗高过肩头，火星跳进黑夜，再无踪影。

喝茶的时候火在茶里，烤火的时候火在血里。火的家在锅里，在牛粪饼里。火种住在明亮的星辰里。

五种颜色的绸缎捆住羊的胸脯肉，献给火神。酒和黄油献给火神。平日里沉默的诗歌，今天念给火神。请接受我们的心意。

黑夜里的大地，火的钻石在闪。沉默的火啊，你什么时候为我们唱一首歌？

马把蒙古族人变成雄鹰

马是蒙古族人的翅膀，鼓动了他们的雄心，让他们放眼世界。马不仅是蒙古族人的工具，还是他们的心灵朋友。就像他们的视线里要有草原一样，草原上有了马，他们心里才安详。马的身躯与草原谐和，它的鬃毛与风中的草叶一并摇摆。牧人说马认得自家的毡房，认得炊烟，认得主人的气味，而主人也能看懂坐骑的眼神。

蒙古马坚韧，吃苦耐劳。马在风雪里，在暴雨骄阳下忠诚于主人，牧民相信马与人心心相印。蒙古文学从史诗到民歌，一直在赞颂马。蒙古语有繁多的词汇形容马的毛色、脾气、行走与奔跑的状态。这个民族的词语如此倚重马，马是他们文化的根基之一。

马改变了蒙古族人对时间和空间的认知，改变了他们对速度的理解。马在奔跑与伫立时都呈现雕塑的美感。所谓的一座山又一座山不过在马蹄中消逝。海一样的草原上，有马就有岸。月色下，蒙古包前拴着的马如玉石一样洁白，马的背后河水流淌，星斗满天。

歌声——

炊烟在毡房顶上等我

小兔子，你打一个滚能有多远？如果我是兔子，要打多少滚才回到东边的家。

小兔子，你打一个滚能有多远？如果我是兔子，要打多少滚才回到西边的家。

小兔子，你打一个滚能有多远？如果我是兔子，要打多少滚才回到南边的家。

小兔子，你打一个滚能有多远？如果我是兔子，要打多少滚才回到北边的家。

炊烟站在毡房顶上等我，松树站在山峰顶上等我，马鞍在白马的背上等我，新娘在嫁衣的丝线里等我。

小兔子，你打一个滚有多远？我才擦了擦眼睛，你已经没了踪影。

长生天安详

古代的游牧民族生活在辽阔的天空下，大地无处不可成为家园。蒙古族在世代迁徙中，最深的领悟来自大自然，他们称之为长生天。

诚实、豪迈、细腻、单纯、寡言、坚韧、敬畏天地是蒙古族的文化特征。历经所有的磨砺，长生天让牧民的思想纯朴，让他们懂得节制与尊重是立身之本，古老而又天真。

歌声——

吉利到了

佛灯爆出灯花，吉利到了，长生天安详。

狂飙一般的马群不知从哪儿跑过来,不知跑到了哪里,长生天安详。

莫尔格勒河拐了无数的弯,如竖写的蒙古文字,长生天安详。

毡房里降生的孩子开口会说蒙古语,长生天安详。

母驼用奶水哺育驼羔,牧草按季节返青,长生天安详。

蒙古族人的眼睛从火里看到火神,在泉水里看到水神,长生天安详。

《人民日报》2017年5月22日

在虚拟中到达

范晓波

描绘上帝

我意识到父母即上帝,是因为近些年来周边一直有人在唠叨"发福"这个词,而我充耳不闻,似乎它离我的距离比月亮离我的距离还远。

有人揭露我晚上吃得比较少,近年还坚持游泳,远离"群众"。我眯眯笑着认错,其实我做这些并非要和"发福"这个词过不去,我有时也乱吃乱喝不锻炼,但我和发福确实扯不上关系。

有次在饭桌上,被朋友夸张的演绎弄得尴尬,就辩白了一句:"我不多吃肉不是怕发福,是不爱吃。就是天天吃肉也不会发福的。"我爸就这样,活到七十岁还是标准身材。

然后,就从一圈人的眼神里发现了自己话语里的骄傲。

正是在那瞬间,我第一次明白,中年不发福也是一种令人愤恨的天赋。

忽然意识到,我爸我妈在我身上贮藏了不少这样的天赋。

比方说身高。在一眼望去平均身高不到一米七的南方,我从来没为身高犯过愁。每见一些矮个男生被内增高皮鞋弄出怪异的走姿,就庆幸我妈当初选择了我爸这样的高个子,而没嫁给某个矮个子远亲。比如说,我也庆幸我爸当初爱上的是能歌善舞的我妈,而不是某个憨厚朴拙的姑娘,否则我这个羞于言谈的人怎敢当众放歌?

不不不,不能用这种颂歌体语言与逻辑罗列父母留给我的私货。我必须多运用一点我爸的理性以及我妈的自省,因为不少私货也令我自卑且难堪。

很显然,我身上的自私和粗暴一点不比我爸少。即便在恋爱期间,我也是爱自己胜过爱他人,就算是当了父亲,学会了不时充当"爱"这个动词的主语,但迄今为止，我仍没看见自己在这方面有质的飞跃，还总是试图以中性化的"自我"和"自爱"掩盖自私的本质。

如果有人觉得我貌似谦逊温和，那一定是在公共场所，走进我的私人空间的人都知道，这厮自负得粗暴，缺少倾听的热情，缺少对不完美的包容和耐心，并且喜怒无常，常因小小的不悦破罐子破摔，毁掉一些大好局面，负面情绪总是比正面情绪多一秒钟。

更多的是无关优劣的气质型遗传。

敏感而文艺，这毫无疑问是我妈给的。我高中刚在报刊发表作品时，她主动认领了这份功劳："这点像我，如果像你爸，你一个字都写不出来，写出来也是干巴巴的。"

我只是略有些困惑，我小学和初中写作文都极像我爸，怎么高中后突然就像我妈了呢？

可见遗传的线路是复杂而多变的，有时还会重叠和融合。

比如非主流择业观，比方说爱体面，这是我爸和我妈最一致的地方，恐怕也是他们吵了一辈子也没分开的症结。我妈做了一辈子教师，我爸兜兜转转许多年还是把职业固定在讲台上，还成为县里当年唯一的物理特级教师。

我虽没坚持当教师，履历表貌似驳杂，谋生法则其实和他们并无二致：以不求人为体面，以不被人求为自在。

我爸的幼稚和我妈的成熟在我这里得到互补和融合。我有着很长的浪漫和幼稚期，中年后对人性的幽深与社会的繁复却豁然开悟。因为两种力量的相互掣肘，我没有从一个极端走向另一个极端。

比例搭配得不够好的是，我爸的简单和我妈的多思。

我爸五六十岁后还会张着嘴看《西游记》《水浒传》之类的电视剧，并自得其乐，我妈就撇着嘴说："你爸头脑简单得像个小学生。"

作为中学教师，我妈很少接触深奥的哲学和社会学原著，但她对人间事却有着极深邃灵敏的洞察。这让她的性情不可遏制地一步步走向忧郁和消极。

最初，我曾跟着我妈一起嘲笑我爸的简单，在我妈的多思多虑毁掉了她的健康后，我本能地向往起我爸的简单。

我近年最大的快乐是，不断在言行中找到我爸简单而乐观的影子，我要靠这心理暗示帮着自己远离心理的黑洞。

上帝造人的故事是基督徒的信仰，对于非基督徒们而言，这上帝其实就是自己的父母。

意识到这点后，也理解了许多事。

比如励志者总爱说：三分靠先天禀赋，七分靠后天努力。可实际呢，成功者永远是十分之三或更少的那些人。

三七分的不妥之处是，把先天的禀赋和后天的努力二元对立起来。其实，凡能做到后天努力的人，也是基因里有了促成这努力的性格与能力基础，能努力，本身也是一种重要的天赋。它们实际上是一体的，就像一个药方里的两种不同成分。

懂教育的人都心知肚明，好学生大多不是被老师和家长管出来的，需要管和逼，很难达到特别优秀的程度。

话说到这份上，就太不心灵鸡汤了，甚至有点残酷。

基于对上帝的造人手法缺乏全面了解，也基于我妈遗传给我的自我反思习惯，我必须给自己的观点留点活扣。作为"上帝"的作品，我们无法改写基因，却可以依据外部环境编写适合自己的运行程序。

这也是基因图谱相近的双胞胎却走向完全不同命运的缘由。

尊重上帝的基因设置，对人生进行合理规划，是每个人都可能做到的事。那样，就能最大限度地削平上帝的不公平给个体带来的痛苦。所谓成功者和幸福者，不过是程序编排得最高效最恰当的人。

但是，这世上的矮个子想当篮球巨星的肯定很少，雄性资本不足却执意风流倜傥的男人却比比皆是。

这说明，读懂上帝的编码仍是大多数人需要认真面对的课题。

从已翻译出的基因密码来看，我的程序编写难度远大于其他人，运行难度也是如此。我出生时难产三天三夜，差点害了我妈性命，似乎就是警醒。这几年中年危机来势汹汹，不断把我逼向暗崖以探测终极底线，也是一种佐证。这使我发自内心地羡慕大多数发福忧患者。

但我仍会对上帝的关照心存感恩。

上帝给了我漫长的青春期，给了我绵延至今的对抗孤独的骄傲，给了我对美与爱的强烈感知与渴望。

上帝让我即便在最深的绝望中，眼底也有隐隐的热泪。

虚构一张床

如果我要刻意安慰自己，就跟失眠者比睡眠。

这话透着底气，也略有些心虚，好像我是睡眠大师似的，好像我是我弟弟似的。

我弟弟当然也不是睡眠大师，我甚至不了解他每天的睡眠到底是不是只是外表坚固的豆腐渣工程，我从没问过他。他弧线动人的脸型和光泽喜人的肤色应该就是答案，如果这些证据都会骗人，这世界的表里不一就太令人担忧了。

弟弟还有一项让我望尘莫及的本领，他的睡意像天使般无邪，即便在魔兽管辖的地带，也会安然降落。

那些在火车上、公交车上酣然熟睡的面孔，不说是猛兽群里突然探出头来的梅花鹿，也像是岩石堆里开出的鲜花，令人意外，担心又感动。

我弟弟就有这本领，不管身边的岩石多拥挤、多锋利、多冰冷，他都能在它们的环伺之中安然小睡。有些时刻我也在旁边，困倦已把眼皮变成了两片沉重的破轮胎，但它们就是无法把我的思维关闭其中。

我比弟弟大四岁，不过在睡眠的本领上，同弟弟侧靠在火车靠椅上酣睡的红润脸庞相比，我要衰老一二十年。

我不怎么可能在公共交通工具上入睡，和陌生人同居一室也会遇上困难，总觉得那影子会拦在通往睡眠的路上。

睡眠的本质是放松。放松神经，放松血管，放松肌肉，只有把身体的硬组织、软组织所构成的零部件全部放松，才能达到休息和恢复体力的目的。

放松的过程是舒服的、甜的，后果则可能是苦的、危险的。

野生食草动物基本都是站着睡觉的，斑马、驴、鹿、长颈鹿等，猛兽和家养的牛羊则习惯于躺着睡觉。

基本可以肯定，前者的睡眠质量不如后者。它们一生也不敢贴着地面踏踏实实放松一次。据说马群在特别安全的地带也会让少数马匹享受一下躺姿睡眠。只是这待遇不知通过什么方式分配到个体身上呢？是轮流，还是关照赢弱者？或者像人类的某些族群那样让某些马享受特权？

站着睡和躺着睡的差异也映照着人的差异。

特别自信和被保护感强的人睡眠时会特别放松，处于弱势、安全感不强的人容易发生睡眠障碍。

身边有陌生人就睡不好。在乱世提防的是他人，怕人谋财害命；和平时代提防的是自己，怕睡姿、呼噜、梦话破坏形象。

外公常从《水浒传》和民间传说里找灵感，给我编武功高强者潜入屋内行窃的故事，这导致我小时候每次睡觉前都要检查床底是否躲了蒙面人。他因此收获了不少恶作剧般的快乐。

我不愿和他人同宿一室，提防的正是自己。谁的形象经得住睡眠时的无限放松和敞开呢？

结婚前还因此遭到女朋友的误解与谴责：你跟我好却从不陪我过夜，你不爱我!

中年之后,我仍会因需与他人合住谢绝一些笔会。别人的呼噜和自己辗转反侧时的响动都会把我拦在睡梦的门口。

这些足以表明,我和睡眠的关系只是过得去,离铁和亲密距离尚远。

我年轻时皮肤就不好,黄且有暗斑,这显然不是睡眠高手应有的表现。我只敢和那些经常睁眼到天亮的人比睡眠。

他们在自家卧室,心里也像揣了许多小松鼠,必须服安眠片麻醉它们。

一开始我以为失眠的都是老年人,四十岁之后发现身边很多同龄人都有这毛病,每次见面就围在一起交流对付小松鼠的新办法。

有一次看资料,发现中国成年人失眠发生率已达38.2%,其中老年人失眠症人数高达60%。

这时我就觉得,至少在睡眠的能力上,我还没出现衰老的迹象。正常情况下,我入睡的速度、深度和自己二十岁时几乎没有差别,几分钟内就能入睡,一般也不会被夜尿中断,也基本不做噩梦。早晨醒来就像充饱了电的手机,目光带电,脚下生风。

这表明我的身体状况是不错的,也似乎能证明,我每晚睡前的精神按摩起到了安眠的作用。

这点我从未和任何人交流过。许多年来,晚上关灯后我都会在脑子里虚构另一张床,然后坐着它远离现实时空。

依据心情的不同,它被安置到诸多不同场景当中。

有段时间我爱虚构在亲人的聊天声中入睡的场景。

外公、外婆、父母和他们的朋友在床前围坐闲话,聊国家大事,家长里短,聊天气,聊某家主妇炒菜的手艺好,哪家的男人昨晚又打了女人。时节一般是冬天,烤火盆里坐着搪瓷缸,酒糟在搪瓷缸里噗噗冒着香气,他们的话题也像缥缈的热气,散漫且缓慢地散发,时而浓时而淡,最后把他们的身影和我的意识都弄模糊了。

这样的场景在童年不时发生。那时我被鬼故事折磨得心力交瘁,惧怕夜晚,更惧怕一个人走向黑暗。亲人的声音成为屏障,把我和鬼魅世界远远地隔开。

外公外婆逝去多年了,我现在怕的不是鬼魂而是活人,惧怕人性中一遇上合适土壤就茁壮生长的恶。我只有在虚构中才能重返那样的夜晚。家人的影子斜映在墙壁上,像是头顶上多了一层屋顶。一想起那场景,神经就松弛下来,像紧绷了一天的橡皮筋,忽然失去张力回缩跌落在地。

有段时间,我把床安放在一艘古代的木战船的内舱里,风雨不侵,船舱门口还安装了厚厚的棉门帘，寒风也透不进来。门边还有人把守，不用担心熟睡时遭行刺。大船顺着江水低速夜航，漆黑的江面白雪飞舞，室内炭火不灭，温暖如春。

我静卧木榻，细听遥远的风噪和水波与船帮温柔的摩擦声。

有时也把床安放在古代军帐的里间，外间是升帐论事的地方，火烛噼啪燃响，凸显着夜晚的寂静。值班的校尉百倍警惕。地毯把草地上的湿气和臭虫隔开，军帐外还有重重帐篷众星捧月般地拱卫。锯齿形的远山之上的夜空高冷漆黑，一轮弯月寒冷如马刀。

就像窗外的风雨能让人备感被窝的温暖一样，这种虎口边的和平让我特别安心。

近两年，睡前去得最多的地方是一个远离城郭和现代社会的村寨，我无法确切描摹它的样子，因为它压根就没有确切过，我每去一次都要修缮一些细节。

最初在一座湖区孤岛上，和最近的村落也隔着几十里水面。我和数十户彼此友善的朋友一起在岛上筑寨隐居，平素以捕鱼、耕作为生，闲时读书习武，每季度派人外出置办无法自给自足的生活用品。

后来一想，岛对于湖来说是个太显性的存在，中国也没那么大的淡水湖足以让人的视线忽略一个岛的存在，便将村寨挪到了某座大山中的一块大盆地。田地整饬，溪河清澈，宜农宜居。屋舍集中的区域以石墙围拢，防止土匪侵扰。

最重要的是，连接山下世界和盆地的是隐秘的一线天通道，一夫当关万夫莫开的那种，这才是盆地最重要的安全保障，山外人一般不知道这个通道，即便发现，每日派五人在此值守就足以保证其他人高枕无忧。

这村寨的诞生，陶渊明的《桃花源记》和黑泽明的《七武士》都有所贡献。

每天晚上，我一点点修改、丰富村寨的细节。有时把石墙改成木栅栏；有时把一线天改为天然隧道；有时让屋舍按徽派建筑格局摆布，中间设祠堂作为公共活动场所；有时又把全体居民安置进三座互为犄角的围屋中，之间暗设地道以备不时之需。

那近百户村民，我也一户一户加以想象落实，人丁部分来自现实朋友圈，部分来自嫁接和想象。这工程繁复而细致，是重点中的重点，实施几年仍进展缓慢，因我现实中可信赖的朋友从未超过二十人，每当我从山脚徒步穿过一线天，过桃林、水田、旱地，刚到石寨前，瞌睡虫就压倒了眼皮……一切只好留待明天。

这未完工的部分，也成了每天睡前最迷人的欠债，欠得越多，心里就越踏实。想还，但一点不着急，充分享受准备还债却一直没还清的快乐，并且还了这笔又欠那笔。像写长篇时每天收工时给第二天留的活扣；更像某些做生意的人，最慌的是手头没欠银行的钱，欠的钱越多，生意和人身安全就都越有保障。

以上是我能记起的若干场景中的几个，也是我能找到感恩对象的部分。许多年来，我给自己虚构过各种各样的床，它们像渡船一样把我载入夜色中最安宁最甜蜜的部分，然后自动隐退，不见踪影。

它们填补了我性格的窟窿，让一个睡眠天赋并不很好的人拥有了富足结实的睡眠。

天赋不好，除了对环境过于讲究之外，还有个例证，即便在自家卧室里，以上虚构仍有失效的时候。

如果第二天需修改生物钟，起早去开会或赶火车，我也会沦为睡眠的弃儿。如遇上了特别喜剧或特别悲剧的事，我也像把一群小松鼠揣在了心里。我只有和它们比耐力，等它们累瘫了，才能慢慢入睡。

熬到朝阳临窗小松鼠还在蹦跶的情况也不是没发生过，我因此特别理解失眠症患者的痛苦和绝望，如果连续十多天都这样，我也会想跳楼。

毕竟，跳楼比通宵和一伙小松鼠比耐心更容易些。

常有人说，活着都不怕，还怕死吗？

这话貌似夸张和玩噱头，对于睡眠崩溃的人来说，其实准确而形象。

睡眠的本质是放松，放松的前提是遗忘现实与自我。

跳楼是永久性抛弃自我。睡眠，则是不断暂别现实，回到现实；暂别现实，又回到现实……

一生两三万次地折返跑，哪可能程序一点不出现混乱？我想，所谓的睡眠大师，要么是智障者，要么是机器人。

只有这样想，我才能更彻底地安慰自己。

魔幻人生

对于现实，梦是一种尴尬的补充。不可控，不必须，不可信，也不可全不信。这使得它面目诡异，处境微妙。即便周公和弗洛伊德这样的解梦大师，也无法对所有梦境自圆其说。那些与梦相关的成语把人对于梦境的复杂态度暴露无遗：美梦成真、南柯一梦、飞熊入梦、浮生如梦……

不过人类的意愿一点不影响梦在夜晚的蓬勃长势，美妙也好，尴尬也好，荒唐也好，就像人无法清除自己在阳光下的影子，人也无法改变梦境的寄生与伴行。

生命科学尚且稚嫩，但科学家在这点上还是有把握的——多梦有害健康，完全无梦也可能不健康，要么脑子受了伤，要么是发生了病变。

梦和意识之间的隐喻关系，梦对现实和未来的预言意义，是我们留意钻研的核心部分。

梦见发大水会发财，梦见自己被蛇咬是好运……人们总是选择性地择取梦境有利于自身的寓意，只要不是特别凶险的噩梦，我们都能找到安慰自己的解读路径。

我在对自己不是特别有信心时，也曾尝试去这种民间智慧里寻求启示和安慰，而自信一旦恢复或对未来彻底绝望，在梦的启示面前就无所畏惧了，对一切都能一笑了之。

与过于玄乎、摁倒葫芦又起瓢的心理解读相比，我更确信的是梦与生理的关系。

小时候常梦见尿急找不到厕所然后尿床；青春期梦见滚烫的女性身体然后遗精；梦见高空坠落或被追赶跑不快，证明睡姿有问题。那种意识清晰而手脚无法动弹的梦魇，被证明和睡得太晚时肌肉的放松与神经的兴奋彼此失调有关，睡前拍打按摩后脑勺便会缓解。

那些过于离奇混搭的梦境，不管是日有所思所见导致的，还是潜意识中的欲望引发的，还是所谓神秘的暗示在敲门，我统统不期待、不抗拒、不深究，也不刻意记录。

还是那句话，我把梦境看作自己投在地面和水中的影子来接纳。

人届中年，该自信的部分牢固得像水泥碉堡，无法自信的部分脆弱得像太阳出山前的露珠。既然如此，一切顺其自然好了。

因不刻意记录，近些年做过的许多梦，像近些年度过的许多日子，我只是记得它们来过，却说不清它们的样子。

能记起的，是最近刚刚来串过门的或是来的次数多的。

比方说考试，此类梦境一直从中学、大学往后延续，像薄瓦片在水塘上飞出的波痕，一波波地减弱，却几乎波及了大半个水塘。

三十多岁后这类梦渐渐少了，前段时间因要参加一次计算机能力测试，再次被它绊了一跤。

这次最焦虑的还不是考试本身，而是早起。

早晨八点半就要开考，住处离考场的车程顺利的话要半个小时，但那个点道路多半稠得像糨糊，功率再大的汽车都使不上劲，又没有地铁到达，为此最晚七点要出发，六点要起床，生物钟完全陷入混乱。

花费了二十多年时间才摆脱的恐慌又乘乱潜了回来。

前半夜支离破碎，后半夜薄若蝉翼。然后梦见离开考还有二十分钟，赶紧开车赶路，汽车却在半途变形成自行车，公路也变成山间小路。那山还从本市飞到了我二十岁教书的县里，离考场有数百里之遥。

可能是久病成医，对这种梦有了一些免疫力，梦中就觉得事情也没多了不起，这种考试的合格证对我并非必需品，一切说不定还是个梦。只是忽然想到手里还拿着一位朋友的准考证，我可以放弃，人家年轻可耽误不起，然后拼命踩踏自行车。

第二天一早，我提前半小时到达考场，那位朋友开考后二十多分钟才赶到考场外，不紧不慢打电话叫我拿准考证去门口接人，说是昨夜玩得太晚了早晨起不来。

中年后的梦境，比过去多了人际交往的内容。

刚做了一个梦，白天一直犹豫着说不出口的拒绝的话，在梦中极其自然地说出了口，地点回到了朋友年轻时教书的中学，回到了我去做客并吃过饭的小瓦房，炭火还在炉子里红艳艳地燃着。朋友并未因我的不便帮忙而生气，一直陪着我在蛙声弥漫的山路上散步，因我穿着绒拖鞋，路过一处水洼时他还背了我一下。他个子比我小，这举动让我感动良久，抬眼望天，星斗亮得像是无数银钉。

他问我最近写了什么作品没有。我说不想写了，下半辈子准备画画，一辈子只干一件事太遗憾了。这确实是我近期常想到的命题，只是并未对人谈起过。我一直爱绘画超过文字。

对我不友善的人也偶尔会梦见，梦中我们居然抱头痛哭，我掏心掏肺地表达善意和相互爱护的愿望，对方也用积极的言辞回应，就像一些人醉酒后的表现。

四十岁后，我体会到每个人在生存面前的卑微与艰难，也理解了各种迥异于自己的人生选择。我一年比一年宽容温厚，不愿以骄傲的观点伤害他人，甚至不愿自己的才华伤到他人。见别人难堪，比自己遭遇难堪还难受。更不想与他人为敌，万一形成了我的存在对他人就是伤害的局面，也尽量通过行动释放诚意，减低伤害的程度。

但我从不酗酒，更不可能和同性互抱肩膀流泪。梦中的场景把我自己都感动了，醒来仍心里暖暖的，久久不能出戏。

异性偶尔也会梦见，不过从来不是陌生人，是现实交往中对我特别友善的好朋友。因这年头男女关系的俗套和不堪桥段太多，我特别珍惜那种纯洁的关系，以至于彬彬有礼得近乎生分，生怕杂质会玷污交往的纯度。即便面对比自己小很多的异性朋友，我都尊重多于亲近，不乱开玩笑，不主动走近对方的私人空间，也不在交往中凸显过多的性别色彩。

我明知有些矫枉过正，让旁人觉得无趣和虚假。但只有在梦境当中，对他人和自己的戒备才会完全消失，朋友有时会突然摇身一变成为亲人。

这些年重复频率最高的梦都和母亲有关。

母亲离世后的这六七年，每年都会梦见她许多次。场景在我们共同生活过的多个地方不规则地切换，其他人物也多是家里的亲人。父亲、妹妹、弟弟他们都会以配角的方式轮番出场。

她刚去世那一年梦得倒少，之后就频繁梦见。在我小时候住过的黑瓦平房、青年时住过的县中宿舍楼和中年后我自己的小家里。

在陌生地方见面的梦境并不多见，唯有一个场景历时四五年仍历历在目。

那次见她是在国外一个阳光泛滥的热带小岛上，岛上的居民懒散惬意，脸上都盛开着笑意，不像是靠拉网捕鱼谋生的土著，倒都像是去观光度假的游客，衣着鲜艳，气质新潮。我穿过人群找到她，她说在岛上过得很舒心，有好些朋友。

不知是她不愿意还是别的什么原因，她没跟我一起回来。

我傍晚时乘坐最后一班长途飞机飞回，庞大的喷气式客机居然是从松软的沙滩上滑行起飞的。飞机飞起来后，我望见那岛是弧形的，像是远在地球边际的一抹金色的地平线。

在其他的梦里，总有一个核心情节反复出现，她的面庞完全恢复了生病前的饱满，我每次见她都开心地叫："妈妈，你现在不是好起来了吗？脸上都有肉了。"然后用目光向身边的妹妹等人求证，他们也都点头确认。

她手术后消瘦得太厉害，而她恢复体形的愿望太强烈，因为体重和健康指数呈正比关系。那些在现实中始终没有发生的事，在梦境中不断得以实现。虽然每次醒来都很懊丧失落，梦中的惊喜却依然让我眼湿。

在梦境里，我居然从未见过她病后的样子，她永远是病前的模样，生活也仍像从前那样和平美满、质地闪亮。

我能想象心理学家可以对这些梦境进行的各种解读，对此我并无了解的兴趣。

按照睡眠专家的检测，人类每个夜晚都会做二至六个梦，大多数发生在意识尚存的异相睡眠中，少数发生在睡意更浓的正相睡眠里。

人一生在睡梦中度过的和在现实中度过的时间其实是差不多的。

既然如此，为什么一定要把梦看作意识的衍生物而不把它也视作一种人生呢？我们在梦中产生的心动和泪滴与醒着时并无什么不同。

如果再有点庄子的执念，凭什么不能把所谓的现实看作梦中那个自己做的梦呢？只是这个梦太遵循逻辑和现实主义创作手法罢了。

我更愿意这样认定：我们所谓的梦境，其实是我们的另一个风格更魔幻的人生。

《人民文学》2017 年第 6 期

喜鹊佳佳

航　鹰

这不是童话，是一个真实的故事。

我家所在的大院，由两排建于20世纪三四十年代的老楼房围成。院子中间一字排开四棵高过楼顶的大杨树，其中两棵树上各有一个硕大的喜鹊巢。七号楼四层住着我先生的堂妹和她的丈夫及其女儿，平时大家都忙，我很少去串门，最近听说他们家来了一只喜鹊，住下不走了，连忙过去看个究竟。

进了门，我抬头一看就乐了——那只喜鹊蹲在过厅墙上的摆头电扇上端，随着电扇摇来摇去，电扇吹得它的黑羽毛、白羽毛倒戗着翻花儿。天气这么热，它倒挺会找凉快地方！

进屋落座，闲聊了几句，堂妹一指门帘，笑道："咱们都进屋了，没人理它了，它非进来不可！"

话音未落，就见地上有个黑黑的小脑袋拱开门帘，一双晶亮的圆圆的小眼睛打量着我。那喜鹊试探着进了屋，跳到男主人身边。男主人挥手轰它，它飞出门帘去，不一会儿又飞进来，又轰，又来，如此这般几个回合，人与鹊都乐此不疲。

男主人举起香烟盒对我说："我把烟盒往地上一放，它就会叼起一根烟逃走，它那大嘴儿有准儿极啦！"

我有些半信半疑，男主人便把烟盒往地毯上一掷。说时迟那时快，只听门帘"呼"地一响，一个黑影箭似的俯冲下来，喜鹊都未落地便伸出长嘴往烟盒里一啄，就叼起一根香烟飞出去了。人们被这飞贼神偷逗得哈哈大笑，我这才相信它的身手不凡。

主人一家三口看我对喜鸦这么有兴趣，轮流给我讲起了佳佳的故事。佳佳，是他们给喜鹊取的名字，他们还彼此戏称是佳佳的爸爸、妈妈、姐姐。为了便于叙述，我也就采用了人与鹊之间这些亲昵的称谓。

爸爸说佳佳

佳佳来的那天是6月8日,农历五月二十四,你问我怎么记得那么清楚,因为那天是我五十三周岁生日。

清晨起床,我去阳台浇花,周围很寂静。往远处看,发现对面房顶上有一只小喜鹊,过生日抬头见喜,我心里很高兴。心里一高兴便童心大发,学着喜鹊的叫声招呼它:"喳喳!喳喳喳!"

它朝我飞过来,落在大杨树上看着。我又招手叫它,它便毫不客气地飞落到我头顶上了。我挺着脖颈不敢动弹,怕惊吓了它。可能因为它俯冲的速度太快,或是我的秃头皮油光光的缘故,它的爪子抓着我那几根可怜的头发站立不稳,扑腾着翅膀落在了我的肩上。我一伸手,它又落到我的手背上,我就这样用手背架着它回到屋里。

妈妈一见,说:"快把它放了!听说喜鹊气性大,在笼子里养不活的!"

我把它送回阳台放在铁栅栏上,它仍然不走,妈妈端出一碗新剥好的豌豆喂它,它可爱吃呢!这只喜鹊半大不大,嘴角的雌黄未退,刚会飞又飞不多远,不知怎么一点也不怕人。这时,又飞来两只大喜鹊,一迭声地大叫着寻找它,这一定是它的爸爸妈妈了。我经常看到那两只大喜鹊,它们的窝就在这棵大杨树上。

真不知鹊巢里发生了什么事情,这只来到我们家的小喜鹊说什么也不愿意回窝了。两只大喜鹊围着阳台叫了好半天,它吓得躲到墙角花盆后面的旮旯里。晚上,它就住在我家屋里,白天飞到树上蹦蹦跳跳地玩耍。只要一听见大喜鹊叫,它就藏在叶丛底下一动不动。

一连好几天,两只大喜鹊都在外面招呼它,我用手背托着它到阳台上给它的爸爸妈妈看,大喜鹊一飞过来它就逃回屋去,样子又可气又可笑,真像个离家出走的孩子!

妈妈说佳佳

佳佳刚来时还小,爸爸为它的食物不惜钱,把玉米面烫了加入鸡蛋黄,还喂面包虫。面包虫得去鸟市买,五元钱一斤,爸爸一买就是半斤,还得在盒子里放上面包屑喂那些活虫子。

起初,佳佳对这种有粮有蛋有活虫吃的待遇很满意,但不久它就发现,我们的饭菜更好吃。我在砧板上切肉丝,它在我跟前蹦来蹦去抢肉吃。一碟新出锅的辣子鸡丁，刚摆上桌我还没来得及盖好，它就俯冲下来啄起肉就跑。它怕长棍形的东西，我做饭时身边得准备一个用报纸卷成的棍儿随时轰它。

一家人坐在一起吃饭，得有它一份。它的"座位"在爸爸的椅子背上，什么东西都得让它尝尝，如果不喂，它就啄爸爸的耳朵。它不但爱吃各种炒菜，还爱吃饺子，自己会啄开饺子皮吃馅，你说它馋不馋？

喜鹊是杂食鸟类，几乎什么都吃，西瓜、桃、葡萄、荔枝、核桃、无花果、干枣……家里有什么好吃的都给它，但它还是不放心，总是偷偷地把食物藏起来，墙角里、柜子底下、扔在一旁忘记收起来的皮手套里，不常穿的鞋靿里，到处都有它藏的食物。最可气的是它把面包虫藏在墩布条里面，我用墩布时才发现虫子乱爬。洗衣机下水管流水不畅，拆开一看，才知道它往水管里塞了很多枣、肉块、豆子什么的。把家里弄得这么脏，爸爸还夸它有本事，说保存食物是动物的生存本能。

有一次我的侄子来了，光着脊背吃冷食，把冰棒、酸奶都给喜鹊尝了，它高兴得直扇翅膀。后来侄子吃冰激凌，不想给它了，它就照着他脊梁狠啄了几口，把侄子的皮肤都鸰红了，他只好把半盒冰激凌都给了它，它这才罢休。

就这么个不懂礼貌的家伙，爸爸还夸它的举止像一位绅士，只是因为它的白胸脯外穿着黑色大燕尾服。

姐姐说佳佳

佳佳成了我们家庭的一员，爸爸说我是它姐姐，我这个独生女终于有机会给人家当姐姐了，心里甭提多高兴了！我给这只喜鹊取名叫佳佳，因为它又漂亮又聪明，黑脸盘、黑脊背、白胸脯、长尾巴，动作特别灵活，反应特别敏捷，各方面都很棒。给佳佳这个小调皮当姐姐可太累人了！如果是笼养，不会添这么多麻烦，但我们不想把它关在笼子里。从一开始，爸爸就做好了日后放生的心理准备，让它自由自在地飞来飞去，怕它不会飞了无法回归大自然。

为了保持卧室卫生，早晨上班之前，我们得把几间卧室的门关好，只许它在过厅里活动。下班回来一看，这间大房子让它糟蹋得乱七八糟。门框上、电扇上、窗台上、碗橱上、抽油烟机上、冰箱上……它想落在哪儿就落在哪儿，到处都沾满它的羽毛。自从家里多了个佳佳，打扫卫生就变成十分繁重的劳动。

最要命的是佳佳到处屙屎，妈妈在家的时候，不断地用纸擦掉鸟粪，但怎么勤快也跟不上它的不文明行为的速度。每隔一天我就得进行一次彻底清扫，蹲着用刷子蘸着来苏水刷地，然后用水墩布擦地，幸亏这间屋子是水泥地面，不怕水。

佳佳特别坏，我擦地时它站在冰箱上看着我干活，等我擦干净了，它用爪子按着一张纸，用嘴把纸撕成一条条，撒在地上。气得我追着它打，哪里追得上！真弄不懂它为什么这样做，是喜欢看我干活，以为我干活是陪着它玩？还是认为我干涉了它的生活方式……实在猜不透，什么时候科学发展到人与动物之间能够进行真正的沟通就好了！

爸爸眼里佳佳是好学生

喜鹊真是一种聪明的鸟儿，你教它什么，一学就会！

佳佳通人性，我一拍腿它就跳到我的膝盖上。谁说它不懂礼貌？我教会了它表示谢谢，只要一给它食物，它就舞动几下翅膀。我也努力领会它的肢体语言，每天我下班回家，它听得出我的脚步声，喳喳地大叫。但很奇怪，它一看见我，脑门就鼓起个大包，还一个劲翻白眼。为此我去请教养鸟有经验的人，人家说只有公喜鹊的脑门才能鼓胀起来，这是见到我感到兴奋的反应。我这才知道佳佳是雄鸟。

为了佳佳，我每天都早起四十分钟，带它到阳台上玩一阵子再去上班。我先用一个塑料小喇叭对它进行训练，扔出去，只要它叼回来，就给它一条虫子吃。然后我教它更深一些的课程，给它看到我把虫子放入烟盒里，让它自己找虫子。它能够啄开盒盖，或将盒盖啄一个洞，找出里面的虫子吃了。

它的模仿能力很强，看到我经常把烟蒂捻一下扔进烟灰缸里，它也学会了，但它总是把烟盒啄开，把一根一根香烟叼走，折断了塞进烟灰缸里，真叫人哭笑不得！有一次，我在阳台上扔了个烟头，它啄了回来，我给了它一条虫子。不料这下子惹祸了——它常常出其不意地从我手指间抢走带火的烟头，不知扔到哪里去或藏到什么角落。咱这砖木结构的老楼房失火可不得了，以后不敢玩这种危险的游戏了。

佳佳爱学习，每天晚上都跟我们一块儿看电视。只要有电视节目，它就蹲在门框上往下看，既不乱飞，也不啄人，你说它要是看不懂能这么老实吗？

喜鹊通晓人意的程度真叫人吃惊！每天清晨，它醒得很早，但它怕吵醒我，绝不乱叫。它知道我几点钟该起床，比闹钟还准，到时候它会飞到我的卧室门外，听到我醒了，就钻进门帘落到我身上。有时候听到它叫早，我故意一动不动，但我绷不住烟瘾，抽一根烟，它闻见烟味就知道我醒了，用嘴掀开门帘，飞到床头叫我起床，好带它到阳台上去玩，喂它早餐。

佳佳还挺爱干净，喜欢洗澡。我教它洗澡，端来一盆水，它就落到盆边上，先做一下试探，只洗洗脑袋，歪着头看清楚水深，然后跳到盆里扑腾起来。它这一爱洗澡的习惯也挺危险的，灶台上的锅里有水，它也去伸一脚，要是热锅就把它烫坏了！做饭时必须记得盖锅盖或把它轰开。

洗完澡，它会到阳台上展开身体晒太阳。如果正好有人打开热水器，它还懂得跑到热水器上端去烘烤羽毛。不知道它是如何学会利用热水器的，只要里面的火苗一蹿，它就跑到燃气箱上方烤屁股。谁看到它那种朝外撅起尾巴烤屁股的怪样，都会被逗得哈哈大笑。

姐姐眼里佳佳是坏孩子

自从它来了，我家养的两只黄鹭鹭可遭罪啦！小鹭鹭一直在碗橱上的鸟笼里平静地生活，人家是先来的房客，佳佳却容不了两个可怜的小东西，经常伸进尖嘴鸽小鸟，小鸟吓得吱吱叫，在笼子里东躲西藏，美丽的羽毛都被它啄秃了。小鸟爱吃黄瓜，放在鸟食罐里的黄瓜条佳佳一定要叼走。其实，爸爸给它许多好东西吃，还有上餐桌尝遍美味的特权，为什么还要这样霸道地欺负小鸟呢？更加不讲道理的是，它自己享有自由飞翔的天地，却对小鸟住的笼子感兴趣，或者它以为小鸟拥有"单间"是一种优待？它嫉妒得总去啄鸟笼的门，终于有一天把门啄开了，自己钻了进去，吓得小鸟飞出来了，小门也关上了，它那么大个子，在鸟笼里折腾半天也出不来，差点把笼子撞散了。

对佳佳这些野蛮行为，爸爸却笑着说弱肉强食是动物的生存本能，具备这种本领才能回归大自然去生活。顺着他的这一思路，我也开始注意观察和研究佳佳的行为逻辑。

佳佳有许多奇怪的行为，令人百思不得其解。不知为何它不许我们打电话，只要你一打电话，佳佳就用长嘴和爪子把电话线从插销的接头处扯断，你得准备个长棍轰它。你要是手里忘了拿棍，又用身子护着电话线，它就敢飞下来，一下一下啄你的衣服，好像它知道你打电话时不会去追它。我不知道它这样做是为了什么，但很佩服它的聪明，它又没学过物理，怎么懂得扯断电线接头就断了电，就打不通电话了呢？

它对电扇情有独钟，天天蹲在电扇上端吹凉风，弄得电扇网罩和扇叶上沾满了羽毛和屎粪，太不雅观了。爸爸要把电扇拆下来擦洗，这下子可把它惹急了，大吵大叫疯了似的鸽爸爸，我在一旁用木棍轰它，爸爸才完成了拆洗工作。看它那个霸道劲，是不是它把电扇当成了树枝，认为那是它占领的一棵树了？

我们住的这种老式楼房，并不是每一层都有厨房和浴室，阳台上的这间木房子足有十五平方米，兼当过厅、厨房和餐厅，还可以放一个浴缸。它可能把淋浴喷头也当成它的树枝了，经常栖在上面。我们洗澡时可就麻烦了，不管当时它在哪里，只要发现有人拉上帘子，打开水龙头，它一定要飞来站在喷头上看。虽说它是异类吧，可谁洗澡时也不愿意有一双贼亮的小眼睛总盯着你呀！更可气的是，爸爸那么疼它，它却专门跟他捣乱。他在外面累了一天，晚上回来喜欢泡澡，放满了水刚躺进去，佳佳一定站要在喷头上面往浴缸里屙一摊屎。得，前功尽弃！逼得我们只好关灯洗澡，它不大敢往黑处去。我们倒是给它自由了，它却剥夺了我们的自由！真不知它那颗小脑袋瓜里怎么弄明白的，只要往澡盆里屙屎，爸爸就洗不成澡了呢！

它还有个坏毛病，不好客、欺生、护食。我姨妈和表弟来了，它一看饭桌上多了两个"外人"，气坏了，又蹦又跳，凶狠地啄他们。我只好放下碗筷，抄起小棍轰它，保护姨妈和表弟用餐。过去我们养过一条小狗名叫熊熊，来了生人，熊熊也吠叫，但主人一制止它就罢休了，并且很快地就能以主人的朋友为朋友。作为一只自由飞翔的鸟，佳佳仍然保持了野性和傲骨，丝毫没有宠物的媚态。

妈妈说爸爸为佳佳掉了魂儿

佳佳长大了，嘴角的黄边早已退尽，长嘴和大爪子越来越有力气。因为吃得好，胸脯的羽毛雪白晶亮，头部、背部和尾巴的羽毛黑得发蓝，大翅膀展开，跟个大蒲扇似的！它经常飞出去玩，爸爸下班回来见不着它，就六神无主像掉了魂儿。

这一天午后，它飞出去不久，下起了大雨，雨小一些时天已黑了，一般的鸟都是夜盲眼，爸爸担心它找不着家。夜深了，我们打着雨伞，穿着雨衣，拿着手电，到处找它，阳台角角落落、房顶上、树枝上、院子里，哪里都找不见。我们两人都一夜未眠，真像孩子走失了似的。天蒙蒙亮时才打了个盹儿，忽听爸爸翻身下床，趿拉着鞋朝外跑。佳佳回来了，在阳台上喳喳地叫早儿呢！

后来又下了一场大雨，它又一夜未归，我们又提心吊胆惦念了一宿。在我们心里，真的把它当成了娇生惯养的宠儿，忘了它是个野物，而野物是生来就具备野外生活的本能的。事实证明，我们的担心是多余的，转天清晨，雨过天晴，它又在阳台上抖着翅膀跳跃起舞了！

这一天，爸爸下班把它喂饱了，照例逗着它玩。它得意忘形地跳到爸爸肩上，一口鸼住他的手背，把他啄得太疼了，怎么轰它也死死鸼住不松嘴，爸爸一怒之下扇了过去，这才把它打走，不料这下子它可惨了，摔到地上翻了几个滚不动弹了。

他这才察觉自己出手太重了，急忙蹲下去看它，把它抱回窝里。我们给它准备的窝是个纸盒子，但平时它很少在窝里待着。它翅膀无力地耷拉着，爪子不住地抽搐，还屙稀屎，爸爸以为它要死了，不忍再看，躺到床上直伤心。

我替爸爸护理佳佳，抚摸它，细声细语安慰它。家里静极了，我和姐姐交流着眼色，爸爸心脏不好，佳佳要是真死了，他非犯病不可。一个半钟头以后，佳佳终于缓过来了，慢慢在窝里站了起来。我到床边告诉爸爸这个喜讯，他面朝里没有说什么，却长长地舒了一口气。

以后，爸爸再也不敢打佳佳了。

自从佳佳两次在暴风雨之夜被拦在外面之后，很长时间它不飞出去了。我认为它受不了野外生活的苦，安心在家里待着了。可是，过些天我又发现它总站在窗台上朝外看。

每当这个时候，我总是发现窗外有两只喜鹊在叫。佳佳有时也答话，窗里窗外三只喜鹊喳喳地不知交谈些什么。

终于有一天，佳佳跟着那两只喜鹊飞走了。

起初，我们还盼着它回来。它飞走了，把爸爸的魂儿也捎在翅膀上带走了。他每天早晨仍然早起四十分钟，端着盛面包虫的盒子站在阳台上傻等……他仍然固执地用开水烫玉米面做好鸟食备用，怕它不定什么时候回来肚子饿……看电视的时候，他会情不自禁地回头望望，往常佳佳总是蹲在门框上和家里人一起看电视的……夜里他睡不踏实，阳台上稍有动静都要披上衣服出去看看，其实那是风吹大杨树叶子的响声……外面有许多喜鹊的叫声，他总是细听一会儿就露出失望的神色，他听得出来那不是佳佳的音色……

爸爸关于佳佳的哲学思考

佳佳是 10 月底飞走的，眼看就要进入 11 月了，一天比一天凉了。想到它乍一出去就要面临秋霜冬雪的考验，我心里就……早知如此，我该对它进行严酷的生活训练，我们太宠它了，会不会反而害了它呢？

佳佳来我们家住了一百四十四天，我很感谢它给我们带来这么多的快乐，使我们有机会增长这么多关于鸟类的知识。这五个月，它已经是我生活的一部分，通过和它相处，我的许多习惯都改变了，比如说清晨早起，过去我可是爱睡懒觉的。我的许多观点也改变了，比如说对野生动物的认识。过去我只养过狗和小鸟，它们都是世世代代经过人类驯化的，咱们人类在它们面前一直是主人。如果也以主人翁心态去对待野生动物，这就错了！

咱们总以为动物只有生存本能和条件反射，没有思维、情感、意识等等，以我对佳佳的观察却不是这样。

我觉得佳佳有私有观念，例如抢食物、藏食物，如果说这是出于本能，那它的自我意识也很明显，要求我们重视它的存在，我想这也就是它什么事都要掺和的原因。看电视、洗澡、打电话、来客人、收拾房间，它不是积极参与，就是横加干涉，这些已经超出了生存层面的需要。它有儿童般的好奇心和模仿能力，《人与自然》介绍过猫科动物的好奇心很强，狮子对毒性很强的响尾蛇都会产生好奇心，竟敢凑近了去看它从哪里发出声响。猴子的参与能力和模仿意识更是人所共知。看起来脑瓜小小的鸟类，在这方面比起哺乳动物来并不逊色。

佳佳以它的行为告诉我，鸟类也有自尊心。早晨它叫我起床，双休日我想睡个懒觉，没出去和它玩，它就生气了。等我找它时，它躲在天然气管道上把头扎在天花板墙角里不理我，用虫子引它也不下来，非得我说许多好话道歉才肯跟我和好。你说它是不是也有尊严，是不是对友谊也有追求？

我反复琢磨佳佳如何看待我们，如何看待家里的东西，终于寻思明白了。它非但不认为人类是它的主人，反而有一种高傲的领主心态，认为屋里屋外阳台大树都是它的领地，我们一家三口人都是它的臣民。它的"主权"是不容侵犯的，因此它经常为"捍卫主权"变得十分凶猛。只有找到这种逻辑，才能够解释它扯断电话线、不许清洗电扇、不许客人吃饭的"过激反应"。它的高傲还表现在对自由的向往，不愿意受到人类的干涉和约束……

云端鹊鸣

在本文即将结束的时候，我问男主人："说到追求自由，我有一点不明白，你们并没有约束它，家里吃得好，喝得好，热了有电扇吹，冷了有暖气烤，完全不用为了生存去竞争，为什么最终它还是一去不复返了呢？"

他的脸上掠过一丝惆怅，继而笑道："这只能归结于爱情的力量了，它长大了，到了青春期了，家里留不住它了。从外表看很难分辨出喜鹊的雌雄，但我相信把它引走的那两只喜鹊中至少有一只是喜鹊小姐。如果是一对姐妹，佳佳准是看上了其中一个小美人儿。三只喜鹊经常回来，总是那两只先落在树上，佳佳随后赶来。别看它个儿大营养好，却因为小时候缺乏飞翔锻炼，飞得跌跌撞撞，跟个蝙蝠似的，追不上人家，但它总是奋力追赶。它们三个究竟是什么关系？在哪里安家？永远是个谜了。它在外面滚成个脏猴，看样子生活得挺自在。我也不替它揪心了。回归自然是动物的本性，外面的世界一定很精彩！"

自从认识了佳佳，每天黎明我听到喜鹊催我起床的叫声，心里多了一层老朋友式的亲切感。推窗寻觅，常常只闻其声不见其影。仰望云端，嘹亮的鹊鸣回荡九霄。忽然，我有了一种被俯视的感觉，而过去，我们人类一直是习惯于俯视动物的。

我们人类一向自诩为"万物之灵"，但是一只小小的喜鹊都有"领主心态"，说明了"万物皆有灵""万物各有其灵"的客观事实。何时人类才能够摆正自己在大自然中的位置，顺应自然、善待自然，学会保护环境、保护资源，学会平等地对待野生动物。

云端鹊鸣一声又一声地重复着传唱了几千年的"天人合一""众生平等""尊重一切生命"的理想之歌，这些朴素的哲理是多么古老，又是多么现代！

《上海文学》2017 年第 6 期

风中有声

秦羽墨

一

我来自湘南。具体哪座山或者哪个村并不重要，湘南的山都很乏味，每座山里的生活都差不多，有着相似的宁静与落寞；湘南的村庄也很贫穷，走到哪里都有赤脚的孩子。在湘南，不住够三五十年，你就不能真正理解一个地方，十里路，五种方言，交流的困难围绕着我们的一生，早先的年代，山里人一辈子只进几次城。在这里，大概只有风是自由的。

住在大山里的人喜欢大声说话，人们总担心风会把话吹散，就像吹断一截截枯枝，七零八落，最终不知散落何方。那些被风吹散的话，若是被谁捡起，再传到耳边时就会变得妖娆、丰茂，进而面目全非，连它的主人都觉得陌生。它已经成了另一番样子——流言。当你遭遇流言，才明白平常大家扯开嗓子说话的用意，声音小了，话传过来时可能就只剩下风。

群山错落的湘南，风在山谷中辗转奔波，像一个迷失道路的人，你不知道它最终走向何处。很久以前，有人在风中喊过你，可他的话走到一半就被吹散了，你没能听见，多年后的某一天，因为另一阵方向相反的风，那句话又被吹了回来。当你捕捉到它时，喊你名字的人已不在人世，惊恐之余，你只能将其视为神谕。风刮过山谷，穿过田野，踩着庄稼吹来的时候，它已不仅仅是风，只有在山里生活得足够久的人，才能听懂其中秘密。鸡叫，马鸣，更有无数陈年旧事，听得懂风的人，才能懂得这个村庄的前生后世。那些来自先人的忠告，尽管他已死去多年，可他的话一直在风中飘荡，有一天，你有幸听到了，就将它传递下去，那将是整个家族的福气。女人自从嫁进家门，她的心思全花在了粮食和儿女身上，一辈子只对你说过么一句甜言蜜语，却因为一阵突如其来的风吹走了，这无疑让人无比懊恼。可听不听得见，你无从选择，更无从逃避，一切取决于风。有时，站在田野，会听到几句少年时父亲对你的呵斥，那虽是三十年前的话，可父亲说话时的每一丝表情、每一个音调，一切如在眼前，听完之后，白发渐生的你突然像犯了错的孩子，在风中战栗不安。

有些风吹进村庄后，会在村里待很久，今天在你家屋檐蹲一晚，明天在他家墙根停半天，当它离开时，会将自己听到的秘密散落到村庄的各个角落，于是，很多不为人知的秘密，多年之后大白于天——有误会和冤仇得以化解，而有些原本不存在的裂痕也会因此产生。对此，当事人只能打掉牙和血吞，生气毫无用处，你总不能去责备一阵风。那些风中细语，除了人事，还夹杂别的内容，比方说，几天后雨会不会来，将下多大；村口的猫头鹰是在数谁的眉毛，它每叫一声，那人的眉毛就少一根，等它叫足了时间，眉毛数完之后，那人也就要死了。当你听到这些，一定要告诉那个人，告诉他用口水涂抹眉毛，使猫头鹰无法数清。风起于青萍之末，每一场都是有目的的，风的语言只说给伫立风中的人听。

二

我喜欢站在高处听那些南来北往的风，听风中传来的消息。我听懂过其中很多话，可从未对人提起。村里人都说我笨，从小就是呆瓜木头，因为我三岁不会说话，四岁还想吃奶，第一次看到汽车就要跟它赛跑，结果摔断了一条腿，可我却能听见风中的声音。既然他们一致认为我笨，我就笨给他们看，就算听见什么消息也不告诉他们，让他们栽跟头、出乱子，然后，躲在一边偷着乐。我越乐，他们就越以为我是傻瓜，他们不理解我，就像不理解一场风。不过，风中飘来的最多的是山歌。因为贫穷，山里人都爱唱山歌，以此排遣内心的苦闷，打发时间。其中，唱得最多、唱得最好要数英琪。

> 要我唱歌就唱歌，人小面窄推不脱；
> 少读诗书文才浅，石灰写字白字多。
> ……
> 聋子打鼓瞎子听，对鼓对响心里明；
> 有心凑成一台戏，可惜无人拉胡琴。

我们村的人文化水平不高，有高中文凭的人寥寥可数，因此，人们竟然将把山歌唱得好坏作为评判一个人知识水平高低的依据。村里要办小学，上面派下来的老师不够，就推举英琪当民办老师，按照规定，如果民办老师当得好，够了年头，就可以转正。英琪跟父亲一样，是从部队回来的，同时也跟父亲一样，因为家庭成分不好，转业没能安排工作。父亲在部队的职位比他高，还当过通讯员，经常写文章上报，他比英琪更适合当老师，可父亲脾气大，周围村子人人知道这一点，孩子们怕他，况且他也不爱唱山歌，名头不够响亮。不过，这都不是最重要的原因，如果父亲真想当老师，谁都得靠边站。父亲是因为在部队没提成干，被迫回来的，他赌着气，骨子里看不上小学老师这样的职务。因为这样，英琪成了民办老师的不二人选。

大约山歌唱太多，英琪讲课，调子婉转，高低错落有致，还拖着长长的尾音，加上他在黑板上写字时喜欢随着节奏手舞足蹈，像在唱戏，有人在背后喊他"娘娘腔"。不过，我们喜欢这个老师，山里很少有人说话像他那么斯文的，他几乎不发脾气，平常也乐呵呵的。他是民办教师，除了上课，更多的时间跟其他人一样，在家耕地种田，操持农活。但他快活，一边种田，一边唱山歌。别人当农民，他也当农民，可他有工资领，当然快活。我们分属两个大队，隔了好几里路，放牛时，站在我们这边的山头经常听见他的歌声，畅快，得劲，兴高采烈，无比快活。唱得好哩，我觉得。他应该去唱戏，而不是当老师。别人告诉我，县里剧团曾来人考察过他，可惜他因为当兵时受过伤，脸上破了相，划出一条口子，从眼角一直划到耳际，虽然不细看，看不出来，可是影响台风，没能去成。

村里的小学设在大队部，只办到三年级。三个老师，每人负责一个年级，从一年级开始，带到三年级结束，可英琪只教了我两年。

学校破陋，值得回忆的地方不多，除了不远处的那条溪。夏天，每天吃了中饭，我们就去溪里翻螃蟹。溪是小溪，水浅，鱼难得一见，却适合螃蟹繁衍，遍地的鹅卵石，泥沙细软，条件得天独厚。英琪老师的家就住在溪边，将我们的打闹看在眼里，看见了也不动怒，不像别的老师，不分青红皂白，劈头盖脸一通臭骂。他只对我们说，玩归玩，下午的课可别迟到啊。那天，我和艳君一心只顾翻螃蟹，忘了沿溪走了多远，也忘了时间流逝了多少。等我俩翻完螃蟹回来走到教室门口时，下午那节课已经上到一半。平日，大家若是迟到，顶多挨几句批，可那天不知为何，英琪大发怒火，脸上青筋直鼓，眼睛也红红的，像要杀人，吓得我们胆战心惊。他还不准我和艳君坐到位子上去，剩下的课罚站，让我们站到下课为止。

后来才知道，那天下午英琪老师的脾气并不是冲我们发的。上面来了通知，要我们到镇里去读三年级，不但如此，一年级、二年级都要到镇里去读，也就是说村小被取消了。有正式编制的老师可以转到其他学校继续教书，再不然就到县里的工厂上班，可英琪还处在代课阶段，民办教师没有资格让国家安排出路。此前，村里很多人给他介绍对象，可他眼界高，看不上，他希望等自己吃上国家粮，转正成为真正的老师时再找一个跟他一样也是吃国家粮的。他的事一直这么拖着。他已经在学校代了五年课，原本再代两年就可以转正了，可如今，村小没了，转正之事自然无疾而终，他能不恼？如果村小迟解散两年，他的命运就不是后来那个样子。因为高不成低不就，他一直没结婚，成了村里唯一一个单身公。

晴朗的日子，山谷里总飘荡着英琪的歌声，唱得孤独而倔强。他不知道，他的歌声会加剧自己的孤独，让人感觉整座大山好像只有一个他，原本属于万物的寂静，在他开口的瞬间集中在了他一个人身上。可如果不唱，那些心事他能对谁说？除了不停来往的风，谁能听懂一个孤独男人的内心世界？如果有一天没有了他的歌，大山会变得非常清寂，而没有大山，他也会无处倾诉。

也许，他天生就是属于大山的，所以，三十年过去，他始终没离开过大山，也没想过告别单身。

种田要种弯弯田，一弯弯到妹门前。
五半六月来看水，先看妹妹后看田。

他一直那么唱着，只是不像自己歌里唱的那样，有妹妹可看。随着时间的推移，他的歌声变得断断续续，嗓子里多了一种幽怨与绵长，还有说不清的苍凉，不像以前那么明快，永远不会明快了。风总将他的歌声吹断——那些来自命运深处的风，无人可以抵抗。英琪不能，我这个只有九岁的孩子更加不能。

三

要到镇里读书了。

我并不想去，可又不能不去，他们说这是九年义务教育，不去要坐牢的，大人和小孩一起坐。我说坐牢也比读书好。母亲说，你坐牢，我们要陪着坐，怎么办？可是，到镇里读书意味着每天要走十来里山路，天没亮就得起来，学校实行交粮制，每天吃不饱，跑那么远的路，挨饿去听老师讲课，哪里忍受得了？当时家里穷，学费和粮食都交不起，真是太辛苦了。我一个劲地逃课，并且宣称："我不读书，长大就种田，哥哥一个人读书就够了。"少不更事的我，以这种方式去伤害父母，尽管我后来的行为完全与之相反——砸锅卖铁也要读（那是对命运的另一种反抗）。

因为太调皮，经常闯祸，自然不被老师喜欢，课业不过关，放了学，我是留下来接受"留学"待遇的一员，我们有一个共同的称号——差生。只不过，他们大多住在学校附近，而我家的路最远，往往前脚迈出学校大门，后脚夜色就跟着降临了。回家，要从一段林子穿过，那里是山口的关隘处，风大，万物作响。四下一片黢黑，林子很深，路七拐八弯，像要把它自己转晕。为了壮胆，我故意跺脚，用力踏出声响，我和我的脚步声行走其间，彼此都是恐惧的，因为恐惧所以清醒。这里随时会飞出一团黑影，乌鸦或者猫头鹰什么的，把人吓出冷汗。树叶在风中摇晃，噼里啪啦作响，让人联想到老人口中经常说的"鬼抛沙"。最让人害怕的是必须从一堆坟墓旁边走过，那些坟里埋的都是因为这样或者那样的原因不得善终的人。我想跑过去，用一个孩子所能达到的最快速度，穿过那片让我恐惧的林子。风从隘口吹来，"呜呜"地刮着，我多么渴望风中能传来这样一声呼喊："黑子，黑子。"

那是母亲在喊我的小名。

好在，每次走到这里，我都能如愿以偿听到她的声音从嘈杂的风中传递过来。母亲知道我胆小，老远开始喊我的名字。峰回路转之中，她的声音不大，也不响亮，可我却听得真切。每次，都是先听到声音，然后才看见手电筒的光从林子前方拐出来。深秋，天已经黑透，并下起了小雨，走在半路身体已被全部淋湿。我是那么瘦小，而衣服，因为淋湿紧紧包裹在身上，显得无比沉重。当我听见母亲的呼喊声从哗哗的雨声中穿过来，立马飞奔过去。当我跑到母亲跟前，她一把抱起我，我看见她的头发也被雨打湿了，一坨一坨搅和在一起，脸颊整个是湿的，分不清哪些是雨水，哪些是泪水。难道她哭了？那天，母亲对我说："实在不行就别读了，不读书照样吃饭，长大以后跟他们出去打工，干啥活不养人呢。"母亲这话原本是我一直期待的，可那时我却坚决地摇了摇头，也许一切都归结于母亲的呼唤声。

多年以后，当我再次路过那段林子，仿佛还听见那个声音在呼唤，它一直在路上回荡，从来没有消失，有些东西，再大的风都吹不走。

风中有声，源于一个人对它的渴望度，有时声大如雷也置若罔闻，有时细弱纹丝却听得真切。与我对母亲的渴望相比，母亲对我的声音更加敏感。她告诉我，小时候我经常在半夜醒来，稍微弄出点动静，她就能觉察到。一岁那年，她将我放在床头，然后急着去田间做事。突然，她听见我在哭，问旁边的人是否听见，别人说没有，她却坚持说我哭了，一听就是那种想要尿尿的哭声，然后放下锄头飞奔回家，一看，我果然尿床了。对此，我不大相信，因为离家最近那块田都有一里多路，中间还拐了一个弯，但我又不得不信。清楚地记得，那年社日，母亲带我去"赶社"。最先我是坐在她的肩膀上，那样母亲就腾不出手，没法挑选集市上的农具。她将我放了下来，千叮咛万嘱咐：人可多了，一定要抓紧啊。可我们娘俩还是被潮水一样的人群冲散了。没有比失去方向更让一个孩子无助的了，我感觉进了一个被黑夜包裹的世界。好在聪明的我一边喊着"妈，妈"，一边往外边挤，然后在人潮之外站定，等候母亲来找。母亲手里拿着东西，逆着人流，好一阵工夫才冲出来。找到我时，母亲说："不怕，不怕，你一喊'妈'，我就听到了。"那些年，来自不同方向的母亲的呼唤，一直是我心灵深处最能倚仗之物。

相反，父亲的声音我不愿意听见。他的声音大，且极具隐秘性，常常是平地一声雷，总在我玩得起劲的时候突然冒出来，让人逃之不及，喊着、骂着要我做这做那。当他发脾气时，金刚怒目，脸色全变，他和母亲一吵架，整个屋子都在摇晃，与此同时，他还可以潇洒地把正端在手里的碗摔得粉碎。父亲那种粗大、隐秘，有着几分特别的潇洒与随机的声音，是他当过兵的有力佐证，对我而言那就是隐藏在附近的伏兵，随时对我完成合围。所有人都惧怕父亲，惧怕他的平地惊雷。

那声音，不单我们，就连前来筑巢的燕子也敬而远之。

我们家搬到村口好几年，也不见有燕子前来筑巢。这件事很令人费解，照理，新屋怎么说也比以前的老屋结实，老屋有三窝燕子，新屋庭前绿树成荫，而且又在村口，它们怎么会视而不见呢？燕子好像把这一家人给忘了。这件事不单令我懊恼，父亲也担心起来，照传统说法，燕子是否前来筑巢，与家宅的吉凶息息相关。起初，他以为新屋才建好，燕子们还不熟，过一两年就会来的，然而，五六年过去了，依然空空如也。按我们的说法，如果燕子一直不来筑巢，这块宅地就有问题，必须拆了重修。其实，燕子并不是没来看过，每年春天，有好多燕子成双成对在家门口徘徊，可最后都过家门而不入，只惆怅地望一眼便转身而去。燕子不会随随便便把家安在哪里，它们非得绕梁三日，经过细心查看，在心中衡量比对一番，看看这个家是否结实稳固，这家人是否诚实可靠，是否值得跟他们一起风雨同舟。燕子一定觉得我们家不值得托付终身。

到底是什么让它们望而却步？是嫌我们家太简陋，又或者别的什么原因？一对燕子来了，发现这里没一点前辈的痕迹，于是就以为不可靠，而后来的燕子也都这样认为？可村里比我家还简陋的房子还有不少，他们家家户户都有燕子落脚。我不相信燕子会像人一样刻薄，每座新屋修葺之后，总要有第一对新燕前来安家。很长时间，我注意着这个问题，最终得出结论，那都怪父亲。在燕子眼里，我们家氛围不好，这家人总不能和睦相处，不是夫妻吵架，就是父子相抵，难有平静的时候，燕子们可不喜欢在这种环境里过日子。父亲发脾气时的声音简直可怕，如同一颗定时炸弹，就算不发脾气，坐在那里也不怒而威。他从不喜欢我带朋友来家里玩，燕子们肯定看到了这些，一个连同类都容纳不了的人，怎么可能容下燕子？对于声音，动物比人敏感万倍，它们能轻易捕捉其中隐藏的信息。

我将自己的猜测告诉父亲，他表面嗤之以鼻，骂我胡说八道，但我注意到，自那以后，父亲说话时总有意无意捏着嗓子，显得非常小心，绝不在大门口亮嗓门，架也不怎么吵了，即便吵，也躲在内屋尽量压低声音。果然，没过两个月，就有一对燕子前来探听虚实，将巢筑在门前的晒楼下。燕子落户后，全家人的心总算放下了。可是，燕子的到来并没改变父亲的脾气，他很快便旧病复发，遇到一点小事就骂骂咧咧，而我也毫不示弱，这个家少有安宁的时刻。

每回燕子见我们吵架，就伸长脖子往下看，一家老小排列整齐，像在街上看热闹。它们一定不明白，这家人怎么一天到晚有那么多问题可吵……那段时间，住在我家的燕子常常在半夜惊醒。

多年以后，我求学他乡，异地工作，每次打电话回家，总希望接电话的是母亲而不是他。但每次从电话那头传来的声音总是父亲的，依然是大，对我的工作和生活指指点点，批评这，批评那，只是那些批评里添了许多浑浊和苍凉。他老了，岁月的风穿过了他的身体，将病留在了其中。终于有一天打电话回去，接的人换成了母亲，母亲说他病了。从那以后，我再没听到那平地惊雷的声音，他的声音一天天弱下去，气若游丝，最后，电话那头只剩空空荡荡的风声。几天之后，父亲离开了我们，也离开了经常被他粗粝之声所惊吓的世界。父亲不在，那些燕子一定过得安心自在了，没有人再打搅它们，我也离开了老家，只有母亲一个人和它们生活在一起。母亲向来很有耐心，脾气也好，想来他们一定相处甚欢，日子过得舒适自在……

父亲常说，我们活着，并不是活得不够久，而是没把该干的事干完，还不配去死，我们被一些事耽搁了，就像一堵墙挡住了风……父亲的话没一句是对的，照他的说法，他还有太多事没完成，怎么偏偏就死了？如果真是那样，而像我这种有点目标、干事又慢慢腾腾的人，事情一辈子也干不完，老天爷岂不是要由着我死皮赖脸地活下去？那是对别人的不公。世界上没有什么活能真正干完，也没有一堵墙可以阻挡住风，父亲那么说，不过是为自己找一个死的借口，他已预知，那场生命的冷风自己已无力抵抗。该走的要走，该来的也要来，谁又能拒绝什么呢？就像当初，没人会想到我这个调皮捣蛋、毫不成材的人有一天会读大学，进而成为一个城里人。

四

　　这些年,很多声音在离我远去。挑水路上,木桶摇晃的声音;午后三点,放牛出栏的声音;大雨过后,蛙声四起的声音,甚至连让乡下人最感到烦躁的知了声都听不见了。在远离村庄的城市里,众声喧哗,使我异常孤独。嘈杂不安的声嚣中没有一个是我想听到的。我开始怀念我的羊群,曾经的某段岁月,它们的叫声最能使我感到熨帖。所有人都以贫穷为由,不支持我去读书——省下四年学费足够在老家盖一座房子。那时,每天下午,我早早地把羊群赶上山,带上心爱的书,躲在无人看见的角落任性地翻着。群山之巅,白云之下,只有来去自由的风,我大声朗读,不用担心任何人的反对,我知道,终有一天自己会像风一样去向远方。

　　如今,我伫立平原,在离老家千里之外的洞庭,迎面而来清寂的风,它们安详、自在,像一群游弋的鱼。我从没见过这样的风,想伸手捉住其中一条,却无能为力。平原上的风与山谷里的不同,就像这里的方言,在短短几年里,我还不能听懂它们。

　　几天前下乡调研,走在原野,总觉得有人在喊我的名字,飘,但隐隐有力,带着几分刺的感觉,像冬天的阳光扎在额头上。我瞄了瞄四周,除了风,什么也没有。突然从城里出来,神经有些不适应,心中也疑神疑鬼,睡到半夜,经常被野外吹来的风惊醒。风从窗子挤进,带响窗帘,将我的睡梦击碎。我怀疑那风是从故乡吹来的,它想捎给我故乡的消息。我在黑夜中坐起身,张大鼻翼,闻了闻,又不对,风中没有村庄牲畜的气味,也没有泥土和炊烟的味道。故乡的风没有这个能耐,那里山太多,它们不认得路,即便来到平原,也未必能找到我,平原那么大,而我渺小如同一棵水稻,在一望无际的稻田中没有任何起眼的地方。

五

　　人是慢慢变老的,先是这个部位,再是其他部位。故乡也是这样,先是这些看不见了,听不见了,再是其他,它似乎越来越小了……城市里,声音尖锐而陌生,不可理喻,车马喧嚣、歌舞升平,以及领导的训骂,这些我都可以习惯,再不然,就当耳边风,可它们挡住了来自故乡的声音,这是我不能容忍的。我经常站在城市边缘,一个人静静地闭上眼睛,竖起耳朵,最大程度打开内心的窗户,希望捕捉到一点关于故乡的消息,可平原上只有风走来走去，它们使我感到厌倦。

独自走进野地，选一个小坡站定，放开嗓子，全力喊一声："喂——"喊完之后，胸口荡出撕裂的痛，声音在顷刻间消失得无影无踪，平原上没有回声。我听不到故乡，故乡也不可能听得到我，这个举动不过是徒劳。

风将我带到这里，然后又吹散一切，它设了一个骗局。

《广西文学》2017 年第 6 期

继 父

逢春阶

常常地,小啜佳酿,手执杯盏,猛然就记起他,发一阵呆;驻足乡野,一睹葵花,猛然就忆起他,发一阵呆;嗑着葵花子,甚至嗅到瓜子余味,也忍不住想起他。都市街头,偶遇老年民工,衣角裤脚,沾满泥水,额头深皱,纵横无序,肩负铁锨,胸前有饭盒摇晃,我会盯他良久。他在微笑,他在皱眉,他在沉思。他好像还活着。他是我的继父。不知不觉,他离开我十六年了。

一

继父逢金明,一生没有离开土地。我八岁丧父,九岁起跟他生活,他教我最多的话是:"庄户人属鸡,土里刨食。"夏日,洼地如蒸,恰在这时他荷锄入野,钻进密不透风的青纱帐,光着膀子挥锄不止,杂草棵棵不留。或是双脚踏着滚烫的地瓜沟,沙沙耪锄。天愈热愈干,他说:"毒日头下锄出的杂草能被晒死,就不会再糟蹋庄稼。"原来读"锄禾日当午"时体会肤浅,继父弯弯的背脊和脊背上滚动的汗珠让我的理解多了些深刻。

冬日,继父爱蹲在皑皑白雪里,用手去拨弄雪下的绿色麦苗,唯有这时,他的皱纹才稍微舒展,眼角里藏一丝对上苍的感激,仿佛他已嗅到夏日麦浪的甜香。倘遇无雪冬日,他会蜷缩炕头,瞅一眼窗外干裂的冰碴,自言自语:"老天爷怎么会忘了下雪了呢?"说着,吐一口呛人的烟,抽身滑下暖炕,到干涸的地里去抚摩枯萎的叶片。

与其说继父爱土,莫如说他更恨土。他说,年轻时为能离开贫瘠的土地,哭过、闹过,数十年痴心未改,没用,就老实了,就开始"伺候"这方土地,如一头蹄子上沾满黑土的黄牛,拉犁、拉磨、拉车,不松套,低垂着用力的头,胳膊上的青筋暴露,他的一生都在吃力地爬坡。

自己挣扎着出不去，就把希冀托给了我和弟弟。当时有人出主意，让我辍学，帮他养家糊口。他不答应。他说："穿最破的衣裳，咱不怕；吃最差的饭菜，咱不怕；住最破的屋子，咱不怕。咱怕耽误孩子！"

上了初中，一日，我悄悄告诉母亲同学都有字典。母亲说咱没钱。继父听闻，数日不语。常常地，我瞥见他坐在灶间，手捏铜头烟锅，细瞅秫秸屋笆，屋笆已经被烟熏得黢黑。

一日，大雪封门，我与小伙伴在雪地里玩打仗，浑身的雪。黄昏时，突然见继父扛着扁担自村北匆匆赶来，他神秘地招手让我回家。"一块，够买字典的了吧？"他把皱巴巴的钱票递给我，将双手放在火盆上烘烤。我小心翼翼地摊开那钱票，上面附着他的体温。我说一本字典七毛三，够了。竟没问钱来自何方。继父兴奋地搓手："好，好，好啊——"后来才知道，村里一女子出嫁，请继父去送嫁妆，继父用扁担挑着嫁妆不知走了几十里，挣来一块赏钱。

那是1977年冬天。我终于有了第一本字典。

公社联中选拔尖子，我忝列其中。继父手捏录取通知书，对母亲嚷："炒菜！拿酒！"眯眯笑着，一人饮至大醉。天亮早起，继父抱来麦秸，于门楼过道底下打草帘子。金黄的麦秸在他粗大的手里晃荡着，他每一步都打得恭敬慎重，草帘子一节一节累积。过道外一场夏雨飞来，雨滴渐沥，邻居凑来躲雨，欲帮继父一把，他竟说"不用，不用"，抿嘴笑着答话。第三日，我抱紧继父编好的草帘子入学时，村里人羡慕不已，齐夸草帘子打得细密。

我上尖子班那年，冬天特别冷，天一刮北风，继父就对母亲嘟囔草帘子打得太薄。有一日中午，继父到公社驻地景芝赶集，顺便看我。他从破黑提包里掏出一条很厚的簇新围巾，说是稞玉米换的。继父身上也很单薄，一顶棉帽竟露着棉花。公社干部的孩子是我同窗，跟我打招呼，继父就盯着他们的新棉衣，一直盯到他们在他视野里消失。我说我不冷，旧棉衣更暖和。继父咂咂干裂的嘴唇，摸着干瘪的破提包，捏捏我的旧棉袄，说："我走了！"就拔腿上路，破棉帽上的棉花依旧露在外面，被寒风吹得乱颤。

二

我大学录取通知书拿到手时，继父一宿无眠，一直抽烟。黑夜里，烟头一明一灭，烟呛得人咳嗽不止。家里还是不宽裕，请不起村干部喝酒。继父说："去跟村干部道声别吧。""道声别"，三个字说得一字一顿，我觉得他是在明示：我儿子已经正式跟贫瘠的土地道别，我家终于有人吃上了"国库粮"。继父嘴拙，不会说"别忘了土地"之类的文气话,他说:"去吧,有多大本事就使多大本事。大不了,咱再回来种地。"

天亮我起来时,继父已套上骡车给建筑队拉砖去了,一天下来拉六趟,能赚三块多钱。

大学校园浮躁之风蔓延及我。同窗逛书店见名著就买,我也效仿。钱不够就写信问继父要,继父每次都是三十元、二十元地寄来。我一时头脑发热,竟忘记这钱来得不易。我记得继父让弟弟写给我的字迹歪歪扭扭的信里每次总说:"等年底卖了猪多寄点。""等累了玉米再寄,这阵玉米行市不好,死贱烂贱。"我都忽视了。我买的名著不觉有二百余册,排在床头,蔚为壮观,同窗羡慕的目光让我的虚荣心得到极大餍足。

第二年冬,继父来校,见我床头名著簇新排列,他识字很少,竟目不转睛地盯了半日,他见过我考大学用的教材及复习资料,那教材几乎翻烂了。他问:"这些书怎么这么新呢?"我无言以对,愧疚不已。此后两年不敢向家里伸手,不敢逛书店,埋头将床头名著通读一遍,《红楼梦》读到四遍,书页翻得像当初教材一样旧了。暑假携书还家,继父抚摩着这书说:"我听老辈人说,看书跟牛犁翻地一样,翻一遍一个成色呢!多翻几遍的土地,来年庄稼长得旺啊。"

暑假里,就随继父去棉田打杈,背着喷雾器喷农药。继父总催着早起,趁凉快早干,待太阳热射时即撵我回家,自己依旧在田里忙活。下午,继父爱到村后菜园侍弄菜蔬,黄瓜、茄子、扁豆,挂满园架,好像哪个瓜果都需要他自己亲手动动才放心。

渠边是粗壮的葵花,继父爱葵花,爱看硕大的、毛茸茸的绿叶,爱看拥挤的、排列井然的花盘,爱看直上的、擎住花头的秸秆,爱听蜜蜂在花盘上的嘤嘤之声。我见过他盯着葵花的表情,皱纹舒展,一脸畅快,安然独享。

三

投身职场,有了工资。知道家里不宽裕,就省钱往家寄。继父自然高兴。但总是嘱咐,有了带空调的办公室,有了自己的书桌,风吹不着,日晒不着,雨淋不着,就该对得起办公室、对得起书桌,办公室、书桌就是你的田,该好好地种。母亲说,孩子能挣钱了,咱不种地了。但继父不允,依旧干,自言咱是土命,离开土就没命。对我则说,土命就是干的命、流汗的命。在城市里,每有懈怠偷懒的苗头,我就想起继父,想起他老牛般辛劳的身影……

我结婚时,继父将天井里那棵最粗的梧桐伐掉,找到村里最好的木匠,为我做起组合橱，之后，借东风牌汽车将组合橱从农村拉至百里外的城市。天气很冷，他站在车厢里扶了一路。不想在搬运时磕破一角，这是继父因为冻麻了手没扶稳，他后悔不迭。直到好多年后，父子挑灯夜叙，回忆起来，他还是怪罪自己。当时单位分给我一间十五平方米的公房，继父心情不佳，他总认为应该为我在家盖一幢新房，但家境不允。他在新房里转来转去，总是觉得小。他有句口头禅，说屋子小到"调不过腚来"。这话是他跟我母亲说的，后来也跟我的叔父和邻居说过。

好在单位几次调房，面积逐渐扩大，居然也有了三室一厅。农闲时节，想让继父来住几日，他总答应，却不来住。一直到他去世，也没在我的房子里住上一夜。叔父不止一次对我讲，继父觉得没给儿子盖上幢屋，心里愧疚。"让孩子住上能调过腚来的新屋"，这是他的夙愿。可怜天下父母，心向儿女，须臾不离。

继父别无嗜好，闲爱饮酒，但酒量不大，偶尔过头，就老老实实睡觉。他饮酒，不在乎菜肴。冬日炒白菜，夏日两棵葱，都行。有时从咸菜瓮中捞一块萝卜咸菜，也饮得津津有味。

早些年，是饮散装酒，散装酒需用瓜干换，三斤瓜干贴上两毛七分钱，能换一斤酒。我上小学时，就去给他换过，一般是约上邻家小伙伴，独轮车上放半麻袋瓜干和粗瓷酒坛子。一次因贪玩，打酒回来时在路上推着车子疯跑，撞到榆树上，把酒坛子的口沿撞破，酒洒了不少。我磨蹭到天黑回家，生怕挨打。继父因我没回家而到处寻找，得悉因由，并未责怪，倒是埋怨自己不该让我带酒坛子去。后来，他特地借了塑料桶打酒，他说："塑料桶不怕碰。"

饮酒三十多年，继父从没喝过价钱贵的酒，主要是喝最普通的老白干，几毛钱一瓶，或者一两块钱一瓶，从散装到瓶装。我有了工资，给他买过稍微贵些的精装的酒，他都不舍得喝，往往是等到过年跟亲戚朋友一起，一边喝得脸上泛红，一边摸着下巴乐呵呵地说："孩子孝顺的，嗨！"这工夫，让他干杯，他干，不让他干，他也会仰脖一饮而尽。

四

2001年2月，继父查出肺癌，在这之前，他老咳嗽，就再也不敢喝酒。后来是住院化疗，医生说他只能维持半年。我到处打听药方，听说省城某医院一个中医能治，我就去排队开方取药，坐火车自济南往五百里外的老家赶。我祈祷中药能使继父出现奇迹，一两个星期就往家捎一次药，一捎一大包，但继父的身体一天天在消瘦。

继父去世后，我后悔只知道老往家捎药，却没想到也该捎一瓶像茅台或五粮液这样的名酒。继父甚至没见过茅台、五粮液是啥样，更不知道是啥滋味，我该捎一瓶给他，哪怕让他抿一小口也好啊。对于一个有着挣工资的儿子的人，竟然没喝一口上好名酒，这怎么能说得过去呢？但我就只知道往家捎药！他活着时，我怎么就没想到呢？

　　跟母亲絮叨这个遗憾，没想到十一岁的儿子插了一句："谁说爷爷没见过茅台酒？他见过的，在电视上看过茅台酒的广告，他说是周总理喝过的好酒。"儿子的话如尖利的锥子，扎得我心疼，我咬牙忍住夺眶的泪。

　　说到酒，我就记起大二的那个暑假。邻村我的高中同窗骑车来找我玩。继父说："晚上都别走了，你们一起喝喝酒，叙叙旧。"说完，起身去菜园里摘黄瓜和西红柿，然后去买肉、买酒。继父和母亲在灶间忙活，我们几个同窗，就在炕上神侃。天近傍晚，八个菜也都炒好了。搬着枣木桌子上炕，菜肴摆在桌上。同窗都让继父上炕，继父直摆手，说："我还有个应酬，邻居家让我去陪客呢，你们喝，敞开喝。"说完，起身就走了。

　　我们开始推杯换盏，大吆小喝，不亦乐乎。等酒足饭饱，已是月挂东天。我把同窗一个个送走。回到灶间，在昏黄的灯下我看到继父蜷缩在马扎上，端着酒杯，就着刚刚我们吃剩的菜肴，菜肴其实基本没了，剩了一些汤水。他正喝呢，听到我的脚步，猛一抬头，很尴尬地朝我一笑。

　　我说："你不是去陪客了吗？"

　　他说："哪里有陪客，是想让你们同学多聊会儿，我又插不上言。"

　　继父的影子在灶间的墙上摇晃，他端酒杯的姿势也在墙上印着。那影子，一直印到今日。

　　看着他的筷子在盘子里扒拉，我心里很不是滋味。"我炒的菜还行吧？人家不嫌弃咱，咱就得好好伺候人家。好好地跟同学们相处，谁熬好了，都好。"他说。

　　母亲指着快要空了的盘子，说："还不快端起来喝了，用筷子戳拉什么？"继父放下酒杯，端起了盘子，汤水进肚，抹抹嘴巴："好菜，好酒。"

　　喝了我们剩下的酒，吃了我们剩下的菜，他抹抹嘴巴。微醺的他，盯着天井，天井里是月光从梧桐树间筛下来的斑驳投影。

　　说到酒，还不能不提继父的王姓穷表哥，穷表哥邋邋遢遢，亲戚嫌其贫贱，多不跟他走动。继父邀其至家中，脱鞋上炕，命母亲烫酒炒菜，感动得表哥老泪纵横，老哥俩互诉衷肠。继父对我讲，表哥幼年丧母，是他舅父买一只奶羊挤奶喂大，此人一生不得温饱，处处遭人白眼。继父说："咱比他强一点点，就该帮他。"

有一日,我见哥俩在我家的土炕上对饮,酒至半酣,表哥说:"桑叶最难吃。"继父不同意,说:"最难吃的是豆叶,不消化,大便拉不出。"二人争执,那是回忆1960年困难时期。争论不下,竟四目相对,泪流满面。继父说:"再饿咱不是也挺过来了!活过来就好。干杯!孩子的工资买的酒,喝着不赖。"

五

继父一生胆小怕事,他的口头禅是:"咱是草民,咱是草民。"他总是随着别人说话,从来不开第一腔。村里人都取笑他,糟践他,他也不恼。

1999年,因为一场经济纠纷,弟媳被叫去派出所调查,继父吓得脸蜡黄。我当时刚刚自潍坊调到济南,他让我回去看看。我工作忙,抽不出身,继父就一遍一遍地催:"天塌了,你也不管。你这大哥怎么当的?"在电话里,他竟然孩子一样呜呜哭了起来,说我弟媳是冤枉的,她身子骨禁不住等。我说没有事,让他放心,事情弄清楚了,公安部门不会难为她。

后来母亲说,继父那几日只知道喝闷酒,一口菜也不吃,唉声叹气。有一天晚上,竟然在浯河边上蹲到半夜。

我的邻居松友大伯曾这样评价继父,说:"人在他头上着粪,他也不会扒拉掉,他会让雨水把粪冲掉,或让日头将粪晒化。"

六

继父病后去医院检查,对我们兄弟说:"咱要查着是癌,就不治了,还花些钱。咱又不是公家人,没处报销。"谁料竟是肺癌晚期。

当时我们兄弟五人蹲在医院后面,瞒着继父,抹着眼泪,各人倾囊而出,然后去交押金,办理住院手续。

化疗一个疗程,他就坚决要求回家。

回家后三月有余,病情恶化。他求生欲望突然变得异常强烈,在我们兄弟不在时,单独对母亲说:"上医院啊,没钱咱枭棒槌(玉米),再靠就靠完了。"母亲打电话让我回家,说继父光掉眼泪,数日绝粒。偏偏我一时离不开。两周后,我回去,继父拉住我的手,孩子一样大哭不止:"还能治吗?"如雨的泪滴滴在被单上。我用手擦他的脸,擦不干净。我说:"别哭,别哭,能治,咱再上医院吧。"他摇头不语。我母亲把我买来的中草药熬好,由我喂他,他盯住黑乎乎的汤药,含泪吞下。

时已傍晚，弟弟打开电视，继父两眼盯着电视画面，电视上正在播放洗发水的广告，他竟然盯得那样仔细，眼一眨不眨，他的眼神里满含着对生的留恋……

第二天，也就是2001年7月9日，他留下遗言："不是我要死了我说好听的，你们兄弟我没戳一指头，我就是嫌吼（谴责的意思）过老三一回啊。"边说边用手帕擦泪。

继父说的是1987年夏天的事。

那天，继父又去杨家庄子拉砖卖，没赚到钱，很窝火，一人在桌前借酒驱闷。酒壶是锡做的，很小，一会儿就喝了两壶。这时，三弟过来，一脸不悦。继父吩咐他去饮骡子，吆喝了三声，三弟都没答应。

为何不应？那日三弟刚得到自己没考入高中的消息。考不上高中意味着不能考大学，他正钻了牛角尖呢。

一家人围着桌子吃饭，继父喝酒有点多，开始数落三弟，反正就那么几句话，来回絮叨。我当时也觉得烦躁，就对继父说："你知道什么！"

结果这一句话惹恼了继父，他的酒劲正好上来，突然"哐啷"把饭桌掀了，又把他身边的自行车一拳打倒，他把憋了一天的气发了出来："我就知道这样！你上了大学，我只不过念了四年书……"

母亲刚刚给每人盛上一碗面条，"哗啦"一声全被掀到地上。母亲气得哭起来，跟他高声理论，引来好多邻居。有人就叽叽喳喳说闲话："不是自己养的就不亲，后爹啊！"

等继父酒劲一过，蒙头大哭一场，谁劝也不听。为写这篇文章，我翻出来当年的日记，发黄的纸页上写着："好容易把继父劝到屋里，端着饭，他也不吃……我刚刚准备睡，便听到继父在低声抽泣，我忙爬起来过去劝，他只是蒙着头，抽泣不已。我心怀极大的不安和内疚。一位四十七岁的人，浑身是病，在干了一天活后，连饭都没吃，反而被斥责'你知道什么'，他能不伤心吗……""第二天，一早醒来，继父已经套好了马车，悄悄地赶着骡子，走了，他又开始了挣钱的劳动……他才九十六斤重，在家里吃得最少，却干得最多。他常说：'你们只要舒舒服服，我怎么着都中啊。'"

我一直后悔不该说那句话。

其实，继父那日发火另有隐情。这是他的一个同伴在他去世后跟我说的。与父亲一起拉砖的有好几个，他们看不惯继父的抠门，出门在外，抽最差的烟，吃最差的饭。有一人还笑话他："养别人的孩子，种别人的地。不用指望人家的孩子伺候你，趁着身体好，还是吃点喝点吧。"继父不为所动，依旧节衣缩食。

拉砖是很累的活，我跟继父去干过，要戴上手套，一次搬五块砖头，一方一方地摞着，砖边锋利，一会儿割得手疼。上上下下来回倒腾，一会儿就腰酸背痛。继父手巧，他一摞一摞摆得特整齐，看上去很舒服。我曾经在日记中说："看继父码砖，有审美价值。"

那日几个同伙中，最爱闹的人作践继父，说给数砖头的人一盒好烟，今日咱装砖头可以多装点。继父信以为真。不想，在出窑厂时被捉，他多运了三十多块砖。当"小偷"帽子扣过来时，继父百口莫辩。包工头罚他一天的运费，并让他停止运砖反省。继父一言不发，认了。在烈日下，他和骡子站在窑厂里。

搞恶作剧的那位没想到事情闹大了，赶紧跟包工头解释实情。包工头最终原谅了继父，让继父套上骡子去拉砖，可是上了犟劲的继父不原谅自己，就一直和自己的骡子站在那里，一动不动，他在惩罚自己，一直站到天黑。

懊恼地回家，恰遇到三弟落榜回家，继父更窝火。这时我的那句"你知道什么"把他引爆了。

但直到临终，继父也没为自己辩解，却记挂着朝三弟发火的事儿。

三弟后来并没有怪罪继父，继父住院，三弟不离左右。倒是我粗粗拉拉，没尽到心。记得在潍坊，住院陪床，我只陪了一夜，陪到下半夜，打盹儿，想迷糊一会儿，结果一睡竟至天亮。继父笑着说："你快回去吧，你打呼噜，不如老三陪着我，我一翻身，他就起来。"

那次，继父的笑容是满足的笑容，是对三弟伺候的满足。

可是，那样的笑容再也没有了。他的生命之火，即将燃尽。

"你娘说一说你，你别拿怪，她是你娘啊！你娘跟了我过日子，没享一天福。"我脾气犟，常跟母亲顶嘴，有时气得母亲掉泪，继父知道我这脾气，特别不放心。

"弟弟个个你都得管，你是老大！别不管啊。要领着他们好好过日子，别让人家笑话。"

"看看咱还欠了谁家的钱，能早还就早还。我不中用了……"

说得已经泣不成声，他哭得让人心酸，哭得让人心痛，哭得让人心颤，哭得让人心碎……

以后，几乎每星期我都回家，跟继父一起睡火炕，他浑身疼，我就给他捏脊背，捋手臂。他从上到下看我，好像不认识我似的。继父已经骨瘦如柴，他经常昏睡，醒来依然使劲盯着我，眼睛睁得特别大，似乎要牢牢记住些东西。有时因为呻吟而惊醒了我，就显得不好意思，说："我忍不住了。"然后说："你快睡吧。"

那几天，我脑子很乱。我想了好多好多。20世纪70年代初，我生父入殓用的棺材钱，还是继父给人做工赚钱还的呢。我还记起一件小事，我刚跟继父生活了大约一年吧，我们那里新麦子收下来，要上"新麦子坟"。就是用新收的麦子蒸成馎馎，炒上新鲜时蔬，还有杏子、桃子之类的水果，一起摆到去世亲人的坟上去祭奠。用祭奠的方式庆祝夏收，并祈愿祖宗保佑来年的丰收，这是我们那里古老的风俗。那日，母亲为继父准备了上坟的所有东西，让继父去祭奠他的父母。继父看了看白面馎馎和瓜果，对我母亲说："也让孩子去给他们的大大（父亲的意思）上个坟吧，他大大也不容易。"母亲又准备了一份，装在木制饭盒子里了，由我挑着到我生父的坟上去祭奠。

以后，每年的"新麦子坟"我都去给我的生父上。还有每到我生父的忌日，继父都提醒我别忘了，还有每年的清明去坟上添土……

我奶奶一直反对我母亲领着我们哥仨改嫁，刚开始整日地哭，继父就让我过去陪她。过春节拜年，继父总催我去给我年迈的奶奶磕头（我们的风俗是给老人拜年必磕头），给我的伯父伯母磕头……听说我奶奶病了，就让我拿上鸡蛋去看望……

我守着病入膏肓的继父，他有时就突然冒出一句，比如："咱家穷，要稍好些，就该把你奶奶接来，咱养老……你奶奶也苦啊！"接下去的话很含混，我就听不明白了。

有一日，我跟母亲谈到，单位组织献血，我也献了。我们谈话声音很小，没想到让继父听到了，他突然就哭着说："你怎么还卖血啊？"我赶忙解释，他才把满脸的眼泪抹去。

村里人都知道继父有副热心肠。20世纪70年代初，村中老农大病手术，需血若干，继父撸袖献血四百毫升，生活困难，只吃二斤红糖补养，献血当日即下地锄草。深夜邻居病急，继父闻知，约上壮年小伙抬着病人越过五十里丘陵小路，直奔县医院……

记得我上初中时，北乡一位陌生叔叔，提着礼物来我们村打听继父的名字，说是我继父救了他。后来他连续几年过节来探望我继父。我不明白。母亲说，继父赶骡车去高密运砖，夜黑风高，他赶着青骡，闻听路边有人呻吟，知路人旧病发作，继父二话不说，将其抱上骡车，转路送往医院。他回家并未声张，赶着他的骡车依旧运砖。

我在8月13日早上跟他话别，他说："不用都在家守着，回去吧，没有事就不叫你了。"我跟继父都明白那"事"是代表着什么，我真的无法理解他说这句话时的心情。我使劲拉着他的手，拉着，不愿意松开，就这样我们永诀了。

继父临终，母亲说他一直昏迷，有时说一些很不连贯的话，比如去西洼锄地、去河东割麦子之类，说的全是在地里干活的事。

继父没有干够，更没有活够，刚刚过罢六十岁生日即带着一肚子遗憾匆匆离去,最大的遗憾当然是我的小弟弟还没有结婚,对他来说,是他没有完成任务……

七

送葬那日,全村老少挤到我家的小院,继父一生从没惊动过这么多人。他平常只是默默地做活,谁也不会多看他两眼。他是泥瓦匠,谁家有事求他,大到垒墙盖屋,小到盘炕支灶,他从不推辞。邻里百家在他活着时,也没觉得他怎么样,可对他的离去都觉惋惜,念叨他的好处。继父的干娘,已是白发满头,说起自己的干儿子,泣不成声:"日子才好点了,孩子也都拉扯大了,他性子急,说走就走,他是农历六月十九生的,跟菩萨一天生日。"

继父确实有菩萨心肠。

祭奠亲人,在我的老家都是以水代酒,我觉得继父一生爱喝景芝酒,就用真酒祭奠吧。就在我要把一瓶景阳春酒倒在坟前的时候,堂侄说:"叔,可别,俺爷爷怜惜酒,见你这样把酒洒地上,在那边他也不高兴的。"于是,还是以水来代。

继父生前说,不想火化。但是,火化是政府的规定,我们还是按照规定火化了。他的骨灰埋在了浯河东的土地上。上"五七"坟的时候,我们兄弟在他的坟头上撒了小麦、玉米、芝麻、大豆等,还撒上了继父特别喜欢的葵花籽。巧的是,两日就有一场透雨。

来年忌日,继父的坟头被一望无际的青纱帐包围。玉米长叶如刀,在风中沙沙作响。拨开碧绿的玉米棵,映入眼帘的是坟上绽放的五朵葵花,籽粒饱满的花盘里有阳光跳跃。这满眼金黄稍稍冲淡了继父离世带给我的悲伤。

这怒放的芬芳,是对继父一生的礼赞么?

离开继父的坟茔,我们走向大路,回身看去,那茁壮的葵花在青纱帐里愈显金黄。我想,葵花朵朵,为善良的人而开,为默默无闻的认真活着的人而开,为继父这样的人而开。

葵花是大地颁发给普通人的金色勋章。

《时代文学》2017 年第 6 期

老人与海及其他

王月鹏

老船长跟我说起了他与大鲨鱼的往事。他已经八十八岁了，坐在我的对面，神态安详，声音平静迟缓。他说他十四岁就开始出海打鱼，没有死在海上已是万幸。那时渔民用的是摇橹小船，海上若是起了风，小船时常被风刮到现今的烟台开发区海滨，稍不小心，船就翻了，落水的渔民即使拼命爬上了岸，因为那一带荒无人烟，十有八九也会被冻死。直到20世纪60年代，渔村开始使用机械船，翻船死人的情况才减少了。就在我住进渔村的那天，这个城市组织乡村老人统一参观市容市貌，老船长也在其中。他亲眼看见开发区海滨翻天覆地的变化，想起昔日这里一片荒凉，想起那么多的渔民死在沿线沙滩上，忍不住流下了眼泪。

这个城市的海滨旧景，我曾在老照片中见过。前几年当地要建规划展馆，策划了一个新旧对比的主题活动，从民间征集了大量图片资料，我从老照片中看到这个地方的青涩从前。我把那些照片端量了很久，不知道日新月异的现实是那些照片的背景，还是那些照片是当下形势变化的背景。我说不清这是一个审美问题还是一个立场问题，不知道该站在哪个角度看待这个问题。我把这些解释不清的东西归结为"发展"。当下太多人已经习惯了用这个词语打包太多说不清的东西，直到我在渔村听到老船长的讲述，在这些照片中介入了生与死的话题，我才恍然彻悟。对于身边的事，对于我所寄身的这个城市，我通常是以审视的眼光打量它们，其实在很多时候，生存才是首要问题，很多因生存而出现的妥协与让步是可以理解的。那些自以为是的评判，既忽略了别人的感受，也在生活认知方面出了问题。

话题很快就转到了那条大鲨鱼上。那年老船长才二十三岁，他与两个伙计出海打鱼，在海上漂了一天一宿，小船依然是空的，竟然一点收获也没有。回家的路上，他们就遇到那条后来被传说了半个多世纪的大鲨鱼。他记得当时并没有喜悦，而是越发忐忑不安起来，一路上除了恐惧还是恐惧，以至于此后的若干年，当他想起那时的情景，仍然感到后怕，感慨当年没有死在海里已经是万幸的了。

那夜的星星若隐若现，海像是动物在猛烈呼吸。小船在夜色里划行，有时剧烈地抖动，他以为浪太大，看看四周，海上却是一片平静，后来他才知道，那是因为网里闯进一条鲨鱼，鲨鱼在网里挣扎，不停地拱动小船。小船晃动的幅度越来越大，随时都有可能侧翻。他们紧张起来，在茫茫的大海上不知如何是好。似乎是很久以后，船突然不动了。老船长突然发现，船不动了。老船长的两个伙计，也突然发现船不动了。老船长拔了拔网，网绳是直上直下的，拔不动，三个人一起用力，总算拔出一部分，却傻眼了，是一条粗壮的鱼尾巴。他们在鱼尾巴上又拴了一根缆绳，试了试，还是拔不动。当时海上漆黑一片，老船长说不要硬拔了，先保持体力，一切等天亮了再说。

天刚蒙蒙亮，他们就开始忙碌起来，网仍然是拔不动的，他们知道打了一条大鱼，却不知道这条鱼究竟有多大。船在海上走，老船长的思想也在激烈斗争着，不知是否该把大鱼放掉。如果那条鱼还活着，他会选择把它放回海里，这条小船哪里经得住这么大的一条鱼的折腾。可是，大鱼已经被网缠死了，就此放掉，实在有些不甘心……鱼在网里，他们把网收紧了，用绳子把鱼头和鱼尾两个部位拴在船帮，绑紧了。船平稳了许多，偶尔会抖动一下，又抖动一下，是很深很沉的那种抖动。老船长的心随着船的抖动而不停地收缩。一只小船，拖着一条不知道究竟有多大的鱼，在茫茫大海里向着家的方向艰难地漂移。

老船长看不见鱼，却时刻感觉到了小船和大鱼在海水里不停地碰触。每一次碰触，就像碰触到一个危险，又像碰触到一个坚实的依靠。小船与大鱼在海浪里竟然形成了一种紧张的依靠与被依靠的关系。

返程中，他们先后遇到了两拨鱼群，可惜的是，网已被这条不清楚的大鱼全部占据了。同船的两个伙计望着鱼群，满脸遗憾。老船长安慰他们说："海这么大，我们不能啥也想要啊。"

短暂沉默。

这短暂的沉默让我珍视。我知道在我们的言说之外有些共同的感受击中了对方。如此巨大的海，几乎也被穷尽了。人得有多贪婪，才能把大海糟蹋成这个样子啊。老船长叹口气，打破了这沉默。他说当年拖着大鲨鱼回家的路真是漫长，他多么向往有一盏灯，就像传说中的海神娘娘那样，擎一盏灯引领他们回家的路。对一盏灯的向往，成为活下去的信念。然而这样的一盏灯，并没有出现。

他们三个人轮流摇橹，在海里摸索着走了一天一宿。老船长用绳子拴了秤砣测一下水深，知道已经到了威海。他抬头，西北方向的星星正在不停地眨着眼睛，他的心中"咯噔"一下，可能要来风了。

风说来就来了。小船在海里飘摇。他们把捆绑大鱼的绳索收束得更紧，让船和鱼更紧密地联为一体。仍然放心不下，三个人又分别检查了一遍绳索，怕有什么意外。在风浪里，大鱼起到了稳固小船的作用。风越来越大，海浪撕扯着小船，撕扯着捆绑大鱼和小船的绳索。他们不时地检查绳索，怕绳结脱扣。老船长以前对自己系的绳结是从不怀疑的，渔村几乎每个人都会打一手漂亮的"结"，这是渔民必备的基本功。然而此刻，这么大的风浪，他总担心绳结松动，或者绳索被船帮摩擦断了，那样他们除了葬身大海，别无他途。他把生的希望寄托在大鱼身上，却又不够坚定，脑子里不时闪过一个念头：遇风的霉运是不是跟这条大鱼有关？他甚至动了放掉大鱼的念头。这个念头只是一闪他就不再深究，因为时间来不及了，容不得他有第二个选择，不管这条闯进网里的大鱼究竟是福是祸，眼下全力应对大风才是最关键的。

　　船随着大鱼在海里晃动。一个浪头拍过来，小船剧烈地摇晃，海水跳进了船舱。又一个浪头拍过来……船舱里的海水越积越多，船开始下沉，下沉……老船长和两个伙计的心也在下沉，他们在船板上跪了下去，一边磕头祷告，一边哭了出来。船在继续下沉，他们不再磕头了，一边哭，一边不停地用锅和盆往外舀海水。风卷着浪，固执地拍打小船。水越积越深。在漆黑的夜里，在茫茫的大海上，他们无处可逃，他们所能做的就是守住这条小船。人在彻底绝望的时候，往往变得比平时更加冷静。他命令两个伙计不要再哭了，稳住船才是唯一的活路。他们把捆绑小船和大鱼的绳子收束得更紧了，把船和鱼更紧地联结在一起。海浪不停地涌来，拍打着他们的船。巨大的海浪声中，他听得见自己咚咚的心跳。他按住心脏的位置，提醒自己，稳住，一定要活下去。

　　在海上遇到大风，这是渔民最担心的事。一个老练的渔民会在风浪大作的时候把船固定在某个点上，这是他们面对风浪的态度和策略。所谓乘风破浪，其实是不合时宜的。很多人从中读出了执着，读出了挑战。我也曾这般解读风浪，人到中年，心态和理解世事的方式都发生了改变。我渐渐地明白了，在风浪中该如何稳住自己的船。这更像是一个关于时代和人生的隐喻。

　　风终于消停了。据老船长回忆，那阵风如果再刮上一刻钟，船必沉无疑。船里的水很快就被他们用锅和盆舀回海里。他们坐在船上，缓了半天劲，才开始重新向着家的方向划去。船里已经没有了任何食物。船进水时，他们把所有能丢的东西都丢进了海里，包括准备的食物，还有酒。那一刻，他们只想减轻船的重量，哪怕只是减轻一点点，没有什么比保住船更重要的了。他们只剩下了恐惧，哪里还顾得上饥渴。在茫茫大海上，回家的路，成为一条逃命的路，离家近一步，就离生的希望近了一步。他们拼命摇橹，既是向生靠拢，也是在拼尽全力摆脱死亡的阴影。他们商量是不是该把大鱼卸掉，以逃命为主。老船长有些不甘，也有些不忍。是大鱼救了他们的命，他们与大鱼之间一定有些说不清的关系。犹豫了一番，他决定继续带着大鱼上路。他无法预料，下一刻是否还会遇到更大的风和浪，至少在刚刚过去的那一刻，是大鱼救了他们。

似乎很久之后，海上刮起东风，船顺风漂向老龙山。远远地看到了老龙山，虽说有些模糊，但是那种关于老龙山的感觉是清晰的，老船长叹口气，悬着的心终于落了下来。初旺的渔民出海打鱼，只要看到老龙山，就知道到家了。

船在即将靠近初旺村口的时候，风突然转成了东南风，船顺风而下，漂向邻村李家的方向。他们想要逆风划回初旺村口，风越来越大，要下雨的样子，再加上在威海湾死里逃生的遭遇，老船长当机立断，马上在邻村靠岸，先上岸再说。上了岸，他瘫倒在地，忍不住哭了。岸上有人早就看见这条风里的小船，很快就招呼十多个人过来，一齐动手把鱼拖上了岸。他抹一把眼泪，发现那鲨鱼还在喘气，嘴已经不动弹了，眼是睁着的。小船在海里艰难前行的时候，因为不停地与鲨鱼碰触、摩擦，再加上风浪的拍打，摩擦更为剧烈，在海上折腾了一天一宿，等到靠了岸，船帮已被鲨鱼磨掉了一寸多。那是一条长约七米的小船，鲨鱼比船身还要长。老船长踩着鱼背想跳到岸上，结果一不小心掉进了海里，慌乱中，他抓了大鱼一把才稳住身，那一瞬间他发觉大鱼高度与他的身高差不多。这个细节他记住了。时隔半个多世纪之后，当我们问及那条大鲨鱼究竟有多大的时候，那个细节成为他判断的依据。他说他清楚地记得海水的深度大约到人的脖颈位置，他据此判断那条鲨鱼的高度足有一米多。

他想过是条大鱼，但是没想过会有这么大。等到把鱼拖上了岸，才发觉这鱼的大小远远超过他的想象。在看不到尽头的大海上，他没有想到他的小船拖着的这条鱼竟然会有这么大。多少年来，他梦寐以求的就是捕到大鱼，现在有了大鱼却让他犯愁了，不知该如何处置这个庞然大物。村人纷纷赶来看热闹，他们从来没有见过这么大的鲨鱼，根本就不相信三个人驾一条小船竟能捕获这么大的一条鲨鱼，而且冒着大风，在海上折腾一天一宿把大鱼拖了回来。村里的老人说，这条鲨鱼是"哈弄"（音同）。我问老船长"哈弄"具体是哪两个字，他也说不出来，就是一直在说"哈弄"。我猜测他所说的"哈弄"，大概意思就是老实，不咬人。在村里人看来，如果那条鲨鱼咬人，他们三个人的性命根本就保不住，更别说把鱼拖回来了。老船长觉得村里人的看法过于简单，他亲眼看到那条鲨鱼的牙齿很长，是锐利的，怎么可能不会咬人呢？

村里人望鱼兴叹，具体到如何处置这鱼，谁也没了主见，束手无策。因为船被迫停靠在邻村，那里的水产公司有意合作处理这条大鱼。老船长想了想，也就同意了。水产公司安排一大帮子人开始动手分割大鱼了。鲨鱼的肝脏、鱼鳍被割下，鱼皮也剥掉了，鱼肝装了满满的九筐，每筐足有一百多斤。整个水产公司忙碌不堪，空中弥漫着一股说不清的气味。他们把鱼肉切成条状，装了两船，一船送到烟台卖掉了，一船送回初旺腌制加工成鱼片，卖给了掖县（今莱州）。突然捕获一条大鲨鱼，老船长有些发蒙，水产公司也从没见过这么大的鱼，缺乏处置经验，带着他四处找人推销和交涉。掖县的人骑自行车来过好几次，把鱼片买去了。一条大鲨鱼，共计卖了六百块钱，这个价钱在当时是很高的，比一条船在海上作业两个月的收入还高。他们都很高兴，觉得三个人没死在海上就已经是万幸了，结果还发了笔小财。

老船长说，如果没有那条大鲨鱼，小船在威海湾必翻无疑。是大鲨鱼在风浪里稳固了小船，救了他们三个人的命。小船的载重量是五千斤，而那条大鲨鱼足有一万多斤。

老船长坐在我的对面，手里摇着一把旧扇子，神态安详。他的女儿在旁边感慨老人已经八十八岁了，记忆力依然这么好，每次出海的经历都记得清清楚楚。老人说怎么忘得了呢，每次都是从阎王鼻子底下爬回来的，想忘也忘不掉。特别是出远海，太危险了，有的人出去了就再也没有回来。那时的船还不是机械化，海上只要遇了大风就凶多吉少，明知有危险，还是要去冒险，日子总得过下去。初旺三面环海，一面朝山，渔民一辈辈过下来，死也是死在海里。

我不曾在大海里见过鲨鱼。我所见的鲨鱼，是在鲸鲨馆。我陪女儿多次去到那里，她对海底世界充满好奇，对鲸鲨馆里的鲨鱼没有丝毫畏惧，她觉得好玩。

若干年过去了。如今老船长与大鲨鱼成为渔村的一段传奇，以至于我在渔村采访时，几乎所有受访者都谈到当年老船长捕了一条上万斤的大鲨鱼，包括那些年轻的村民，出海的和不出海的，他们都听说过这段传奇故事。我去采访老船长，他作为当事人的讲述，没有把半个世纪以前的那段传奇更加神秘化，他很认真地反复解释，不是他们捕的鲨鱼，而是鲨鱼自己缠到了网里，越缠越紧，最后动弹不得了。他说自己和鲨鱼之间并没有丝毫的"战斗"，事情的全部经过就是鲨鱼不知为何被网缠住了，然后他们就把鱼拖了回来，一路上什么也不顾，只想着逃命，劝自己不要害怕，离家近一步，就离船毁人亡远了一步。他说没有什么胜利可言，在大海面前，人有什么胜利可言呢？他没有夸大个人努力的成分，他甚至把别人所以为和传说的努力成分，直接从这个传奇故事中剔除了。他说当时都不知道那条大鱼究竟意味着好运还是霉运，他更多感到的是恐惧，一条大鱼，让他们回家的路充满了恐惧。

"海，是不可战胜的，人要懂得妥协。"老船长坐在我的对面，淡淡地说。

就像穿过一场噩梦才抵达此后的生活,经历那次劫难之后,老船长再也没有想不通的事了。他向大海妥协了,向生活妥协了,也向自己妥协了。他坐在我的对面,神态安详,像是一个极深的启示。

"这段经历,是值得一辈子回忆的事。"

老船长摇头苦笑:"到现在想起来还是后怕。"

我看着眼前这个老人,他在坦诚地讲述自己的亲身经历,一段在别人看来充满了传奇色彩的往事。时隔半个多世纪,他回想起当年的海上遭遇,依然感到恐惧。恐惧感在他的心里留存了半个多世纪,依然没有消除。

我想起海明威的《老人与海》,他和他笔下的老渔夫都是在回望人生,有一份达观,超越了通常意义上的成败。老渔夫历尽千辛万苦,捕的鱼却被别的鱼啃得只剩下了鱼骨架,他依然乐观,毫不沮丧。海明威笔下的老渔夫是硬汉形象,他说一个人可以被消灭,但是不能被打败。而我所亲见的这位老船长,他是谦卑的,他说大海是不可战胜的。他一辈子风里来浪里去,没有什么英雄情结,他甚至在时光面前是妥协的,毫不掩饰地向我说起了曾经的恐惧。他说,那鱼如果不是被困住了,稍微反抗一下,就会船翻人亡。他这样说着,更像是在反思、检讨,虽然语调是平静的,我依然从中感受到了巨大的不平静。他已经八十八岁了。岁月在他身上看不出痕迹,所有遭遇在他看来都是命定的一部分。他讲述它们,那么平静和安详,即使是那些曾经的汹涌波澜,也被他内心的力量平息了。这个老人,他知道在人生的最后时刻该如何面对生命;这个老人,此刻正在温和地回忆当年的惊涛骇浪,他说到了自己的软弱和恐惧,说到了当时只有一个想法,就是活命。人再有力量,也是没法战胜大海的。他说他出了一辈子海,打了一辈子鱼,才得出这个结论。面对大海,人要懂得妥协,要有怕。他说到了村里的海会会长,前不久他随同老年参观团从开发区海边走过,睹物思人,他在车上流下了眼泪。当年海会会长就是在那一带遇难的,那天他们一起在海上打鱼,风太大,船有些失控,他的船漂向刘家村口,海会会长的船则靠在开发区的海边,海边没有任何遮挡,结果被风掀翻,会长遇难了。早在1957年,海会会长带领一支船队去辽宁双台沟打鱼,当时共有十条船,每条船上四个人。从双台沟走到老铁山附近,来风了,渔民都吓哭了,呼天喊地。好在那阵风很快就过去了,如果再刮一会儿,那支船队必定全部遇难。海会会长躲过了这一劫,三年之后却在开发区海边遇难。那个年代,上级对渔民提的口号是:"好天使劲干,坏天坚持干。"海会会长响应上级号召,在坏天气里坚持出海,结果遇了风,送了命。老船长说,那个口号不符合实际,打鱼不同于种地,海上是不能坏天气也坚持干的,大海无情。

老船长站起身,给我倒茶水,他的手有些发抖,他说老了,手都快要拿不住东西了。作为初旺渔村德高望重的老船长，他不修饰也不拔高自己的经历，坦率地说出了恐惧。他是从大风大浪里走出来的人，他所要解决的是最日常的生活问题，被别人当作了抒情和想象对象的大海，在他眼里只是生活的保障，是随时都要面临的危险，根本没有什么浪漫可言。

当年与老船长一起打鱼的两个伙计都已经去世了。我问他是否曾经梦到过那条大鲨鱼，他说没有，只是多次梦到水产公司带他四处卖鱼的场景，乱糟糟的，却很清晰。谁也不知道该怎么处置那么大的一条鲨鱼，他已筋疲力尽，只剩下了服从的力气，他只想把这件事尽快地结束，从恐惧和不安中尽快走出来……若干年后，他老了，他时常梦到当时的情景，他甚至梦想着有一天能把这个梦做到底，让这个梦按照自己的期望延续下去。他后来一直觉得当时因为没有经验，再加上时间太仓促，很多鱼肉都被糟蹋了，如果自己动手慢慢处理，肯定会卖出更高的价格。那么大的一条鱼，才卖了六百块钱，现在想来有点吃亏。老船长的这个答复，是我没有想到的，这引发了我的更多想法。我之所以问他，在长达半个多世纪的岁月中是否曾梦到过当年的场景，潜台词其实是想知道，他对那样的一条大鲨鱼是否有过歉疚和悔意。然而没有。在我，这是一种典型的文人思维，额外赋予了风浪太多的所谓内涵，当我想要通过老船长的遭遇来印证这些内涵，他给出的却是另外的答案。在老船长那里，生活远比那些所谓想象更无情也更严峻。他说到了自己的身世，说到了早逝的爹娘，也说到了家里的罗锅叔叔。他从小爹妈就不在了，是奶奶把他拉扯长大的。他六岁那年，父亲出海打鱼，在唐山一带被海盗绑了票，爷爷四处借钱把人赎了回来。父亲回家以后就病倒了，一年后去世。他十岁那年，母亲喝农药自杀，撇下他和兄妹三人。妹妹才七岁，就给别人当了童养媳。哥哥到大连投奔舅舅，找了一份差事挣碗饭吃。他一个人跟着奶奶过日子。奶奶去世后，他与家里的罗锅叔叔相依为命。后来，他见过哥哥一面，也去东北寻找过妹妹。自从当年骨肉分离，兄妹三人再也没有团聚。

回顾家族的血泪史，老人一声叹息。

人的一生中，曾经有过那样的一次海上遭遇，在村里，甚至在距离村子很远的像我这样的局外人看来，都是有些神秘的。当我见过了老船长，他那么平常，他的讲述也丝毫没有传奇色彩，海只是海，鲨鱼只是鲨鱼，那次海上的遭遇仅仅是一次遭遇，他没有赋予它们任何的象征意义，即使到了老年，关于那次遭遇的所有回忆，也依然是停留在生存层面。他所后悔的是因为没有经验，把鱼肉卖亏了。在别人看来，包括我，也是有些不理解的，这是多么形而下的具体问题。可是，这正是生活和生存的真相——不是老船长太现实，而是我们太矫情了。我从老船长的家里走出来，一路上都在这样想。

海对于渔民来说不是浪漫，也容不下太多的想象，它们是残酷的存在。与这个残酷存在相对应的，是当年刻骨铭心的饥饿和贫穷。我一直以为，自己对于现实生活有着深切的理解，见到这位老船长之后，我才知道我的所谓理解其实多么牵强和肤浅。还有对大海的认知，我曾写下太多关于海的文章，如今看来，我不过是在大海之外一厢情愿地理解大海，在风浪之外浪漫地看待风浪。而老船长们，是在大海里理解大海，在风浪里理解风浪。在渔村，村民向我说起老船长与大鲨鱼的故事，他们只记住一个基本事实，更多的细节被忽略淡忘了。当我与老船长面对面，多么希望他会穿越时光，恢复半个多世纪之前的那次海上遭遇，哪怕是添加一些想象的成分在我看来也是合情合理的。然而老船长并没有任何的虚构，他平静地讲述了那次遭遇，不夸大，也不回避，只是平静地讲述。

我原以为，海在老船长的心里，会一直涌动着惊涛骇浪；我原以为，隔着这么遥远的时光，老船长对那次传奇遭遇，会有更多更丰富的理解；我原以为，我的所谓关于人性的想象，我的关于对未知事物的恐惧和爱，会在老船长这里得到确认……

他没有更多的阐释。他只向我讲述了真实的过程。这个真实的过程已经在他心里埋藏了六十多年，像一粒种子，他拒绝让它生根、发芽，拒绝枝繁叶茂。他把它一直埋在心底，很少主动谈起。

这是他一个人的秘密。他从这个秘密里看到了大海，也看到了大海后面的比风浪更真实的生活。

老船长有六个子女，五世同堂。他与老伴结婚七十二年了，两个老人从来没有庆祝过生日，他们不知道自己出生在哪一天。从前年开始，家族所有人都在正月初三这天齐聚老船长家里，权当给二位老人一起过生日。

老船长不喝酒，两天抽一盒烟，每天上午与几个老人凑到一起打几圈麻将，严格控制在两小时以内，很规律。他说打了一辈子鱼，没想到晚年可以过上衣食无忧的生活。

老船长坐在我的对面，窗外的光线落到他的脸上。他缓慢地讲述，在我看来有些恍惚，像是隔了一层什么，究竟隔了什么我并不知道，但我知道隔开的绝不仅仅是距离和时光。他的讲述夹杂着太多方言，那是一些在渔民中才能流通和懂得的语言。我只是大概地听懂了。我试图从他的讲述中提炼一个主题，同样是"老人与海"的故事，他不似海明威笔下的"硬汉"，他向我们展示的是人在大海面前的脆弱和妥协。

院子里有几件渔具，我请老船长演示一下使用方式，他格外高兴，有板有眼地演示起来，动作娴熟、妥帖，这让我想到书法家对手中的笔，无须直视，就可感知到每一须毫的变化。我出生在农村，渔民生活对我来说是陌生的，有些看不懂。同行的朋友是海洋文化专家，他一口气提出好多问题，老船长越发来了兴致，耐心地演示手中的渔具。他的脸上漾着慈祥的笑意。看得出，他很久没有动过这些渔具了。

　　夜色降临，该告别了。我紧握老船长的手，老船长也握紧了我的手，交谈一整天，我从他的讲述中体味到了很多。对于我们的倾听，老船长很是感慨："现在的年轻人不愿听我们这些老人絮絮叨叨，他们可以不听，但是那些历史是真的，人是不能修改历史的。"

　　一个老船长讲述了他与大海的故事。我只是一个倾听者，并不是记录者。是时光之手，记录了这些。

《散文海外版》2017 年第 7 期

离职者

程耀东

一

九十秒红灯，我站在斑马线后。

诸多目光与我一样，聚焦于那个闪烁着阿拉伯数字的色块。而色块上的数字，并没有因为焦急和等待而加快跳跃的速度。我们看得见的时间只是被人为界定，就如同这黄白相间的线条，无形中界定了人的行走方向和速度。汽车、摩托车、电动车、自行车，还有年龄与性别不同的人，此时被无形的时间卡在一个狭窄的区间。说话、呼吸、心跳，这些没有任何重量的暗物质，以集体的力量颠覆着阳光、空气和周围的环境。

红色的数字以减法的方式告诉我，再有十三秒就可以和我左边的这个叫于明亮的人彻底分道扬镳，再也不会听见他喋喋不休的纠缠和解释，永远不会。然后他止住，我自然不言。两个人都盯着悬于半空的数字。我渴望数字跳得更快一些，他绝对希望数字跳得慢一些，或者干脆停下来，这样就有更多的时间表述他的理由。但数字不会因为某个人的意念而终止减少，我也不会因为他的语言而停下我的行走。时间在任何人面前都是公平的，这句话我识文断字之初就很清楚。但我左边的这人，似乎对时间没有观念，距离绿灯工作还剩不到三秒，他突然一个九十度转身，和善而温顺地说："有这一张纸，我相信我们还会见面的，但地点肯定不在你的办公室。"他猛然间的表情和突兀的语言使我有些惊愕，刚才还残存在他脸上的怒气被狡黠的眼神覆盖。

还会见面，是什么意思？我知道他所谓的这一张纸只不过是公司员工离职时都要填的一张A4纸，它能有啥问题？多年来的行政经验使我学会了思考、揣摩、多虑，甚至察言观色。这突如其来的举措，让我站立良久。不想走，低头思考，如同距离我不远处的那个著名的雕塑——思想者。

再次抬头，轮回的红灯重复着上一个九十秒的程序。明晃晃的阳光下，我开始回忆整个下午与这个人的对话环节、履行手续时的每一个细节，以及所有的细节。

自此后，我似乎陷入了一种巨大的空茫，不停地回忆：表格设计有漏洞？自己的签字有问题？如果出现问题，那么我将身往何处？是不是也要和这个男人一样，填一张离职表，再次找寻讨生活的场所？

纠缠于一句话的内涵，从黑夜到黎明。

二

二十年的企业经历和职场经验，我目睹过很多人的来和去。来时，履历表上写满了成绩和荣光，一脸自信；去时，牢骚满腹、愤愤不平——抱怨、悔恨、无奈、谩骂、威胁，甚至肢体冲突……身影和语言会在我的眼前时不时地出现。偶尔，也会在街头巷尾与一些离职者相遇，远远地，低下头，在相互尴尬中擦肩而过。

记得很清楚，这个人是春节之后经人介绍来的，当时我已经在网上贴出了招聘信息，从打电话和投来的简历当中，基本已经锁定了其中的两三个，只等面试。但他来了，而且还是经熟人介绍，我不得不考虑。

本地人，与我同龄，早年间毕业于内蒙古一所铁路中专学校，通过努力，相继拿到了专科、本科学历。摆在我面前的工程师、造价师、结构师、监理师等证书，能够证明自己能力的影印件以及证件上实实在在盖着的印信，让我着实有些惭愧。都是同龄人，我怎么就这么容易满足？至今，拥有的证件也有一叠了，但能够摆放在别人面前用以骄傲或者一生靠它吃饭的证件，一本也没有。充其量也就一本羞于启齿的财经学校的毕业证偶尔会在一些资料里出现，但我把它经常放在最下面。不是虚伪，实在是不足以炫耀。

这些证件从我的手指间很快就被翻了过去。在企业，我不是崇拜和仰慕证件主义者。经验告诉我：我生活的这块繁复而灿烂的地域，考试是唯一一种衡量能力、取舍人才，决定一个人生活向度的固定程式。有人生来就是考试的机器，运转三五个月便可拿到一本象征身份的证件，有人天生属于实用型，置身实处，一年半载，仿佛一场春雨后的田野，绿色一片。

我坐着，他也坐着，中间隔着一张灰色写字桌的距离。一张写满字的简历表落于桌面的时候，一次性纸杯里龙井散发的清香在两个男人身体之间漫游。透过徐缓上升的水汽，我能看见他傲慢的目光里却暗含着渴望的光。这样的光芒，我也曾有过，也曾多次见过。

坦诚地说，字迹不是很潇洒，但还算整齐，能看出一个理工男人早年间用钢笔书写的基础尚未被电脑完全代替，也能看出严谨、细腻的成分。字是人的门面，字如其人，估计说的也是这个道理。但在这里，我不会考量他的字迹，只是要看看这些年有过的经历。

铁路局工务段、轻工设计院、三一重工、绿地21城、万达、北方置业……简历表上这些重量级的企业从我的视角移动到大脑的时候，我明显感觉到自己的心跳频率在加快，假装镇定的同时，用余光扫视了一眼。此时，他仿佛正漫不经心地看着窗外往来的车辆。

起身，给他续水之后，继续于一张白纸黑字的表格。

1994年，银川；2007年，兰州；2009年，西安；2012年，呼和浩特；2013年，杭州；2014年，上海……这些年份和年份后面尾随的城市，让我在时间和空间的经纬点上不敢过多地停留。不断跳跃的城市的名字，使我无法想象他奔跑或者飞翔的速度。如此频繁地更换就业地点和生活场所，我能想象到每一次面对新的环境、新的同事、新的职业时的那种从容，以及在填写入职或离职表时的淡定。

表格毕竟是写在纸上的文字，但也是对一个人最基本、最起码的书面认识。但多年的文字阅读，使我不会轻易相信写在纸上的文字的真实度，即便是往来几年、十几年、几十年的人，谁也无法保证他不撒谎。因此，阅读一个应聘者的履历，我不会盲从，也不会被各种荣光所迷惑。看完最后一个句号，我发现他有意漏填了两个栏目——婚否和期望薪资。是否结婚，一般情况下我是不会问询的，这纯属于个人隐私，既然人家不填，可能有自己的理由。但期望薪资是一定要求填写的。我抬起头，面带微笑，并含蓄地说了一句："薪资一栏是不是最好填上？"这时候，他并没有急着回答，而是很稳健、很缓慢地吐出一句："我去任何一家企业，都不会面谈薪资。"他温和地迎着我的目光的同时，端起纸杯，一声长长地吸溜茶水的声音回环在下午空茫的阳光里。

后来，我才明白，就是这个不经意的细节、很平常的细节，给我和他之间埋下了一场法庭上面对面针锋相对的伏笔。

这个圆滑而狡黠的男人！

由于招聘的是总工，我没有现场定夺的权限。我这里只是第一道门槛，经我筛选，有合适的人，我会将应聘者的信息资料统一上报给大老板。用谁，最终由大老板签字，并开出试用期限和试用期的薪资。我把这个大致意思毫不保留地端给了他。而他，依然不急不缓，一副无所谓的样子。我明显能感觉到他的傲慢，傲慢的同时处处透射着不屑一顾，和俯视我以及我们企业的气场。有这些证书和从业经历做后盾，他自然有傲慢和俯视的资本。艺高人胆大，酒醇不怕巷子深……这些先人留下的古训，我多少还是知道的。我这样想的时候，他已经开始收拾自己的包，动作很快，似乎被谁催赶着。

出于礼貌，送他至电梯口，相互握手。握手的瞬间，他说："用不用，最好一周之内给个答复。因为，上海那边还在催促我上班呢。"回办公室的走廊很深，春天的阳光开始跌落，致使走廊略显幽暗，但这幽与深给了我足够的思考时间：铁路正式员工、长期请病假、大型企业经历、国字号证书……硬邦邦的条件，怎么不待在上海，而回银川来呢？

三

一周之内，我并没有给他打电话。因为合适的人选不是他，而是一个学历不高、薪资在企业可负担的合理区间，并有现场经验的人。用现代企业流行的一句话：什么是人才——能胜任这个岗位就是人才。

第二个周一的早上，我站在窗前看春天里的雪花。一片一片自由飞舞的雪花，落于树梢、行人的头发、移动的伞、流动的车……但，我知道这些来自天庭的美丽，在喧闹的人间只是一个过客。如同现在正在给我打电话的这个人："你们考虑好了吗？我马上要订回上海的机票了。"这一次，我很委婉地说了一句："不好意思，我们已经有了人选。"然后我的目光继续随着雪花四处游弋。然而，他还是将自己的身影从上海的繁华里抽了出来，复又出现在银川的冰天雪地，出现在我面前。

这一次，是介绍他的熟人将电话打到我们老板那里。熟人的意思是干不了总工，给安排一个项目经理或者预算员什么的也可以。至于熟人是个什么样的人，在什么部门任职，我至今没有见过，也不想见。于是，就有电话到了我这里。于是和这个人有了第二次握手。

"你要干的项目不在银川，在济南。分公司有个装修项目，甲方做好了预算书，你得到现场去审理预算。另外，已经给你订好了明晚的火车票，并安排好了接站和食宿。"

"行。我今天就准备。不过我坐火车头疼，能不能改换成飞机？"

"不行。公司有规定，副总以上飞机，中层硬卧，普通员工硬座。"

这次，我明显感觉到他身上的傲慢和盛气凌人已荡然无存。仿佛经常光顾宁夏平原的沙尘一样，来得很猛，肆无忌惮地吹上一天半天，直到把自己吹疲惫，才会消停。我没有过多的语言，他也没有。前后不到半小时，他便离开我的办公室。在他离开之前，我给了他一个档案袋，袋子里装着他所有的资料，然后写上了收件人姓名。依照规定，我这里只保存所有员工信息的扫描件，当然，他的资料也在备份之列。

异地作业，我和这个人几乎没有任何交集，自然也不会去询问他的工作和生活情况，只是记忆里有这么一个人被派往济南公司。至于节假日是否游览了大明湖、趵突泉、千佛山等济南的标志性景点，这些与我关系不大。我不是一个善于经营人脉，热衷于职场里相互拆台、相互挤兑、相互闲话的人，我只是一个干活不爱说话的人。或许，这就是我这些年为什么一成不变地干着抄抄写写、迎来送往的缘由。

夏天刚刚开始，这个人却悄无声息地坐在我办公室的沙发上。当时，我正在草拟一份可行性研究报告，聚精会神于浩瀚百度寻找可以复制和粘贴的段落，以减轻查阅纸质资料带来的繁复。真不是我傲慢，或者就像他后来在法庭上给我下的结论——一个傲慢十足、目中无人又不知礼数的人。我绝对没有看见他进来，再说有人进来后至少问个好，握个手什么的。没有，一点声音也没有。如果不是我抬头点烟，绝不会看见沙发上有一个活人。事实上，我还是看见了。看见了，就得停下右手捏着的鼠标，就得嘘寒问暖，就得取茶倒水。

他说："济南那边没有给你打电话吗？"

"没有。"

"那边说我不适合预算工作，让我来你这边办离职。"

离职，说白了无非就是交回公司的固资、领用的办公用品、工装、扣回借款……最主要就是清算工资。我在思考这些惯常的问题时，看了看搁置在左前方的台历：5月17日。大概做了计算，他在我公司不足五十天时间。

他拿出一张离职表，离职表上各部门负责人都签了字，说明那边的手续结交得很干净。我也顺水推舟，签了自己的名字，然后告诉他："济南那边会将你的考勤传给财务，财务会和你联系，会一次性结清你的工资的。"因为实在忙，我没有挽留他的意思，也不想挽留。

但他没有立马离开，而是斜靠在沙发扶手边上，用我说不出的目光看着我，足足三十秒之久。此时，我心有些发怵，但绝不会表现在脸上。这些年，在行政岗位上，我从一个青涩少年混迹到不惑之年，学会了说话与微笑，学会了察言观色与忍气吞声。但，绝不会做沉默是金的人。他不言，我不语，继续假装执着于百度。反正距离下班还有个把小时，他总不会无赖一般去我家吃饭吧？

他掏出电话，用拇指刷屏。我不知道他是在玩微信还是找电话号码，十多分钟之后，他将电话贴在耳边："局长，你给我介绍的这家公司不适合我，今天辞职了，刚刚办完辞职手续。如果晚上有时间，我们可以坐坐。"也不知道电话对面的局长是男是女，年龄多大，更不知道，对面的局长是怎么说的，说了什么。这些对我无关紧要，紧要的是我盼着这个无聊的家伙能尽快离开，见他的局长去。没有，他没有按照我的想象编排程序，而是无休止地打电话："嗯嗯嗯，嘿嘿嘿，哈哈哈……"我怎么就不理解这个人是如此虚伪，明明自己不适合，偏偏却要偷换主题和概念，而且当着知情者的面毫无廉耻地撒谎。

电话一个接着一个。局长之后是上海的吴总，接着是杭州的廖经理，接着又是什么总工……除了寒暄之外，好像没有谈什么实质性的话题。事实上，我也很清楚，他这是在炫耀，在秀自己广大的人脉或者丰富的社会资源。意思再明确不过了：今天离开你们，明天会有人找上门的，酒醇不怕巷子深。

装。这人就一个"装"字！你装朋友遍地，我装沉默。

电话终于结束了，他长吁了一口气。暂时的安静让我有了片刻的舒心。忽然记起昌耀的一首诗：

  静寂——谁的叹吁？
  密西西比河此刻风雨，
  在那边攀缘而走。
  地球这壁，一人无语独坐。

属于我和他的时间，在这个人的电话声里被消耗了半个小时。初夏的阳光开始倾斜，透过玻璃之后的光晕有些乏味，就像这个释然后的男人一般绵软。距离下班不到十分钟，我开始收拾摆放在桌面上的碳素笔、红蓝铅笔、会议纪要、烟灰缸、水杯……这个时候，他站立起来，我以为他要走了，停下来准备目送。但他没有，而是很郑重地站在我面前，脸色阴沉，目光充满怒气，"你……和你们公司都是骗子，大大的骗子，没有任何理由要辞退一个国家注册工程师，这是我工作二十年来受到的最大侮辱，你们的行为是对知识和人才的蔑视……"后面也不知道说了些什么，我实在没有听下。那一刻，我不知道我们的先人在造"怒火中烧"这个词的时候是怎样的心境。但我并没有将中烧的怒火燎原，而是将它强制性地掐灭。

"你们看不上我，我还看不上你们，整个公司从上到下，没有一点现代企业的生机和活力，管理混乱，人才断层，服务质量差，员工素质低，法律意识淡薄，企业文化缺失……"听着这些惯常的词语叠加,我怎么感觉此时我在某个地方参加一个企业的年终总结会,坐在台上的领导正在念我起草的文件。我文字结束的地方,就是领导声音到达的边界。刚刚被掐灭的火焰,这时候彻底死于灰烬。而我不由暗自发笑:这个国家级注册工程师,是不是很长时间没有讲话了?

然后,他又从建筑学、材料学、经济学、法律学、会计学甚至哲学的角度给我分析一个现代企业所具备的条件。我赔着笑脸,学生模样聆听。时间在他的阔论中又被耗掉了多半个小时。但,我不能一味地去聆听,也不能一直给他表演口才的机会,我得回家。

他和我肩并肩走着。他继续于自己的喋喋不休,继续剖析我们企业存在的问题,直至红绿灯前的最后三秒。

四

电话是劳动仲裁打来的。这些年有过来往的部门真不少,比如税务局、工商局、公安局、城管局、规划局、反贪局、发改委、经信委、银行、法院、中国移动、中国电信……但,劳动仲裁还是第一次。很显然,有人将我讨生活的组织告到劳动仲裁了。

去,必须去。交流和沟通是我获得薪水的最基本要素。

进去的时候,通知我取申诉书的领导正在逐字逐句地分析当事人的诉讼理由。

"这个叫于明亮的人是怎么到你们公司的?"

"熟人介绍。"

"这是个什么人,你了解吗?"

"不太了解。"

"不太了解你们就敢用?我实话告诉你,这个于明亮已经连续三年在我们这里递交申诉书了。每年一个公司,而且每次都胜诉。"

简短的几句对话,我几乎被这突如其来的语言击倒了。此时,我想到的不是我的公司、职位以及工资,而是我可能会被老板炒掉,再次在网络上投递简历,或者给熟人打电话,再次找寻可以糊口的场所。

领导接着说:"目前最要命的是两条:一是你们没有和于明亮签劳动合同;二是在入职表上你们答应人家月薪三万,而且还是税后。你看,白纸黑字就写在这里,并且有你们各个部门负责人的签字。"他把一张表单递给我。这张表单我再熟悉不过了,虽是一张复印件,但我的签字清晰而真实地趴在那里。我能想象到此时我的面色：由红而黄，而煞白，与死人之脸相差无几。但我不能捶胸顿足，追悔莫及；不能出言不逊，爆粗大骂。因为这里是一级组织，是代表公平和正义的地方。我只好拿着申诉书，拿着这些比铁还重的纸张，回到我该回到的地方，那里或许还有用来呼吸的空气和喘息的机会。只要冷静寻找，不是没有破绽。

蓝天之下，大地之上，行走在街道上的人们秩序井然。红灯亮的时候，他们目视；绿灯亮的时候，他们行走。但我的行走，如同蜗牛，爬行的同时，还要提防随时从身体上踩过的那些大小不等的布鞋、皮鞋、休闲鞋、高跟鞋、旅游鞋……

将申诉书摊放在桌面上，逐字逐句地过了一遍。我不是要急着去写什么答辩，而是看完后，将期间的一些主要内容如实地汇报给了老板。最后，将这两三页文字扫描，发给了律师。

整整一个下午，焦虑与不安就像此时弥漫在房间里的烟雾——从我嘴里吐出的烟雾，每一缕都显得那样凝重，轻易不肯散去。等待——一个漫长的从未经历过的下午。阳光走过了正午、午偏西、偏西，直至下沉。我的目光也追随着光影，一路走向黑暗，在黑暗里锁上门。灯光初上的夜晚，闪烁的色彩，使我原本单薄的身影变得孱弱而孤寂。如果结局如同劳动仲裁说的那样，我将被迫离开这个讨生活的楼宇。这就是职场，容不得一丝一缕错误出现的职场。

我的担忧被此时律师打来的电话驱散。律师开出的条件是只要能拿来于明亮是铁路职工的身份证明，这个官司至少就有了八成胜算。挂了电话，身体似乎漂浮在灯光里，游鱼一般穿梭于往来的人群和车辆。

五

在劳动仲裁的庭审现场，隔着无人旁听的几把椅子。这个我再也不愿意见到的人，我还是见到了。此时，他从一个陈旧的、黑色的电脑包里掏出了很多红色封皮的证书、聘书以及用来击败我的证据之后，拧开自己的茶杯，悠然地喝着香气四溢的茶。坐在被告代理席上的我，心神不宁地看着这个傲慢的家伙：他是来打官司，还是来开茶话会？

法槌敲响的瞬间，法官对着原告座位上的于明亮说："这里是法庭，不是茶楼。"这个家伙只好停止了自己的品茗行径，但他的脸上似乎还扩散着意犹未尽的表情。

庭审的陈述阶段，他照本宣科地念着申诉书上的文字。这些文字我是再熟悉不过了。对于我，不用聆听，也不用去思考和记录，因为坐在我右边的律师已经做好了答辩。

进入举证阶段之后,他的举证真让人哭笑不得。他将自己的那些聘书、曾经的任职文件以及职称证一件一件递给了法官。

法官有些惊愕地问:"这些能证明什么?"

"证明我完全有能力当他们公司的副总或者总工。"

听见这样的回答,主审法官、陪审员、律师,包括正在记录的书记员,都开始笑了,笑声有些大。我觉得假如法庭是一个有血有肉的人,这时候绝对也会笑出声音的。按照他的逻辑:我是省级作协会员,那么我完全有能力出任我们省的作协主席,但这只是一厢情愿啊!然而法庭是严肃的,是无情的,法庭不会因为当事人的喜怒哀乐而随之变化情感的。举证继续。这一次他呈上的是一张养老保险的明细单,目的是要证明自己是铁路员工。此时,我有些暗自窃喜。律师曾要求我一定要拿到他的工作单位证明,我的确无能为力。这个时候,他自己证明自己,得来全不费工夫!过分聪明的人偶尔犯点糊涂也在情理之中。最后他的举证是一张入职表,就是我曾经让他自己带到济南的那张表单。这张表单通过法官、通过律师传递到我面前时,我感觉自己一下跌入黑暗,这黑暗如同一张野兽的嘴巴,将我吞噬。在薪资一栏里,白纸黑字地写着:月薪三万(税后)。而且所有与入职员工的签字一一俱全。我不敢抬头看坐在我对面的这个人,我相信在这个时段,他的脸被得意和高傲充斥着,或者,他的目光鹰一样盯着我的一举一动。我努力回忆这张表单填写过程中的每一个细节,但我的回忆是徒劳的,似乎没有任何破绽证明它是伪造的。这个时候,律师用他的左脚轻轻地碰了一下我的右脚,然后从我给他的所有资料中也拿出了一张同样的影印件表单,但这张表单上薪资一栏是空白的,很明显,是他自己在带往济南的路途上自己填写的。刚才的黑暗一闪即逝,沉重和压抑风一样飘过。

接下来则是辩论阶段。因为自己只是被告代理,所有的问答在律师和于明亮之间进行。我不会发言,也不能发言,只是盯着高悬于法官头顶上的天平,它纹丝不动,固守着它应有的法则。当然,有时候天平也会倾斜,但那只是在我的目光看不见的时候。但此时,它没有倾斜。

我见到仲裁书是两周之后,法庭驳回了于明亮先生的诉求。

然而,一个月之后,在县法院的法庭上我和这个执着于法律的离职者再一次面对面,重新温习了一次审判的全过程。

法院做了当庭判决:驳回上诉,维持劳动仲裁。

走出法院的时候,他挤在我和律师中间,依然喋喋不休地陈述着自己的职场经历和继续上诉中级人民法院的打算。

依旧握手挥别。我很友好且语重心长地说:"结束吧,与其将时间耗费在法院和往来于法院的路上,不如找个讨生活的场所,使你的那些证件为你挣得更多的收入。"然而,他很执拗地转过身,将自己融入车流。

《四川文学》2017 年第 7 期

空碗朝天

张金凤

端起碗,就端起人间的无边岁月。

天上一颗星,地上一个丁;地上一个丁,人间多只碗。一只碗,就是一个丁、一个人在人间的身份,是你的地位,是你的谋生。一只碗在民间的分量有多重?它跟生命是等价的。

人生来就端着一只朝天的空碗,向这世界讨要你的生计。岁月在你的碗里添水添羹加米加饭,你靠着一只碗在世间存身。

民间的碗,多是广口的泥陶碗、粗瓷碗,这些大黑碗里盛着粗茶淡饭、稀汤薄水,就像穷人带补丁的棉袄、立不直的腰身、说不硬的话语。一个粗糙的泥陶碗若盛上一碗肉,那日子就有点轻飘飘不切实际;一个穷了数代的寒酸泥腿子,若是突然坐上了八抬大轿,簇拥着兵丁奴婢,这样的日子他也过不踏实。狗肚子里盛不住三两荤油,穷汉莫有非分的念想。有碗饭吃就很好!一个个穷人,捧着自己粗枝大叶的海碗,吃着半菜半粮的三餐,安分、知足,从不妄想。

碗是一面镜子,它承载着岁月的沧桑,见证着民间的悲凉,喜乐悲哀都在碗的肚子里盛着,碗不说话,只知道喂养。碗是一个生命的图腾,碗里有时候是一碗稀菜汤,映照着稀薄的希冀和渺茫的未来;有时候是喷香的米,从土地中长出,从汗水里抽穗,开出暖暖的花朵;碗里有时候是半碗白酒,那去意已决的心,饮尽这酒,碗落地而碎,听到的似乎是生命终结的声音,那个人,摔了碗,从此背负着一个故事消失于江湖;碗里有时候是半碗草木的汁液,幻化出苦涩酸麻的银针,刺向肉身里的邪气和恶气;碗里有时候也盛着阴谋,是蛇蝎的心搅拌在蜜里,是裂肌穿骨的刀,剔除无辜的血脉。

碗的造型当初大约取样于乳房。一个孩子出生先是以母亲的乳房为碗,三餐都从那里淘换,母亲们不管吃下的是怎样低劣的饭食,端上来的一定是热烘烘雪白的汤汁。一个能够独立吃饭的孩子就拥有了自己的一只碗,孩子从小就知道:

端好自己的碗，不能打了饭碗，打了碗就丢了饭，日子怎么支撑？每个人一生都抱着碗，就像婴儿时抱紧母亲的乳房。

端好自己的碗，吃自己的饭，眼睛别向别处瞟，这是吃饭的规矩，也是做人的规矩。人家的细瓷碗盛着肉香和鱼鲜，那是人家的日子，人家的命。不看、不闻，只管把自己这碗饭吃得香甜。更不要吃着碗里的看着锅里的，人不能贪，一旦贪了，自己眼前这碗饭也未必保得住。长辈们指着碗敲打着孩子。一只碗奠定了乡村孩子粗陋的人生观，完成了不识字的爹娘对孩子的基础教育。孩子端着那只碗，没有办法不去想那只细瓷碗的香。他日头下一次次偷偷仰天追问，黑夜里一次次辗转难眠，还是禁不住去羡慕。终于，端着半碗糠菜的孩子不再言语，他已经从牛槽边、粪堆边、河滩里、大田里梳理出了碗的走向，他已经偷偷从祖父那本老书卷里窥见"王侯将相宁有种乎"的禁语。他冲手心里吐了口唾沫暗下决心，他知道，土坷垃里永远刨不出金疙瘩，那几本泛黄的旧书里也许有神秘的咒语。他从碗里看见了"断齑画粥"的范仲淹，看见了忍辱奋发的韩信，他看见了草莽皇帝刘邦，也看见了忠义将军岳飞。草根里跳出来的英雄豪杰，像一碗胡辣汤，刺激得他热血沸腾，捧着粗糙大碗的孩子，另一只手悄悄捧起了书，白天里挥动锄镰的手，月光下拿一杆苇管，悄悄在细沙地上写写画画。

一只细瓷带花的碗，常常被奉若神明，但是细瓷里的人生却满怀惆怅，他不知道细瓷之外还有多么坎坷的世途，描花之外还有多少等待缝补的棉麻。细瓷碗的人生没有远方，没有了俗世的艰辛，也没有了人世间的悲喜萦怀，它在绣楼上郁郁寡欢，它在书斋前素手调琴。没有人生历练的碗，素淡得成了一种祭器般的摆设，锦绣年华都付诸没有梦想的荒芜岁月，它眺望烟火鼎盛的人间，却正好遇见那只粗瓷大碗伸长了脖子往这厢张望的目光。

不管细瓷的还是土陶的碗，每一只碗端起一个宿命、一段人生。宿命不同，碗里的悲喜各异，但故事并不如碗的身世一样尊贵或卑贱。持老烟袋的手，早就看清了那孩子的心性，不紧不慢，他的训导像一袋老辣的烟：不管土陶的还是细瓷的碗，你端着它，就有一碗饭吃，生活就是安宁的。如果饭碗丢了，那么人生就玄乎；如果碗摔破了，前途就渺茫了。

一个丢了碗的人，在世间如何行走呢？碗是一种差事、一种奉献、一种责任。要让生活不空碗朝上，那个捧碗的人就要在世间勤勉地耕耘和奔走，携带着世间的风雨和尘埃，劳劳碌碌。一辈子，不就是为碗饭吗？人们感叹着。

空碗朝上的日子是悲惨的，空碗朝上的人生是屈辱的。街头那破衣烂衫的叫花子就是空碗朝上的践行者，这最寒酸的乞讨境地，都需要一只碗来支起生活的帷帐。那只碗，有时候是破的，豁开一个大口，兜不住这个人人生的种种；有时候那么脏，挑剔不得生活的泥沙。他们拿着一只破碗，佝偻着、萎缩着举过卑微的头顶，那时候，碗里的一口吃食，已经远远高过了头颅，高过了他的尊严。有时候，他窘迫得连一只破碗都没有了，寻到一只破瓢、一片破瓦瓣做碗，那半片瓢片、瓦瓣伴随的是多么残缺的人生啊！最让人心酸的是有些叫花子，连一只残破的碗也没有了，在这世间，没有了碗的人，他随时都可能被一阵风吹走，被一片尘埃淹没。他只有努力地伸着手，不断地伸着手向一个个行人求乞，他将手掌擎着，做成一个浅浅的小碗状，乞食在碌碌的红尘。连一只破碗都守不住的人，如世间的一粒飘蓬，更似一粒尘埃，落到哪里，便在哪里归于泥土。

端起碗，必是端起了沉重的人生，端起了肩上的责任。端起碗的时候，看见食物，还得看见食物背后的艰辛和劳作，想起碗边的一粒谷来自哪一滴汗水的浇灌，碗边的每一粒米都有恒远厚重的身世，都是春耕秋收的一帧记忆。

一只碗，陪伴一段生命的旅程，你不论在何时都离不开碗支撑的岁月！你贫瘠时，碗会流泪，它恐惧着、难过着，它盛着淡淡的汤、稀薄的米，它哀怨地看着自己空有一只巨大的乳房却挤不出一滴乳汁。懂碗的人，抚摸着碗，安慰着碗，他无能为力，只能愧疚地说，阳光灿烂的日子，我怎么就没有去耕种？满地庄稼的时候，我怎么就没有去收割？可是为什么有些人一辈子把自己埋在庄稼地里，埋在劳碌奔忙的生活里，手里那碗饭依然摇摇晃晃，依然吃不饱肚子，碗不明白，端碗的人也想不明白。

碗边的岁月有时是悲凉的，有时是困顿的。一只碗，是有灵性的，它最担心自己没有终生陪伴主人，在瓷的光泽尚鲜润的青壮年月里，一纸红签的批复，将碗的终点定在午时三刻。在人生的终点处，那个即将被执行酷刑的人，接过一碗送行的酒，咕嘟嘟饮尽，身着囚衣的他，喝完了酒，用牙齿咬住碗的边缘，此一生，这是最后一次与碗亲近了。"啪"的一声，他将碗摔掉，就如摔掉这一世的所有牵挂和刑枷，傲然地走向了断头台。那一声响，是他自己亲手画上人生终结的句号。敢死队是一群热血的汉子，他们在饯行酒面前，袒露着胸膛，或许还要歃血为盟，一股热血冲击着他们的灵魂，"咕嘟嘟"几口，浓烈的白酒喝下去，"啪啪啪"，碗碎了一地，那些碗片疼痛啊！疼痛的还有他们亲人的心，但是，他们赌上了自己的命，为了某一种执着的事业。

有时候，一只碗是短命的；有时候，一只碗的岁月比人生还要难挨。这只碗，如果去陪伴一个心在高处的青年，碗的怀抱里也充盈着梦想和激情；这只碗，如果去陪伴一个凄凉晚景，薄荫凉寒里，颤抖的手端着一碗或半碗残羹冷炙，碗也黯然伤神；碗有时候空空地等在桌上，那副寂寞的筷子都闲出伤痕，碗始终没有等到那个人。那个人，闯外去了吧？也许有一天衣锦还乡，也许再也不回来，碗只能被陈列在供奉桌案上，满满的思念化作满满的忧伤。放在供桌上的碗是神圣的，它将那些美好的祈愿和感恩呈献给天，呈献给地，呈现给人们的祖先，更呈给它曾经服侍过、惦念过的人。那些好似是虚无缥缈的神迹却是人类精神的支柱，供桌上的碗，完成了从物质到精神的桥梁沟通，是人与灵魂世界的红媒。

有时候，人们在灯红酒绿里，在杯盏碟盘中忽略了碗，忘记了碗，那只碗被一个一直等待在暗处的人悄悄拿走了。锣鼓一停，妆容卸下，那些围绕着他、取悦着他的面孔一个个褪去各自姣好的戏装，转身消失在茫茫人海。那个惊醒的梦中人，再也找不到曾经相濡以沫的碗了，他蹲在戏台下号啕大哭。

碗，取土而成，聚火而做，在高温里赋予它神圣的使命，赋予它喂养一个生命的使命，赋予它分享一个人一生悲喜的使命。一只碗，盛过一碗稀粥、半碗苦药，盛过年的一碗素饺，清明的一碗薄酒，盛过大块吃肉大碗喝酒的豪爽岁月，盛过一日看尽长安花的飞扬。一只碗，它走着走着就面目斑驳了，就纹理粗糙了，就棱角模糊了。碗，停留在岁月的边缘，看着它的主人，眼神苍老而疲倦，换一个更新的碗吧？碗不难过，它感觉主人有了新的前程，那是它的荣幸，那是它喂养的主人啊！就像母亲看着自己的孩子一天天长大长高一样，未来自己会孤单会落寂那也是心甘情愿的。那个人乘上快马走了，借着高枝飞了，碗被遗落在一个角落里。有时候，盛上一点水，滋养院落里的小狗小猫；有时候，放下一点粮，成了鸡鸭鹅甚至树上鸟儿的食钵。碗无怨无悔，不管去喂养谁，只要还能喂养，还能用水和食物给一个生命生机和活力，碗就是幸福的。碗的一生就是这样，别让它空着就行，空碗朝天的岁月是多么难过啊，那一只惊恐的口张大了问天，天哪，为什么这样？

端谁家的碗受谁家的管。离开粗瓷大碗的人生，端起另一碗饭，那被叫作铁饭碗。一碗饭有一碗饭的规矩，一碗饭有一碗饭的难处，新的饭碗教会了他尊重和真诚，也教会了他顺从和无奈。他有时候也怀念粗瓷大碗的自由岁月，碗有时候也是一副燎烤啊，锁住了自由的翅膀！光看见人家吃肉，没看见人家挨打啊！碗边跌落他一声叹息。

碗满了空，空了满，摇摇晃晃走得很累。洗洗涮涮的日子，叮叮当当的碰撞，盛来盛去，半满不浅，鸡飞狗跳，鸡毛蒜皮，一碗水怎么端平，谁家的碗里不是苦乐各半呢？

碗里的岁月有时是苍凉的，碗里的岁月有时是厚实的。伤感的碗，喜悦的碗，尝尽生活百味的碗，更知道母亲的辛劳。母亲精打细算，就是经卷里开出的花朵。有时候一块山芋也会被母亲煮出甜，煮出蜜，煮出四季的芬芳；有时候，一碗粗茶也会被母亲捋出诗，敲出歌，捻成曲。榆钱饭、槐花饼、野菜粥，它们被母亲用心地调制，将它们赋予春风般的荡漾。

碗在桌上陪伴着你，碗在地头供养着你，碗最难忘那些流浪在田边的岁月。劳动力在大田里一去一整天，一天三顿饭有两顿是在田里吃的。村庄里，那些从古老的岁月里走出来的小脚老太太们，干粮、烙饼、咸菜、咸酱、萝卜干儿，塞满一只只海口的碗，碗跟随颤颤巍巍的小脚来到了地头，去安抚那些在酷热里流汗拼打的胳膊。用它的温柔去安抚他海啸的威力，喊叫着的饥饿。然后，碗把自己身体的水、酒、糖、醋，换出了人生的酸甜苦辣咸，从毛孔里走出，走过了人生、走过了人体的碗里的那些内容，突然觉得坐地成佛了。

碗的劫难有时候来得突然，一层经年的油垢附着在裙子上，盛不住一碗水，轻轻一端，就"啪"的一声滑脱在地，碗分两半，兄弟们各奔东西。碗含着泪也含着期望走上了手术台。"哧啦哧啦"的金刚钻钻得碗皮疼肉疼心肝疼，碗片上三三两两的钻孔，是一个个咕嘟嘟涌血的弹孔，一块小铁，是最好的药，安抚着伤口，重新箍起分道扬镳的兄弟，重新挽救了碗破损的生命。一只被锔补过的碗，时刻提醒人们，仕途凶险，且仔细保平安。

碗磕磕绊绊走到最后，还是躲不过破碎的命运，在洗刷时，它与另一只碗轻轻的一个拥抱，就把自己碰伤了筋骨。它太苍老了，经不住那股激情。或者，在小姑娘的手里一打滑，从空中落了下来，碗磕碎了一地，人小心地捡起来一块碗瓣，微微叹息。等土豆出土，人们做饭的时候，捡起一块小小的碗片，刮掉那块茎上的皮，碗的残躯成了一个利器。它远远地看着这些食物送进锅灶，再盛进一些新碗的怀抱。碗又微微叹息了一声，那些美好的过往，我也经历过啊。碗默默地回到角落，守着蛛网交织，守着缓慢的落日，守着人间依旧火热的生活。

一个人在世间奔走着，那只碗跟着它风风雨雨，开口向天；一个人走完了世间的路，归于尘土，那只碗仍然护佑着他，扣过来，扣成一个尖尖的坟头，呵护它的灵魂。

《北京文学》2017 年第 7 期

脸上的箔竹

詹谷丰

一

古人用薄的苇、席修饰一根大自然的竹子，之后就成了今人口中一个具有独立个性的名字。"箔竹"，就这样用一种古老植物的伪装掩盖了一个地名的历史成分，而它的真实面目，则潜伏在深山密林中，等待着人类的亲近。

我在散文中用一条名为修水的河流为故乡义宁招魂的时候，我看到了千年古街西摆落葬的现场，却对隐藏在九岭山脉褶皱里的箔竹古村一无所知，故乡超过四千五百平方公里的土地太广袤了，我的脚步一辈子都未能走过那些千山万水。

认识一个地名从道路和树木开始。箔竹的第一缕炊烟升起在明朝永乐年间，六百多年来，连通外界的交通只是一条山间的羊肠小道，乱石、涧水、古桥、荒草，组成了一条古道的所有元素。公路，这个现代社会最普通常见的名词，目前只是崎岖山道上的一个轮廓，还没有成为最终的现实。为了到达这个被群山包围的村庄，我们只能用高底盘的越野汽车做了明朝的轿马，在高低不平的毛坯公路上颠簸着前行，即使远离海洋，车上的人都会想起波峰浪谷中的木船。古树是箔竹进入我们眼睛的第一个标志，那些遮天蔽日的玉兰、石楠和红豆杉，用它们入云的高度和十数条壮汉都不能环抱的身围，让城市里移植的树木感到渺小和年轻。

群山环抱的山坡上，数十栋土屋随地形山势毫无规则地散布着，黄色的是土墙，青色的是墙砖，黑色的是屋瓦，坚硬的是麻石。门口的古井，屋后的流水，石上的青苔，坡上的菜园，散走的鸡鸭，屋场里享受阳光的老人，这些农耕时代的独特景象，共同组成了一个村庄的面目和表情。

箔竹的房屋是世外的作品，人类所有现存的建筑和美学规则，都无法将它们划分和归类。山势和地形，是这些房屋存在的唯一落脚点。整齐、朝向、风水、毗邻、合面，都与箔竹无关，至于街道形式的商业设计和主次意味的中心建筑，与这个山村相隔了六百多年的遥远距离。

我的脚步走过每一幢房屋之后，我惊奇地发现，箔竹的所有建筑，都建立在农耕的背景之上，那些组成建筑的所有构件，都与"现代"这个词保持着遥远的距离。黄泥、黑瓦、木头、石块、铁钉，将代表着现代文明的水泥、玻璃、钢筋、瓷砖排除在外。六百多年来，大自然无意中用崇山峻岭构筑了一道山村与现代文明的防线，然而对于箔竹村的山民们来说，所有的封闭、原生态，都是无意之举。陌生人粗暴的脚步，城里人的杂交口音，都无法引起村庄里的狗、牛和鸡鸭的警惕和抗议。寂静与沉稳，这个农耕与乡土的主旋律，并没有因为饱食之后用山水抒情的旅游者的闯入而改变。村里唯一兼作戏台的祠堂，简陋和昏暗的戏台上，以静止的形态展示在我们眼前的，依然是几个世纪之前的帝王将相和才子佳人。与一个花甲老人距离最近的是土墙上的两条毛泽东语录。

所有留在建筑上的语录，都以简洁、果断、不容置疑的威严昭示人间。毛泽东在数十年前的话语片断，不知是否仍是这片世外桃源的"圣经"和生存指引？那个高大的湖南人用浓重的湘潭口音说："人民，只有人民，才是创造世界历史的动力。"

二

一个村庄的风景长在树上，标志在坚硬的建筑中；一个村庄的历史却只能写在人的脸上，标志在柔软的内心深处。

只有三十多户人家的箔竹，用"毫不起眼"这个词才能描述出它的微小，由于年轻人出外谋生，这个空心化了的村庄只剩下了四十多个妇孺老幼。这个以郑姓为单一血缘的村庄，六百多年来的繁衍生息，以一种外人无法窥视的隐秘方式进行。如今的这片苍老建筑，只是六百多年前荥阳郑氏先人在赣西北九岭山脉深处最早的落脚点，它是一个姓氏在异乡生存与繁衍的子宫与母体。在郑姓的族谱上，九岭山脉中远远近近的郑姓人家都是箔竹的子孙。箔竹村中最德高望重的郑淑金先生手指那一座座苍莽的山岭，让我们看到了由于地形和空间限制郑氏后人迁徙山外的流向。郑淑金口中的历史和郑氏血缘的流向，《修水县地名志》做了准确的印证。我在崴里、独丘、石埂山头、上鹰嘴岩、大垄里、下山、火烧坑、上石、烟坳、鹅形、杉树窝等充满了乡土气息的村庄里看到了一个姓氏的开枝分蘖。

我在土墙上看到的用旧体诗形式写成的箔竹古村沿革的介绍，就是出自郑淑金的手笔。这个曾经担任过大队党支部书记的老人，是荥阳郑氏的孝子，明朝永乐以来六百多年的历史，一一藏在他苍老的掌纹深处。我们找到他的时候，他正在屋场里挥斧劈柴，七十七年的岁月在他的斧头之下飞溅。山中一日，世上千年的哲理，在郑淑金老人的力气和形貌上得到了印证和展示。古老的村庄，清新的空气，与化肥农药隔绝的食物和天然的泉水，还有与世无争的平静心态，是人类健康长寿的秘密。

建筑，是村庄的风景，老人，却是村庄的历史。一个没有老人的村庄，是不能称为古村的。箔竹村，九十岁以上的老人就有两个，她们坐在屋场里享受春阳的安闲身姿与恬淡神态，是一座村庄最美的表情，是箔竹的一张笑脸。"2"虽然是一个微小的阿拉伯数字，但它与箔竹村的人口构成了一个绝对的比例。在她们的银发中，七十七岁的郑淑金仅仅是个小字辈，是丙申年眼中的90后。

箔竹村古树成群，那些不同名字的古树，每一株都可以撑起一片森林，随手折一根树枝，都能在横截面上看到它们密集的年轮。茂密的古树和屋场里享受阳光的老人，就是箔竹村的年轮。这是一种健康的自然生态，他们的生长，为物欲横流、环境污染的世界保存了一片清新，这样的净土，成了2016年春天久雨低温中的一缕阳光。

三

所有的房屋，都有自己悲欢离合的故事。器物背后的人物，隐藏在岁月深处，这是走马观花的旅游者永远都无法刺探到的情报。

箔竹村所有的瓦砾都掩埋着一个村庄的秘史。我路过一处废墟的时候，看见了一块木板，从木板的形状上，熟悉传统农具家具的我们无法辨认它们曾经联结的母体，无法复原它们的结构和形制，但是，木板上面残留的文字，复活了我们的兴趣和好奇。拂去木板上的泥土和风尘之后，我看见了"光绪三年丁亥岁冬郑正和置万相造"的字样。一个花甲老人，瞬间成了历史门口的窥视者。对于旅游者来说，考古是对神秘世界的破译，是一个我们无法胜任的专业，我只能通过木板上"积玉"两个汉字，猜测它从一棵大树到乡村农具的前世和今生。

箔竹村所有的建筑都保持了内敛低调的本色，它们不会将自己的光荣和长寿高调地悬挂在门口，甚至放大成一块招揽游客的广告牌。谦虚是乡村的本色，更是一片土屋成为古村落的唯一原因。因为这些原因，在踏进每一幢房屋之前，我都会双手合十，调整自己的气息，放轻自己的脚步，生怕一个无知者的鲁莽，惊醒了箔竹村郑姓先人的旧梦。面对那座戏台，面对"箔竹茶戏"四个大字，我听见了一声幽怨的唱腔："原来姹紫嫣红开遍，似这般都付与断井颓垣。良辰美景奈何天，便赏心乐事谁家院。朝飞暮卷，云霞翠轩，雨丝风片，烟波画船，锦屏人忒看的这韶光贱。遍青山啼红了杜鹃，荼䕷外烟丝醉软。那牡丹虽好，他春归怎占的先！"

任何人的寿命都不是建筑的对手，所以箔竹村的房屋总难避免人去房空的命运。我从那些散落在山坡上的坟墓面前，看见了人类的走向。生命的原色，早已被时光覆盖，坟上的荒草，在春天的雨水中，疯一般地生长，石碑上的字，已经在风雨中漫漶。所有的旅游者，都无法看清生命在一个名为箔竹的村庄里的重复和演变。

建筑的老去，是泥土砖瓦的必然宿命。对于那些人去屋空的建筑来说，一些有人居住的土屋在风雨中垮塌，则是砖瓦的早夭和病殇。我从一幢坍塌了半边屋角的房前走过的时候，心中突然间就摇摇欲坠，我不知道，那几根做牮支撑起一面土墙的瘦弱木头，是否会在我经过的一瞬，用生命开一个过度的玩笑，让一个异乡人，葬身在一堆黄土瓦砾之下。

战战兢兢走过断壁残垣之后，我听见房屋主人的一声叹息，叹息声中"保险公司"四个字，让我听到了六百年古村离现代文明最近的一个名词。

一幢房屋的消失，就是一个老人的往生，就是一段历史的涅槃。保险的介入，可以让建筑在废墟上重新立起，但是，已经破损的漫长时间，却永远无法修补，后来的旅行者，永远不可能看到箔竹的绝世之美。

四

遥远的箔竹村，让我们的越野汽车走过了最原始简陋的道路。那条还不能用"公路"这个词命名的乡间小道，很快就会脱胎换骨，披上水泥的外衣，让一条古村六百年以来第一次与山外的文明接轨。在绝世的风景中麻木了的箔竹人，无论他们是否愿意，现代化的汽车轮子，都将碾过村庄的平静，山外的游客将给箔竹村那些沉默的山民带来商业的喧嚣。

在郑淑金老人的厅堂里，我看到了矛盾发生的一段引信。这个担任过大队党支部书记的人，对历史，对村庄，自然多了一些发言权。老人的话，就像屋后那条竹笕，水流不绝。当我们沉浸在他的讲述中时，一个老妪悄无声息地出现在郑淑金的身后，老妪手中的竹棍击打在郑淑金旁边的凳子上。郑淑金似乎早有预料，并不慌乱，只是回过头，轻声地劝止。郑淑金的努力并没有起到作用，老妪手中的竹棍又挥了过来，带着恐怖的风声。我们惊异不止，都以为老妪精神错乱，郑淑金的讲述引发了她的病。大家一齐起身，在虚惊中撤退到了屋场里。

我们的疑惑，终于在旁人的介绍中解开。

对于箔竹村，郑淑金老人是一个有贡献的人，不饶人的年岁中，他终于退了下来，让位给年轻人。但是，镇里似乎忽视了郑淑金的贡献，在经济建设开发旅游产业的潮流中，老人突然间成了一个无足轻重的闲人。老伴不平，屡屡用凉水浇灭郑淑金参与村里事务的热情。所以，每当郑淑金向游客介绍箔竹的历史时，老伴都会干涉，竹棍就成了老妪威胁郑淑金和警告游客的道具。

离开箔竹的时候，郑淑金赶了过来，以温和的态度和谦卑的神情，委婉地向我们表达了歉疚之意。其实，知道了内情之后的我们对他充满了理解和同情，我们甚至想过，在旅游开发的过程中，应该让老人扮演一个顾问的角色，让一块燃烧的木炭慢慢释放它最后的能量。

公路的开通，将结束箔竹村六百多年的封闭历史，一个古村以一处旅游点的姿态现身，将是无法抗拒的时代宿命。在逐渐模糊的身份中，箔竹将加入开发的大合唱。再过一些时日，箔竹村石墙上那些具有文物意义的百年青苔，和岁月在古树上留下的皱纹，都有可能一夕间在游客的脚步中消失，文明的进入，是社会的进步，同时也是一个古老村庄的隐忧。如果城市膨胀，乡村隐退，大地的肌体中，将会注入同质化的兴奋剂。

在义宁故乡四千五百多平方公里的土地上，九岭山脉褶皱中的箔竹是最具有特色和个性的村庄，当公路开通之后，我也会成为旅游队伍中的一个俗人。一个人第二次踏进同一条河流的时候，我愿意再次看到乡土的灵魂，而不是城市那些雷同的面孔。

五

明朝永乐年间那个率领家族辗转迁徙的郑氏先人的名字已经被漫长的时光淹埋了，成了后人考古发掘的汉字。作为旅游者，我的兴趣不在此处，我的目光镜头般扫过那些重叠无边的山岭，我想找到那条六百多年前的古道。

郑氏先人迁徙九岭山中的时候，故乡这片四千五百多平方公里的土地还是明朝典籍上一个被称为"宁州"的地方，南昌府的马鞭再长，也未必能让它嘶鸣奋蹄。苍茫的群山，形成了一个村庄的个性特征。我在黄脆的《修水地名志》上寻找到一首描述的民谣：宁州山岭多，出门就爬坡。路上行人苦，全靠脚板磨。

明成祖朱棣时代，苍茫的九岭山中是没有道路的，所有的道路，都在野兽的脚下。我们的汽车轮子，无法在21世纪的石头上同永乐年间的草鞋重叠和吻合，如今的平坦，已不能代替历史的崎岖和惊险。如果从生活的逻辑出发，我想，六百多年前郑氏先人的迁徙，在无路可寻的原始山林里，应该回避曲折，用最直的线条连接最近的目标。

在常识和逻辑的推理中，我想，翻越眉毛山应该是六百多年前荥阳郑氏迁徙的一个重要选项。从眉毛山到箔竹，也许不是一条正确的路线，但绝对是一条有效的路线。六百多年前，原始山林里的猛兽蛇虫和绝壁险阻，是如今走在约定俗成的平安道上的我们无法想象的。

箔竹村，虽然地势高涨，但当我抬头的时候，眉毛山，却以一种珠穆朗玛峰的姿态让我的呼吸感到了压迫。

地球上所有的山岭，都以高度和植被作为它们共性的皮肤，而那些最能体现个性气质的形态、姿势、瀑布和嶙峋的怪石，却是一座山的肌肉和骨头。眉毛山早已不是一座野山，由于茶叶种植和森林管理，多年前，就有一条公路攀附在它身上。我数次登上过眉毛山的峰顶，并在近天的高处想象佛陀以慈悲俯视过脚下的众生。如今，当我在箔竹的屋场里仰视高山的时候，却无法认出这个多次亲近过的熟人。变换一个角度，常常让人类不辨了大山的真实面目。如果不是箔竹人的提示，我怎么都无法将眼前的高山同曾经熟悉的眉毛山联系起来。这是人类无法克服的局限，如同当年初次登上眉毛山，无数次的俯视和远眺，都粗心地忽视了脚下这个被称为箔竹的古老村庄。

眉毛山至箔竹村，仅仅是人类眼中的落差，也是空间最近的直线距离。六百多年之后，我有理由相信，郑氏先人进入箔竹的路线，很有可能不是经过黄沙、茅田、李村曲折蜿蜒的山坳，而是直接翻越眉毛山的陡峭和险峻。农耕时代，所有的路都长在人的脚下，所有的距离，都被人的眼睛丈量。我们如今的目标，我们抵达目的地的方式，已经拒绝了古人的智慧。借助现代化的工具，遇山开路，逢水架桥，用科技的神通，缩短了时间和空间的距离。

作为一个现代化的受益者，我无意贬低时代的进步和科技的发展。做一个农耕社会的遗老，并非我的本意，如果不是这条正在建设中的简易公路，我将无缘亲近闺中的箔竹。21世纪初叶的人类，谁都无法置身于现代化之外，在享受科学技术给我们带来极大便利的同时，我站在时代的门槛上，目睹现代化的火眼金睛，让一切物质都现出真身，连最隐秘包藏得最深的人心，都在测谎仪面前一览无遗。所以，在九岭山脉的褶皱中隐居了六百多年的箔竹，也无可奈何地脱下了面纱，让我看到了一张脸的深沉与沧桑。

《草原》2017年第7期

是圣灵　是撒旦

赵荔红

一

真的。他们是圣灵，鸽子般纷纷坠落。
是撒旦，在天空张开乌云的翅膀，眼神如闪电。
我并不试探，只无法抵挡。
只抵挡不了：圣灵之诱，撒旦之惑。

二

布烈松说：影像，如音乐的抑扬。
风动叶子的节奏是水行进，
如人的呼吸心跳与足音，
如同我正在书写的汉语辞章，
——这些花瓣无辜撒落满地，
我拣拾起来，呵着香气，重组。

三

春天早上。雾霭的灰漫过来，漫过来……我因为生病，觉得愁闷，他就放勃拉姆斯来听，三重奏第一号，说是作者年轻时写的，改了一辈子。
"每次弹，听听不好，就改几下，譬如我们读年轻时的文章，总要改几个字的。"他逆光坐，笑盈盈的，光在眼睫落成毛毛的黄。

塔可夫斯基说，拍电影，就是在寻找时间的节奏，找到了，就剪辑好了。

勃拉姆斯找着了声音的节奏。小提琴、大提琴、钢琴大家一起找，伤悲的、喜悦的、迟缓的、跳跃的、犹豫的、果决的、暗哑的、明亮的、生涩的、柔滑的、微弱的、强劲的……那些不被语词说出的节奏。

我也在找节奏。那些字挨挨挤挤在那里，我的手指轻轻拨动，这个那个，聚合散开，停滞的、流动的、漫溢的、奔腾的……我不偏爱哪种，合适就好。

四

布烈松说：影像不是现成的。它在目光下逐渐形成。影像和声音处于等待与备用状态。

汉字也处于等待与敞开的备用状态，我走过去，她们在我的目光下聚合，如同光影闪动，水草起伏，溪流的迂回跌宕。

看纪录片《海洋》，被节奏打动：音乐的节奏，海水涌动的节奏，鱼穿梭翻转腾空跃出洋面炸开极大水花的节奏。

我听到了语词声音，顺从了语词意象，我跟随着语词的节奏行进。

五

文德斯拍的《皮娜》，色调、音乐、剪辑都好。

隔绝、断裂、碎片化、机械、强力下的穿越、抗拒，一丝轻盈，瞬间欢乐，苦痛之美，绝望之挣扎，被牵扯的自由，困境中的欲望。

重复。一个动作被一而再地重复，更快地重复，更机械地重复；一个人的动作，被几个人、十几个人，一起重复。之后，蕴涵的意味就显现出来了。卓别林也是如此。

皮娜的一切，无不充满韵律，眼睛，举烟的手指，瘦长脸面，枯瘦衰老的肢体，肢体语言，肢体的诗性意象。

六

这五月舒爽的风。紫藤花开尽了，香樟树周身散发浓郁香气，蓬着脑袋站在路边。白橘花伏在叶片中眨着眼睛，如同暗绿天幕的星星。竹帘半卷，光线暗弱，花树的香气忽隐忽现，他陷在蓝沙发中，半瞌着眼支着下巴。

肖邦的《夜曲》，好似一组诗，轻重、浓淡、明暗，无不恰到好处。气息、色彩、节奏，如此统一和谐，情绪变化又如此丰富。和弦奏出背景，神秘的、浪漫的、沉思的，右手弹出一个个独立音符，像人在森林中散步，一步一步，中间又有多少遐思呢？

　　"再没有比鲁宾斯坦弹得更合适、恰当了。"他说。

　　诗三百，曰辞达，曰无邪。辞达就是合适、恰当。文字如何抵达气息色彩节奏的恰到好处？如何既纯正无邪，又能蕴涵丰富、奥妙的思绪呢？

七

　　美是均衡。海顿的室内乐，钢琴、小提琴、大提琴之间的均衡谐和。

　　均衡的旋律如同绘画精确结构、代数完美等式、教堂穹顶弧线，如同星体无声运行、潮汐忽涨忽落，如同叶子有时发芽有时坠落，如同翔鸟迁徙、群鱼涌动。

　　科学与艺术，统一在至美上的。一切均衡，则一切完美，一切符合神意。

　　巴赫、莫扎特音乐如有神助。牛顿、哥白尼信神如神在。

　　凡人不能抵达至美。仿佛只有神，令世界和谐、均衡、完美。

八

　　万花都谢了吧？这浓荫深重的午后。白纱帘因风飞扬，骤雨般的蝉声涌进窗户，和着他的睡息，起伏，如雪浪拍岸。

　　在窗前读里尔克，读到《马尔特手记》中写："为了写出一行诗，一个人必须观察很多城市，很多人和物，他必须了解各种走兽，了解鸟的飞翔，了解小花朵在清晨开放时所呈现的姿态。他必须能在沉思默想中回想起异域他乡的条条道路，回想起各式各样不期而遇的相逢，和各式各样长相厮守之后的分离，还有那些迄今依然难以言说的孩提时光……只有当它们转化成了我们体内的血液，转化成了眼神和姿态，难以名状而又跟我们自身融合为一，难分彼此——只有到了这个时候，只有在这种极其珍贵的时刻，一首诗的第一个句子才会从其中生发出来，成为真正的诗句。"

　　那些鄙视细节、在观念间倒腾的诗人们，听听吧。

九

"一个城市、一处乡村,远看不外是城市和乡村。但随着你步步走近,就有房屋、瓦片、树叶、草、蚂蚁、蚂蚁的脚,以至无尽。"帕斯这样说。

世界是细节汇聚的。写作是要剥开概念坚硬的壳,将那丰盛诱人的果肉呈露出来;是要将万象一一剖分、捣碎、翻晒、漂白、重组、再现;关键是要找到此与彼之间秘密接头的暗号。

我抽到了那丝隐秘的、闪光的、精确的线了吗?

十

读到一本好书,譬如遇见一个美善的人。就像风吹落了叶子,一般都是缘分。群星璀璨的夏夜,仰望天空。呼吸。刚巧遇见了属于你的那一颗。

譬如一本好书,刚巧就在你的手边,从前,你居然不认识它。

十一

街面静下来,桂花的甜香便更浓些。早起一场大雨,刚刚开的花,就散落地上的点点。教人好不心疼啊。文科楼前倒还有几株,密密的金黄,我们在树下走,慢慢走,走到最后一株,又折回来,来回走着……他骑车带我去校园,桂的香魂游荡着,从我们身边,一闪而过……

"我记录下你的话呢。"坐在他的自行车后座,我是只呆头鹅。

"话是记录不下来的。"他答,"一句话正在讲的时候是有生命、有意义的,一旦被记录下来,生命就消逝了。因为记录者会漏掉说这句话时的背景、情绪、态度等等。很难从孤立的一句话,判断当时说这句话是郑重其事呢,或不过是一句反讽,一个玩笑,抑或仅仅是瞬间的感觉。"

"记录者肯定是有自己的主观选择和判断吧?"

"那么,它被记录后,即有了新的意义、独立生命,与言说者关联不大了。"

十二

离海洋最远的地方。异域的干燥气息。高原上群星闪烁。白杨树落光了叶,光光的白枝杆笔直向天。斯文·赫定、马可·波罗、玄奘的身影在沙枣树丛闪闪灭灭。

木窗户漏进灰白晨光。陌生不引动好奇。

昨日拣回的白杨叶片已干脆,垂着细脖颈在木桌上抄写几世纪前那个长胡子马赫穆德的诗句:

> 爱情感动了我。
> 思念涌向了我。
> 我的心专注于他。
> 我的脸枯黄了。

十三

11月的巴黎,树木色彩如此富丽,如多变的天空,忽而浓云密布,忽而阳光鲜亮,又忽然一阵大雨都来不及躲。如同街面上的彩虹皮肤、五色石眼睛、巴别塔语言以及众多岔道、弯曲小巷。

我经常被岔道上的风景吸引,停伫,流连,一不小心走进岔道,有时我折回来,有时就顺着原先不曾料想的,一直走了下去。不确定的,是美的。

一个人的旅程,不是直线的,也并不一定要抵达某个目的地。写作也是如此。

布烈松说:"你意料之外的,无一不是你暗中期待的。"

获得意外,尤为幸福。

十四

鲁昂大教堂前,支起白色小木屋子,各样圣诞货品,颜色鲜艳。童声合唱仿如天籁,步出教堂,我们歪在大酒桶边,喝一杯热葡萄酒,寒风清冽中,暖热,浓甜,好似上海冬日晚暮,饮几杯浓酽温热花雕。

从大教堂直穿城市,走到福楼拜纪念馆。买了本法文版《一颗淳朴的心》,写一个女仆圣徒般的一生,晚年与一只名叫露露的鹦鹉为伴,鹦鹉死后,将其制为标本。这部晚年作品,是福楼拜的自我写照吧?纪念馆内有一个壁橱,橱门开得很小,从门缝向内费劲张望,一只鹦鹉标本,模糊地隐在橱柜深处。据说是福楼拜为写这部小说,特意向鲁昂博物馆借的。

鹦鹉能学人说话,是灵鸟;作家写作,是模仿上帝言说,试图接近真理。神秘的语言能力,不可轻易获得。

十五

  冬日的阿姆斯特丹，下着小雨，无法见到印象派画家迷恋的荷兰之光，怅怅。冬日的阿姆斯特丹是褐色的，褐色房子倒影河中，运河是一大块深褐色冻糕，闲置的空游艇，散放的自行车，黑鸭子浮游着。在凡·高博物馆挤了一天，方觉不虚此行。二百多件凡·高画作，一千多份手稿，各时期与凡·高相关的画家作品，真是一场盛宴！何以一个人在半疯中，能呈现如此明净、纯粹、火热的色调，自由之精神，狂喜的热情？同时展出的蒙克画作，则是沉闷、压抑、阴晦的。晚上到博物馆对面的阿姆斯特丹音乐厅听了场舒曼艺术歌曲，出来时，雨已住了，风夹着水汽，冰冰冷扑面而来，毛毛的沾满全身。远处的博物馆，薄薄浮在水汽中，枝丫枯干伸向夜空，离凡·高那杏花绽放的春天，还很远呢。

十六

  柯罗说，一要诚恳，二要自信。
  《杜埃市政厅》，他每天画四个小时，画了十八次。哪位艺术家像他那样单纯而智慧呢？他一生清白，心地善良，像只蚂蚁，从早到晚忙个不停。他像年轻人那样向往正当的荣誉，不搞阴谋诡计，唯恐没有画出杰作，就离开人世。
  他逝于1875年2月22日。临终前三天还在作画。
  "哦，这么红的蜜酒啊！"柯罗快乐地说，"我真想一饮而尽，可是又怕使医生发愁！"隔了一会儿，他又说道："这橙红色蜜酒色调多美呀！它一定是格拉斯彼利德园艺场的饮料，我敢打赌，准是格拉斯彼利德园艺场的看门人酿造的。"过了三个小时，他就与世长辞了。

十七

  散碎光线。羔羊的眼睛。掉落深潭的珍珠。寒枝上浮动的羽毛。冷风中挺立的小草。跌跌撞撞的路人。薄薄的暖，小小的美，躲在紧闭的窗框门扉内……
  这是旧年的最后一天。简朴大堂，木头椅子，大家裹着大衣紧紧挨在一起。颤抖的琴弦，跳荡的键盘，手指翻飞舞蹈。旧年即将过去，新年就要来到，我们一起听了：勃拉姆斯、德彪西，最重要的是，舒伯特的《降E大调第二钢琴三重奏》。感谢，黑暗时日，三个年轻的名字带来的温暖与感动。就算预言中的世界末日来到,还有音乐……爱……云彩……花朵……书……

新年第三天,再次听舒伯特这支三重奏,那是鲁宾斯坦的钢琴、谢林的小提琴、福尼埃的大提琴。三位大师默契、深挚的合作,让一整个下午的房间流动着忧伤的喜悦。

他说:"大凡能写好三重奏的,无不是最伟大的作曲家。尤其舒伯特,深入到你的内心。"一整个下午,他都在那段旋律中摇晃、沉思。他的背因过多重负微微躬着,时间在头上撒些白雪,额头有了皱纹,但他的眼神,虽常常带一丝忧郁,却一如年轻时清澈透明,他的手,交叠在一起,除了书写,也是可以弹奏琴弦的。

十八

除夕夜,零点鞭炮才过,浓重火药味渗入纱门,我深深嗅闻着。漆蓝夜空,不时炸开一两朵礼花,依旧有鞭炮声,此起彼伏,炒豆子般。客厅里插着银柳、玫瑰,两盆水仙恰好开了九朵,满室生香。

我们一起听古尔德弹奏贝多芬。他说:"古尔德太有风格了。他让所有的人,贝多芬、莫扎特全染上他的独特风格,有点玩耍、游戏味,弹巴赫就好许多,也有游戏味。"古尔德、卡拉扬这样的风格大师,听众容易辨析,市场效应好。

但最高的不是风格大师,而是那些隐身人,比如俄罗斯一些演奏家,绝对献身给作曲家,尽可能贴近原作,我们听到的是贝多芬、莫扎特、巴赫,而非演奏者自己。

刻意学习某种风格,总无法超越风格的开创者。而努力去贴近大师和经典,即使不能抵达最好,也能得着好的东西。

十九

立春时节,一候东风解冻,二候蛰虫始振,三候鱼陟负冰。

天空阴沉沉的,到傍晚,竟飘下几点雪花,落地即化去了。这样天气,只合饮杯梅子酒,即上床,裹在被子里读书。我读的是安徒生。《雪女王》有这么一节话:

> 这面镜子摔得粉碎,可是却比以前带来了更多的不幸,因为有些碎片还没有沙粒那么大,可以在全世界到处飘飞,只要它们飞进人的

眼睛里去，它们就粘牢在眼珠子上，于是这些眼珠看到的每件东西都改变了模样，或者只着眼于事物坏的一面，因为每一粒碎片都具有那整面镜子的魔力。有些人的心里掉进了碎片，那就更糟糕啦，因为那颗心就变成了一坨冰。有些碎片大得可以用来做窗玻璃，可是透过这样的窗玻璃去看人，连自己的朋友都认不得了。有些碎片做成了眼镜，可是戴了那样的眼镜就无法正直地看待事物。

假使人的眼睛或心，被那种魔镜的碎片给蒙蔽了，只要取出那一小片碎片，他就一定会变回来，他的心就会喜悦而安宁了。

二十

我们骑车环海而行。早晨，苍山与洱海是墨绿调，越近午，水色越蓝。二月田畴呈赭黄色，房舍皆白，一切是年轻、透亮、刚刚苏醒模样。浸入水中的褐色干硬胡杨，湖蓝海边一抹金黄油菜，墨黑山羊斜挂在黄土坡上……

他不像我那么好新奇，每到一个新地方，总是心怀疑虑，他如超现实主义电影大师布努艾尔一般，只愿意去熟悉的地方，走相同的路线，在同一个地方停下来休息，看相同的风景，吃一样的菜。

老布努艾尔说："若有人胆敢提议去陌生地方，一定会遭到拒绝，因为我不知道要去那里干什么！"

第二次来，双廊就不再是陌生地方了。

二十一

只有美能令我心碎。爱也是美。
所有我爱的，都是美的。

二十二

二次到梅园，访梅不遇。一次梅期已过，此番红梅白梅又未开。且喜游人稀少，随性走动。天高气清，收潦水清。万树消减，而百色不灭，更兼枝头孕育细碎蕾芽。草坡林间，阳光明灭如碎金，枯枝横斜，姿影随意投掷天空、水塘、石子路上。风动叶落，闲鸟起降林间，不停鸣啾。误入芦花丛中，听脚下石子脆响。

荷塘寂寞，上有薄冰，阳光反射如镜面。独自穿行，觉物已不是，心也早非。转念万事万物，原是晦极而明，枯尽逢春，冬日终究过去，春之生意已勃然在枝头了。其实蜡梅初放，拢着蜜色小身子，怯怯抖擞于寒风中。

二十三

啊，时间！就是这样如布朗尼蛋糕被烘烤出来，又被消耗掉了。我每咬一口布朗尼，就咬掉了一角时间。

时间凝结，无所不在：门框，窗台，树间，花丛，方的，长的，铜的，铁的，木质的，不锈钢的，固体的，流质的……

我的一生，就是由一只淌着汁水的苹果，变成一枚干硬的核桃。

《广州文艺》2017 年第 7 期

柴木家具的事

冯 杰

我父亲把好木质家具称为细木家具,一般木质的称为柴木家具。

照以上性质归类,我家使用的家具都属柴木家具,质地多为杨木、槐木、桐木、榆木、楝木、椿木。我记得父亲共有两次请来乡村木匠打家具,吃住都在家里。我和师傅同一个桌上吃饭,四个菜,每顿给师傅上一瓶酒。不管他喝不喝。

第一次是我姐要出嫁,第二次是我要结婚。父亲说自家打的家具用料大,显得"实落"。

大件家具打完了,再做大椅子。剩下碎木料扔了可惜,父亲让木匠师傅拼凑一下做几十个小椅小凳,我负责刷漆,上桐油。柴木小件排了一院子,晾干后分成四份,姊妹四家各自带走。

姥爷去世几年后,我回到滑县留香寨旧屋。姥爷平时坐的那一把圈椅还在,为了纪念,我把圈椅带回长垣书房,摆在听荷草堂里。闲时在圈椅上面坐坐,时光恍惚。听一院子的空风。

这是姥爷唯存的一把单椅,当年椅子旁边是一张八仙桌,桌后挂一对紫红色的楹联:"诗歌杜甫其三句,乐奏周南第一章。"夏天,地下的蝉幼虫钻出来,有的爬到桌子腿上,成虫飞走了,只留下一方蝉蜕。

村里坐具不讲究,以敦实耐用为主,谁家有红白事多是借用桌椅,在北中原乡村墙上,会常看到白灰写的广告——"某某家里租赁桌椅碗盘"。

椅子在我的视野里出现晚,"椅"字在历史里出现早。我看到《诗经》里有"其桐其椅"一句,就考究,终知道这不是一把椅子,这个"椅"是古人称的木材,椅和梓、和楸都是一个意思。

我一直想写一部"书法和家具"发生关联的胡扯书,平时对中国家具留点意。知道中原人能坐上椅子是《诗经》年代以后的事,汉魏时期的"胡床"和椅子最接近,大概是椅子的前身,唐代以后椅子分离出来,逐渐完善,到宋朝成为可坐可折叠的"交床""交椅"。宋江们吃酒表彰，多是论"坐第几把交椅"，没有说"坐沙发"。"那一日，史进无可消遣，捉个交床，坐在打麦场边柳荫树下乘凉。对面松林透过风来，史进喝彩道：'好凉风！'正乘凉哩，只见一个人探头探脑，在那里张望。"家具，家具。我崇拜的少年英雄史进是坐在一把交椅上，才看到打兔子的李吉。

到明代才是椅子的黄金时期。卯榫交叉。从海瑞到郑成功到万历，成功人士屁股下都坐一把黄花梨椅。全是细木。

三十岁前，我是在遍地柴木里长大，明朝黄花梨家具是后来在王世襄的图文里接触，我先看到平面的，后看到立体的，到了2005年，在郑州CBD东区，一位昔日的银行行长当了黄花梨收藏家，请我欣赏一把椅子，让我坐一下试试，他说这一把椅子拍卖行估价达到百万。

本想试坐，他这一说我不坐，我说我是粗屁股，一坐至少打五折，椅子就不值钱了。

《河南日报·副刊》2017年7月19日

我身所处的俗世

茨　平

音乐家

　　父亲有把二胡，就挂在饭桌边的墙上。

　　吃饭时，二胡就在墙上看着我们，但我们不看二胡，只闷头吃饭，大口大口地扒。锅里的饭不多，还掺了不少青菜进去煮，扒得快一点，有可能多抢到一点进肚子。一家七口人，只有父亲一个人，扒两口饭，抬头看一会儿二胡。母亲用筷子敲了敲桌子，说，看什么看呀？还不快点吃饭，饭都被几个饿死鬼抢没了。父亲说，不要吵，我在跟二胡说话呢。

　　瞧你爸，母亲忧心忡忡地跟我说，已经被二胡烧坏脑子了，我真想把那臭二胡烧掉去。它肯定妖精变的，你爸迷得饭都不晓得吃了。

　　人是铁，饭是钢，肚子里没装到饭，干起活来就没办法如钢铁一样强。家里只有父亲一个劳动力，母亲还指望他多挣到米饭来吃。我们兄弟姐妹没有母亲那么高的觉悟，父亲吃饭时只顾看二胡，我们正好多抢到几口饭来吃。为此母亲用竹鞭子抽了我们好多回，你们这些吃货呀，就知道吃，长这么大了，怎么一点都不会想事。

　　母亲是打过很多回主意，把父亲的二胡烧了。有一次我见她拿到了灶膛口，犹豫了一会儿还是拿回来。她那样子是气得好苦，拿二胡的手都在抖动。二胡重新挂到墙上后，母亲坐在灶膛边，暗自垂泪。小时候我怎么都想不清楚，一把二胡怎么会弄得母亲流眼泪呢？长大了才知道，我亲亲的母亲呀，除了担心父亲没吃饱饭，还另有原因。

　　村里下放了一户城里人，男主人也喜欢拉二胡，还写得一手好粉笔字，在村小学当老师。我们叫他陈老师。除了上课时间，他基本都在拉二胡。村里来了个喜欢拉二胡的人，父亲找到了知音，每至夜晚，就带着二胡去找他。两人坐在池塘边上，也不说话，他们用二胡的音律说话。月光如水，二胡声一定会钻进水里，鱼儿们是否在听，我不知道。反正是乡村静寂的夜晚，只有二胡与蛙鸣声。想想还是挺美的。

陈老师的二胡声，引来了邻村一位姑娘。姑娘说找到了爱情，陈老师家里爆发了持久的战争。二胡一定是妖精变的，母亲逢人便说，不但把男人迷得神魂颠倒，还会把女人变成狐狸精。

父亲喜欢上了二胡，大概是十五岁的时候，村里来了唱采茶戏的。全村人都去看戏。村里人看的是才子佳人、糊涂的县官、机警搞怪的小丑，还有包青天那把铡刀。父亲却伏在戏台边，眼睛与耳朵，全在一位拉二胡的老人身上。戏完了，人散了，父亲还站在戏台下，眼巴巴地望着老人。老人便送了他一把二胡。

母亲的担心其实是多余的。父亲只是个种田佬，不是陈老师，没有哪个女人愿意因他变成狐狸精。

同样是喜欢拉二胡，陈老师因为是城里人，就得到村里人的认可，而父亲，却成为村庄里的笑料。一个种田佬，累得狗一样，还拉二胡，脑子有病了。每当父亲的二胡声响起，就感到村里人在背后指指点点。我在屋里待不住了，走了出来。外面有几个男人拦住我，用手摸我的头，一脸坏笑：春赖子，你爸又拉上了。"拉上了"三字是那么尖锐刺耳。我惊恐地躲开，躲在某个阴暗角落里，恨恨地想，我怎么会有那样的父亲哟。

事实上，父亲没有多少时间拉二胡，从天蒙蒙亮到天麻麻黑，他都在田地里干活。种田人永远有干不完的活。只有晚上时间或冰雪封了大地，父亲才从墙上取下二胡。二胡声响起时，父亲的世界里只有音律。母亲洗碗洗衣，不在他眼中，弟妹们的争吵嬉闹声，也入不了他的耳。他全神贯注，已与二胡融为一体。

如今喜欢写字的我，已能理解父亲，活在世俗中的人，内心世界需要种一棵树，二胡就是父亲种的树。当我能理解父亲时，他却不拉二胡了。他去镇街地摊上买回不少风水命理书，戴着老花眼镜，一字一句琢磨得认真。我想这样也好，人老了总要有点爱好，留守老屋，不至于太寂寞无聊。拉二胡与研究风水命理一样，是内心世界种的树。可是有一天，父亲故作神秘地说，春赖子，我带你去一个地方。他领我到山上，指着一处说，我看了很多地方，就这儿风水好，将来我老了，就葬在这儿，可以保佑子孙后代有出息。

我鼻子一酸，很想大哭一场，还是忍住了。

把酒歌

还未走进屋里，就闻到一屋子的酒气。月光把屋罩住了，仿佛也喝醉了酒。屋里没亮灯，大门洞开着，月光把门印在堂屋地上。我大声喊，酒壶子，酒壶子。喊到第九句还是第十句，才有了应声，哪个呀，我正在喝酒哩。酒壶子的声音，像是刚刚唤醒的醉人。

出门时遇上了麻姑。麻姑说去干吗？我说去酒壶子家里一下。麻姑说酒壶子家里有什么好去的哟，不如跟我去打麻将。我说不行呀，他儿子托我捎了二百块钱。麻姑说那你快去快回，我等你哩。又说，没用，酒壶子一定会拖住你喝酒，很难脱身的。

我走进屋里，脚趾踢到一个酒瓶子，酒瓶子再撞酒瓶子，咣当咣当响成一片。我说怎么不开灯呀。于是灯就亮了。我四下一瞧，啤酒瓶白酒瓶满地都是，墙脚下、门角背、床底下堆成小山。我说，你怎么不收拾一下呀？他说，我喝了这瓶酒就收拾。脏兮兮的四方桌上，零乱地站着些空酒瓶，有一瓶还有一半。我想起秋保拿钱给我时，本来是给了五百，又抽回去三百，说，再多也是买酒喝，怎么不喝死呀。我把二百块钱递过去，说这是你秋保给的。酒壶子呵呵地笑了，说，又可以买上八箱啤酒了。

酒壶子喜欢喝酒，在我的印象中，他不是在喝酒，就是处在醉酒的状态中，摇摇晃晃，手中抓着瓶酒，走几步，倒一点到嘴里，让人看了都担心。事实上有很多回，他醉倒在路边上，像条死狗。有好心人劝说，能不能少喝一点呀。他说，怎么能少喝？我的目标是一火车皮酒，还差得远呢。

村里人都喜欢喝酒，但不会像酒壶子那样滥喝。村里人喝酒是喝气氛，比如说哪户人家摆酒席，大伙儿三杯两盏下肚，开始猜拳行令，大声说笑，把酒席的喜庆喝出来。酒壶子呢，有酒席吃，定然是从开席喝到散席，直喝得瘫倒在桌子底下。平时就不用说了，酒从不离口，就是去田里干活，别人带的是开水，他带的是酒。一个人喝酒，一旦没有了节制，就会惹人看不起。有一次，他喝得半醉的样子，对我说，你不要听信那些人胡言乱语，我喝酒是有目标的，一火车皮的酒，想想看，那么多，就没白来世上活一回。于是我想，一个人喝酒多是喝闷酒，然而他不是，他绝不是借酒浇愁，他是在喝理想。

年轻时我也喜欢喝酒，那是受武松的影响，想喝出一身的豪气来。可每喝一回酒呀，酒量就降一点，终于一小碗就会醉趴下。我趴在地上痛苦地想，这一辈怕是永远当不上武松了。我不喝酒了，酒壶子还在喝，不由得对他心生敬意。

酒壶子年轻时，有算命先生对他说，有酒八两。酒壶子骂他放屁，八两，若是啤酒的话，嘴巴都没打湿。算命先生就解释，八两酒不是指八两酒，而是指很多很多的意思。酒壶子问很多很多到底是多少。算命先生想了想说，大概是一火车皮吧。可能就是从这个时候，酒壶子就立志要喝掉一火车皮的酒来。他常说，人是要顺着命走的。

　　酒壶子喊我也来喝酒。我说你喝酒怎么不开灯呀，酒壶子说，省几个电费哩，好多有一瓶酒喝。我说外面有月光，月光下喝酒，应该很有意思的。他说，对呀对呀，我怎么没想到哟。然后就动手搬桌子，桌子只摇了一下，就不动了。哎呀，这桌子是不是长了根呀，怎么这么沉哟？他说。我问他今晚喝了多少酒。他说没多少呀，四瓶啤酒都还没完呢。他的目光就看着桌上那半瓶酒，看着看着，突然趴到桌子上哭起来。我问他怎么哭了？他问我，你在外面见过火车，一火车皮酒到底有多少？我想了想，应该有二十卡车吧。酒壶子说，我就是为这哭的，唉，我能活到七十岁，要算老天很照顾了，我今年都五十五岁了，可这酒，满打满算，还没喝掉十卡车，这酒量是越来越不行了，以前喝十瓶都不醉，现在四瓶都没喝完就醉了，我心里着急呀。

麻将的麻

　　刚回到家，还未从车上下来，麻姑就小跑步过来，大声说，你才回来呀，我麻将都打了三天了。

　　麻姑喜欢打麻将，喜欢到痴迷的程度。她曾说过一句话，活着若没有麻将打，那活着一点味道都没有。如果你读过方方的小说《花满月》，就会有更直观的了解。对了，对麻将的热爱，麻姑跟花满月有得一拼。

　　我曾以麻姑为原型写过一篇小说，说她沉迷于打麻将被前夫休了，落得再嫁一个残疾人。媒人说合时她有言在先，老娘什么都可以不在乎，就是不能阻止我打麻将。她一心扑在麻将桌上，不顾家里有无米下锅。打麻将有输有赢，输没有了就偷家里的米卖。祖父担心残疾儿子发现家里米少了与媳妇打架，主要是怕把媳妇打跑了，好不容易聚合的一个家就要散了，便来偷我家的米填她家的空。一次偶然的机会，被父亲发现了，父子间发生一场口舌之战，正巧被路过的麻姑听到了，于是，她幡然醒悟，过日子不能老打麻将。这是一篇有点正能量的小说，发表在《岁月》杂志。

　　真实的麻姑并没有醒，也不是天天扑在麻将桌上，田里家里的活照样干，只是一有空闲就吆喝着打麻将。她老公要她跟着出去打工，她赖着不肯出去，原因很简单，进了工厂，一天十二个小时上班，哪有空闲打麻将。老公跟她吵，没用；揍她，也没用；有一回打得她皮开肉绽、呼天抢地，还是没用。最后是她老公拿起农药瓶，说你不跟我出去打工，我就喝下去。她才投降了。不过她有个条件，过年回家，她要天天打麻将，家里什么活都不干。她老公也答应了。春节时间打打麻将，好像是天经地义的事，没有什么出格的。

你知道吗？回来的路上，我就听到麻将的声音了，心都野了。她说。

你知道吗？憋了一年了，我都快憋死了。要是没有了过年，我都不知道怎么活。她接着说。

麻姑的麻将打得倒不大，一天输赢下来也就是两三百的样子，她就是喜欢过一下摸麻将的手瘾。对于其他的赌博，炸金花、斗地主、斗牛、滚筒子，她一点兴趣都没有。不像村里有些年轻人，趁着春节可以放肆地玩，下狠劲赌，一万二万，眉头都不皱一下。外出打工，如果工资不是很高，一年下来，省吃俭用，顶多能攒到两三万块钱。过年花掉一万，牌桌上输掉一两万，一年的工白打了。相比之下，麻姑这点爱好，倒显得可爱。

春节这段时间，麻姑是天天扑在麻将桌上，吃饭都含着走，小跑步去抢位置。她老公也真的履行诺言，不要她干家务活，所有的家务活都由男人包了。有时有闲空，还会站在旁边看她打。见她赢了钱，把脸上所有的褶皱都转换成笑容；见她手气不好，直摇头叹息；见她出错了牌，就着急。麻姑就挥挥手，叫他滚一边去，再说，赶快去做饭，饭做好了没有哩？她老公就嘿嘿地笑。

我初五就要回公司上班，她见了就惊叫起：这么早呀，你那是什么公司哟？一点人性化都不讲。瞧，她还知道"讲人性化"这个词呢。她再说，我是还有五天麻将打，五天呢。她伸出手，五个手指张开，仿佛多有五天麻将打，已获得了巨大的胜利。

我也是个喜欢打麻将的人，早些年，一有空，就吆喝人打麻将。如果不是喜欢上了写字，对打麻将的热爱程度一点都不会比麻姑低。我想起了李建军对小说《花满月》的评论："在这个低俗的愿望里，蕴含着她最大的欢乐，也包含着她最大的人生梦想。"低俗就低俗吧，谁叫我们是小老百姓呢。某些低俗的爱好，在我们小老百姓这里，应该用"崇高"两字来形容。

《文学报》2017 年 7 月 27 日

那些鸟儿

十八须

一

村子里流传着一个故事，一个养鸟人的故事。

很久很久以前，村西头的大坑边住着一个养鸟人。他没有妻子，没有儿女，只有成千上万的鸟儿。他把这些小鸟当成自己的儿女，把田地里的出产和鸟儿共享。谁敢打他的鸟儿的主意，他就和谁拼命。鸟儿们也懂得感恩，把他当成自己的父亲，处处跟着他。他干活的时候，鸟儿就在他头上围成伞状，替他遮挡阳光，或者雨水。他走路的时候，那些鸟儿就在他的头上盘旋，飞舞，唱歌给他听。后来，他老得快死了的时候，那些鸟儿就用翅膀和身体搭成了一张柔软的床铺，他坐在上面，绕着村子飞行了三圈，对每一个乡邻挥手告别，然后就乘着这些小鸟飞走了。

这个故事引起我的兴趣。那些鸟儿是可爱的，我想。为什么我不是一只鸟儿呢？我在奔跑的时候把双臂张开，上下晃动，仿佛鸟儿拍打翅膀。

我渴望飞翔，但我没有翅膀。我的父亲也从未告诉我，人是可以飞翔的。他有很多道理证明人飞不上天。我还是渴望飞翔。虽然我现在还很小，可是等我长大了，我的翅膀就会长出来。我一定要做这个村子，不，是这个世界上第一个长出翅膀来的人。

村子里来了个玩魔术的，他可以把纸变成钱，把空空的洗脸盆变出一满盆水，里面还有几尾透明的小鱼儿。更厉害的是，他把叠成一团的手帕一下抖开，里面就飞出来一只白鸽子。我从大人们的腿缝里挤到他的脚下，仰着脸看他。他冲我笑笑，说，小伙计，你是想要这只鸽子吗？

我摇摇头。我说，你可以把我变成一只小鸟吗？

他眼睛睁得大大的,看着我。你为什么要变成小鸟呢?

我想在天上飞。

他非常大声地笑了起来。他说,小伙计,我可没有那本事。

这时候,姐姐从人群里挤了进来。她揪着我的耳朵说,净是瞎捣乱!碍着人家看把戏。

这件事很快在全村传开了,村里人都说我是个傻子。但我并不傻,我很快就明白,自己这辈子是变不成小鸟了。我的身体这样大,不可能再缩小到一只鸟儿的尺寸了。

这让我有点伤心。这意味着我永远也不可能拍打着自己的翅膀飞到天上去了。不过我很快就想到了另一种飞上天的办法。我要做一个伟大的养鸟人,养上成千上万的鸟儿,坐在鸟背上腾云驾雾。

二

我养的第一只小鸟是尚未扎齐羽毛的小麻雀,是母亲在坑边树下乘凉的时候捡到的。它已经会扑棱着小翅膀飞上一两尺远了。我怕它忽然飞走,就在它的脚爪上绑了一根红绳子,另一头绑在我的手腕上。这只麻雀的嘴角黄黄的,总是张开嘴巴叫。我把它抓在手心里,它就用嘴巴啄我的手,怪疼的。我觉得它是饿了,就钻到墙角给它捉蜘蛛吃。

喂了十几天,看着它的羽毛一天天长起来。我们也渐渐成了朋友。至少,它不再怕我。在我吃饭的时候,它敢跳到我的碗里抢食。如果我呵斥它,让它下来,它就会调皮地歪着小脑袋,用黑豆般的眼睛看我。但我还是不敢把它脚上的绳子解掉,因为它已经能飞一人多高了。虽然它经常貌似驯良地站在我的肩膀上,但我却很明显地感觉到它那强烈的飞翔愿望。它经常把脚爪上的红绳子绷得紧紧的,拼命地拍打着翅膀往外挣,以至于不得不掉下来。它用多大的劲儿往天上飞,就会有多大的劲儿把它扯下来。它算是跟自己折腾上了。

最终我还是没有养大这只麻雀。养了一个来月吧,它死了。真可惜。如果它不死就好了。它的羽毛已经长齐,总是扑棱着翅膀想往高处飞。这让我不得不把它脚上的红绳子由一股换成两股。我加重了它飞翔的负担。因为我喜欢它,把它当成自己最好的朋友,我不能让它飞走。我觉得我们已经是不能分离的朋友。晚上睡觉时,我允许它钻进我的被窝里,虽然它明显更喜欢窗台上的草窝,天色一黑,它就会规规矩矩地立在窗台上,用两只漆黑的眼睛盯着院子里的月光。我觉得它可能有点孤单,但是我又觉得它不应该感到孤单啊。我还太小,很多事情想不明白。但我隐约觉得，这小小的鸟儿体内藏着乌云般的死亡。果然它就死了。

麻雀死得极为突然，毫无征兆。头天晚上，它还平平安安地站在窗台上我给它编织的草窝里，脚爪上绑着红绳子。天快亮的时候，我还听见它叫了几声，来应和村庄上空自由的鸟鸣声。等到天色大亮，我准备去和它说话时，它的身子已经僵硬了。

我知道，这只麻雀有心事。我知道，它想飞。我后来知道的。

每一只麻雀都想自由飞翔。我后来知道的。

所以每一只我都养不大。这是注定的。我后来才知道。

但是我坚持养了好几年的鸟，我以为它们可以为了我这个朋友而放弃飞翔。但是它们是有翅膀的。它们生下来就有翅膀，飞翔是注定的。在那几年养鸟的日子里，毁在我手里的麻雀至少有几十只，大麻雀、小麻雀、刚出蛋壳连眼睛都没睁开的小光肚，甚至还没有出蛋壳的雏鸟，我都养过。我是真心地对它们好，每一只小鸟到了我的手里，我都是小心翼翼地呵护。我对它们那样好，可是它们总是长不大。它们总是死在我的鸟笼里。

等我长大了一点，我才知道，麻雀，这种数量多如老鼠、触目可及的小鸟，其实极难养活。它们飞不高，也飞不远，飞来飞去可能也飞不出一个村庄的田地。但它们照样有自己的烈性子，如果用绳子拴住它们的腿，不允许它们飞翔，它们就会死去。

三

在我出生的平原上，鸟雀种类甚多。麻雀最多，燕子次之。麻雀喜欢在人家的屋檐下筑窝。燕子喜欢在人家的屋梁上垒巢。阳春三月的细雨里，村里村外都是衔泥疾飞的燕子。这些燕子不大怕人，经常贴着人的衣服掠过去。有时候还会把草根和泥巴沾到人的衣服上。被弄脏衣服的人也不恼，只是笑呵呵地拍打一下。

小孩子喜欢追着燕子玩，看燕子在清澈的河流上起起伏伏。如果哪个小孩有幸被燕子弄脏衣服，至少会让和燕子无缘的孩子们眼热半天。

我就是一个和燕子无缘的孩子。为了让燕子碰触我一下，我特意穿上宽大的衣服，那是我四哥的。站到燕子最多的打麦场里，那些漆黑的燕子就像黑色的闪电，离我远远的，一闪而过。

我家的屋梁上有一个燕子巢。后来增加到两个。每年冬天燕子们都会离去，这时的燕子窝就会结满蜘蛛网。每年春天燕子们准时归来，吃掉那些蜘蛛，用爪子撕碎蛛网。每当这些阔别数月的黑色闪电重新闪进我的眼睛，我就知道寒冷的冬天已经过去了。

过不了多久，房梁上的燕巢里就会传来稚嫩的鸟叫声。一抬头，就能看见小雏燕把黄黄的嘴巴伸出巢外叫唤。有一次，一只小雏燕从窝里掉到了堂屋里的桌子上。我用手捧着它，感受它柔软的绒毛和可爱的体温。后来，母亲去邻家找来一张梯子，让我爬上去，把这只雏燕送回巢里。

我从来没养过燕子。其他的小孩子也都不养燕子。在乡下人的思维里，燕子是神鸟，碰不得的。母亲不止一次地对我说，不能拿竹竿捅燕子的窝。我问为啥？

母亲说，不为啥。就是不许捅燕子的窝。不吉利。

我们每个小孩子都知道捅燕子的窝不吉利。但为什么不吉利呢？有什么不吉利呢？没有人知道。

可能与燕子的恋家有关吧，也就是老人们所说的"有人性"。他们常常训斥那些出门打工很久才回乡的青年人，怎么走那么久呢？连只燕子都不如！

当然，我认为村里人之所以敬畏燕子，还有一种更深层次的原因。小孩子不养燕子，是因为燕子的羽毛是黑色的。老年人敬畏燕子，也是因为燕子的羽毛是黑色的。黑色总是让人无法亲近，它象征的是令人无法亲近的东西，比如死亡。村里老人的寿棺总是漆得比燕子羽毛还黑。黑色有一种威慑人心的力量，就连无所畏惧的童心也会在潜意识里远离它。

和燕子同一命运的还有乌鸦。这种黑色的鸟儿也是我向来不感兴趣的。村里村外的树上，经常有黑铁般的乌鸦不言不动地蹲在树杈上。忽然张翅拍打，嘎嘎叫几声。听见它们叫声的人都要朝地上吐口唾沫。没有人去招惹它们。这些乌鸦也不去招惹人类。它们和人类保持一定距离，从来不把窝建在村里，建在人家的院子里。它们把窝搭在村外的树林里，搭在坟园里。人类恐惧它们，它们也恐惧人类。人类蔑视它们，它们也蔑视人类。

燕子和乌鸦，这两种黑色的鸟儿揭示了一条真理：所有渴望自由的鸟儿都应该长一身黑色的羽毛。羽毛必须黑成黑色本身。至少我还没有见到这两种鸟儿出现在人类的笼子里。

四

很明显，鸽子就不懂这条真理。它不是黑色的，不，应该说它没有黑成黑色本身。

大多数鸽子都是白色的，柔软的羽毛白成冬天的一场大雪，让人一见就爱上了，就想把它们抓在手里好好地欣赏。那些黑色的鸽子、灰色的鸽子、粟黄色的鸽子都是鸽中的异类，在一片雪白的世界里，有点扎眼。所以很少有人养它们，它们往往会成为端上饭桌的一道肉菜。

　　九岁那年，我开始养鸽子了。一养就是两对。这两对鸽子是我从大姨家讨来的。十七八岁的表哥当时正雄心勃勃地要成为一个养殖家。他在自家的那个小院里养鸽子和长毛兔。他养了四对美国王鸽。那种鸽子要比普通的鸽子大上一两号，很威风地在院子里走来走去。表哥说这种鸽子身子太重了，飞不起来。我立即对它们没了兴趣。表哥本来想送我一对王鸽的，但我不要。我只向表哥讨了两对普通的家鸽。回到家，我找来两个没底的破盆用钉子挂在屋檐下面，里面垫了一些干草，就做成了鸽子的窝。不过，鸽子们好像并不喜欢它们的新窝，几乎不进去。它们总是卧在院子里的树枝上、地上，或者鸡窝上。天黑了也不进窝，就站在院子一角，咕咕地叫。

　　因为怕这两对鸽子飞走——虽然很多时候希望它们在我眼前飞上几圈，但是这样做很冒险，我怕它们真的飞走了——我用剪刀把它们的翅膀剪短了。这样一来，它们就只能在我家的小院里扑棱翅膀了。我不用怕它们飞走，也不再用绳子捆住它们的细脚。

　　在我的眼里，这几只鸽子比我家的那几只老母鸡重要得多。为了让它们快点下蛋，快点育出几只小雏鸽，我常常给它们加餐，每天喂它们好多次麦子。它们吃麦子的时候懒洋洋的，有一嘴没一嘴地啄着。倒是那几只老母鸡下嘴很快，梆梆几嘴就把地上的麦子啄干净了。我把那些老母鸡撵得满院子乱跑，我想捉住它们打一顿，但是撵不上。后来我学聪明了一点，在老母鸡进窝下蛋的时候，蹑手蹑脚走到跟前去，瞅准了一把揪出来，照身上噼啪几十下，打得羽毛乱飞。我郑重地宣布，如果它们再跟我的鸽子抢食，我就炖了它们。

　　让我没有想到的是，最后被炖进锅里的是鸽子。

　　养了它们半年多，每对鸽子只下了两次蛋，孵出七八只鸽雏。不是说鸽子一年十二窝吗？这就让我很生气了。当然这不是我炖它们的主要理由。让我生气的是，有三只雏鸽一飞出去就再也不回来。我初时以为它们被鹰叼吃了，后来却在村西头一家的鸽群里发现了它们。虽然它们都是白鸽子，好像完全一样，可我还是一眼就认出来了，我养大的鸽子烧成灰我也认识。

　　我立即跑到那家去要鸽子，理直气壮地责问他们偷鸽子。那家的大人却一脸无辜地说，我可没有偷你家的鸽子，这是它们自己跑到我家鸽群里来的。我说我不信。他说你不信也没办法！他说你把鸽子拿回去吧。于是我毫不客气地就去逮我的鸽子，可是它们好像不认识我，根本不让我近身，张开翅膀都飞到房顶上去了。任凭我在房子下面叫，它们没有一只飞下来。我呆呆地站在人家院子里。那家的小孩和我差不多大。他在旁边一直笑话我："李小五，你家里太穷了，养不住鸽子！鸽子只住有钱人家里！"我说："屁！你家有钱啊？"他说："至少我有自己的衣服和鞋子穿，不用老拾人家的破衣服穿。快点滚蛋吧你！"我当时气得要命，冲过去，掐住他的脖子，一下就把他撂翻在地上。后来，后来的事情可糟了，他老爹照我脸上打了两巴掌，又揪着我的耳朵把我送回家。他老娘也在我家院子里大喊大叫，说我欺负他家孩子都欺负到他家门里了。胆小的母亲只是一味地骂我，劝他们回去。我说，妈，那老王八蛋打我！母亲说，你该打！这时候下地回来的四哥看见我脸上的手指痕，当时就蹦了起来，一脚就把他爹踹翻在我家门口了。他爹可能也想不到，一个十六岁的孩子打他像打瞎子，他根本没有还手之力。后来他娘在我家门前骂到半夜，母亲拽住四哥的手，不让他出去。四哥如果出去，那事情就更糟了，非打死那个女人不可！

四哥出不去，就把气转到我头上了。他说，你个小屁孩！养鸽子养鸽子，这下好了吧！

我说，我养鸽子有啥不对？

四哥说，傻子，你没听过"鸽子眼，看不远"吗？鸽子势利，穷家根本养不住它！谁家有钱往谁家跑！你剪了翅膀它也能跳着去。

我说，我不信！

四哥说，不信你等着，这些鸽子早晚全飞到人家院子里！

这时候母亲也坐不住了，她跟我说，你别养那些鸽子了。咱家养不住它们。

我心里充满委屈，我很伤心，很愤怒，却又不敢把气撒到四哥和母亲身上。

那天晚上，我用木棍把几个鸽子窝捣坏了。有些鸽子一落地，立即就察觉到了危险，展开翅膀飞进了茫茫夜空。有几只没有飞走的，也不需要住在窝里了。那天晚上我是真伤心。

但是现在我不伤心了。我也决定这辈子不养鸽子了。虽然它们雪白的羽毛很美丽，看上去很高贵。

五

故乡的田地里有很多鹌鹑。麦地里、豆地里、棉花地里，处处都有它们灰色的身影。鹌鹑飞不高，也飞不远。起飞的时候，翅膀把空气振得噌噌作响。

棉花地里的鹌鹑最好逮。不过一个人不行，要七八个人一起上。在棉花地的另一头拉上网子，然后几个人从这一头开始蹚过去。蹚得不能过急，必须慢慢地蹚过去，就像蹚一条不熟悉的河流一样。在快蹚到地头的时候，突然加速，就会有大群鹌鹑冲天而起,结果都会撞到网子上。最多的一次,我们一网捉了八十多只。

这种捉鹌鹑的方法是一个老头说的。这老头养了一辈子鹌鹑,也捉了一辈子鹌鹑。他屁股上总是挂着两个灰布做的鸟笼子。一旦停在哪里,他就会解开一个布袋口,伸手从里面摸出一只羽毛灰亮、眼睛锐利的鹌鹑,用手给鹌鹑轻轻梳毛。老头的这两只鹌鹑在十里八村都是有名的,因为在一次斗鹌鹑的集会上,这两只鹌鹑一路过关斩将,最后替老头赢了一头耕牛。

听说有城里来的玩鸟人给老头出了一千块买他这两只鸟。老头理都不理。

老头告诉我们,在棉花地里捉鹌鹑的时候,必须要慢慢地走,如果走得过快,鹌鹑就会察觉到危险,它可能会冲出棉花地,飞到另外的地里,或者从你的脚下跑到你后面去。而一直慢慢地走呢,鹌鹑就只会一点点地往前蹦,一直蹦到地头的网里去。当时我们不懂这个道理,问老头为什么。老头说,这就和温水煮青蛙一个道理。可是我们也不懂他的这个比喻。再问,老头就说,长大了你们就懂了,很多人和鹌鹑其实是一样的。

我逮住过好多只鹌鹑。但都没养。我不知道为什么不养它们。可能是因为它们实在太好捉住了。总是成群结队地坠入网中。我对这些目光短浅的鸟儿已经没了喂养的兴趣。可我还是喜欢那些扑棱棱的翅膀。虽然它们没有很好地利用这些翅膀,但是所有的翅膀扇动起来的时候,风里就会发出呲呲的声响,仿佛有很大的力量就要冲开那些网子。

六

在我长大的过程中,我不停地养鸟,也曾杀鸟。可是后来,能看到的鸟儿越来越少了。曾经鸟声如沸的树林子安静了许多。一些鸟儿在我的眼前出现过一次,就再也没有出现过。但我绝对不是让鸟儿减少的凶手。我杀鸟是很小时候的事情,那时候的鸟儿根本不像是可以杀绝的。

它们不再出现的原因,我想了一下,是在我十一岁那年,我目睹了一次鸟类的大劫难。

那年10月份,种麦时节,第一次把麦种用毒药浸拌。据说是上面提倡的,为了防止地下的虫把麦种全部吃掉。我现在还记得那种毒药的名字,"一六零五"。这种药后来被禁用,因为它太毒了。

用耧种麦的时候,总会有很多麦子因为种得太浅而散落在垄外面。往年,这是鸟儿们的大餐时刻。可是这一年,却成了史无前例的大屠杀。那一年到底有多少鸟儿被毒死,没有人知道。我只记得所有的田地里都是死鸟,麻雀、鹌鹑、鸽子、黄鹂、大雁、小雁、斑鸠、老鹰、猫头鹰……反正我见过的鸟儿都有，我没有见过的鸟儿也有。它们再也不会叫了，再也不会飞了，再也不会振动翅膀了。它们密密麻麻地散落在10月的麦地上，没有人去捡。黑色的羽毛、白色的羽毛、五颜六色的羽毛被开始变冷的北风吹得满地飞舞，像一场提前降临的大雪。这些鸟儿后来都烂在地里了。有些嘴馋的人家捡了这些鸟儿来吃，结果中了毒，有的死掉，有的全家送医院抢救。

后来听四哥说，在村南的一块地里，死的还有几只天鹅。不过我没有看到。在天上飞的天鹅我是见过的，真的很美丽。我无法想象它们死去的模样。

七

十二岁那年，春天的一个星期天，我和村里的另外三个小伙伴去村东的农场里玩。（说是玩，其实是想偷两个毛桃吃）

天上落着细细的雨，农场的打麦场上湿淋淋的，青草上挂着绿莹莹的小水滴。近处的麦田里飘浮着若有若无的烟雾。

忽然有七只鸟儿出现在打麦场上。它们的出现让我们一齐惊叫起来。因为这几只鸟儿和我们见过的鸟儿都不一样。它们都长着四只爪子。身子下面的爪子和其他的鸟儿没什么两样，但在它们的两只翅膀尖子上，又各自长着两只小爪子。更让我们稀奇的是，当它们伸着尖嘴去拧那些青草的时候，我们看见了里面长着两排细细的牙齿。我们都以为看花眼了。揉揉眼睛，再仔细看，还是那样。四只爪子，长着牙齿的七只小鸟就那么活生生地出现在我们眼前了。它们的羽毛是灰色的，却有着亮丽的色彩。它们的个头比鹌鹑略大，比鸽子略小。它们的叫声我没有听见，我无法知道。我们追着它们跑了很远。它们在天上跑，我们在地上跑。但是那天我的头抬得很高，是望着它们跑的，我的衣服也很宽大，甩出了不小的风声，所以我觉得我的胳膊底下有两片很小的翅膀正在发芽。

可是它们飞得太快了。看不见了。

长大后我曾经问过许多人，问他们有没有见过翅膀上长爪子嘴里长牙的鸟，他们总是拿怪异的眼神看着我，说，你在开玩笑吧。后来有一个对鸟很有兴趣的人听我说完，就肯定地说，那是始祖鸟，鸟类的祖先。但他又肯定地说，始祖鸟早在几千万年前就绝迹了，现在存在于地球上的只有它们的化石。我说我见过！他笑笑说，不可能。除非是做梦。我说我真的见过！他说那你捉一只，就发大财了。我说不可能，因为我只见过那一次。

是的，我只见过那一次。之前没见过，之后也没见过。我不知道它们从哪里飞来，也不知道它们后来又在如梦似烟的春雨中飞到哪里去了，它们在细小的春雨里忽然出现，给了我童年最后一个略带神异的记忆。

的确，这是我童年最后一次与鸟有关的记忆。后来，我再也没有养过鸟，也没有杀过鸟了。这辈子也不会了。

《散文选刊》2017 年第 9 期

我数数你长了多少只耳朵
——黄河口庄稼部落之豆子

郭立泉

> 刮大风,搂豆叶,
> 一搂搂了个花大姐。
> 穿花袄,穿花裤,
> 打扮起来做媳妇。
>
> ——黄河口童谣

一

"好吃莫过饺子,好看莫过嫂子。"当嫂子穿着一身红衣裳被哥哥娶进家门时,那个好看没法说,我们家整个屋子都亮堂起来。我娘不止一次说,亏了那些豆子,要是不卖了那些豆子,你哥就娶不上媳妇了。那年的豆子可真好啊。最后,娘总要加上这句,话中满是对那些豆子的感激。

尽管那时我还是个小屁孩,离娶媳妇的年龄还早着呢,但还是感到了"媳妇"这个词的美好,想着将来也要多打豆子,娶个嫂子这么俊的媳妇。

嫂子的名字叫豆叶,一双大眼忽闪忽闪的,干起活来也特别利索。生产队割豆子时,前桥村几十号劳力一起出动,那壮观的场面就像一个个战斗机群呼啸而过。收割庄稼一般三人一铺,前面领铺子的就像长机,两边跟铺的就是僚机,身后的豆茬就是飞机屁股里拖出的长烟。而嫂子总是处在这个战斗机群中最尖端的位置,是全队里最前面带铺子的那个人。一群妇女们拾棉花时,叽叽喳喳,说说笑笑,拾到地头,包袱里的棉花都要过秤,记工员最后报数,嫂子一天总也要比别人多拾三五十斤。

豆叶成为我嫂子时,刚刚分田单干,嫂子的能干就更不用说了,几乎整天长在地里。我们村的地都在草桥沟边上,因为哥哥在县城上班,我跟着嫂子去草桥沟干活的时候越来越多。嫂子上地时,邻家的几个皮孩子总好唱那个童谣:

豆叶稀,豆叶黄,
豆叶底下藏豆娘。

那个时候我一直以为黄河口是种植大豆最多的地方,可有个在黑龙江的亲戚说,东北的大豆无边无沿,就像那首歌唱的:"我的家在东北,松花江上啊,那里有漫山遍野大豆高粱……"大豆原产中国乌苏里江畔,但我不知道它是如何找到了黄河口这么个好地方。《史记》开篇《五帝本纪》里记载我祖轩辕:"治五气,艺五种,抚万民,度四方。"郑玄注:"五种,黍稷菽麦稻也。"菽就是古代大豆的名字。我国最早的诗歌总集《诗经》中就有了"中原有菽,庶民采之"的句子。清吴其濬《植物名实图考》中说其"叶曰藿,茎曰萁……古语称菽,汉以后方呼豆"。这样说来曹植写"煮豆燃豆萁"和陶渊明写"种豆南山下"时,距离豆子叫豆子的时间都不算太远。

二

豆子这东西真好,沙土地里能种,红土地里也能种。"清明前后,栽瓜种豆。"豆子的重生,始自于一个午后,随着晶亮的耧尖划过幽深的地穴,豆种顺着耧眼抵达思念已久的土里,开始了一个脱胎换骨的嬗变。

耩豆子是个技术活,扶耧我会,但耩上几趟后两只手就累得不听使唤了,只得换成嫂子,我改牵牲口。牵牲口的要求:一是要稳,忽快忽慢会带得扶耧的跟头趔趄;二是要直,不然耩出的垄眼就会弯弯勾脚。虽然嫂子说我牵得又稳又直,但我心里还是有点羞愧,一个男子汉,还不如嫂子能干。豆子耩上了,如果墒情不好,种子就会"干脱"在土里。嫂子这几天往地里跑得很勤,眼巴巴地望着豆子露头了没有。好在老河沟地茬松软酥透,土的柔情滋润着豆子,努力去唤醒沉睡的胚芽。豆子在夜里翻了个身,好像在问,几点了?朦胧的晨曦中,豆子探出娇小的脑袋,小嘴努出浅绿的嫩芽,然后慢慢分瓣,举着令人怜惜的小手,向这个世界问好。

豆子人见人爱,但豆子好吃棵难栽。从一粒豆种耩到地里到收割回家,不知让嫂子操多少心。当我把耧扛到地头准备耩豆子时,田鼠的两只前爪就已经早早地把着窝沿,单眼瞅着,等到天擦了黑,田鼠就从窝里"哧溜"钻出来,扒开楼眼,找土里的豆粒吃。还没等一地豆苗出齐,地猴子就出溜一下从地底钻出来了,为嫩嫩的豆子间苗是它的一个梦。但它间苗不按套路来,糟蹋得豆垅乱七八糟。还有兔子,嫩嫩的豆苗是它的好菜,从豆子一露头它就来啃了塞牙缝。还有一辈子躲在地下不敢见人的蛴螬,专朝豆子的根部下嘴。还有紫蟥也要吃点,还有那些为豆子而生的豆虫,还有旱、涝、雹子,一粒豆种长成豆棵,实在不容易,没有人告诉我豆子怎样提心吊胆地过春天。

但不管咋说,豆子总是要种的。它吃它的,你种你的,正像嫂子说的,听到地猴子叫,咱还不敢耩豆子了吗?

三

夏天到了,大豆的根须越扎越深,它的根部开始长出一种叫根瘤菌的小球,空气中流浪的氮被它收留下来,变成了自己的养料,在施肥上它不用嫂子操心。队长"皮猴子"说,一亩大豆的根瘤菌能固定十五斤氮素,真是一个天然的"小化肥厂"。这些氮,大豆自己用一半,另一半就留给下茬庄稼用。这是大豆独有的幸福。

更幸福的事是雨带来的。沙沙沙,大豆支棱着耳朵听雨说话,就像没有女人不喜欢听好话一样,没有大豆不喜欢听雨曼妙的情话。沙沙沙,大豆在雨中打开一地青春的思绪,她在提醒我注意她身体豆性的变化——她要抛花了。

风说,开花,开花呀,大豆就真的捧出细碎的小白花。蜜蜂们、蝴蝶们,往往豆花一抛就赶来了。大豆好像说了句,我是自花授粉呵,它们也充耳不闻,恋花是它们的天性,好像只有它可以随心所欲不被指摘,一会儿拈拈这朵豆花,一会儿惹惹那棵野草。当豆子把地面完全苫住,我也把窝棚扎在草桥沟堐上。到了晚上,地里弥漫着清清的豆香,刺猬来凑热闹了,田鼠也不会闲着。远处,提油机彻夜忙碌,嗡嗡的鸣声隐隐约约,草桥沟边上,芸芸众生,无数的好事正在豆子地里上演,数不清的欢鸣一直黑向豆地的深处。

四

要是草长在别处,想咋长就咋长,可要是长在豆子地里,嫂子就要和它理论一番了。跟着嫂子锄地时,也正是我的小身子开长的时候。早上天不亮,嫂子就拾掇好饭,扛着锄往村西豆子地里走。当我扛着锄撵到地头,嫂子已经开锄了。

露水很重，没走几步，鞋子先被打湿了，紧跟着裤角也被打湿了。锄了两个小时我就累坏了，老盼着快吃早饭，也好顺便歇歇。我直起身子捶了捶腰，嫂子已锄了回来，接上了我的耧趟子。嫂子说，吃饭吧，吃了再干。从地头上拿出笼布里包着的油卷子，还有两根咸萝卜。我又累又饿，饿狼样吃起来。刚吃饱，嫂子的锄又开始发出喳啦喳啦的声音。我赶紧跟上，热草、芦草、谷莠子草，纷纷溃倒在我的锄下。地垄悠长悠长，长得你没了脾气。毒辣辣的太阳晒爆了我的皮，但我必须坚持，不锄掉这些野草，豆子就会被草吃掉。水已喝了无数次，仍觉得渴。嫂子已落下我很远，但我每锄一大阵子，就发现垄背上的草被锄了几锄。豆叶托着正午的阳光，锄下去的草已开始打蔫。当锄完了高老三地块，我的腰像断了一样，疼得直不起来。

中午饭还是在地里吃的。两个卷子，一个咸鸡蛋，再接过嫂子递过来的水壶灌上一肚子凉开水，一顿午饭吃完了。茂密的豆子地里又响起了嫂子的锄头和野草较劲的声音。望了望大片等着我下锄的豆地，再抬头看看不见动弹的太阳，我的头有点大。我一下子想起了白居易的诗句："力尽不知热，但惜夏日长。"当官做老爷的，真正像他这样知道百姓疾苦的又有几人啊。他如果看到嫂子挥动锄头，也肯定奇怪，都一千多年了，这片土地上咋还是这种耕作方式？

头遍锄过后，豆棵已经没过了我的膝盖。当豆叶长得越来越像豆叶，豆虫就该登场了。豆虫有没有学名我不知道，它是否蝶变我也不知道，但我知道，豆虫就是为豆子而生的。豆虫的颜色像豆叶，身子软绵绵、圆嘟嘟的，一棵大豆就是它的伊甸园。整天不是吃豆叶，就是谈恋爱，你说这样的日子谁不羡慕？它饱食终日，优哉游哉，没事的时候就躲在豆叶下面凉快。妹妹用青蒿戳戳它，它立马缩成一圈，头抱着腚，一动不动装死。过一会儿，以为人走了，又蠕动起胖乎乎的身子急急爬向一棵豆子。妹妹捉到豆虫，会对它训练一番，立正、稍息、往东爬、往西爬。豆虫很听话，随着妹妹的口令，尾巴转来转去。许多豆叶被豆虫吃出了破洞，但只要不是泛滥成灾，人们不会打药灭虫，也没那闲工夫。豆虫不光吃豆叶，也吃豆粒。许多小豆虫干脆住进豆荚里，吃了睡，睡了吃，就像一个慵懒的妇人。

黄河口，是大豆的福地。大豆，是豆虫的福地。我想，诗意地栖居在一只豆荚里，该有多恣意啊——可是，谁是我生命中的那片豆地呢？

五

豆花躲在豆叶下，开得密密麻麻。豆子郑重地开出这么多花，是为了结一身的豆荚。豆子结荚时不声不响，一节节，一层层，越结越多，起初的豆粒小巧嫩绿，慢慢鼓胀变圆，等荚长到一寸长，里面就结了三到四个豆了。

在黄河口的新淤地上，豆子愿意结几个荚就结几个荚。豆子地里，小野瓜也在偷偷生长，蔓子悄悄乱爬，豆子任它爬上自己的身子，一句话也不说。还有一种叫"铜丝"的藤蔓植物，我猜可能就是书上说的菟丝子，蛮不讲理地缠上大豆，一爬一大片，而且扑棱得很快，给正在结荚的豆子制造点小麻烦。嫂子发现一片割一片，不然它就会得寸进尺，攻占豆子的城池，把豆子缠得奄奄一息，大大影响庄稼的收成。草尖上，露珠刚刚睡醒，水蓬花和曲曲菜肩搂着肩，眉抵着眉。霞光漫上青青的豆地，细雾蒙着豆棵的茸毛，一如嫂子迷离的眸子。嫂子说，豆子会说话，也会听话。有时它和刺猬拉拉呱，和地猴子斗斗嘴，有时又和身边的豆子谈谈情说说爱，有时也会伸长耳朵听听风说些啥。

二遍锄之后，大豆已经搭到了我的腰，整个豆子地密不透风。豆粒鼓圆了，嫂子偶尔会拔几棵，给我们烧着吃。当豆粒慢慢变硬时，豆棵子开始换上黄绿相间的上衣，在爽爽的风中，把自己丰腴的身子摊开。我没想到这种叫"向阳红"的大豆今年的长势会这么好。豆棵从头到脚缀满了豆荚，让嫂子的眼都不够使的。一只豆荚就是一只耳朵，嫂子说，来，我数数你长了多少只耳朵。

秋风又起，叶子渐黄，豆叶惊慌失措地展开翅膀，豆棵子上于是就簌簌飞下一只只斑斓的蝴蝶。天凉了，一棵大豆抱了抱另一棵大豆说，走，妹妹，我们回家。这时，嫂子又出现在地头了，她让一粒成色十足的豆粒在手里滚来滚去。

在这个秋天的早晨，我跟随嫂子清点着自己的队伍：我的黄牛，我的黄豆，我的艳黄的晨光。河子西的大豆因成熟而坚硬，因饱满而赤露，抖落一身的黄叶，和我挤眉弄眼，有的忍不住，"啪"一声，为大豆生了一地乱滚乱爬的娃娃。一阵风吹来，哗啦哗啦，大豆摇起岁月的风铃，没有比这更悦耳的音乐了。嫂子说，要开镰了。

嫂子照例是在前给我和妹妹带着铺子。她首先纠正我"拿把儿"的姿势，说拿把儿要横着拿，割在手里的豆子要和长在地上的豆子呈十字花状。我试了几下，果然割起来又快又得劲。割了半晌，嫂子说你歇歇吧，在学屋里待惯了，乍干受不了。干农活我还算挺能受累的，但论耐力还是没法和嫂子比。一地的豆叶铺开去，像一幅杏黄的地毯诱惑着我，我划拉了一抱豆叶铺在脚下，在绵软厚实的豆叶床上躺躺，让秋日的阳光打在我的脸上，不知不觉睡着了，做起了娶媳妇的梦。直到嚓嚓的声音越来越近，嫂子已割了一个来回，我不好意思地爬起来，往手里吐了口唾沫，又挥镰跟上。在我苦事稼穑的那些年，曾经被高粱和玉米席篾剌破过手，但真正刺伤我最多的，还是豆荚。每一次割完豆子，手上都会留下密密麻麻的小坑。割豆子累归累,但会收获很多惊喜,有时蹿起一只野兔,有时惊飞一只鹌鹑,有时提起一嘟噜小野瓜,滴里嘟噜,金黄诱人。这是大地对我辛苦劳作的奖赏。

要装车了。嫂子在车上踩车,我和妹妹用杈子往车上挑豆子。车踩得好,就会装得又大又平,踩不好,装得少不说,还容易偏沉翻车。嫂子踩车让车上装得跟小山似的,夕阳西下时,大豆开始随车而动。暮色四合,我坐在高高的豆车上,暖暖的大豆渐渐将我淹没,迷迷糊糊中,我听到嫂子说,明天你去上学,剩下那几趟你别管了,下星期天你回来正好打场。我浑身的骨头已散了架,拥着大豆特别的香气,沉沉睡去。

六

上了一周的学,我手上的血泡刚刚下去。大豆在场里晾晒了一周,嫂子领着我又翻了两遍。站在场边,会听到豆荚爆裂的声音啪啪地从豆秸上传过来。豆粒刚一蹦出来,豆荚一下子就拧成一朵美丽的花。碌碡的歌声在午后如约响起,吱扭吱扭,吱扭吱扭,它青色的脸,一圈圈吻向大地,覆压向大豆热烈的身子。

豆子被翻来覆去地碾过,挑起上面的一层豆秸,抖擞抖擞,挑到场边上,剩下的就是厚厚的豆粒了。嫂子看了看风向,说豆子堆就打在西北角吧。半小时后,一座金黄的小山堆了起来。农活里面,我没有出徒的就是扬场。这也不怨我,嫂子太能,她啥也会。我曾试着扬过两次,把豆粒扬得满场都是,有些还跑到场外的草里,不好找了。嫂子便不敢再用我了。嫂子说你打料,我扬。打料就是用扫帚把因为沉扬不出去的豆棍、小坷垃轻轻扫出去。打场时,扬场的不停,打料的就不止。嫂子用木锨除起小半锨扬出去,试试风,豆粒在场里欢蹦乱跳,嫂子调了调姿势,又扬起小半锨,风正好,实沉的豆粒落在脚下,轻点的尘土和豆屑飘向场外。随着木锨的起落,空中划出一道道彩虹。空中的豆粒子不断落下来,哗啦哗啦打在我的苇笠上。

嫂子没见过金子,这些黄澄澄的豆子就是她的金子。在前桥村的这个场院里,嫂子一场的金子在奔跑,撒欢。

后来,那些圆溜溜的豆粒形成了一条诱人的山脊。场扬完了,开始装袋。我装着,嫂子撑着口袋。装好了的袋子背靠着背,接受嫂子的检阅。我数了数正好六十六袋,嫂子说六六大顺啊。这些口袋挺直了身子,我再没让嫂子着手,我怕她晃着腰,男子汉的肩膀这时候就该派上用场了。我一个人一袋一袋地往不远处的老屋里扛。沉的那些袋子,嫂子就搭把手帮我抬起来。我扛豆子时,嫂子用手捶着腰,斜靠在地排车上休息,当我回来时,她已拿起笆子开始搂豆荚。这些豆荚是牛冬天的最爱。

到最后,就只剩下一粒硕大的大豆挂在天的西边,大地正满含深情承接着这圆圆的精灵。我一直忘不了那个下午,嫂子红润的脸,一双大眼睛欣喜地望着一场的大豆。风吹动她的头发,我几次想摘掉嫂子头上的一枚豆叶。但这个美差,在我的犹疑之下,让风给抢先完成了……

后来,娶媳妇花的钱越来越多。等我娶媳妇时,种十亩豆子换来的钱连媳妇一只耳朵也娶不来。如今,我已十多年没有摸过锄杠。只是有时还能梦到和嫂子在豆子地里干活,美艳的霞光越过草桥沟的沟坡,镀上大豆的金身,秋野上铺开一片柔黄。但我已搂不住黄河口大豆那一缕清香。嫂子常年被腰疼病困扰着,大地上豆子的身影也越来越少。我正在和许多人一样,渐渐淡忘坚守在地下的根瘤菌的幸福。

《鹿鸣》2017 年第 9 期

楼中记

白 琳

一

十三岁，我开始自己住。我住在盘海县政府三楼拐角一间废置的小办公室里。办公室是他的，陈女士也是他的。

搬进去的时候是冬天，挨墙角摆着的办公桌的木头上满是裂纹。漆七零八碎地挂着，一只桌脚轻微骨折。桌子散着一点点发了霉的李子味。我拉开抽屉，里面空荡荡的什么都没有。他们抬来一张床，也是木头的。又抬来一只小矮柜，朱红色都渗入木纹里面去了。那个房子里充满木头腐朽的味道，我在寒风里打开窗户透气。窗户下面是盘海的老街，面庞寡淡。偶尔有机动车突突嗒嗒开过去的声响，像是这条街老在咳喉咙里卡住一团怎么也吐不出的痰。房间两面悬空，冷。从那之后，每年冬天我赖着一个小小的电炉子取暖，电炉子总会烧坏，于是，拔下电源，对着一只炉子拧来拧去就成为日常生活的一部分。

整栋楼就只住了我一个人。像是蜗牛像是田螺，像河蚌像砗磲，我静悄悄住着，早出晚归，与在楼中办公的那些人们成为这栋楼的阴阳两面。等我住下后，有了一台电视机和一个录音机。电视机是日立彩电，白墨洲买的，他比我大一岁，死于2003年。录音机从他那里来，据说是他自己挣钱之后买的第一个奢侈品。

我爱看电视，又时常纠结忍住不看。录音机常用，我用它学语言。我不关心那只录音机的后事，即便我把它用了个彻彻底底、死去活来。白墨洲的电视机在我念大学之后被抬回了他们家，他们说这东西寿命到了。其实它没有死彻底，只是显像管坏掉了。一个广播电视局的叔叔前来诊治，他说换一个显像管要三百块。他们就把它扔到院子里去。被扔到院子里的它有一天终于彻底死掉，再有一天，它不知所踪。这是我对白墨洲的唯一的留恋。它消失之后,白墨洲留在这世界上的最后的物件就没了。

我住着的头一年,楼里不办公的时候随时都有停电的可能。点着蜡烛看书也是有的。常常停电。我的一个朋友知道后,用一只从他奶奶老院子的厨房里翻出来的铜罐子给我做了一只蜡桶,和现在的香薰蜡烛的模样很像。蜡是化在里面的,火光由一只白色的捻芯支撑着,蜡化成液体,液体又化成液体。我就着一桶液体做习题,等受够了忽明忽暗的光线,我就朝南坐着,坐在一张抽了藤条的旧圈椅上看外面的灯,一看看好久。

后街本来有个洋名叫 back street,我管我看着的那条叫 black street。它的凄清作态从那时候就形成了习惯,扭捏到今天。县城缓步往南移动,曾经的热闹就显得莫名其妙。人,喜新厌旧。渐渐,整个政府大院成了一条分界。我回来,面向南方,是光,转身向北,是影。因为寂寞,录音机成了最聒噪的朋友,除了听那些聒噪的洋话,我还听一些从他的书柜里翻出来的磁带,都是些老歌老曲。有时候我听黄耀明的《四季歌》,更多时候是《鸥鹭忘机》《寒窗读夜》,散音松沉按音磨人。这些牙齿松落的调调常把我揉进悬在天地无处落脚的恐慌里。从此我憎恶古琴。听着它们的那些分秒之间,本来的苍白被涂抹得更加灰白,加深无能和无助。那些沉着的符咒天生带着煞气,它们懂得如何碾磨人的寂寞。不够淡定,就把你磨成灰化成粉。

在这栋楼里住,最不方便的是去卫生间。三楼没有女厕,总得到二楼的另一头去。一到晚上,楼道里黑黢黢的,没有灯。所以,时常就着淡白的月光在楼道里奔跑也成为记忆的一种。成年之后酷爱恐怖片,吱哩哇啦在每一个细节里,把恐惧含在嘴中,只是一看到女人在黑暗中的情节,就备感无聊。无神论教育出来的那时候的我,不信鬼神,无所恐惧。我摸摸索索上卫生间,在蹲式马桶上掉了一只飞亚达手表。那是陈女士买给我的生日礼物,也是我的第一只手表。手表滑掉的那一瞬间,我想,去,几百块钱就这么没了。然后我站起来,在黑暗中盯着马桶仔细琢摸,看到黑暗连着黑暗,一切都在肮脏的黑暗中隐没,于是无限遗憾地冲水,离开。

这层楼也没有水。但有一个大大的水房,每一个水龙头上都拧着铁丝。水泥砌起来的凹槽里,有很多正在腐烂着的奇诡的物体,它们颜色深沉,态度软弱。下学之后,就着夜光,我提着一只红色塑料桶下到底楼的另一头打水。开始拎一桶水,后来变成两桶。肱二头肌就这样长出来了。之后所有的体育项目里,铅球扔得最轻松。念大学有一次扔完铅球,那个体育老师问我,想不想正式训练。我摇摇头,对于体力活我从来不感兴趣。胳膊上的肌肉用了好几年才努力让它消失,变成松塌塌的皮肉。但等它真的回到了少年的我所羡慕的女孩子的手臂的时候，我发现我已老到没办法让肉聚集。

我在一个除夕夜打了三桶水洗我的毛衣，懒得再下一楼倒水，我把用过的污水从三楼的窗户往下倒。楼下是一个巨大的垃圾堆，在一片爆竹声里，那垃圾堆格外孤寂。等我泼完最后一盆水，正奇异那毛衣掉落的暗蓝色还是那么活泼，一个男人的咒骂就直直蹿上来。我飞快关掉灯，躲在黑暗里屏住呼吸。可他最后还是准确地狂躁地敲到了我的门。他说，我知道你在里面，出来！如是，不依不饶。他的声音在空旷里被放大很多倍，像只怪兽的影子，张牙舞爪。等我战战兢兢现身，他的气焰突然隐没，他说，你以后不要再这样了，被污水泼到不吉利。然后转身，消失于浓墨。我开着门，在灯光与黑暗中站了好久，想他为什么半夜在垃圾堆。后来我累了，搬了只小凳子干脆坐到门口。炮声连片响起，有一道白光从长长的甬道那头前来，走到一半就收了声息。

二

还好，在那样的寂静里，有个女孩子陪伴着我。

在许多相似夜晚，我们一同下晚自习，走到一个红绿灯口，她朝东，我朝西。夜里，胃袋总是空空悬在腹腔，饿。做完最后的题目，喝杯牛奶，偎在电炉子旁边烤火，等待暖意上来的那些时间里，偶尔禁不住会羡慕起她。

她叫蒋小昭，我们同学一年，成为朋友。她爸爸是新华书店的采购经理，那些年，他们一家住在新华书店二层楼上的大书库里。

蒋家所在的书库有三米多高，和下面的书店同等大小，空旷着，会听见一道雾雾的回声。他们的房子卧在书库一角。是巨型积木。外围高大，中间矮小。屋子用木板隔开，装出了两个卧室，一间客厅。那些加厚木工板矗立着，虽然一些铆钉的骨骼显露在外，还有一些白色的干涸的胶迹，但我在屋子里的时候总是小心翼翼，生怕因为自己的触碰它们会于某个瞬间全体坍塌。客厅里放着一只暖炉，炉子上的烟囱没入房顶，不知道最后去哪里。它像是没有盖子的盒子，原本有房顶的地方开着口，口上是更远的真实的房顶。新华书店的暖气比县城里别的地方好太多了，它们从那四五片铝制的风琴叶片里散播热量，将这走风漏气的房子烘得暖意洋洋。出了客厅，就是一排排落满了灰尘的书架子。上面堆满了库存书籍。

书架子直通房顶，我们踩着脚手架往上爬。在落着灰的书里翻出了一些我们课本上的名字，还有我们不认识的名字。我们翻出了《冰岛渔夫》《菊子夫人》，后来翻出来罗伯特夫人还是苏珊娜太太写的一套言情小说,然后还有金庸和古龙,超现实主义,等等。我们站在架子上打开书,叽叽喳喳说个不停,她爸爸的声音就从角落里的房间跑出来。他好言好语地叮嘱她注意安全,不要掉下来,也不要把书弄坏。

我翻出来想看的书,不是武侠就是言情。每次我们拿书下来,蒋爸总会一本一本翻检。他的眼镜松松垮垮,一次次滑下来,挂在鼻尖。挨着鼻子的两个小支架的凹槽里,有泥浆一样的污渍,一天一天加厚。眼镜的金丝边褪色了一半,变成斑驳的灰。他没有鬓角,挂着眼镜脚的耳朵上面是一小节细白的肉,一贯孱弱的样子。他用留着一截指甲的小指顶了鼻子中央的镜架一下,细声细气地说,你们不要老读这些,要看看正经书。我在他的注视下把《浣花洗剑录》乖乖放回顶层书架。《百年孤独》被捏在了手中。我硬着头皮看了一半,最后咬牙切齿扔下不读。

读库存的书有规矩,提前净手。哪怕那书上本就沾满了宇宙的尘埃,你也要恭恭敬敬自我涤清再将它打开。蒋爸当着我们的面戴上一只白手套,将每本书都拨过一遍,随着他的指头舔舐书册,细细洒洒的灰就落了下来,落在蒋家之外的巨大的灰尘堆里。他开始给我们选书读,不再允许我们爬上书柜的上层,看那些见过的没见过的世界。他从书架子上取出几本书,都是文言文。有汉魏六朝赋,也有八大家散文。看看我心不在焉,他便再不理会我爬梯子的提议。

十三四岁的年纪,蒋小昭能整本背诵《文心雕龙》,她背着,每一个字被她的舌尖顶出来,挤进我的耳朵。我的耳朵被这些字塞得满当当,漏斗的口太小,根本灌不进去那么多连成片的中国古话,于是我任它们四溢于我的面庞、身体,将我箍住,将我浸泡。但我仍热情地听,专注地听,发自肺腑地赞叹。有一天早晨,下了晨读,她来我的教室门口等我,递给我一本她默写的繁体《诗经》。水蓝色钢笔字迹,没有一个瑕疵。我在栏杆上支着胳膊从头翻到尾,从此知道在我身上从未显现的少女的香甜究竟是个什么味道。我合上本子,本子的后面写着: made by 蒋爸。

在蒋小昭的小房间里,堆满了纸张钉成的笔记簿,每一本都 made by 蒋爸。纸张原本是书单和包书纸,有大有小,蒋爸将它们整理齐整,拿一只裁纸机齐齐切下参差的边缘。每到一批书,蒋爸就可以裁十几个五厘米厚的八开笔记簿。他给外层穿上厚厚的牛皮纸书衣,组成排列整齐的军队。蒋小昭每时每刻都拿着一支笔对着背白页面又写又画。她从来不用嘴来记忆,而是用笔。蒋爸把自己年轻时没有背过的书让女儿背个不停。我每次去,她都有新的功课要完成。有时候,她拿着一个本子做习题,她低着头写啊写,说要把算式写满一本就可以休息。也

  有时候,她举着一本练习簿说,她要把这个本子写满单词才可算功课完成。蒋爸蒋妈会在一定的时刻检查这些本子。里面究竟记录了多少的养分,他们毫不在意,他们要求她完成这个量,仿佛这样就相当于完成了质。练习本对于蒋小昭来说,是恐怖故事,它们给她画着时间、地点,等她以痛苦起始,精疲力竭地走到想要的终点。我看着蒋小昭拿笔戳着页面,羡慕她有那么多纸笔可以用,禁不住也想在那样的本子上书写,所以我常常代笔。蒋小昭憎恶的这样那样,在我心里都是渴望。

  蒋小昭家小屋的入口,放着日用的煤球和一篮子鸡蛋壳。鸡蛋壳永远新鲜着,七八只,分开放,一层黏糊糊水淋淋的蛋液在上面,那是蒋妈的高级护肤品。她爱那些残留着的蛋清,据说效果显著。有一次我敲门之前偷偷往手背上抹了一些,一会儿就干成紧巴巴的一片,掉下白色的细屑。

  蒋妈和蒋爸一样细瘦,眼睑下长年有一抹黑青。我来的时候她常常靠着暖炉织一件毛衣,织完了拆掉,然后再织。织了几个冬天。和陈女士不一样,她织毛衣是为了消磨时间。她从中医院内退,希冀自己的女儿有一天也成为一个医生。她轻声细语,和蒋爸一样温柔锋利。我在屋子里坐着,她总会让蒋小昭拿许许多多的零食来招待我,还有热茶。等一阵子过去,又总会适时地对自己的女儿说,都几点几分了,还有某某功课没有完成。

  每到这个时候,说着话的我们就被捏住了脖子,无法发声。两个女孩子坐在朝街开着的窗户前,喝完最后一层已经冷掉的茶,听楼下磁带店里冲出来的梁咏琪,后来又听侯湘婷。我站起身,往对面书架子看过去,架子上有服饰杂志,也有有关健康的书籍,更多的是一些古书,made by 蒋爸的各种笔记。还有她。她靠在身后的书架上,沉默得像本书。背着光,她的脸完全模糊在冬日日暮的阴影里。

三

  一个很普通的晚上,我做了个噩梦。我醒来,睁大眼睛看着黑暗,然后从黑暗中看到一点白。汗狰狞着撬开我的毛孔,争先恐后跑出来,我的手掌脚心湿冷,心通通跳过之后死寂僵直。我躺着,把梦从脚想到头。接着倒置过来,从头再想。我追究着梦里的每一个细节,睁着眼直到世界青白,再次睁眼的时候,天已经完全醒来。

  是个暮春的早晨。

  我早读迟到了,但没人在乎我的迟到。教室里溢出吟诵的声浪,像一锅黏糊糊的汤汁。班主任赵老先生心不在焉地抽查着一个学生的古文,在那孩子磨磨唧唧将嘴巴钉死在一个词语上时熬干了耐心,起身匆匆离开。他心事重重,走得很急,那学生松了口气,悄悄把书翻过狠看一阵又倒扣过来。他站在讲台上,等待。终于,他也被时间磨白了力气,那些倒霉的古词重新从脑袋跌落,止步于嘴唇。我的书包在抽屉里刚刚躺定,坐在旁边的男生一手拿笔折辱着老子的头像,一手抬起,诡异万分地对我说,你不知道吧,她死了。

我顺着被他啃得光秃秃露出皱巴巴粉色肉芽的指头往那个方向看去,她不在。书还垒着,温度还有。我以为这是玩笑。

我没同她说过几句话,到现在,我也根本记不起来她的名字。我对她只有外表上的认识,她比我大两岁,漂亮。俗气的漂亮。我们都还糊涂着的时候,她早开了花,身上老吊着一种妩媚。

一夜之前,在有限的交谈中我们打过招呼。我说,你回家?她说,我回家。

我把车轮蹬得飞快,一下子就冲出了社交语言。一个男生和她一起走着,打打闹闹,让身体在细节里触碰。我从她的背后来,我记得她的样子,扎了高马尾,发梢拖到腰间。穿着一身大红色的连衣裙。盘海的夏天总是压住春天的脚踝。

赵老先生再次现身,想要将这个消息轻描淡写简略带过。然而他的舌头拖不动尸体。那上面凝滞着生命的沉重。虽然他无意多谈,但我们早已知道事故的经过。

回家的途中,她骑单车载着一个男生,男生的手环着她的腰肢,她痒得发笑。他们在笑声中歪七扭八经过人民医院的门口,一辆大货车将春天的傍晚撞成了碎片。货车的头只凹下去一块,车灯碎了一只,不入流的布景一般。他们说,她当场吐了好多血,双眼凸起。她一口一口吐着,好似吐血是她最擅长的表演。医生们往医院门口跑来,几乎是瞬间。然而她在围成团的同学们的眼睛里吐完了最后一口血。坐在她身后的男孩子,脾脏破裂了,淌着的血流过一只蚯蚓的道道就止息。半年之后,我看到他骑着摩托,身后坐着另外一个女孩。

有两个她曾经公开表达爱慕的男生站出来讲话。其中一个是我们的班长。他神色激动,语言紧绷,建议我们一起去送她。我们班的孩子开始起哄,送葬时需要扶柩,干脆就让你们去吧,也好了却她的心愿。班长的脸上浮现一丝羞赧的微笑。他用手软绵绵地在空气中拂过两遍,仿佛要擦去那些带给他羞涩的语言。他一边将字一笔一画抹去,一边得意,那张脸上写着:我一直在承受这个年纪不该有的机智和帅气,我好累。同样的笑意在另一个男生的脸上慌张滑过,下一个瞬间,他忽然激愤地站起身,切断后续的调侃。

到下午每人手里有了一只白菊。嘤嘤嗡嗡的外班的与她毫不相干的人也来了。我们沿着街道往医院走去，步行也不过是五分钟的距离，我们走得松松垮垮。我们路过事发地点，偷偷寻找那一团暗红的痕迹。可是，那颜色被清理得干干净净。几个见识过现场的人，往某一个位置指去，如同吹来一阵大风，所有人的头都往那个方向歪着，看向一面虚空。然后我们走到了太平间。看门的大爷对着我们摇头。他读到大多数人的眼睛里的真实目的，他说，你们这些小孩子来看她干什么，不宁静。但是他的话连一根线的力量都没有，我们挨个越过他的语言，又挨个走过她的身边。

她美貌还在，没有因为车祸损失一毫一分。化了妆，脸色惨白，嘴唇鲜红。化妆很适合她，她本来就应该是个女人的样子。她的头发被弄卷了，卷发妩媚地抚着她的脸，是她身上唯一还活着的物体。它们的一部分散落在她的耳侧，更多的聚拢在头顶，它们蓬勃地生长，乌黑油亮，几乎比她这个载体有温度的时候长得更好。发髻上面插着花，塑料花，像是小学时从人人家里都有的摆件上拆下来的，廉价，刺目。连衣裙不见了，她身上套着一套大红色喜服。

她要嫁人了，嫁给底下村里一个三年前溺死的男生。她嫁人的时候是十五岁，他也是十五岁。他用了三年来等待她和他一同踏上十五岁的台阶。冥婚的队伍从学校门口经过，我们看到了两张大大的照片，他长得很周正，甚至很英俊。

我在回家的路上总会想起她，想生死中间的那两分钟我在做什么。我骑着车子走神耗过去的片刻，是她生命的收梢。等我把车子推上政府大楼的台阶，一阵阴风吹来，刮倒了一块牌子，牌子上写着：盘海县县委。我爬起来，才将自行车拽起半边，又一阵风吹来，我被另一块板子砸中，板子上写着：盘海县政府。我被砸得晕头转向，里面跑出来一个干事，将一人多高的两块牌子扶起来，他认得我，他神神道道地对我说，今天是她头七，你晚上别出门。

我这才知道，在这栋楼里，还住着她。她的家在通连着的县委那一边。在过去的几个月，我们每天都走向一个终点，但从来不曾重叠。我往她家的方向看去，又回头找找我的屋子。两座楼连通着，像双子星。

一年后，夜里下学回来，我遇到一个女人，她在楼中心点了香烛，烧纸钱。

暑气缓慢盛开，我从花园穿行过来，身上沾了一层氤氲。天空一片浓黑，沥青汁液铺天盖地，但是有几颗星夺目地钉在上面。我战战兢兢走到楼门口，不知道该不该绕过她前行。这场突如其来的法事，在夜晚既阴森又诡异。清明已过，鬼节尚早。我呆立在旁，想，竟然有人敢在政府大门口烧纸钱。

我等着她烧完，她开始往包袱里收贡品，我期期艾艾地往台阶上爬，她忽然叫住我。她说，哎，闺女，给你一根香蕉。

对着楼门口的光，我看向女人惨黄的面孔，嘴角的位置长了一个大大的痦子。

她的手爆着筋，蜷缩的动作递让出一只香蕉。香蕉上有密密麻麻的黑点子。她说，这是我女儿最爱吃的芝麻蕉。

当然要谢绝，我想。我客气地摆手，往黑洞洞的楼里走去。不知道为什么，盘海县政府和盘海县县委的牌子在昏暗的灯光下莫名凄惶可怖。我的书包被一把拽住，她把香蕉往里面塞，她说，你晚上饿了就吃。她说，我女儿最爱吃了。

我睁着惶恐的眼睛，往那张脸上看过去，她的眼睛很大，双眼皮很深，鼻梁高挺，面孔憔悴。那个嘴角的痦子跟着脸皮一起焦虑，她拽着我，说，妈拿了三万块钱，你吃根香蕉。

"啊"一声尖叫操在我的喉咙里，我借着那声音急于爆发的冲劲，射入黑暗，往我的屋子跑去，跑得没头没尾。我的身后没有任何响动，因此我感受到了更深刻的恐惧。我不畏惧在现实中追赶着我的人，却不敢望向身后的黑暗。在那个女人拉住我的瞬间，我想我大概成了她。我的嘴里一股甜腥，拉开所有的灯，打开电视机、录音机，在最大的光明最大的声音下惶惶不安。

我听过关于她五花八门的流言，有人说，她被卖了三万块。

三万块钱，在县城里可以买一个小院落。她的父母终于从借住的办公室里面逃离了，就像住在这里的每一个人所渴望的那样逃离了。

无望地逃离。

四

他们说，不然你回来和我们一起住。我看了看陈女士的大肚子，说，我自己可以照顾好自己。

但是每天，我在那两个大牌子下面左顾右盼，夹着尾巴老老实实走过。

我的恐惧很快被新邻居的到来打散。他们将鸡零狗碎的袋子、箱子、桌子、柜子堵在走廊尽头，把声音裹满那一道狭窄幽暗。几声巨响之后，他们打通了两个大办公室，作为休整。在被砸的荒蛮的砖石洞口，钉几只钉子，挂了张软糯糯始终飘忽不定的布做门帘。布上有一只巨大的蓝色的鸟，还有一根无比粗的绿色的竹竿。他前来帮助他们搬家，殷勤利索。没有多久，他的耳朵就红艳艳地盛开了。他冒着汗，在男人的指挥下搬东搬西，那男人斜着身子拿手指来指去，男人是科长，他是科员，生活里他也谨守本分，活活背着自己的身份。

搬家的过程里始终有一个女人无法忽略，她中气很足，每讲一句话都能让嘴巴前面的空气发出轻微的振动。所有方言都从声带气管里直接走出来，鄙夷地穿过软腭硬腭，将舌头废置不用，就像是一支笔横咬在嘴上。她时常凶残暴怒地打断丈夫的指挥，或者干脆让他的舌头断在嘴巴里不能发声。女人走路走得很嚣张，但是她的小腿很细很直，与膝盖上陡然壮大的肥肉连起来，像一个风筝轴。和陈女士一样，她的子宫里顶着还没有完全成为生命的生命体。

风筝轴骂男人拐子，当着众人也毫无顾忌。被骂之后，男人总会找几个不那么为难的事情活动双手掩盖尴尬。他拖着一只脚往家里面搬书。他有很多书，他是那年代盘海县少有的大学生，师范毕业，分配到盘海县政府。有一天一阵吵闹之后，我看见他的太太用一本书在点蜂窝煤炉子。书被扯了一半，剩下的一半被我卷回家。是罗曼·罗兰。不知为什么她从书的后面开始撕，留下了二分之一的前一半。

搬东西的时候，男人总是像一个八字。他的腿毁于一只生锈的铁钉和一个无知的母亲。幼年时候光脚奔跑在密林的记忆永远成为他清晰的伤疤。他踩了一只钉子，那钉子深深扎入他的脚底，穿破皮肉与经脉。他母亲拿一条月经带把他的脚包起来。从那以后，破洞的威力蔓延上来，吞噬了他赖以支撑的一半。

我看到他的时候，他已是习惯了八字的人。他的太太大嗓门，平常讲话也总带着七分狠厉。他安静，寡言，心事重重。拐子拐子的辱骂声常常从对面隔着墙壁，隔着过道，隔着炉子、煤球、锅碗、蒸笼晃荡过来。他忍耐力极佳，从不还嘴。但是，我坚信他是会内心独白的人，于是，在他太太的责骂声里脑补他的内心独白成为我有限的思考中的一种。

很快一天，他们家突然多了一个七八岁的男孩。他说是他的儿子。他说这话的时候瞳孔放大，像是受了惊。他试图叫住拿着筷子扎着花卷准备进屋的孩子，把我介绍给他，但是那个孩子缩成窄窄一条，从他背后滑进屋子。屋里传出来一声咒骂：你死在外面了，连个馍都端不动叫孩子插……

我进屋送陈女士蒸好的年糕，她坐在床上看电视，见我进来，把歪着的轴线立正起来，换上了一脸客套的微笑，一边接过食盒一边说，我们这里的人都不吃这。接着指着一碟豆芽，叫我拿馍馍吃饭。我谢绝了她的邀请，一碟子豆芽不够塞住几个人的牙缝。更何况，她儿子正窝在椅子上对着那碟炒豆芽啃花卷，他恶狠狠地吞噬掉每一只豆芽的头颅，把尸体并列排成一排，神情冷漠。他有耐心地一一扫过盘里青黄的头颅，不说话，好像声带坏掉的杀人狂魔。这屋子里，男人的沉默和孩子的沉默，把每一根纤维、每一声呼吸都冷冻起来，变成僵直的脆弱。

她忽然想到了什么，突然爬起来，说：既然你来啊，你给我瞅一下这是啥？我看到她从纸袋子里拿出两片巨大的药片，说是一个城里的亲戚给拿来的治疗感冒的药物，都是对身体好的成分，不会瞌睡，不会有副作用。女人在灯下把药片翻来覆去看了好几次，踅摸着究竟是要掰成几块分次服用，还是整片吞进去。她指着上面的一个英文单词问我，你知道这是啥意思？我勉力开动脑筋，最后仍狐疑地羞惭地摇了摇头。女人自言自语，叫他一下子都吃掉，好得快。我很担心那巨大的药片是否会卡住喉咙，这担心刚刚在胸口驻足，只听她对儿子说，你先吃了，喝口水咕嘟就咽下去了。

孩子照着她的盼咐，把药片塞到口里，仰头灌下一口水。药片果然卡在了喉咙深处，并且发出嘶嘶的声响。然后，他嗓子冒着泡，啊啊啊啊地叫。他开始上蹿下跳，期待可以咳出堵在小舌身后的那只巨大的异物。它们嘶吼着，控制着它的喉咙，在里面开过山车。这场游戏持续了十五分钟。

当然，后来我知道，那只是一片维C。

风筝轴吵吵闹闹地生活着，因为吵闹，生活有了热度。那"父亲"像个陌生人，那个孩子像个哑巴。更多时候，他不抬头也不看人，陈女士说，他成绩很差，差到转了几个班都没留下。下一年，他要留级。从底下上来的小孩，陈女士说，再好的也是差等生。

他完全是可以帮助那孩子的。但是他没有。风筝轴没有指望他们之间的交流能产生什么化学反应。她有她的希望。人的身体里的血管如同地球上纵横交错的河流，分布在我们的每个角落，它们和心脏一起组成了人体内连续的封闭式输送管道，这样管道在体内四通八达，可将血液输送到全身。如果，有那么一条血管，承载着他与他一点共同的血液流向心脏，也许爱也可以输送到全身。可惜，在至少9.6万千米的血管里，没有一条敢那样冒着生命危险和别人与众不同。可以绕着地球转两圈的这些血管的距离，就是人与人之间的距离。

当然，他不是他的儿子。因为他的儿子很快诞生了。他将那个一脸横肉的家伙抱在臂弯里，一会儿亲一下，一会儿亲一下。他常常在楼道里哄孩子，他尽力身板挺直，这样，抱着孩子的他勉强成了"大"字。

五

念到高三的终点，楼里搬来了一个男生。

办公室是他舅舅的，他舅舅是个"书法家"。我们学校大门上涂着的那几个大字，就是他舅舅的题词。他是我的同学，比我年长一岁。

风筝轴看到我们一前一后回来，问，你见过他舅舅没有？我摇头。

风筝轴的气焰彻底没有了。为了钱，她指使自己老公把指头伸向了县里拨下来买农药的二十万。事发之后，风筝轴很焦虑，她想去见见"书法家"。

风筝轴开始常常带着各种水果吃食去二层看那个男生，我不知道她最后是否见到了"书法家"。没多久，他们开始整理家当，大包小包打着，一夕之间就搬走了。我疑心那个被砸开的门洞是否还敞开，但是没有人能回答这个问题。办公室被废置不用，也根本用不着。县里拿着工资不上班的人太多，办公室仿佛就是用来住的。

我们一前一后往回走。

我听说过他的一个故事，这个故事里有我的名字。熄灯后无聊，宿舍里每个人都要讲一个自己喜欢的女孩子。上铺下铺报完了姓名，是学校公认的校花们。轮到他，他说，他认真地说，是密斯白。他说完之后，全宿舍的人开始起哄，他在他们的哄笑中套上自己晾在阳台上的T恤躺下睡觉，然后惊叫一声。衣服内侧趴着一只小蜜蜂，它尾后的毒针刺在他的左肩。他拽起奄奄一息的蜜蜂，说，好，你的刺没有了。

我起先并不知道他是谁，因为这个故事，我开始往他的座位看去。我知道了他的长相，他的表情，还有他削铅笔的动作。我想，我等待着他的表白，也或者，我想在他偷偷望向我的某个瞬间狠狠回瞪一眼。

但是，一直都没有，什么都没有。

暑假的半夜，我睡不着，起来在楼前的花园里坐着。我坐在旗台上面，仰着头找我爱的那群北斗星，在所有的星象里面，它最好辨认。据说，它们是大熊座的尾巴，我找不到大熊，只看到了一柄勺子。这个勺子将东西南北四个方向喂养实在。它游弋着，有时直立，有时躺卧，东倒西歪。但是，它们从来都没有离开过旗台的顶端。只要我坐在那里，它们总是最醒目、最清晰的。我看着星星，然后想他，想到他，我的身体就开始蜷缩。

终于有一天，他敲门问我借水。他刷了牙，透出淡淡的薄荷牙膏的味道。这些味道从他每一个字的字缝中间迈出脚步，闯入我的鼻腔。他不好意思地说，他想要一点热水，可是水壶坏掉了。我慌忙将热水充盈他举着的一只赭石色保温杯，局促于他在夜晚的到来。他站在我的门外，有一半身影陷入黑暗。他客客气气，略带尴尬。在我倒着水的中间，他说，如果哪一天方便，如果我有兴趣，可以去看看他的画。

他办了场小小的画展。我在一张画面前站住。也许那是海，我们都还不曾见到过的海。漆黑的海。也许那是天空，我们不曾认识的狂躁的天空。我把它看了又看，画面上的墨水突然流出来，打湿了我的脚腕。

六

十六岁的尾巴，我站在一张红纸跟前看了好久。

红纸在楼下。我接到陈女士的电话。她说，放榜了，你自己下楼看看有没有你的名字。

我穿了一双边缘开线的拖鞋，捏着一袋吃的见底的小浣熊干吃面下去看那张红纸。

那些在红底上黑着的字，大概个个都是喜悦。在那些挤挤挨挨的名字中间，有一个我。我知道会有一个我。我站在那张红纸的面前，不由自主，把脸往东扭去，新华书店就在十字路口对面。

多少次，我往那个方向走过去。后来，即使我不再往那个方向去，那条路也和我在一起。在那个书店里，我的脚步总是很轻，我从一本书转到另一本书上面，假装自己在选择。有时候我走过堆积如山的旧书旁，蹲在地上读最底下的书名。只是，二楼上已经空了，因为空旷反而狭小。也或者，因为我的眼睛长大，容下太多的分量。我希望寻找到一点他们留下的痕迹，没有。连曾经门口堆放的那些煤球渣滓都没有，连筐子里长年装着的一个鸡蛋壳也没有，连那些满面尘埃的书页纸张都消失干净。我不知道它们去了哪里。

我的朋友，蒋小昭，从来热爱文学。有一次，理科班的她的试卷文章，被捏在我们语文老师的手里，他赞不绝口，为我们念了一个反复。可惜，她对付不来她的化学，也应酬不来她的物理。显而易见，那些 made by 蒋爸的本子，那些抄写在上面的符号，不能将她往医生的路途上送一程，所以，她用一把小刀，在自己的手腕上划了一道。

她没有死去，而是进了一个最有名的精神病医院。很多骂人的乡下话里，都有那个医院的名字。你从某某某医院里跑出来的吧，他们笑着说。就好像我们现在说，你出来是不是没吃药。这不过是一句玩笑话。

我们还不知道的抑郁症来了，它早有预谋地来了，就在那年我和她一同爬上书架时，它已经在那个盒子式的房间里面，等着我们。

没有人知道什么是抑郁症，他们都说，是神经病。他们说着的时候，总爱拿指头指一下自己的脑子。我望向他们的指头，从指间望进白花花的脑浆。

我永远都无法原谅自己的一件事，要写在这里。

我去还她所有的书，夹在书里面的，是一封写满了恶毒语言的信。我忘记我们究竟为什么要决裂，等我仔细回想，也许只是一个"哼"的语气。她阴郁，她刻薄，她总爱在我说的每一个字词后面加上一个从鼻腔里往下降落的"哼"。那是她不知道什么时候染上的恶习。这个"哼"讽刺地挑拨我的积极，让我焦躁烦闷，所以，不知道累积到第几千个"哼"的那一天，我对她写了最后一句话：你有病，你是个神经病。

我离开了那栋楼，也永远离开了我的少女时代。

《广西文学》2017 年第 9 期

南方云集

汗　漫

运河缓慢

一条大运河穿越半个中国，从北京，到杭州，沟通钱塘江、长江、淮河、黄河、海河五大水系。

这是一条自隋代开始历朝历代不断开掘、修缮、利用的人工大河，与海运相比，建设维护的成本都比较高，航速缓慢。例如，四川的树木被伐倒后编制成木排顺长江而下，在南京进入运河，最后抵达建设雕梁画栋的北京，需要三年左右的时间。但对于大海以外世界的拒绝和畏惧，使古老帝国长期采取海禁政策，形成一种封闭、内向的格局和气质。在明代，海边渔民若私下打造双桅船，被视为通敌，处死。

每天约有一万五千艘船只行进其间的大运河，在帝国生活中的位置可想而知：北上的是丝织品、陶瓷、棉布、米、桐油、干果、茶叶、胡椒、盐、蜂蜜、药材、家禽、黄蜡、灯芯、漆器、太湖石、剑、弓箭、草料、宣纸、湖笔以及进贡者、赶考的才子等，南下的是牛皮、羊毛、小麦、枣以及来自边塞告急的士兵……

1572年冬，归有光第七次赴京赶考途中，看到一千余艘船皆受阻于冰冻的运河，乘客中相当一部分是同样奔向仕途的士子，遂感叹："半天下之士在此矣。"黄仁宇在《明代的漕运》一书里谈到，明王朝末期，科举考试时间改在了春天，避免出现前述情形，误了天下学子的前程。在嘉定孔庙，我曾看到一份中国历代状元名单，其籍贯，大部分属于南方。

在经济、文化的南方与政治、军事的北方之间，存在一种不平衡的压强、势能：贡献与索取，繁华与征服。

江南运河是整个大运河中最美好的一段——长江与运河大致垂直。"江""河"，用六滴水就决定了江南的命运和景象。这两个汉字的创造者，或许就是江南一带人氏。

某年春，我从扬州上船，用两天一夜时间抵达杭州——缓慢，像词牌"扬州慢""雨中花慢"一样慢，流水落花一样慢。反正我是没有雄心大志的人，反正我对北方的京城毫不迷恋。慢就慢吧。在运河上缓慢过渡，方可深深体验到汉语中国的存在——"春风十里扬州路"（杜牧），"明月何时照我还"（王安石），"夜船吹笛雨潇潇"（皇甫松）……

缓慢穿过无锡、苏州、湖州、盛泽、嘉兴等城镇。船上满载各类建筑材料。有急务、有远大前程的人，都去乘附近的京沪高铁、浦东国际机场航班了。若干妇人、孩子和狗，使那些船工安心把船当成家园。我自然会想起从前那些文人，在没有高铁和飞机的年代里，穿长衫、走水路、读竖排的线装书。从明朝的归有光，到清朝张岱、李渔、袁枚，到民国丰子恺、柳亚子，墨迹缓和，但心跳未必缓慢。半路上岸，他们到一个小镇里隐居、结社、雅集，窥探京城里的动静，吟诵足以传世的诗篇，顺便遭遇若干鲜艳女人和一些水粉般的事情。四散而去，一路好风，吹动酒意和深情。

缓慢。武松从打虎直到砸店的故事，被茶馆内的说书人，从春季叙述到秋天——在北方，这个故事只需一小时的唱念做打，即可了结悬念。江南缓慢，因为有无数细节和微妙来支持，不会出现一丝漏洞和搪塞——从美人的眼波流转，到屋檐雨滴在青瓦薄唇上的欲说还休，绵密、幽深、一吟三叹。

缓慢。河边村镇都有流水纵横，船桨捣乱液态的树木、石桥、天空，淙淙与潺潺，也会产生流言——关于江南以外的尘世，以及小镇内部雕花屏风一样繁复幽曲的恩怨。明清富商遗留下的宅邸园林成为景点，导游如同早年诡秘管家的化身，把游人作为来宾引领至每个细节——绣楼，一扇花窗半开半合，仿佛依然有闺女在窗内偷窥、暗恋，注视某个英俊长工或赶考归来的才子。一块蓝印花布飘成巨大夜空，白花朵般密集的星子飘动——江南万千染坊溅起的灿烂星子，使小镇上空蜜蜂汹涌，露水甜蜜。街道、天井里的古旧青砖，密集如鳞，充满了游入运河成为一群青鱼的冲动……

缓慢。"扬州慢"一样的慢，足以让俗人在船上成为诗人，充满无所作为的颓废气、一无是处的失败感。春阴湿透管弦，湿透岸上幽深的街巷、细密的柳丝，风声鸟语便有了一些微寒和恍惚。我，一个北方人在船上生活两天，就消磨了闯天下的雄心豪气，幻想到小镇裁缝铺里去，用流水缝织出漫长水袖，掩护双手，去向本地女人献媚——献上妩媚的桃花或者玉兰……

一路吃扬州干丝、喝苏州米酒、嚼湖州熏鱼。一路的醉意、美意和爱意。月上中天，船老板说："兄弟，睡一觉就到杭州了。"我假装满腹才华的样子，像归有光、张岱、李渔、袁枚、丰子恺、柳亚子那样，放肆地斜卧船舱，沉沉睡去。

枕边，流水像女子私语，发动机像激动的喘息……

一卷水墨平原

杭州、嘉兴、湖州三点决定一个平面、一个平原——杭嘉湖平原。

杭、嘉、湖，三座城市像三块镇纸，使这一纸美景不至于被风吹乱——太湖是巨大的砚台，谁手持毛笔点染出这一片中国最美最重要的平原？集镇五百余个，面积六千四百多平方公里，由长江、钱塘江泥沙和湖水积聚而成。地势低平，除零星孤丘，一般海拔仅三到七米，湖泊众多，河流纵横，水域面积约占十分之一。

此地，光、热、水资源丰富，可以促使稻类作物一年三熟。粮、油、蚕、丝、鱼、湖羊……驰名中外。明清以来，中国经济的发动机暗藏在这片平原。已经被开发成旅游区的名门大宅，在杭嘉湖平原比比皆是，证明这一地区的富庶和神奇。它们有着大致相似的格局：一进、二进、三进、四进……幽深曲折——

一进，正堂，举行家族婚丧、迎宾、节庆、祭祀等重大仪式之地，气氛森严；二进，男主人喝茶、议事、闲谈之地，雕花的扶手椅、茶几、古瓷器；三进，女主人与女宾聚会、处理家务的地方，椅子尺寸已经缩小，且没有了扶手，须垂手直坐，房间陈设简单，表明男女地位的差异；四进、五进则是卧室、书房、库房一类区域，玻璃柜里陈列着黑白照片、名人之间的信札；丫鬟、仆人的房间则在不显眼的角落；四面高墙围拢而成的天井，种植玉兰、竹子，笔直向上，似乎想看见墙外的世界；地面，石子精心铺设出各种图案；后花园，在"才子佳人相见欢，私订终身后花园，落难公子中状元，奉旨完婚大团圆"的传统戏剧中是重要空间，琵琶伴奏女声："盼佳音，无佳信，误佳期，媚景芳年"；小池塘，养有莲花、鲤鱼、万重心事……

这些宅邸的第一代主人，有大致相似的发家史，或从船工开始经营起航运业，或从商店学徒起步成为资本家，或从蚕农递变成丝绸商、从盐商转身成官僚……家族后代的命运、归宿大致相似：或壮大如繁密的树枝，或凋零，或移居各地，随时代之风而四散。什么样的庭院，就有什么样的主人和结局。

现在，这些江南私宅最终成了公共景点，被游客羡慕、流连、猜想、感慨。宋、元、明、清以至民国的江南秘史，大部分章节书写在这些宅邸内的阴影处、空白里，随风四散。从这些宅邸里穿过，我觉得自己像是一个落难的公子、情人、别有用心的身份不明者、海外来宾、革命者、背着一麻袋粮食的长工……

一个傍晚,我走进杭嘉湖平原边缘的朱家角镇,去"课植园"看"情景昆曲"《牡丹亭》。课植园又叫"马家花园",一个热爱读书种地的清末乡绅马文卿的私家庄园。课植园正厅悬有对联:"课经书学千悟万,植稻麦耕九余三。"读,学习一千就能悟出一万种道理;耕,劳作九个月就可休息三个月。一个热爱生活也善于生活的智者,用十五年时间建成中西风格合璧的课植园,面积一百公顷,辟有稻类实验区、手工作坊、藏书楼。马文卿在园内读书、学英文、实验稻种、修理家具、谈情说爱……

现在,马文卿消失。马家后人去海外留学、经商、繁衍。此地被艺术家们青睐,让穿古代戏装的演员在楼台、溪水边咏唱青春和爱情。我隔一条溪水来听、看、想,清代以前的月亮就渐渐浮现于树梢了。演员们提着灯笼,挥动溪水一样的水袖,唱腔像水声。我隔一条溪水打量才子佳人,像没有台词和力量的老仆人,惆怅。

移居上海近二十年,比邻杭嘉湖平原,我渐渐热爱速度缓慢的南方剧种,如昆曲、沪剧、评弹、越剧,一概水袖飘逸、唱腔逶迤,充满散意、古意。缓慢的唱腔,让时间减速。热爱缓慢,是一个人加速趋入晚年的标志。朱家角的夜晚渐渐深了,马文卿体验过的夜晚深了,半弯新月明媚,如美人头上的银簪……

反复穿过杭嘉湖平原。杭嘉湖平原地图一片湖蓝。高速公路穿过水乡,如同公牛,必须被围在公路两侧漫长水泥围栏构成的牛圈里约束荷尔蒙。高速公路之外,平原、小路隐约闪烁,像女孩喜欢拐弯,喜欢藏到树林或草地里去被人呼喊、寻找……

我,一个正逐步进入晚年的人,在江南生活,像杭嘉湖平原这水墨长卷上有意味的一个墨点,但不要成为污点。

在南京遇到梅花

无意中与南京梅花山的梅花相遇。

陪母亲、妻子游南京,计划中的目的地有四:中山陵、明孝陵、总统府、夫子庙。却在明孝陵前的梅花山推翻原定行程,消磨一个下午——这座灿烂、香气袭人的山丘!火红、粉红、玉白、雪白、暗绿、鲜绿、金黄、蜡黄……如此大面积、多种类的梅花,初次相遇,在我的萎靡中年,在花期正盛的阴历早春。

数年前曾与妻子、儿子来南京,游明孝陵时最感兴趣于陵前甬道两侧的一系列石雕:武士操剑,文人握笔,马、麒麟、羊……汉代石雕的粗拙风格,与我的粗服乱发很协调。旧石头,与我皱纹重重的老身体很协调。没有意识到甬道旁边这座名为"梅花山"的山丘的存在。因为，当时五月，梅花匿迹于树根，等待雪和寒意。梅花与炽热的生活没有关系，像低温、安静的女子，一辈子不认识热闹的荷花、牡丹。一万种花朵，隐喻一万种人生和世界观。

日本能乐艺人家族内部秘传四百余年才公开出版的谈艺录《风姿花传》，书名意思是"艺人的风姿，须像花朵那样传扬"。作者、能乐艺术大师世阿弥，在书中叮嘱后辈：要了解十种艺术类型，"更要牢记年年来去之花"。

这次，二月，在南京终于认识并将牢记这年年来去之梅花。

与母亲、妻子在山丘流连。周围游人如云，表情一概痴迷，纷纷以手机、相机留影于梅花与梅花之间——摄影术是一种悲伤的艺术，任何摄影者都能意识到时间和空间的双重丧失。母亲对我吩咐："给我再照一张，与这棵梅树合个影，谁知道还能不能再来看梅花了……"她已过古稀之年。她名字中就有"梅"字。我外祖父，中原乡村里的一个著名中医王恩惠，应该喜欢梅花。后来，我父亲接着喜欢梅花。外祖父、父亲都已去世。母亲常常梦见他们，像一棵梅树，梦见树下走远了的人。

清代伊秉绶有名句："梅花百树鼻功德，茆屋三间心太平。"我鼻子功德很高，对女人脂粉香和满山梅花香很敏感。但我体内有茅屋三间，来安放一颗渐渐苍老的中年心吗？梅花山顶，有亭翼然。坐下来，四望，可见山丘下的明孝陵及两公里外的中山陵，一派苍绿。孙文、朱元璋，一个推翻了帝制的人，一个热爱帝制的人，分别睡在两处山脉之巅，风声和流水声似断实连。游人们不知道这两个人睡姿的区别、两座陵的区别，但我知道。这两个人都是内心不平静之人、胸怀万间广厦之人。

我是小人物，无雄心壮志。帮母亲和妻子背旅行包、提茶壶、照相，就有成就感和幸福感。她们在梅树下动情、动心、动身。妻名字中有"石"字，性格中含了坚毅，遇到这些云霞般的花朵，却柔软得像山丘春泥。她和我母亲的关系，在满山梅花里达到新高度：评价两棵树的差异，商量穿过山丘的路线，协调合影时的立场，指导我仰拍、俯拍时的角度……南京的梅花参与到一个家庭的生活中来了。

妻子要为我和梅花合影，我疑虑："男人在花丛里拍照，多女性气啊。"她说："梅花不是别的花。你站那一棵干枝梅前吧——枝条硬的梅，英俊！"以一棵英俊的梅树为镜子，我看到了自己的臃肿、尘俗、软弱。

在中国，关于梅花，有许多名诗、名篇、名画。或许与汉民族长期处于低温的生活有关——坚持让人性在低温中保持光彩和暗香。显然，在南京，这样一个充满失败感、创伤感、遗址感的六朝古都，荷花、牡丹不宜大规模生长。在南京遇到梅花、牢记梅花，合适，必须。

"只要想起一生中后悔的事，梅花就落满了南山。"诗人张枣的名句。梅花与后悔有关，这是他的发现。穿过梅花山，几朵梅花落在头上，我在后悔什么？

在秦淮河附近一家旅馆的便签上写了以下句子：

> 梅花山的梅花开了：
> 粉红、朱红、淡黄、金黄、绿、浅绿、白……
> 一棵梅树的花期是另一棵梅树的花期，
> 像一个人就是人海。
> 在满山花香里闻到自身狐臭气——
> 我内心藏着一只、两只、三只狐狸？
> 山坡上成群结队的游人和悲伤，加强着春意和失意……

在嵊州想起一个丑角

在嵊州的一个夜晚，看越剧《梁祝》，忽想起张爱玲的爱人、文人胡兰成。

1906年，胡兰成生于此——越剧的诞生地，就此开始演他一生的戏——情感与政治之大戏。终落幕于日本东京，1981年。

越剧，大都是悲剧、壮剧，柔软中隐伏刚烈，如绍兴黄酒。需要英雄泪、男儿血，也需要脸上涂以白粉的丑角，以其种种的不义、不阳、不真，来映衬、对比。胡兰成就是越剧中的一个丑角。

胡兰成文学上的追求，始于1945年抗战胜利后的逃亡之旅。"渡汉水时，我把随身带的一枝手枪沉于中流。人影在水，白日照汉阳城。"胡兰成把"一支手枪"写成"一枝手枪"，似乎那手枪也像吴越杂花生于树枝一样可以审美。但不知他这手枪响过没有。他不说。他知道自己叙述的边界在哪里、诚实的尺度在哪里。狡黠之徒。

从童年的母亲、嫂嫂，到明媒正娶的玉凤，到玉凤死后"不论好歹总得有一个"的新媳全慧文，到张爱玲，到武汉护士小周、隐居温州时的范秀美、逃亡日本后的和服女子一枝，及最后自香港奔来同居的上海滩白相人之亡妻佘爱珍，这一群女子，像插图贯穿了胡兰成的个人史。除了母亲、嫂嫂，他的文字毫不掩饰在与异性周旋、交往中的功利、轻浮、凉薄。如，在日本，穷途末路，就勾连上有夫之妇一枝；立足稍稳后想摆脱一枝，就住到寺庙里去清修；佘爱珍来了，胡兰成就出了寺庙，重新开始世俗生活。

无论玉凤、全慧文、张爱玲、小周，还是范秀美、一枝、佘爱珍，以及其他被觊觎但未成艳丽故事的女子，胡兰成从不言"爱"。他认为"欢"这一字眼比"爱"要好，比如汉魏时期民歌《子夜歌》中的"欢"，为他回避"爱"找到依据。即便对于念念不忘的张爱玲，他也坦然自道："我与爱玲只是男女相悦。"是的，对胡兰成而言，有欢即可，相悦即可，何必谈论爱与被爱。这是他的坦诚，也是他的可怕——一个放弃"爱"这一字眼的人，就没有了爱的责任，可以随时跨越各种伦理边界，可鄙可叹之处也就屡见。如，玉凤死，胡兰成去镇上买棺木回来，过路的乡下人赞赏说棺木好料子，"我得意非凡……这样的排场总算体面，我听了愈发高兴"。再比如，杭州读书期间，父亲来看他，二人西湖泛舟，"对船舷外伸手可及的流水及刚才到过的岳王坟，亦无话说"，船舱被桨泼进来湖水，湿了父亲鞋底，"父亲不觉，我亦不告诉他，竟有一宗幸灾乐祸之心"。令我愕然。

胡兰成滥情，实为寡情。这或许与少年时因家贫而从胡村被送往俞傅村做义子的经历有关。"俞家真是好人家……在他家里，只觉银钱亦沉甸甸的有情意分量。"但这毕竟"先存了求人之心而攀亲，这样委屈，我又叛逆又顺受，一直矜持如作客"。胡兰成就这样形成了"又叛逆又顺受""矜持如作客"的人生态度，没有了自己的主场、立场。在上海，他诧异，"闲时走街竟从不遇见流氓，可见只要自身不太触目，就海晏河清，许多事原不必靠斗胜或屈伏来解决"。他就这样放低自己的身段，不太触目，随遇而安。但遇到一把枪也掖进腰里，就很触目、很不安了。

胡兰成没有反思过附逆之经历。在回忆借居杭州斯家对朋友的小妹起坏心思而遭驱遣这一事情时，他似乎宛转为自己辩护："原来人世邪正可以如花叶相忘，我做了坏事情，亦不必向人谢罪，亦不必自己悔恨，虽然惭愧，也不过是像采莲船的倾侧摇荡罢了。"说得轻松而有美感。但人世之邪、正、美、丑，岂是花与叶的关系？他想忘掉"坏事情"，想让他人也忘掉这些"倾侧摇荡"，是无法像花开叶落那样容易、必然的。

但胡兰成像吴越之地盛产的众多文人一样有才华，让我很无奈、情感很复杂。另一个让我情感很复杂的文人，就是山阴的周作人。很喜欢周作人翻译的日本俳句集，比如："隔着马栅吃麦的小马，很不容易够着，我也是这样地爱慕着啊"（和歌古今六帖），"人家都忙着，说花呀蝶呀的时节，只有你是我知心的人"（中宫定子），"砍柴的工作昨天既然完了，今天就在这里游乐，让斧柄去慢慢都腐烂了吧"（藤原道纲母）……周作人翻译这些句子，大约在20世纪50年代初期，靠为人民文学出版社翻译日本经典而谋生。他的确是爱日语的人，才能在汉语中传达出岛国的孤寂，细微而又动人。但这同样是全人类的孤寂——隔着马栅想去吃麦的那匹小马,多么孤寂。

胡兰成像周作人一样爱日语、爱日本。回忆录《今生今世》,是他逃亡日本之后写下的第二部书。前一部书《山河岁月》,是练笔性质的中国古典文化随笔集,尚生涩。至这一部,文字已绚烂清嘉,属周作人、废名这些江南才子一脉文风,承续明清小品传统。明清小品大家如归有光、李渔、张岱、袁枚等等,都生息于江南。美国人福克纳说得有理:"人无非是其气候经验之总和而已。"吴越一带为中国最早铸剑、烧陶之地,剑气逼人,热息灼心。但胡兰成却走了春风牡丹这一文路——"春风牡丹",是胡兰成喜欢的词,在《今生今世》中反复出现:"太太说话的声音像春风牡丹""爱玲与小周的好处,只觉如春风亭院,一株牡丹花开数朵,而不重复或相犯""华堂张宴,皆只为这春风牡丹人""在他面前,只觉你的人亦如春风牡丹"……显然,胡兰成不喜欢菊花、梅花、松柏这些寒冷意象,就像他不喜欢穷困、忧国、沉郁顿挫的杜甫。

应该承认,胡兰成的文字对中国现代散文的语言实验有开拓之功。《今生今世》的叙事开阖自如,如"山阴道上行,山川自相映发,使人应接不暇"——同乡前贤王献之的话,胡兰成熟悉,山阴道胡兰成亦应是熟悉的。抄录胡兰成的几个句子:

> 听她说她的少年事与现在事,只觉她的言语即是国色天香。她的人蕴藉,是明亮无亏蚀,却自然有光阴徘徊。她的含蓄,宁是一种无保留的恣意,却自然不竭不尽。她的身世呵,一似那开不尽春花春柳媚前川,听不尽杜鹃啼红水潺湲,历不尽人语秋千深深院,呀,望不尽的门外天涯道路,倚不尽的楼前十二阑干。

……

> 朱瑞的夫人亦与太太情如姊妹,但亦只是节日或有事时才来往,两人携手到了房里,在床沿排排坐说话儿,就像是双妹牌花露水瓶上画的两姊妹。

> 旧历正月十五夜,在松原町,月明如昼。……前此还住在一枝家里的时候,一晚也是这样的月亮好得不得了,我作了一首唱词,当它是山西大同女子配了弦索唱的。词曰:晴空万里无云,冰轮皎洁。人间此时,一似那高山大海无有碑碣。正多少平平淡淡的悲欢离合。这

里是天地之初，真切事转觉惝怳难说。重耳奔狄，昭君出塞，当年亦只谦抑。他们各尽人事，忧喜自知。如此时人，如此时月。却为何爱玲你呀，恁使我义气感激。

以上最后一段文字，是《今生今世》一书的结尾。

胡兰成的文字有着越剧剧本、唱词一样的音乐性和画面感，跌宕起伏，别开生面。用这样的文字写情书，女人很难不被打动。或许，他适合做一个像洪昇、李渔那样的人，在太平岁月里，跟着戏班子闲散行走于散发脂粉香的日月山川。但遭逢中国历史上前所未有的大时代、大变局，他捏着"一枝手枪"登台，就把自己演成一个丑角了。遗憾。但这戏，好看了，波澜四起。

来嵊州之前，在雁荡山下胡兰成化名潜伏的雁荡中学，我已经晃荡半天。学生们上音乐课，唱的恰好也是越剧《梁祝》中的片段："临别依依难分开。心中想说千句话，万望你梁兄早点来。"胡兰成应该听过越剧《梁祝》。对梁祝传说中化蝶的决绝，他大概不屑一笑，暗想着如何趋近新认识的某个春风牡丹般的美人。

在嵊州的古戏台下、月色里，我怀疑自己也有一颗胡兰成般薄情寡义的心……

《鸭绿江》2017年第9期

石 记

宋先周

　　1973年腊月初五晌午时分，一个幼小的生命降临人间。这个新生儿，是我。

　　我的到来，首先得有个名字。在我们岩洞平，新生的孩子，都习惯先给起个乳名，等上学了，才给起个学名。村里文化人少，很多学名不如乳名叫得响、传得远、留得久。比如我大哥，虽已成为"爷爷"，村里人依然叫他"宋老八"，他那"宋先能"的学名，只留在身份证上。闭塞的寨子里，大家对孩子的名字都不太在意，我舅家给孩子起名就很随性，表哥们的乳名为"老狗""老虫""老花"，表姐们的是"老桃""老兰""桂花"。父亲认为，给自己孩子起的名字至少应该有点文化的模样。哥哥们出生的时候，担任"农会主席"的爷爷还很健壮，把起名字的事情包揽下来，直接叫"老八""老九"。我们兄弟没那么多，怎么一下子把大哥从老八开始排行的，我们不得而知。我出生的时候，爷爷已经到了"老刀不砍刺，老人不管事"的年纪了，起名的事儿，父亲就掂量上了。

　　起个什么名好呢？叫"老幺"吧！所谓的"老幺"就是"收官之作"了，有了"老幺"，脚下都不会再有弟弟妹妹。生完我之后，父亲决定不再生了。尽管母亲心有不甘，母亲说："他哆哆，你读书读到牛屁股去了吧！韦家有个'老幺'，石家有个'老幺'，向家也有个'老幺'，你让他们重名？"父亲并未理会。我出生时，父亲早就定下"老幺"这个乳名，之所以假装考虑几天，不过是做做样子，敷衍一下受"多子多福"思想影响的母亲。生活费十分拮据，父亲再也不敢往下生了。但是，母亲还想再生个女儿，家里只有姐姐一个独女，母亲心有不甘。

　　童年里，我小病小灾不断。肥硕的身体，总也装不住疼痛和忧伤，三天两头发烧感冒。都三岁了，母亲下地干重活，还得把我捆在背上。一次圩日，母亲找了个道公来，为我掐指算卦。最后，道公说我命太软，想改变，有两条途径：一是逃离农村，搬到城里居住；二是给我认个心肠硬、心狠手辣的干爹。母亲和父亲好一阵商量，认为在天上没掉金子砸头的时候，我们还得老老实实待在农村。

我们只剩下"找干爹"这条唯一的路了。在农村，认干爹是常事，但是要找心肠硬的心狠手辣的就很难。认亲之后，就相当于把"干爹"的"心狠手辣"推到台前了，找谁谁就是心狠的人，这人还得成为我干爹，心里堵得慌。

突然，一个新的念头闪出。石头，对，就是石头。父亲想。石头，够硬，心狠，无情无义，冷血麻木。给老幺找一块石头认干爹，既达到"心狠命硬"的要求，又不至于得罪人，两全其美。

父母很快在我家屋坎上，谢家的菜园边，发现了一颗大石头，石头上面长着几根白荆条，侧旁凹陷的地方有几簇野葱，石头周身被苔藓覆盖，整颗石头泛着生命的绿色。

选定黄道吉日后，父亲从街上割了半斤刀头肉，买了些祭拜用品，为石头选了个合适的正面，用红纸剪了几个小人儿，贴在石头上，点上三炷香，摆上糯米饭、豆腐和刀头肉……道公在石头前打上几卦，令我跪在石头面前，磕头作揖，要我呼此石为"干嗲嗲"。那时候，我四岁多，有点懂事了，要叫一颗石头为"嗲嗲"，我实在张不开口。但是父母之命难违，反正跪都跪了，头也磕了，叫就叫吧，我大声喊了出来："石头嗲嗲，你要保佑我少生病，保佑我不淌眼泪，不流鼻涕，保佑我乖乖的，以后上学了读书厉害……"我还想说点别的，但是被父亲制止了。父亲说："够了，保佑你健康就够了，不要给石头干爹太多压力，到时候就不灵了。"就这样，我与一颗大石头结了缘。这颗石头成了我的第二个爸爸。

有了干爹，也就应该有个名字，按常理，名字应该得由干爹为我起。苦于干爹沉默不语，这次母亲不再把起名的权利让给父亲，母亲说："石亲家，感谢你接受我老幺做你干儿子，我的老幺，也就是你的干儿子，我替你给他起个名字吧？我看他身体不好，姓'石'随你，单名一个'英'字。男儿身，女儿名，好养。"

也许，真被道公蒙对了，认石头干爹以后，我的身子骨渐渐硬朗起来，大病小灾逐渐远离。这年除夕，半夜里来了一场小雪，我被小哥、三哥从床上拉起看雪，我们光着脚丫在院坝里堆雪人，整晚都不舍得停下来，第二天，我们又在扫出雪的空地上玩陀螺。母亲在家门前看着我们，望着父亲说："他嗲嗲，我们是不是再去看看那个干亲家呀！你看，认了干亲，老幺好像变了一个人。"父亲抿嘴含笑，到屋里装了点猪肉豆腐，拿点香纸，到晒坝上拉着我，来到石头爸爸的跟前祭拜。

七岁那年，我到隔壁那个叫天平的村寨上小学复式班。天平小学原始陈旧破烂，远远看去，很像一间牛棚。中间被几根硕大的木头圈隔着，算是板壁，其中一间小的房间，被各色塑料布和纸壳包裹着，密不透风，那是老师的宿舍。而另一间稍大的房间，是我们的教室，教室四面通风，一、二年级，二十多个学生挤在一起。学校教室的门用竹子编成,这"柴门"一开一关,常常发出刺耳的"吱呀"声,几块较宽的木板,搭在几根木桩上就是课桌,板凳是长条凳子,四五个孩子挤在一起坐。

上学的前几天,为了我的学名,父亲又再次劳神。我们家起名按字辈排下来,我们是十四代,学名应该叫"宋先×"了,我前面的三个哥哥已经用了"能、国、荣"的名字,这些名字父辈们在起名的时候都寄予厚望,但是现实并不如愿。为我的学名,父亲和姓韦的民办教师探讨了一个下午,最后综合意见,就叫"宋先周"吧!反正到了这个老幺,也完结了,算是"杀角",就希望各方面都周全一些吧!

学校后面,也有一颗石头。同学们常常用这颗石头和我的石头干爹对比,都说很像,有点亲兄弟的模样。同学们下课时常常到石头后面"放马",有些孩子实在顶不住的,也在那里"放牛"。偏僻的岩洞平天平一带,对有些不雅的东西,在称呼上还是有所讲究的。比如人多时,想撒尿了,说成是"我去放马",想大便的说"我去放牛",这一改变,突然使那些不雅庸俗的词汇变得雅致起来,随便就可以挂在嘴上了。

"放马放牛"的石头,离教室很近。夏天,恶臭能充满教室,绿头苍蝇肆意横飞。我们都还小,臭气来了,捂捂鼻子就过了,苍蝇来了,挥挥书本赶走就好了。我最不能容忍的是,老师一宣布下课,大家就起哄着往教室外面冲,一边冲出去,一边喊:"走喽,去看石英干爹的弟弟去喽!"

"走,我们去石英干爹弟弟的身边放马去喽!"

"什么干爹弟弟,那就是石英的叔叔,干叔叔。"

……

我在天平小学,孤独是最大的悲伤。

晚上,我扑在母亲身上哭了,我说我不想上学了,学校里大家都笑我连个正经的干爹都拜不起,要去祭拜一颗石头,现在就连茅坑里的石头,都和我沾亲带故的了。

很久没流眼泪的母亲,再次让泪水打湿了她的花围腰。

第二天,我假意背着书包上学,但是来到石头干爹的身边,我就再也迈不开步子了。我爬上石头干爹的身上,把那几根正发芽的白荆条扯了出来,撂在路边,我把刚刚泛绿的那几簇野葱全部扒光,我还捡来石头,不断向石头干爹扔过去,小石子与大石头碰撞出的火花迷乱我的眼睛。

我撒野困了累了,就依着石头干爹沉沉睡去。沉梦中,我被一点温柔的沁凉雨滴唤醒,睁开眼,我才发现,这几滴雨,是从依附在石头干爹身上的那些青苔里滴下来的水。我心头一惊!那是不是石头干爹的泪水?我内心惶恐,石头干爹哭泣的泪滴落在我脸上，这一瞬间，我感觉自己突然长大了。我猛然站起身来，拍拍身上的泥土，背上书包向学校跑去。学校正在集队准备放学，我冲到老师跟前，大声说道："老师，以后在学校，请同学们叫我'宋先周'好吗？"略为停顿之后，我接着结结巴巴地说，"另外，另外……学校后面那颗，大家放马，不对，是涡尿的石头，不是我干叔叔，我的石头干爹只有一个，他在岩洞平，在谢家菜园边。"

不知道是不是得益于石头干爹的洪福齐天。反正，我每学年的"家庭报告书"中，升级或者留级那一栏里，永远写的是"升"。经过巴益和巴峨两所小学的折转之后，我以优异成绩考上了乡里的初中。此时，1986年的阳光已经灿烂地炙烤着大地，也温暖了我穷苦的心。而和我一起在天平小学厮混，能一同和我考上初中的就只剩下老宝和老光两个人了。很多孩童时代的玩伴们，都已经早早辍学在家。

进入中学这年，岩洞平要修路了。而修路必须经过石头干爹所在的那个拐角处。此石必须炸开。

母亲慌了神，急忙找队长、大队支书、乡里干部反映情况，说是这颗石头我们已经认过干亲了，是受神灵保护的，动了会遭报应的。但是，谁会相信？就算已经让宋家给祭拜成干爹了，那与别人又有什么关系呢？施工队在石头上打炮眼灌火药装引线，准备点火炸开石头了。母亲突然从家里点来三炷香，冲到石头跟前，一边磕头一边护石头。母亲不离开，施工队也不敢点燃引线。他们各自散在道路两边，或蹲着，或坐着，淡看事态进展。闻讯赶来的大队支书跑到我家里，把我父亲带到现场，指着石头对父亲说："老宋，你还是个党员呢！怎么跟一颗石头认干亲？这不是封建迷信是什么？你这是在散播谣言，蛊惑群众，你的党性在哪里？'文革'的事你忘记了吗？"被几句上纲上线的话教育一番之后，父亲似乎被踩到了痛脚，揭开伤疤。父亲只好搀起忧痛着的母亲，两个猥琐潦倒的身影，慢慢从石头干爹身旁消失。

"隆隆隆"连续十声炮响，石头干爹的躯体彻底肢解，成为一堆碎石，这些碎石有的用来砌路基，但更多的都已经被打成石粉铺在路面上了。

当天晚上，父亲就着几根干辣椒，把存在瓦坛里窖藏着准备过年的老酒喝了个底朝天。那学期的段考，我只考了全班的三十四名。后来我才知道，石头干爹被炸开那天，恰是我们段考的日子，这不会又是一种巧合吧？是不是我与这块石头命里已经有了回应？否则，石头干爹被炸碎的那些天，我怎么心头慌慌，夜不成寐呢？我周末回家，站在用石头干爹的"尸骨"铺成的这段砂石路上，我恍惚间，又回想起我爬到石头干爹身上的情景来……我在记忆里不停搜寻，那几根被我拔掉的白荆条的根，后来发出新芽了吗？那些新长出来的白荆条还和原来一样，挺立在石头干爹的肩头吗？那几块凹陷的地方，原先长出一簇簇野葱的地方，后来怎么样了，野葱是不是又长出来了？它们是不是在来年的春天里被别人采摘了，拿去爆炒腊肉了呢？还有，石头身上那满身的绿青苔呢？都到哪里去了？我一遍遍叩问自己，每问一次，我的眼泪就洒落一地。

我在那个"心狠的命硬的"干爹的尸首铺成的道路上，来回徘徊，我每走一步，都感觉无助和失落，我怕落脚太重，弄痛了伤痕累累的石头干爹，又怕落脚太轻，石头干爹感觉不到我的到来。这一夜，我似乎把生命的长度在这段路上不断延伸……

也许，我该面对现实，就当我的石头干爹，永远沉睡了吧！让他用生命的硬度，为岩洞平铺一个美好的未来。

看到日头渐渐升高，我的伤怀一点点淡化。

但是，我的母亲却一直豁达不起来，我父亲心里的疙瘩也一直没法解开，祭拜石头干爹，就是把我的未来押给了一颗石头，现在石头碎了，父母的希望似乎就要破灭了。

"他哆哆，还有没有别的办法，我们不会就这样放弃吧？"母亲试探着问父亲。"有什么办法，人死都不能复生，何况石头碎了！""要不我们再给老幺找个干爹吧？"母亲继续试探着问。"再找？石头，还是人？""找人可能不太现实了，大家都知道老幺的干爹命不长，就连石头都会被炸碎，哪个人敢冒这个险？""那你去找吧！"父亲撂下一句话，就忙别的事情去了。

第二天，母亲就为我的第二个干爹忙碌开了。母亲先到下湾我家那块大地里寻找，但是，地里的石头都太小，外形不是很大气，也没有生机。母亲辗转到田湾的大坡上寻找，一整坡的石头让母亲眼睛迷乱，每一颗硕大的石头都让母亲怦然心动。母亲初步选定在半山上，那颗酷似鹰嘴，振翅欲飞的巨石，急忙把父亲叫来。父亲只一句话，就把母亲打入冰窟："你愿意让老幺在死人面前祭拜活石？"

整个田湾的大坡上，都埋葬着天平岩洞平故去的人，那里被誉为村寨中的"八宝山"。我的爷爷奶奶也安葬在山上。

母亲有点泄气。这时候，我段考后的第一次测试成绩出来了，名次在段考的基础上又下滑了七位。这次，父亲再也坐不住了。在繁星闪烁的夜里，父亲打着手电筒，拿着镰刀，走进屋后的杉木林里。

当父亲披着晨光，回到屋里的时候，母亲已经在灶房里生火，为圈里那两头肥猪熬猪潲了。

"老幺他妈，找到了，老幺的第二个干爹找到了！"父亲来不及擦汗，就很兴奋地向母亲报告。

这时候，母亲反而淡定了，她表情麻木，继续给灶孔里添柴苗。

父亲自顾自继续邀功："我就记得嘛，那年给我父亲砍杉木做'老房'的时候，在林中看到过一颗大石头的，我还以为记错了，今夜没白累。"

母亲抬起被火焰烤黄的脸："那就赶快着手安排认亲仪式吧！要不老幺都要初中毕业了，恐怕再认几颗石头干爹也来不及了。"

父亲踩着朝霞，来到学校，帮我请了两天假，我跟在父亲身后回到了家。

这次认亲的仪式很简单，只有父亲、母亲和我。祭拜的贡品也很简单，三个苹果、三个雪梨、一盘母亲自己蒸的发糕，没有刀头肉，没有贴红纸。父亲害怕引发火灾，这次祭拜仪式我们连焚烧香纸的环节都省下了，就近捡来三根蒿菜秆，插在石头前面，象征性地代替三炷香。我再次被要求跪在地上，再次向石头磕头。"干亲家，这就是你的干崽，请你保佑他事事顺意，读书长进，将来能走出岩洞平吧！"父亲说出来的话，带着一点哀伤的祈求。

这次祭拜干爹回来之后，我在课本上把我的名字写成"石鹰"。要飞出岩洞平就必须有坚硬的翅膀，至少要像一只雄鹰。之后，我的心思再次回到了学习上，成绩直线上升，到初三的时候已经挤进班里前三名了。

"醒了醒了！"父亲对母亲说。

"什么醒了？"母亲一头雾水。

"石头醒了，老幺的石头干爹复活了，我们的愿望在这块新的石头干爹身上实现了！"父亲亢奋得有些语无伦次，苍老的身影在母亲面前手舞足蹈。

"他嗲嗲，你发癫了吗？应该是那块石头让老幺醒了。"母亲变得更沉稳。

这一年，我考出大山了，突然之间，实现了"农转非"。出远门读书的头一天，父亲卖了一挑干谷，在街上请回来一只猪头。父亲带上母亲和我，一同来到石头干爹的身前祭拜。这个狠心的铁石心肠的不会说话的石头干爹，继续在杉木林里沉默，只有偶尔的清风把石头上的杂草撩动，才偶然让我们感觉这石头似乎醒着。父母亲拿起刀具，在石头周围打理，他们把对这颗石头的感激之情换成一次辛勤的劳作，让石头的周围突然更靓丽起来。看到父母脸上滚动的汗滴，我的泪水夺眶而出，我被感动和悲戚交织着。他们把全部的希望寄托给一颗石头，那是一种多么无奈的选择！

是不是天底下所有的父母，都是一个样子的呢？

毕业以后，我到乡下做了一名中学教师，当我把第一个月的工资捧到父母面前时，父母脸上绽开了花，他们的身板突然挺直起来了。世事难料，我工作的第二年，父亲突然殒命。我把父亲安葬在爷爷奶奶的身旁，我想让他们能在天堂里共享天伦。

　　从父亲坟头返回，再次踏步在第一个干爹"尸首"铺成的道路上，心里有一种说不出的疼痛。那时候，我感觉双脚像灌了铅，每迈一步都那么费劲。我从瓦坛里灌了一瓶土酒，带到后背坡的杉木林里，我再次来到第二颗石头干爹跟前。我以为，我几乎忘记的石头干爹，一定荒芜在树林里了。但是，恰恰相反，石头干爹周围干干净净。这时候，我再也忍不住了，眼泪倾泻而出……我围着石头干爹转一圈，把那瓶酒倒了一圈，酒瓶里剩下的酒，被我一口吞下。

　　突然间，我对父亲的思念那么强烈。我靠在石头干爹的身上，仿佛是靠着我父亲冰凉的身体。

　　父亲过世的第三年，我从城里为父亲请回一块大理石墓碑。当墓碑稳稳地竖在父亲坟前的那一刻，我突然感到，父亲也是一块石头。站在父亲坟前，我难免想起我的两位石头干爹来，也许，在几百年前，我的石头干爹也是一个人，是一位真正的父亲。

　　而几百年以后，我，会不会也在时光的历练中，变成一颗石头？

《解放军文艺》2017年第9期

乡村物事

安 庆

河床上的麦穗

麦收前一场暴雨，河滩上的麦子漂进了河床。上游的鱼冲下来，河边出现了捞鱼的人，他们手持渔网，带着装鱼的水桶，一网网下去，桶里放进了几十条捞上来的鱼。

而那些麦子被冷落着，没有人将河里的麦穗捞上来晒干，成为他们的粮食。就连遗留在大地的麦穗也很少有人再去捡拾，风吹日晒，融入又一个季节的泥土。

我要说的是和河床有关的另一个故事：那一年夏天，我跟着母亲去邻村拾麦，母亲不断地弯着腰，将麦穗放进篮子。临近中午，母亲让我把拾满的那一篮麦子送回家，再带着篮子回来。我顺着河堤走，河堤上有很多树，遮住了毒辣的太阳，树上的麻雀叽叽喳喳地叫，河水在阳光中静静地流，热气从河床上溢出来，像一层岚气。一个人突然截在了我的前边，他问我在哪里拾的麦子，我说在哪一块地里，我扭着身指给他看。他逼视着我，骂了一句，抓住了我的篮子，我往后扯着。在我们争夺时，篮子里的麦穗落在干燥的地上，麦粒从麦穗里滚出来，掺进路边的暄土。他夺走了我的篮子，那双长满汗毛的手高高地举起，篮子在我的面前迅速地划过一个弧线，穿过大树的缝隙，落进了河床，篮子和篮子里的麦穗在正午的河水中顺水漂流。我冲下河堤，眼里汪满了泪水，我急于要找回的是母亲在毒日下捡拾的麦穗、我们的篮子。我跳进了河流，拨着水，攥着篮子和篮子里尚存的麦穗。我将篮子抓在了手里，一手抓着篮子，一手寻觅着身边漂着的麦穗……后来，我从河的对岸跳出了河流，不敢看还站在岸上的那个人。我逃跑似的离开河床，离开河岸，在我看不见河流时，终于抓住了半篮子麦穗。我在路边号啕大哭。我走回家，泪水再一次长流不止，我不知道，我该怎样向母亲交代。

河床在我的心里留下了太深的记忆或者疤痕。

那天晚上，我忍不住向母亲诉说了麦穗的遭遇，母亲紧紧地抱着我，哄我不要害怕，甚至去河边为我叫魂。我闻到了母亲的泪水，看到了母亲手上被麦茬划下的伤痕。好长时间我都不愿意去那个河边，可是，那条河我是绕不过去的，河边的路是通向县城的必经之路，我之后去县里上学，去县里听课，去县里的书店买书，和父亲去县城卖菜，陪母亲去县城看病，走的都是这条河边的路。只是，我不会再轻易跨进那条河流。

故事却没有结束，多年以后，我才知道那个把麦篮扔进河里的人，是邻村当年的治保主任。真正和他再一次接触，再一次说话是那一年，因为写作我成了乡里的一名文秘，乃至在乡政府里一直干了十几年才离开。那一年，他已经是邻村的村委会主任。一次乡里的会议之后，他跟着我，单独地找到我，看着我，忽然问："我怎么老感觉我们以前在哪里见过？"我摇摇头，说："我们是邻村，碰到的机会很多。"他说："不是，每次见你我都有这样的感觉。"我突然看见了他胳膊上浓密的汗毛，记忆在刹那间复活。他直视着我："你是不是当年的那个小孩，那一篮麦子……"我扭过身，他抓住了我，非常诚恳："原谅我，我当年也是太年轻，太轻狂了。"他继续说："你扑下河床的那一刻，我特别害怕，我在河边，做好了随时下河救你的准备，等你上了岸，我才踏实了一些……"说着，他竟然朝我鞠了一躬。

我们握住了手，一场旷日持久的记忆在那一刻释然。

井里的棉花

好多年过去，我还会想起井里的棉花。

也许就是从那年开始，我养成了凝视棉花的习惯，一次次观察着出现在我面前的棉花，尤其是棉花的炸絮。我不知道那包棉花到底以怎样的形式藏在了井里，但那一年，棉花和井的确发生了关系。

在我们那一带乡村，每年秋天，女人们都会三五成群地朝北走，走到另一个县的境内去捡拾棉花。那里是产棉区，大片的棉花让她们觊觎。她们往往在一个清晨已经站在一片棉花地前，或许会看到炸絮的棉花。在没有收摘过的花地前却必须返身！这是规矩，捡花的女人有她们的禁忌。但还是有人禁不住诱惑，在一个拂晓蹓进了一块还没有放哄的棉花地，对那里的棉花进行了短暂的肆掠。这件事查到了我们村，那个乡里的派出所取得了我们乡里派出所的配合，要进村搜查，对这起棉花的案件查个水落石出。气氛紧张起来，那几天很少有人再出去拾花。

母亲也是个捡花人，她非常坦然，将捡拾的棉花晒到了房顶上。那些棉花瓣里带着参差的花叶，残余的花壳沾着干草，在阳光下翘动，喧腾起来的棉花像蝴蝶的翅膀，做着飞翔的状态。我想象着母亲和她们走在路上，在棉花地茫然寻觅一朵半朵棉花的情形，那些干燥的花棵小刀般锋利，在每个捡拾棉花的女人脸上刻着刀痕。我站在房顶上，朝一家一家的房顶望去，看到很多的房顶上都晒着棉花，仿佛刚刚下过的一场小雪。房顶上晾晒的还有玉米、花生、大豆等，母亲告诉我，捡拾的棉花和偷摘人家的棉花有很大区别，捡来的棉花都是半拉的、残余的，颜色也打了折扣，而摘来的棉花是整朵整片的，格外厚白。我后来做作业时，想到母亲的话，我比较着一张纸、半张纸和碎纸的区别，更笃定了母亲的道理。那天，母亲坐在房顶上，秋天的阳光晒着她瘦削的身体，她低头整理捡来的棉花，头发里已夹进了许多银丝。

等待的搜查一直没有到来。直到有一天，村里喇叭广播了取消搜查的消息，治安主任在大喇叭里喊："虽然搜查不再进行，出去捡拾棉花要遵守规矩，维护村庄的声誉，如果再发生偷棉花的事情，决不姑息，一定搜查到底，严肃处理。"

放在井里的棉花是在一天早晨被人发现的。

一包棉花竟然放在了井里，而且发现这包棉花，是在取消搜查的第二天。没有人去领，从井里弄上来的棉花搁在井台上，包裹棉花的是一个粗布的床单，床单上有一朵大大的牡丹。不知道谁将床单的结解开，受潮的棉花在太阳照射和风的吹拂下慢慢地膨胀、开放，在井边铺展，一片银白，像开炸的梨花。一包棉花就以这样的方式在井边存放着，都视而不见。母亲到房顶上去拾掇棉花，晒在房顶上的棉花干了，她在房顶上坐着，朝着井边，沉默不语。

那些棉花在一场雨前有了归宿，村里的干部做主，给了村里的小学，供住校的老师做被子用。究竟是谁把棉花放在了井里，一直是一个谜。我曾经问过母亲，母亲停下手里的活计，看着我若有所思，说："不要问，有些事不用刨根问底，有些做法就是村里的道理，村庄的道德。"

村庄的道德！那是母亲一生对我说过的最深奥的话。

那年之后，村里的女人还去拾花，再没有出现过偷棉花的事。

火车的方向

我一直想象着在铁轨上奔跑的那个女人。她在一天的傍晚挥动双脚，吧唧吧唧，在铁轨上飞翔。我一直在想，她是在追赶火车，还是吆喝火车停下来？这是一个没有答案的疑问，十几年过去了，没有人回答我的问题。

她的名字叫爱琴，她本来就是我们村庄的人，在我们村庄长大。那一年，因为父亲在唐山的部队,一家人随军去了唐山。可是,他们赶上了那场地震,她的母亲和弟弟在地震中丧生,只留下她和父亲。她虽然幸存,却成为一个智障。大约在地震的一年后,她被父亲送回了村庄,她回来是给一个男人做媳妇的,回来之前父亲已经托村里的本家给她找了一个婆家。

男人叫岁,因为个矮一直没有成婚。他们举行了婚礼,宴请了双方的宾客。只是在婚礼上,爱琴一脸的茫然,也许她根本不知道这就是另一种生活的开始,是她的结婚仪式,她已经是一个男人的女人。婚礼上,大家看到的是她的茫然。

从此,爱琴天天坐在岁家的大门口,呆呆地等待着什么,守望着什么,有时会显得焦躁彷徨,充满了失望,从神态里能看出她的失落。也许,在父亲将她丢在村里后,她就感到了什么,她的心里就已经空落,她等待着父亲能再回来,将她接走。不久的事实证明了她确实这么想的。她在一天的午后,撂下饭碗,朝着火车站的方向跑,那一年我们附近的火车站还在使用。岁全家人出动,将她从通向火车站的路上截了回来。找到她时,她往后扯着身子,恋恋地看着目光所及的火车。从此,岁的家人把她看得更严,唯恐她真的失踪。

爱琴后来坐的地方从家门口挪到了村口。她不说话,静静地望着村外的路,或看着远方隐隐约约的火车。她的父亲却一直没来,听说他在医院时结识了一个失去丈夫的女人,两人在震后成立了家庭。那一年,爱琴的肚子渐渐大了起来,她怀孕了,怀孕的爱琴每天摸着自己的肚子,一颠一颠地走到村口,在村口坐着,或回到家里坐在大门口。一年四季都是这样。

爱琴再跑向铁路是在这年秋天。岁的家人都在忙着秋收,对爱琴的看守有些疏懒,等发现不见爱琴时,爱琴已经跑到了铁路上。那是一个黄昏,他们在铁路上找到的是爱琴的尸体,已经没有了生命的迹象。铁路上的人向他们描述了爱琴追赶火车的场景,爱琴颠着肚在铁路上飞奔,先是向路过的一列火车挥手,又在一列火车的后边紧追,直到又一列火车没来得及刹车……

爱琴是想回到她的唐山。村里人说,岁至今孑然一身,每年祭奠亲人的节气都为爱琴上坟。

老河湾

走在田间的小路上,我听到了大地的声音,麦苗的声音,细草的声音,尘土的声音,风吹的声音,阳光洒在头顶的声音,鸟飞的声音……

小麦正慢慢地长,叶子朝上,麦尖朝上,叶子上的露珠朝上。每一次置身在麦田里,我都有一种莫名的感动,我想和这无边的世界守在一起,守到它们变成黄金样的颜色，真正成熟的季节到来。

我看到了墓地，在大片麦田里，我站立的地方往北，那里埋葬着我的大伯、大娘、大哥。这不是我们的祖坟，大哥走在大伯和大娘前头，大哥走后，他们把坟迁到了这里——他们自家的地里。我的大哥离开这个世界时才五十多岁，我记得他最后走在村路上的日子，他坚持最后的斗争，他想胜利，每天早上忍痛在村外的小路上走路，又憔悴地坐在村口。从村外回来，他会拐到我家，那时候我在乡里上班，早晨上班前都能见到我的大哥。他坐在我家的柳圈椅上，告诉我他又走了几圈，又从村外走了回来。他看着我推出自行车，他站在路口，目送着我离开村庄。那竟然是他最后的日子，在他的身体每况愈下再也不能走在村外小路上时，他在床上躺着，每天喊着我们兄弟姐妹的名字。后来就葬在了这里，再后来是我的大娘葬在了这里，大娘之后是我的大伯葬在了这里。一个人的桑梓之地就是他的生命之地，是他最后的安葬之地，安息之地；一个人的生命终究要归于黄土。刚过清明，我看见坟头上的黄纸在微风中扇动，像蝴蝶的翅膀。我的目光穿过麦田，看见了更多的坟茔，再往西有我三爷家的墓地，那里去年刚添了一个新坟，埋着我的一个堂叔——三爷的儿子。他是一个司机，在开车的路上骤然犯病，也是五十出头的年龄。麦田间的坟茔让我的脚步有些滞重。

每次回来，我一定要来老河湾。老河叫沧河，水越来越少了，几近干涸，但河湾里的树依然苍翠、蓊郁。我知道，真正的河是不会断流的。地下的水在滋养着这些树。我看见了老河湾的树在春天开始着它们的蓬勃，我看见了瘦瘦的河水，河滩上的野花，鸟儿嘀啾着。我仰起头，看见树枝和鸟组成的一个世界，这个世界托举着一方天空。我朝一个高坡处站，看见了对岸的原野，那是我舅舅家的村庄、村外的农田。这是亲情连着亲情的河道，亲情连着亲情的大地。大地和大地的血脉谁也无法阻断。

我恍惚看见河床上的掘沙人，弓着腰，低着头，在阳光下晃动。那里也曾有我的父亲，他掘出的沙堆旁有一副筐，我扶着父亲肩头的筐，随父亲仄趔的脚步往岸上走。河岸上有一头驴，父亲赶着毛驴车，将掘够一车的沙卖到镇里或城里。我顺着河湾往上走，沿着河边的路一直走到了沧河的铁路桥下，听见了哐哐啷啷的铁轨响，铁轨上的远方是另一个世界。我想起我第一次出门远行就是从铁轨上开始的，我的眼一直朝着窗外，我的心和我的眼都特别饿，我曾向车窗外一个站在路边的陌生少年挥手。多少年过去，谁能知道那个车窗外的少年他后来去了哪里？

我在河滩上坐着，像一个归乡的浪子，久久地不想离开。

《散文》2017年第7期

森林里的老孩子

周晓枫

我最早从张守仁老师那里知道胡冬林的名字。张老师的盛赞表情和溢美之词，格外强烈。我对张老师的介绍，尊重归尊重，但没到慎重的程度。每发现一个写作上的异数或新星，张老师就像老年得子一样，兴奋得不知所措。我当然在他的推介下，发现过秉赋出色者，但也有的写作者属于瞬间绽放——单篇或许能超水平发挥，过后黯淡无光。所以，每听到守仁老师赞颂一个闪亮的名字，我会在脑子里过一下，未必在心里停一下。胡冬林是例外。

水獭在水中反复扭曲身体，好像被什么东西套住，白肚皮忽而翻上忽而翻下，正在苦苦挣扎。见到人影，它不但没有躲开，反而艰难地半浮半仰着向我这边漂凫过来。我赶忙捡起一根干树枝，跳进早春冰冷的水中，勾住它的身体拉向岸边。水獭感到树枝的触碰，立刻本能地张口牢牢咬住它。顷刻间我感到一股强劲的咬力从树干那端电流一般传来，咯咯震颤我的手臂。它那对黑珠子般的小眼睛里放出一线针尖似的光芒。那是一种在绝望中迸发的狂怒目光。同时，它抬起浸在水里的口鼻，冲我发出嘶嘶怒叫，滴水的犬齿在昏沉的暮色中亮如白刃。原来，它落入了一张破鱼网中，全身都被紧紧缠住，几乎动弹不得。

我读胡冬林的第一篇作品是这篇《拍溅》。精微的描写贯注全文，没有哪个段落炫技式地跳脱出来，也没有哪个段落气虚般地凹陷下去——那是一种完整而均质的美好，胡冬林写得既朴素又灿烂，既结实又灵巧，既活泼又沉稳。我不知道自己此前怎么会忽略一个如此出色的写作者。他令我尊重，由衷折服。写作者对写作者的评价，有时是格外敏感的内行，有时偏颇，会把自己难以完成的内容看得特别高妙。但我的敬意是真实的，胡冬林的难度我无法抵达。

后来认识了。我不记得第一次见到胡冬林的情景，具体在哪里，旁边有谁，我毫无印象。并非他不重要。有人是你命中注定的朋友，就像你也不会记得是在什么时候第一次认识自己的亲人。

胡冬林来京，有空，就一起吃个饭。席间，我们天南地北地聊。更多时候，是我听他口若悬河。

他的动植物知识丰富，是个讲故事的高手。他具有精湛的场景能力，每每将听众带入逼真的现场感中。他给我讲过一个猎人路遇老虎的故事。带着幼子的母虎侧躺路旁，与归途的猎人狭路相逢。天色已晚，猎人无法退回更为危险的山林。他只好用手枪瞄准老虎，继续朝家的方向移动。等他安全进了屋门，才发现双手握姿僵硬，僵硬到一根手指都移动不了，紧卡在扳机位置……枪，拿不下来了。别人甚至无法扳动一个指关节，得搓，用解冻的办法才帮他把紧张到僵死的肌肉松懈下来。我的复述乏善可陈，可胡冬林讲得生动，全是细节，扣人心弦、令人不敢出气。

胡冬林其貌不扬，站不直，不知是轻微驼背还是轻微罗圈腿的缘故，我没太注意，但粗粗印象就是他有点佝偻，不挺拔。可他一讲起故事，那叫一个神气活现、神采飞扬，那叫栩栩如生、勾魂摄魄。他的元气饱满，极富魅力，完全不像那个进餐前要躲到卫生间注射胰岛素的糖尿病患者。

他有的是森林故事，讲不完。今天的作家多属隔风隔雨的暖房植物，喝茶、晒太阳地在室内冥想，少有胡冬林这样的野兽，一头扎进丛林深处。

长年累月，胡冬林驻守长白山，熟知鸟兽，认识绿意婆娑的树草和奇形怪状的菌类。他喜欢穿行在散发冷杉松脂香味的原始森林，他能从毛发的脱落，从脚印的踪迹，从呼吸的腥气和粪便的臭气里，准确猜测出隐匿在空气里的巨物或灵兽，他仿佛看到那双享乐、迷离或警惕的眼睛。"太高兴了！哎呀，我都乐死了。"无论是电话中，还是看他的纪录片，总能听到他说这样的话。没有什么修辞能形容他纯粹的快乐，那是一种接近动物化的快乐情绪。在森林里，他兴奋起来，不说人话，直接发出鸟兽之鸣。

2012年10月，胡冬林经历了一次脑梗。那年长白山发生毒杀野生动物事件，五头熊横尸山林。那里包括胡冬林关注八年的母熊和它的孩子们，熟悉得就像亲人。母熊因为擅长生养，被胡冬林喜爱地取名为"好媳妇"，现在它们一家被剖腹取胆，砍去熊掌。陷入复仇悲愤的胡冬林实名举报案情，发布了他雨中跋涉七个小时、几十公里拍摄的现场照片。即使胡冬林为此遭到报复性的威胁，但他毫无惧色。胡冬林配合公安局破案，接受采访，劳累加上情绪波动剧烈……这可能是发病的直接诱因。

脑梗后的胡冬林被迫返回城里养病。当时右手握不住笔，妹妹胡夏林把黄豆撒在床上，让他一颗颗捡起。胡冬林每天坚持功能训练，进步很快。一旦有所恢复，胡冬林还是要返回长白山……那双努力克服着不灵便的腿，因为快乐而踉跄。这个热爱自然的博物学家，愿意每天步行，前往他的森林写字台……这是一棵大青杨圆阔的伐根，他在上面写下观察笔记，写下他饱满的热爱，写下他的日月与年轮。

长白山森林，是他最为珍贵的内心财富。这个总是热衷分享好东西的人，每年都打电话，邀约朋友同往。

胡冬林对人有种执拗的热情。他给我寄榛蘑，寄一种名为亚侧耳的黄蘑，寄蓝莓，寄林蛙油。"你什么时候来跟我住啊？"他几乎逼迫着让我确定去长白山的具体日期，还一本正经地保证，"我是糖尿病患者，好多方面不行了，不会把你怎么着的。"他诚恳，有种近于无耻的磊落。我们聊天的时候，他讲述情史，坦陈细节。基于不会被误解的关系，我听起来当然不会心慌意乱。假设别人听起来，可也够心惊肉跳的。但他就是那么个人，直肠子，不会拐弯，说话也不用隐喻、暗示和象征，他真诚得近乎赤裸。许多人习惯发出邀请，类似哪儿哪儿欢迎你，有时是表达好意，有时是模拟的热情，客气话不能当真。胡冬林认真，每每他都提醒、催促和监督。我数次轻诺寡信，动身之前又变卦了。可他容忍，有耐心继续等待，下一次还问你准备哪天、坐哪趟车来。因为他的邀请太认真了，以至于显出我略带虚伪的敷衍。

有什么好事，胡冬林总想着朋友。早在十多年前，他就忧心忡忡地劝诫我："你这么写，很快就把题材耗尽了，把自己的存货掏光了，然后你怎么办啊？要不然，你跟着我搞生态文学吧，永远不担心枯竭。而且我有好多参考书可以给你，我推荐篇目，你上道快，不会走弯路，不会花那么多冤枉的时间。"2016年全国作家代表大会，报到那天，我接的第一个电话就是胡冬林的。他快活地宣布："请你吃饭。我在版税上发财了，有钱了！"

此前他没富裕过，他那种投入高、产出低的散文写作没什么利益回报。他还特别感恩图报，老想着给帮助过自己的师友买点什么。所以他老是穷。胡冬林离异很早，那时孩子很小，自己多年来在女儿成长中缺席，这个父亲愧疚得恨不得去加倍补偿。从来他都节俭，苦苦搜刮自己，然后慷慨大方给予他想善待的人。好在学法律的女儿漂亮，学习优秀，是胡冬林的骄傲。他在电话里总是兴高采烈地汇报各种好事，报喜不报忧，不是写出了满意的作品，就是女儿取得了什么成绩。隔着听筒,从他沙哑的嗓音里能感到胡冬林喜形于色——他的眉毛一高一低,是真的眉飞色舞。

我们关系一直很好,可胡冬林本人未必知道,我曾对他有所防备。

因为,前车之鉴。

胡冬林有至死不渝的好兄弟,但我也数次看到他与交道不错的朋友反目成仇。原本其乐融融,怎么转眼就势不两立?他性格奔放的一面容易演变为反应激烈的对抗:爆粗口,甚至动用拳脚。胡冬林毫不尴尬,他才不掩饰呢。与某、某某和某某某的结怨,他几乎是兴致盎然地向我转述交恶过程。对方的退缩,对方哪怕被他误认是屈服的不屑,都让胡冬林体验到某种近似胜利的快感。

鲁院聚餐,两个善意的朋友叮嘱我和胡冬林说话千万要谨慎,以防他闪电般地翻脸和出手。我不信。无论是当着众人的面还是后来的私聊中,我都对胡冬林表达过自己的看法。我说男人在某种情境下的武力最显无能,因为他需要消耗最大最多的肢体能量才能让对方听从,安静中的不怒自威才彰显真正的内力。话虽这么说,但我最初的确留了一点自保的分寸,对他没有像我后来那样知无不言、言无不尽。

我的个人看法,胡冬林与旧友分道扬镳一般有两种原因。

第一,当胡冬林认为对方违背了某种写作道德,破坏了某种社会公义,他会大为光火,耻与为伍,于是情谊迅速瓦解。他太有立场和气节,非黑即白,决不妥协。他受不了暗度陈仓的规则,受不了彼此利用的心机,受不了结党营私的勾当——他愿写作者只凭能力赢得评选。他也践行自己的原则。胡冬林明知我是某届文学奖的评委,他的作品从入围到获奖,自始至终他没给我打过一声招呼。

当然,胡冬林渴望获得名利上的承认。一方面,他是名不符实的骄子,他的才华远远胜过他的声名;另一方面,胡冬林是骄傲的,这种骄傲未免太孤寂了,缺少见证的读者群。获得名利,对胡冬林来说不仅是盼望世俗利益上的回报,也意味着他与更多的人相识,能建立平和友好的、彼此欣赏和尊重的、彼此鼓励而非彼此侵犯的关系。那是一种简单、积极而美好的相处模式,他在现实中把握不好尺度。

胡冬林的文字从容,可他的人总带点慌慌张张,并且慌张容易演变为急躁。他急公好义,可惜他并不像自己以为的那么明辨是非。他容易被煽动,在太多主观感情色彩的干扰下形成情绪性的偏见,因为孤独、固执和急躁,他来不及看清全部的事实,甚至看到的根本就是与事实相反的情况,他也以为自己掌握了绝对的真理。胡冬林是非常认真的人,写作认真,生气也认真——他对所谓的投机分子耿耿于怀还不够，他要嫉恶如仇，要用气力和心力去斗争，罔顾他所向往的公正是否有失偏颇，是否丧失操作的可能。

还有一种情况，会导致胡冬林割袍断义，那就是对方挫伤了他的自尊。这个野外生存能力超强的硬汉有着不为人知的内心：脆弱、敏感、极端。其实朋友间的触犯有时是无心之过，有时仅仅是胡冬林过度防卫下产生的猜测，并非事实，但他的不快难以疏解。别人谈笑间就遗忘的事他不行，心里憋着；别人穿针引线、游刃有余，他过不了自己末尾的那个绳结。"致命的缺点"用在胡冬林身上特别合适。因为"致命"在胡冬林这儿并非形容，而是不幸的实情。他想不开，钻牛角尖，倔强的他不听劝说。他会率性地大骂某某，也会幸灾乐祸于他认为的坏人遭到了惩罚。假设胡冬林有意无意间得罪了谁，或谁有意无意间得罪了他，都难挽回。他会在惯性下持续对抗。在人际关系上，他是直线的，没有迂回的技巧。很多事不复杂，他却绊在那儿。他对别人好，也需要别人对他好，一旦出现情感上的逆差，他不会解决，不会调整和妥协，抱怨、不满、恼火、愤怒、暴戾。甚至当有人认为文学最为重要的功能是写人，写动植物嘛，地位稍弱——学术上的理解不同罢了，胡冬林竟气得难以消化，乃至影响创作状态。伤心的他郁结深重。

可胡冬林孤独，上无父母，独身多年，旁边没有妻女，读者稀少得算是珍贵。寂寞的时候，他渴望知音和同道，特别想跟谁说说话。他常常又处理不好他所向往的情谊。胡冬林酒量不行，他认输："喝酒后，我连脚指甲盖都红了。"虽不善饮，但他有时沉浸在轻微醉酒般的兴奋与躁动里……我觉得他像个因酒量不佳而易醉的好饮者，他是个缺乏情感承受能力但渴望倾其所有去给予的傻瓜。如果他信任你、感激你，他用一生报答你曾经瞬间的善意，结实地、诚挚地、点点滴滴地、持之以恒地去报答。同时，他是易被触怒的小心眼。这个家伙，好起来如火如荼，坏起来冷若冰霜……不，他凛冽，更带有破坏性。也正是由于人际交往的笨拙，他在熙熙攘攘的城里就憋闷，回到山里就逍遥自在。

对不公正和不尊重，胡冬林之所以反应剧烈，几近病态的过激，或许和他的身世与成长相关。我们难以设想一个天资聪颖的少年怎样被往事深深威胁，并留下终生的无形恐惧……以及为了抵御恐惧，他所付出的心理代价、所形成的行为习惯。

胡冬林是诗人胡昭之子，也许有着继承而来的骄傲。不过照片为证，认识他们父子的人也回忆说，胡冬林不及父亲年轻时长相俊逸。相貌似乎成了某种生活落差的直接反映。后来的胡昭不如曾经的胡昭，气质也改变了，除了自然的老化，我不知道有没有其他原因参与了岁月无情的蚀刻。

我们人，是祖先的遗物；我们的性格，是往事的遗赠。每个人的行为都有自己的心理成因。胡冬林之所以痛恨不公平和不尊重，仇视社会和情感层面上由权力带来的不平等，正是因为他所经历的特殊成长。那种挫折、挫伤和挫败几乎作为隐疾被终生保留。但他从不乞哀告怜。过度的防卫机制让他常常处于被冒犯和被激怒的情境下。胡冬林缺乏技术性处理，对黑白之间的灰他的理解和解决都困难。爱，他就往死里给予；恨，他就诉诸辱骂和武力。人类社会的伎俩和手段，他排斥，他抗拒，他从来不能游刃有余。

即使已成为中年人并迈向老年，胡冬林的日常生活能力依然欠佳。他在长春的家里，水池里堆叠碗筷，桌面上散落手稿，而他神游八极，像个等待被附体的萨满。爱意全在一腔笔胆里，是的，他把最美好和最柔情的文字给了那些不会说话因而也不会争吵的植物，给了那些无论羞怯还是勇猛都不会使用阴谋的动物。胡冬林把背影留给俗世，只身走向密林，哪怕前面是无边的孤独，那也是一个更为单纯的世界。他的心很早就历尽沧桑，此后他努力维护天真。

浪漫也豪爽，焦灼也鲁莽。他像个侠客，有他的柔情。他像个战士，有他的狂怒。他是烈性的，也是怯懦的；他是脆弱的，也是坚硬的；他是矛盾的，是令人恼怒的，也是令人心疼的。

2017年5月3日，临近中午，我接到胡冬林的电话。

两件事。一是某人恨不得贿选评委，胡冬林说他看不得手蹬脚刨的逐利之徒，他准备向对方挑明立场，誓言决裂。二是在长白山租住的房子很大，胡冬林问我到底什么时候来。他说两年前已给我买好遮阳帽，谁知春去秋来，我按兵不动，他一气之下把帽子转赠他人了。

我笑他气性大。

我平常尖言尖语，好一逗口舌之利，属于容易得罪人的类型；我对直性肠道的胡冬林后来百无禁忌，没看清手里的武器就敢先扔过去……奇怪，他怎么从来没跟我急过？

我此次专门问了胡冬林。他说：因为我知道你本性单纯。

这算是他对我的肯定和鼓励吗？这算是他留给我最后的暖意吗？胡冬林在电话里气宇轩昂，中气十足。他和我完全不能预见十几个小时之后降临我们之间的终别。

第二天，2017年5月4日，网上登出他离世的消息。

7月，我陪父母回长春，住南湖宾馆。主楼后面的树林禽鸟喧哗，地面铺满针叶，走上去软而深陷，让人没有安全感。翅膀扑溯，或褐或灰的羽团，有池鹭和苍鹭,还有什么?我不知道。胡冬林住的地方离这儿只有几公里,可我没去过,只从纪录片影像上见过他的家。现在,我来得太迟,再也听不到他的指教了。宾馆区的树很多,樟子松、榆叶槐、稠李、黄连木、红皮杉……还有暴马丁香。胡冬林在《拍溅》里写过,说他在观测站的时候钓鱼,钓竿必须用暴马丁香的枝条,因为木质坚韧、有弹性,古代军队专门用它做矛杆和箭杆。在丛林中,他是最好的向导;他听得懂鸟兽的语言,是最好的翻译;他离开了,我们也失去了最好的关于大自然的文学。

其实无论是个人声誉,还是经济条件,胡冬林的景况都刚刚好转,即将迎接早该到来的丰收。可就这么走了,带着笨天才的狂傲和委屈……你呀,你这个又老又不听话的家伙,你这个一辈子受罪、不知道享福的傻瓜。

中央电视台播放了一个关于胡冬林的纪录片,我看着他生龙活虎地穿行于秋日的森林,树叶因为即将谢幕而缤纷绚艳。在影片结束部分,一语成谶,胡冬林说:"像我这样的人可能不能长寿,但我心甘情愿。"他预告自己的生死,就像天气预告员预告雷雨那么自然。事实上,急躁的他没有耐心等待救护车,胡冬林走得很快,且安静:他滑坐到地上,头枕靠着椅子……他不像是以一个人的方式那样离去,他像离枝的一片落叶那样。胡冬林有家族性的心脑血管疾病,几年前的中风让他曾担心有一天行为不能自理。那对他的骄傲来说,是根本无法设想的摧残。那么以这样的方式离开,算是顺遂心愿吗?

可一生中最重要的作品《熊冬眠树》,胡冬林没有完成。他为此准备了多少年啊,读书、做笔记、采访猎人、实地观察……他从点滴的字词开始积累,想起得意的段落他就想笑,兴奋地搓手跺脚。为了最为在意的《熊冬眠树》,他漫长地酝酿,似乎其他的写作都是练习和彩排,都是为此做的准备。父亲胡昭曾不看好儿子,这也不行、那也不行,一度认定胡冬林将一事无成。这个从赌气少年走到中年意气不减的胡冬林,写作时,旁边不仅放着父亲胡昭的照片,照片旁边还有胡冬林的笔迹:"爸爸,我一定写好《熊冬眠树》。"而现在胡冬林自己,他这只热情、笨拙、天真、倔强又暴躁的熊却冬眠了……天冷了,下雪了,做梦了,不醒了。

2017年的长白山,秋天还是会黄叶漫卷、意兴阑珊,冬天还是会冰天雪地、万物沉寂……可那是没有了胡冬林的长白山。

以前跟胡冬林邮件来往,都是由他妹妹胡夏林代劳。他不会使用电脑,跟他说不清楚的时候,胡冬林把电话交给妹妹来接听和处理。至今未嫁的妹妹是他的第一读者、文字录入员和编辑。这是冥冥中的幸事,让我们今天还能看到这些整理出来的笔记。那些熟悉或陌生的动植物名词，胡夏林需要仔细查阅。她珍惜那些字，因为那些字里的血汗。

当然，零碎笔记不同于成形的文章，就像砖块不同于建筑。对于不了解胡冬林的人，仅读笔记当然不怀疑他的博物学知识，但未必能体会我当年那种惊异。按文章去要求这些文字是不公平的，因为它们只是一些基础素材，是土壤，不是土壤里生长出来的植株。然而，我们从中可以感受到胡冬林怎样倾情倾力，怎样日复一日且自觉地不懈努力，才把文字修炼得细腻传神。

一个人，只要在亲人的记忆里活着，他就没有真正的死；一个写作者，只要在读者的怀念里活着，他的文字就开花，就在永远的春日里。想起那张树皮色略带粗糙的脸，他不再是那个能负载柴重的少年。他像一棵开满繁花的枯树，被自己的才华、自己的性格、自己的命运……所压垮。读读这些日积月累的文字。他的丰盛在他的孤寂里，花事盛大。

魂之所往，魄之何终。

有两种对天堂的幻想比较通行。一种是欧美豪华别墅式的，窗明几净，雪白光滑的大理石反射着矿物质的冷幽之光，里面是穿白袍和亚麻鞋的天使。没有野兽和虫子，没有灰土，没有排泄物，没有亲密和杀戮，全是礼貌的微笑，全是教养和理智。另外一种是伊甸园式的，枝叶繁茂，有泥土，有野兽气息，有它们油亮的皮毛、腥膻的气息和古怪的粪便。无论盛夏还是凛冬，神秘的呼吸和心跳隐藏着，那些动物玩伴就在生生不息的灌丛中啃噬、跃动和睡眠。

我想，胡冬林一定无法接受前者，那个后工业化的秩序世界再美，也不是他向往的天堂。后者，由各种各样的不完美构成，却因此得以生趣。因为胡冬林，我们对天堂的理解增加了色彩……那里有更多的宽容，更多的平等和爱惜。

多年前是苇岸，现在是胡冬林。在我看来，他们都是中国最好的自然与生态文学作家。随着越来越多的大自然被葬送，他们也追着那个逝去的天堂而去。好在森林中再老的人都是孩子，无须变得复杂和狡猾。他可以任性，可以啸叫，无所谓学好，也无所谓学坏，像一只野而美的兽。

《作家》2017年第10期

如此肥胖又如此漫长

庞余亮

一

我记得开始的夏天还没有那么漫长,父亲也还没那么肥胖。他更没有那么粗暴。他还是个壮年的父亲。

我记得我的老鹅还没被父亲宰杀。我的老鹅还在和小鹅独自觅食。小鹅还小,但它们成为我们家宝贝的时间仅仅半个月。半个月后,它们就被赶到"广阔天地"里独立觅食去了。

它们身上那动人的鹅黄慢慢被白羽毛所替代了。至于这样的替代是哪一天哪个时刻完成的,谁也说不清。就像我,实在回忆不出父亲什么时候打我,而我决定不求饶的。

我在那座四面环水的村庄生活到十三岁,然后出门求学。此时我已读完了小学五年级和初一、初二,本应该是一个标准的初中毕业生。偏偏那年有了初三,我必须离开这个村庄去乡政府所在地去上学。父亲半是高兴,半是担忧。他害怕我成为一个文也不能武也不能的半吊子。

我离开村庄的那天,村庄安安静静的,根本没有人起来送送我,除了河里的那群白花花的呆头鹅。我拣起一块土坷垃扔过去,没扔中。它们伸长了脖子嘎嘎地叫了几声,表达了它们一以贯之的骄傲。

这是一群新鹅。从去年夏长到今年夏日的那只和我如朋友的老鹅,被父亲宰杀掉了。这是一群劫后余生的鹅。宰杀老鹅的时候,我目睹着这群劫后余生的鹅开始逃跑,它们张开白翅膀,一只跟着一只,飞快地掠过那清凉的水面。那天,我没有听到它们骄傲的歌声。

但到了晚上,它们又在我的呼唤下回到了鹅栏。

我觉得无比耻辱,又对父亲的命令是无比服从,我甚至还去向父亲表功。

我是鹅们的什么?它们知道我扮演了什么角色吗?我甚至在杀老鹅的时候,就悄悄藏起了老鹅一根最长的鹅毛。因为我看到过伟人的手里总是拿着一支鹅毛笔。后来那鹅毛根部的油脂太多,字根本就写不出来。

我多次出卖过我的鹅。

后来鹅没有了。夏日就变得无比漫长起来。

很多年后的夏日,我的桌上多了两盆火鹤花——一盆叫红掌,一盆叫白掌。突然想到,那天杀我的老鹅时,父亲将那老鹅的那对"红掌"用沸水浇过之后,他"哗啦"一下撕去老鹅脚掌上那外面的红皮。那"红掌"就这样变成了"白掌"。如我面前的这两盆悲伤的火鹤花。

二

大学里写过麦地的诗,那全是海子写过的麦芒。父亲曾问过我,你整天写的是什么东西?你可不要闯祸啊?我没有回答他。他搞不懂什么是诗歌,就像我也搞不懂麦地里的麦子为什么那样戳我的手指。

> 诗人,你无力偿还,麦地和光芒的情义。一种愿望,一种善良,你无力偿还。

手指的疼痛无法休止,我的诗歌也不能结束。

记得那个初夏,我抱了本诗集回到家里。母亲对于我的回来表示了足够的热情,父亲不在家,他在乡粮站看大门呢。我心里长舒了一口气,这个星期天正好睡懒觉。

我从下午3点上床,一直睡到晚上7点多钟,是父亲的声音把我惊醒的,当时我心里就"咯噔"一声,他怎么也放假了?我和父亲的关系一直不好,主要是我不听话。我家平时要做一些打草帘做芦箔的副业,上了初中,我就不肯做了,还捧着一本书装模作样,既偷了懒,还耗了"上计划"的洋油,父亲很不满,我拍着书理直气壮地说,这可是先生叫看的。这是很有效的,不识字的父亲有两怕——怕干部,怕先生。

第二天凌晨,父亲在堂屋里对母亲说话,没过多久,父亲就和母亲在堂屋里吵了起来,父亲叫母亲来叫醒我,母亲不同意,说我昨天晚上看书睡得很晚,父亲说,年轻人要睡多少觉,睡得多只会变成懒虫。母亲说,他已经做先生了,还要出猪灰，让人家笑话的。父亲听了这话，竟然吼了起来，笑话什么，将来文能武不能，更让人家笑话。父亲的哲学是，一个人要"文能武也能"，而我这样，只能文，不能武的人，将来吃饭都成问题的。出于赌气，我迅速起床，只吃了一小碗米疙瘩，母亲叫我再吃一碗，我赌气不吃了。父亲把一根扁担递给我说，饿不死的。

清晨的村庄还是很安静的，我晃荡着粪桶就直奔我家的猪圈。我是很熟悉猪圈的，小时候要把捡来的猪屎往猪圈里倒，还要把拾来的猪草往猪圈里倒。上了高中，我就不怎么到猪圈去了，一是我寄宿了，二是我要考大学的。足够的理由使得我远离了猪圈，没有想到的是，父亲还是把我逼到了臭气冲天的猪圈来了。

父亲打开了猪圈的后门，我在他的指挥下动了两灰叉，刚才还浓缩在一起的臭气就涌到我的鼻孔里、头发里、身体中，早晨那一碗米疙瘩差一点吐出来。父亲见我这样，呵斥道，你可真的变了，人家公社里的大干部也能做的，你怎么就不能做了？

我家的猪圈是在小河的一边，猪灰可以直接上船的。也许是我和父亲有了比赛的意味，也许是我怕乡亲们看到我劳动，反正我挖得比父亲快，也比父亲多，太阳有一竹篙的时候，我们已经把一猪圈的灰出完了。拔船桩的时候，父亲问我，怎么样？我没有回答他，看着河水，我熟悉的河水虚幻，我熟悉的手掌火辣辣疼痛。

父亲还是照顾我的面子的，离了村庄之后他才把手中的竹篙递给我。我接过竹篙，用力放下去，没有想到的是，起篙的时候，我竟然没有力气把竹篙拔起来了，如果不是父亲一把扶住我，我肯定要掉河里去了。父亲把竹篙拔出来之后，想不叫我撑了，我坚决没有让，父亲也就没有坚持，把竹篙让给了我。可我再次出了洋相，过去我学的是空船，现在是重载船。重载船吃水深，下篙、起篙都是要有技巧的，我用尽了力，船却前行得很慢。父亲像是没有看见我的窘迫，索性用草帽遮在头上睡觉了。

船是靠稳了，就剩下两项农活了——挖灰和挑灰。我都不愿意做。父亲根本就不和我商量，把扁担给了我，意思是我挑。粪桶的重倒是其次，更让我为难的是，田埂上全是肆意疯长的油菜们，它们拼命地阻止我前进，头一桶猪灰挑过去，我简直就要瘫了。待到小河边，父亲说，怎么这样久？我撒了一个谎，说我肚子疼了。第二桶过去，我还是很久才回来，父亲又问了一句。我还是说肚子疼。父亲的脸色顿时就变了，说，懒牛上场，屎尿直淌，我看你啊，真是懒到底了，这样吧，我来挑，你来挖。

我就是被父亲的这句话激怒了，坚决不同意把粪桶再给父亲，最后一粪桶的猪灰上去之后，父亲把手中的灰叉递过来，叫我平一平。我平完了，把灰叉扔到了麦田深处，麦子长得太高了，一口就把灰叉吞没了。

回去是父亲撑的船，到了家，父亲叫我回家，自己还在河边洗了船，洗了粪桶。他没有问那把灰叉的下落。当天晚上，劳动了一天的父亲连夜回了粮站，而我则是没有洗脚没有吃饭就爬上了床，明明很累，可怎么也睡不着觉，手疼、肩疼、腰疼、腿疼、酸痛令我连翻身都很困难，半夜里刚睡着了，我就听见站在我家麦地中的那把灰叉在对着我喊，疼！我的眼泪禁不住下来了，这一年，我十九，父亲六十六。父亲有意这样做的，本来运猪灰要在6月底，麦子割了，平田栽秧的时候才用得着猪灰。可6月底我还在学校教书。父亲肯定是怕逮不着我，就决定请假，利用星期天"修理"我一番。

今年我回家扫墓，父母的墓后不远两百米，就是我和父亲当年出猪灰的地方。已是别人家的责任田了，那把扔在麦田深处的灰叉，现在在什么地方呢？

三

在如此肥胖也如此漫长的夏日里，不能不提我的南瓜地，我的南瓜。其实在我上了大学后，我再也不愿意提到"南瓜"这个词。我的理由很充分：一辈子吃南瓜的重量是固定的，童年少年时代，几乎是南瓜当饭，揭开锅盖，全是金灿灿的南瓜粥、南瓜饭，嘴巴里全是南瓜的生涩味，吃够了。

但不挑食，不抱怨，才是贫穷人家的生存哲学，就像我们家饲养的猪一样，如果它对母亲送过去的猪食挑嘴的话，那它就必须承受母亲手中铁质猪食勺的猛揍。投胎于此，挑食不可能，抱怨无效，我将生涩的南瓜汁液狠狠地咽了下去。贫穷之胃会永远铭记这样的迫害。但迫害的疼痛，随着时间的推移会逐渐遗忘。从这个意义上说，此类遗忘和对于南瓜恩情的遗忘本质上没任何区别。

但追究到底，这不是我应该遗忘南瓜的理由。

我把我和南瓜的缘分统统梳理了一遍，反复出现的是在那个曙光初现、露水满地的清晨，风流一辈子的父亲要教我给南瓜"套花"，将雄花外面的花撕掉，仅仅留下雄花的花芯，带着花蒂套进雌花中。当时我刚十二岁，父亲没有讲套花的道理，但我突然就明白了其中性教育的意思。父亲似乎没看到我的脸红，继续让我跟着他学套花，但我的脸在发烫，身体在悸动。

"发烫"和"惊动"，是属于少年的隐秘之事。

我决定把这隐秘的南瓜留在这漫长的夏日里，如果它能顺利地胖起来，就让它无休无止地肥胖下去吧。

四

肥胖的夏日是不爱运动的,就像肥胖的父亲,他一运动就气喘吁吁。后来雨季就来了。

雨是父亲爱出的虚汗吗?

那么大的汗珠,不,那么大的雨点。

都是比蚕豆还大的雨点。

对,是蚕豆,而不是黄豆。不是比黄豆大的雨点,而是比蚕豆还大的雨点。啪嗒啪嗒,冷不丁地,就往下落,从来不跟你商量,即使县广播站里的那个女播音员说了多少次"三千米上空"也没用的。想想也够了不起的,如果那比蚕豆大的雨点是从"三千米上空"落下来的,那当初在天上的时候该有多大?比碗大,比洗脸盆大,还是比我们的圆澡桶还要大?

"百帕"实在太神秘了,几乎是深不可测,究竟是什么意思?我去问刚刚毕业回村的高中毕业生,这些穿白的确良衬衫的秀才们支支吾吾的,也说不清楚。但那神秘的"百帕"肯定与天空有关。而能把"百帕"的消息带回到我们身边的,只有那比蚕豆大的雨点。

啪嗒啪嗒。啪嗒啪嗒。雨下得急,正在"发棵"的水稻们长得也急,还有那些树,大叶子的树,小叶子的树。比蚕豆还大的雨点砸在它们的头上,它们一点也不慌张,身子一晃。比蚕豆大的雨点就弹到地上去了。地上的水,流成了小沟。而原来的小沟,变成了小运河。原来的小河成了湖——它把原来的可以淘米可以杵衣的木码头吃下去了。

比蚕豆大的雨点就这样落在水面上,砸出了一个个比雨点还大的水泡。那水泡还会游走,像充了气的玻璃船,跟着流水的方向向前走,有的水泡会走得很远,如果它不碰到浮在水面上的几根麦秸秆的话。

母亲很生气:天漏了,一定是天漏了。

那些无法干的衣服,那些潮湿的烧草,那些无法割的蔬菜,都令母亲心烦意乱。

我们估计是谁惹那个"百帕"生气了,但我们不敢说。直到我去县城上高中,问了物理老师,这才明白什么是"百帕","帕"是大气压强单位。播音员说的是低空气压和高空气压。一般近地面的压力大约是 1010 百帕,高空通常是 400 百帕。

但母亲生气的时间常常不会太长,她为了这个小暑的"雨季"早储备了足够的腌制雨菜。所谓雨菜,是指菜籽收获后,掉在地上的菜籽萌发的嫩油菜。母亲把落在田埂上和打谷场上的它们连根拔起,然后洗净腌好贮藏起来。

有雨菜还不够,母亲抓起一把今年刚晒干的蚕豆,蚕豆还青着,但很坚硬。母亲把菜刀反过来,刀刃朝上,夹在两只脚之间。将干蚕豆放在刀刃上,然后举起桑树做的杵衣棒,狠狠砸下,蚕豆来不及躲闪,已被母亲劈成了两瓣。随后,母亲再剥去蚕豆衣。栖在竹箩里的蚕豆瓣如黄玉,光滑,温润。

外面,那比蚕豆大的雨点还在下,比雨点还大的水泡瞬间产生瞬间破灭。但已和我们无关了。母亲做的腌雨菜豆瓣汤已盛上了桌。那些黄玉般的蚕豆瓣在雨菜的包围中碎裂开来,像荡漾在碗中的一朵朵奇迹之花。这咸菜蚕豆瓣汤,极咸鲜,极糯,极下饭。

夏日年年会来,雨季也年年会来,比蚕豆大的雨点也还会落到我的头上,但亲爱的母亲,已离开我的母亲啊,我吃不到这咸菜蚕豆瓣汤已有十三年啦!

五

当昼暑气盛,鸟雀静不飞。

最肥胖的夏日里,鸟雀都不飞,胖子怎么可能再运动,就像我的同样肥胖的父亲。他要静养,我反对,我反对如此肥胖又如此漫长的夏日!

没有一丝风,下午有几丝西南风,还没到晚上,停了。

粗暴的大暑天,连凉席都是滚烫滚烫的。但父亲不准我去下河:实在热的话,团到澡桶里,用水泡泡,也一样的。

父亲是我们家的独裁者。他只说一句的话,就是命令,就是指示,就是真理。但我的内心如蝉一般鸣叫。你说一样?!怎么可能一样?!

我的犟脾气上来了:绝食。

父亲开出了条件:如果每天打好两条芦箔,就让你下河去,但不准摘人家的瓜,也不准掏螃蟹,摸点河蚌就行了。

两条芦箔!每条芦箔得用芦柴一根一根地编起来,编至三米多长。每条芦箔可去砖窑上换砖头,也可卖上七毛钱。而三米多长的芦箔要编多少根芦柴?我没计算过。我计算的是编草箔的草绳。每条草箔需要的草绳是十庹长。当时我还不认识这个"庹"字,只知道这个 tuǒ 这个音。母亲比画过,"一 tuǒ 长"就是大人手臂完全张开,从左手指尖到右手指尖的距离。父亲下达的任务,就是让我每天晚上搓上二十庹长的草绳,然后在木坠上绕好,将数不清的芦柴编至三米多长。接着,再重复一次。

为了把每天下午空出来，我将晚上的时间定为搓绳的时间。为了防蚊，母亲燃起收割下来的苦艾。稻草在我的手心飞快地变成了草绳，又在我的屁股后面团成了蛇环的圈。手心滚烫，放在水盆里浸润一下，再搓。夜晚的知了依旧不知疲倦地喊叫，但我听不见了。如果明天下午，我跳进清凉的河水里，那荡漾出来的涟漪，会比地球还大吗？

那是我一生中最为漫长的夏日，也是我咬牙坚持的夏日天。一个人每天独立完成两条芦箔，太难了！但我还是完成了。那个如此肥胖又如此漫长的夏日里，我每天仅睡五个小时左右，搓绳至深夜，我的屁股后才有二十庹长的草绳。天刚蒙蒙亮，我得去绕绳，再编芦箔。我的手飞快地翻着木坠子，像无比熟练的纺织工人。纺织这十庹长的绝望夏日。纺织这二十庹长的绝望夏日。纺织这无尽头的绝望夏日。纺织完毕，我会"扑通"一声跳到水中，仰泳自由泳，直至泡到黄昏。我带着堆满河蚌的澡桶回家。

从那以后，我家每天午饭的菜，不是咸鱼河蚌，就是韭菜河蚌汤。前者下饭，后者更是能饱肚。看着父亲满意的表情，看着全家人的筷子伸向那盛满了河蚌的碗，我自豪无比。

有一天中午，父亲忽然停止了咀嚼，从嘴里慢慢吐出了两颗"鱼眼睛"。父亲看了又看，说，哎，珍珠！

煮熟了，可惜了。父亲又说。

正准备庆功的我呆住了。那年月，人工珍珠还没开始。传说慈禧太后每天都服用珍珠粉，还有，珍珠都是河蚌吃到树枝上的露水而形成的。难得一见，非常宝贵。而我没有见到那银光闪闪的她，她就成了被父亲的肥硕舌头和浑浊口水搅拌过的"鱼眼睛"了。再之前，她肯定在铁锅中哀求过，哭泣过，但我为什么没听见呢？为什么在剖河蚌的时候没有发现？为什么？

那天中午，我捏着那两只煮熟了的已成了鱼眼睛样的珍珠哭泣，妄图在我的眼睛里哭出两颗珍珠，知了依旧在拼命地喊叫，听不出它们是没心没肺还是幸灾乐祸。我手中煮熟了的珍珠，已是两个伤心的句号。这是比二十庹长还要漫长的绝望夏天的两个伤心句号啊！

六

肥胖的夏日还在继续。

我已离开河水多年了。但到了深夜，我总是听见水在自来水管中低沉地呜咽。它肯定在怀念童年的四季，城市之外的万物，还有我的破碎的夏日时光。被加工过的水在自来水管中奔突着,仿佛一颗隐忍的心——谁能够偿还我?偿还那个在河面上拼命叫喊的少年?

我和父亲说的话不是太多。他总是跟我说起1931年的大水,从天而降的大水淹没了我们的村子,父亲用一只小木桶把我的爷爷救起。

1991年,我已决定离开我的学校去新疆石河子市(到现在我也没去过石河子市,因为我的诗歌常常发表在那个城市的一个小刊物《绿风》,我几乎固执地要远离家乡去石河子)。我讨厌我身边熟悉的生活。可肥胖的父亲却中风在床。夏日的雨无穷无尽,洪水从四面八方涌过来,围困住我的村庄。乡亲们夜以继日地筑堤抗洪,我什么也不会,如一只困兽般坐在父亲的身边读托马斯·沃尔夫的《天使,望故乡》。这本书是我第一次去北京时买的。我记得那个书店在天安门前,叫三味书屋。而这本书的翻译者叫乔志高。

> 毁灭人类的种子将在沙漠里开花,救药人类的仙草长在山野的岩石边;乔治亚州一个邋遢女人纠缠了我们一生,只是因为当初伦敦一名小偷没有被处死。我们的每一时刻皆是四万年的结晶。日日夜夜、分秒必计,就像嗡嗡的苍蝇自生自灭。每个时刻是整个历史上的一扇窗户。

《天使,望故乡》是托马斯·沃尔夫的自传体小说,他是他父亲最小的儿子。我也是父亲最小的儿子。我从未有过读完书全身战栗的情景。但读这本书的时候我全身战栗。言语不清的父亲以为我在打摆子。我不理睬他的关心,继续在昏暗的灯下读。

> 生命蜕去了重重雨雪的覆盖,大地涌出它从不枯竭的那股活力。人们的心头流淌过无尽的渴望,无声的允诺,说不清的欲望。嗓子有些哽咽,眼睛也被什么迷住了,大地上隐隐传来雄壮的号角声。

尤金。我就是《天使,望故乡》的尤金。那年我二十四岁,这本书彻底地改变了我。洪水漫过了河堤。抗洪物资按照人口均匀分配到每一家。就在那一年,父亲和我都是第一次吃到了火腿肠、方便面、冻鸡。对于肉食,中风的父亲依旧吃得很欢。贫困中长大的父亲把肉食当成他的菩萨。

再后来的夏天就是第二年(1992年)的大旱,父亲从病危中再次挺过来。"他曾经失落,但是世间所有人生历程无不是失落,瞬间的依恋、片刻的分离、无数幽灵幻影的闪现、高天上激情饱满的群星的忧伤——这一切无不是失落。"

1994年的夏日无比酷热，肥胖的特征从父亲身上慢慢消失。我一次一次为父亲洗澡。那一年为他洗澡的时候不再困难，他也习惯了我的用力方式，我也习惯了我所熟悉的生活，我以为漫长的夏日就这样每年如此冗长了，永远读不到最后一页。石匠甘德的小儿子，悄悄写诗的尤金。我拼命地抄写《天使，望故乡》中的句子。我为什么就不能写出这样的句子呢？令我战栗的，另一个是我写成的文字。

我们之中有谁真正知道他的弟兄？有谁探索过他父亲的内心？有谁不是一辈子被关闭在监狱里？有谁不永远是个异乡人，永远孤独？啊！失落的荒废，失落在闷热的迷宫里，失落在星星的光辉中，在这恼人的、灰暗的煤屑地上！哑口无言地记起来，我们去追求伟大的、忘掉的语言，一条不见了的通上天堂的巷尾——一块石头，一片树叶，一扇找不到的门。何处啊？何时？哎，失落的，被风凭吊的，魂兮归来！

七

魂兮已经失去，魂兮能否归来。熬过了1994年的酷热夏日，父亲去世在9月的一天下午。我一直没有哭泣，直到在六年之后，我开始写我的父亲。写完那篇《半个父亲在疼》的深夜，我捧着文稿，任由泪水滚过我已发胖的身躯。窗外的晚饭花已经结籽。夜风吹过，那些黑色的籽在我那狭小的庭院里，叮叮当当地滚动。

现在，我不和父亲一起度过肥胖夏日的年头有三十二年了，父亲离开我快二十三年了。而我也开始肥胖，必须独自度过这漫长的没有天使的夏日。

《小众》2017年8月22日